CONTE verlag

Hetzjagd *am* Grünen See

Elke Schwab

CONTE *krimi*

Bibliografische Information der Deutschen Bibliothek
Die Deutsche Bibliothek verzeichnet diese Publikation in der Deutschen Nationalbibliografie; detaillierte bibliografische Daten sind im Internet über http://dnb.d-nb.de abrufbar.

ISBN 978-3-936950-95-3

Am Ludwigsberg 80-84
66113 Saarbrücken
Tel: (0681) 41624-28
Fax: (0681) 41624-44
E-Mail: info@conte-verlag.de
Verlagsinformationen im Internet unter www.conte-verlag.de

Lektorat: Claudia Thiel
Umschlag und Satz: Markus Dawo
Umschlagfoto: Jessica Heinrichs – Fotolia
Druck und Bindung: PRISMA Verlagsdruckerei GmbH, Saarbrücken

Blut ist der Kuss zwischen Tod und Leben,
aus ihm fließt das Sein von Gut und Böse.
In nahezu jeder Kultur und jeder Religion
hat Blut eine besondere Bedeutung.
Das beginnt in der Kinderstube der Menschheit,
in welcher sich die urzeitlichen Jäger das Blut
des getöteten Tieres über den eigenen Körper verteilten.

Kapitel 1

»Moritz! Moritz!«

Laut schallte der Schrei durch den leeren Raum, traf mitten ins Nervenzentrum, öffnete sämtliche Schweißporen und ließ der Hitze seines Körpers freien Lauf.

Hastig richtete sich Harald Steiner auf. Es war stockdunkel, er fand keine Orientierung. Die Leuchtziffern auf seinem Radiowecker zeigten fünf Uhr fünfzig an. Schon fast seine normale Zeit aufzustehen. Trotzdem fühlte er sich gerädert – als habe er kaum ein Auge zugemacht.

Er hörte ein Geräusch.

Erschrocken fuhr er herum. Doch schon im gleichen Augenblick ließ die Anspannung nach, wich großer Freude. Es war das Hecheln seines Hundes, das ihm so vertraut war wie sein eigener Atem. Erleichtert schaltete er die Nachttischlampe ein und schaute seinem Deutschen Münsterländer in die dunklen Augen, die in all den Jahren nichts von ihrem Ausdruck, ihrer Wachsamkeit und Treue verloren hatten. Schwanzwedelnd stand er am Bett und versuchte sein Herrchen mit seiner Zunge abzuschlecken, was Steiner aber zu verhindern wusste. Als er sich in sein Bett zurücksinken lassen wollte, spürte er, dass sein Laken nass war – vom Schweiß.

Es war eine von vielen Nächten, in denen er von seinem immer wiederkehrenden Traum geweckt wurde. Konnten ihn die Bilder seiner Vergangenheit nicht loslassen? Wie viele Jahre waren seitdem vergangen? Er wollte lieber nicht darüber grübeln, denn dann wäre an Schlaf überhaupt nicht mehr zu denken. Ein Blick aus dem Fenster verriet ihm, dass die Nacht noch pechschwarz war. Er beschloss aufzustehen, etwas zu trinken und sich auf der Couch niederzulassen, wo er den restlichen Schlaf nachholen konnte, bevor ein neuer Tag begann. Er stieg aus dem Bett und schlurfte durch einen langen, schmalen Gang in Richtung Küche.

Plötzlich hörte er einen Schuss.

Seine Müdigkeit war schlagartig verflogen. Auch Moritz zeigte mit seinem aufgeregten Bellen, dass er einsatzbereit war.

Schon wieder ein Wilderer!

Wie viel Wild war in den letzten Monaten stümperhaft angeschossen und in seinem Wald zum elenden Sterben zurückgelassen worden?

Wie so oft musste er mit seinem Hund rausgehen und die Schweißsuche nach solch einem Tier durchführen. Obwohl Moritz schon alt war, funktionierte seine Nase tadellos. Bisher war ihm kein angeschossenes Stück entgangen, ob bei Tag oder bei Nacht.

Rasch zog sich Steiner eine schwarze Hose, einen Pullover und eine wetterfeste Jacke an. Seinen Kopf bedeckte er mit einer schwarzen Mütze. So leuchtete seine Glatze nicht verräterisch; außerdem schützte sie seinen kahlen Kopf vor der Kälte.

Steiner wohnte mitten in dem Wald, der sein Arbeitsplatz war. Der Limberg hatte bis zum Beginn des zwanzigsten Jahrhunderts über den doppelten Umfang verfügt.

Dann wurde er aufgeteilt in heute Limberg und Hessmühle.

Das Hofgut Limberg befand sich seit seiner Erbauung im Jahr 1812 im Familienbesitz von Villeroy. Deren Verwalter, Ernst Barbian, war mit sämtlichen personellen Belangen betraut. Ihm oblag auch die Vollmacht, das Haus an den amtierenden Förster zu vermieten. Nur so war es Steiner möglich, in einem derart feudalen Domizil zu leben.

Sein vergangenes Leben – die Zeit vor seinem Dienst als Revierjäger auf dem Limberg – wollte er mit allem Hab und Gut hinter sich lassen. Nach vorne schauen, das versuchte er seit fünfzehn Jahren. Rein äußerlich betrachtet war ihm das sogar gelungen. Wären da nicht die Alpträume, die ihn hartnäckig verfolgten.

Die Luft war feucht, es hatte geregnet. Zu der Dunkelheit kam Nebel, also ungünstige Bedingungen zum Jagen. Da war es unmöglich, Wild waidgerecht zu erlegen.

Wut kroch in ihm hoch. Er hatte sich der Jagd und der Verantwortung für das Wild verschrieben, weil er im Polizeidienst versagt hatte. Nun erlebte er, dass ihn sogar diese Aufgabe an seine Grenzen brachte. Menschen töteten aus purer Lust wehrlose Tiere. Dieses Phänomen war ihm nicht bewusst gewesen, als er die Stelle als Revierförster angetreten hatte. Vor seinem geistigen Auge hatte er nur Natur, Schönheit und Ruhe gesehen und sich deshalb mit Freude auf die neue Aufgabe gestürzt. Leider verfolgte ihn das Unrecht auch in die versteckten Winkel des Waldes. Sein Vorhaben, von seinem früheren Leben Abstand zu gewinnen, wurde auf eine harte Probe gestellt.

Zunächst versuchte Steiner zu lokalisieren, wo der Schuss gefallen war. Es musste in unmittelbarer Nähe geschehen sein. Der Limberg bestand aus

Bergen und Tälern, Steilhängen und Gräben, Wällen und Schluchten, also aus vielen Hindernissen, die einen Knall aus einer Waffe schluckten, sobald er sich in einem entfernten Winkel ereignete. Seine Wohnstätte befand sich zwischen Oberlimberg und St. Barbara – direkt am Bambetter Kessel. Hinter ihm ging es nur noch bergauf, dahinter lagen Schluchten und Täler. So konnte er den Radius einkreisen, in dem der Schuss abgefeuert worden war. Sein Jeep würde nicht vonnöten sein.

Mit Moritz an der Leine und dem Revolver im Holster trat er durch den kalten Morgen. Nächtliche Schwärze und Stille umgaben ihn. Der Nebel schluckte sämtliche Geräusche. Nach und nach gewöhnten sich seine Augen an die Dunkelheit, sodass es ihm leichter fiel, mit dem Tempo seines Hundes Schritt zu halten. Moritz hechelte und zog an der Leine, als wüsste er genau, welche Richtung er einschlagen musste. Steiner ließ ihn gewähren. Die Sinnesorgane seines Hundes waren unübertrefflich, was seine Erfolge bei der Nachtsuche immer wieder bezeugten.

Es wurde ein anstrengender Marsch.

Der Weg führte steil bergauf. Trotz Dunkelheit erkannte Steiner, dass sie sich zielstrebig auf die höchste Stelle des Limbergs zubewegten. Sein Hund war trainierter als er selbst, denn Steiner begann laut zu schnaufen.

Lange dauerte es, bis Moritz endlich eine Fährte aufnahm. Die Morgendämmerung brach schon herein, der Nebel blieb hartnäckig. Moritz' Aufregung steigerte sich, er beschleunigte sein Tempo. Steiner hatte immer größere Mühe, ihm zu folgen. Aber von der Leine lassen durfte er seinen Hund noch nicht, weil er ihn sonst aus den Augen verlor. Lange liefen sie, Steiners Luft wurde immer knapper, bis Moritz stehenblieb und sein Herrchen anschaute. Das war der Hinweis, dass er abgeschnallt werden wollte. Wie ein Pfeil schoss der braun-weiße Hund davon. Zurück blieben der Nebel und das Geräusch, das Moritz hinterließ, während er durch das Gestrüpp hechtete. Dann ertönte sein tiefes, grollendes Bellen, der Standlaut. Damit zeigte er an, dass er das Wild gefunden hatte. Von nun an bestand Steiners Aufgabe darin, dem Bellen seines Hundes zu folgen. Mühelos gelang es ihm, das Wundbett des verletzten Tieres auszumachen. Das Bild, das der angeschossene Bock ihm bot, war erschreckend. Auf dem Rücken klaffte eine große Wunde. Sein Rückgrat war verletzt worden, weshalb er sich nur noch auf den Vorderläufen fortbewegen konnte. Auf dem Kopf trug er noch sein Gehörn, fast schwarz, mit starker Perlung, hohen Kranzrosen, und messerscharfen Spitzen. Es war ein drei- bis vierjähriger Bock, also ein starkes Tier, das ein Waidmann niemals zum Abschuss freigegeben hätte, da seine Merkmale repräsentabel zum Weitervererben waren. Hinzu kam die noch andauernde Schonzeit. Dieser Bock war auf keinen Fall mit einer Ricke zu verwechseln, da er seine starke Gehörnmasse noch nicht abgelegt hatte. Das Abschlachten durch Wilderer wuchs zu Steiners größter Sorge heran, einer Herausforderung, die nichts mit seiner ursprünglichen Vorstellung einer Tätigkeit als Förster gemein hatte. Zum Jahresende sollte eine groß angelegte Treibjagd mit Gästen aus ganz Deutschland und Frankreich organisiert werden – der Höhepunkt des Jahres – und Steiner befürchtete bis dahin weitere brutale Wilderei.

Mit zitternden Flanken und weit aufgerissenen Augen schaute der angeschossene Bock ihn an, als wolle er ihn anflehen, von seinem Leid erlöst zu werden. Gewissenhaft setzte Steiner seinen Revolver zum Fangschuss auf den Träger an und drückte ab. In derselben Sekunde war das Tier verendet.

Inzwischen war es fast taghell geworden. Der Nebel lichtete sich, blauer Himmel lugte zwischen den weißen Schwaden hindurch. Es kündigte sich ein sonniger Tag an. Das war das Einzige, was Steiner in diesem Augenblick den nötigen Auftrieb gab, den langen Rückweg anzutreten. Einen erlegten Bock während der Schonzeit in der Wildkammer abzulegen, schadete seinem Ruf. Bei der Verbreitung von Gerüchten spielten die genauen Umstände keine Rolle. Sein Arbeitgeber hatte auf seine Fähigkeiten vertraut, obwohl er als Förster keinerlei Referenzen hatte vorweisen können. Nun gelang es ihm nicht, seinen Aufgaben gerecht zu werden.

Leise knirschten die Kieselsteine unter seinen Sohlen. Sein Atem zeichnete sich in kleinen Wölkchen vor seinem Mund ab. Moritz ging lautlos bei Fuß.

Er marschierte auf den großen Holzspalter zu, ein nützliches, aber bedrohlich aussehendes Arbeitsgerät. Das stählerne Monstrum wirkte beunruhigend auf Steiner. Heute ganz besonders. An den Umrissen konnte er sofort erkennen, dass etwas anders war.

Plötzlich knallte ein Schuss durch die Stille – begleitet von einem unmittelbaren zweiten Donnern, dem Kugelschlag.

Ein Schuss mit Treffer.

Erschrocken schaute Steiner auf seinen Hund. Moritz hechelte aufgeregt neben ihm. Für ihn gab es keinen Zweifel.

Steiners Blick fiel wieder auf die Holzspaltmaschine. Im Nebel wirkte alles unwirklich. Und doch wusste Steiner, dass er gerade mit der Wirklichkeit konfrontiert wurde.

Gab es ein Zurück? Konnte er sich einfach umdrehen, und nachsehen, welchen Schaden der zweite Schuss angerichtet hatte? Moritz zog ihn in diese Richtung; sein Unterbewusstsein in die andere. Schließlich stand er unmittelbar vor dem stählernen Monster und sah, was er nach seinem Rücktritt aus dem Polizeidienst nicht mehr sehen wollte.

Dort lag ein menschlicher Körper.

Der Spalter, ein schwerer messerscharfer Stahlblock, war heruntergesaust und hatte den Kopf vom Körper getrennt – wie eine Guillotine aus dem achtzehnten Jahrhundert.

Moritz bellte. Steiner befahl ihm, ruhig zu sein und sich zu setzen. Dann besah er sich den Toten genauer. Er waren die Reste eines Mannes in Jägerkleidung; grüne Hose, Lodenjacke, festes Schuhwerk.

Vom Kopf keine Spur.

Er suchte die Umgebung ab, fand aber nichts Auffälliges. Blutschlieren an dem Stahlblock gaben einen deutlichen Hinweis darauf, dass die Enthauptung an diesem Gerät durchgeführt wurde. Zu Steiners Überraschung gab es keine Blutlache unterhalb des Rumpfes. Bei dieser Tötungsart müsste eine große Menge Blut geflossen sein.

Er hörte Schritte.

Moritz stellte die Ohren auf, zog die Zunge ins Maul zurück und verharrte wie aus Stein gemeißelt. Ein Zeichen äußerster Wachsamkeit.

Steiner spürte, wie sich ihm die Nackenhaare stellten. Wer kam da durch den undurchsichtigen Nebel? Kehrte der Täter etwa an den Tatort zurück?

Er nahm seinen Revolver aus dem Holster, entsicherte ihn. Unvermindert setzte sich das leise Tack, Tack, Tack fort. Steiner stutzte. Nur ein unbedarfter Spaziergänger ignorierte das Geräusch einer Waffe, die zum Abschuss entsichert wird. Aber in dem Fall war seine Situation auch nicht viel besser. Steiner direkt vor einer enthaupteten Leiche zu finden, würde seine Rolle als Zeuge in Frage stellen. Also musste er zusehen, dass außer ihm niemand bis an den Holzspalter herankam, bevor er nicht selbst die ehemaligen Kollegen über seinen Fund informieren konnte.

Kaum hatte er diese Überlegung angestellt, zeichnete sich aus dem Nebel eine zarte, weibliche Gestalt ab. Erleichtert verstaute er seine Smith & Wesson und trat auf die junge Frau zu. Sie war in einen langen schwarzen

Mantel gehüllt, darunter trug sie eine schwarze Hose, die mit Silber glitzernden Abzeichen bestickt war. Steiner erkannte umgedrehte Kreuze. Ihre Haare waren schwarz gefärbt, die Fingernägel schwarz lackiert, die Umrandung um die Augen ebenfalls schwarz, sogar die Lippen. Piercings an Augenbrauen, Ohren und Unterlippe durften bei der Maskerade nicht fehlen. Ihre Haut schimmerte leichenblass.

Diese Erscheinung erinnerte ihn sofort an mehrere Diensteinsätze. Mit wie vielen Menschen, die sich auf diese Art und Weise vom Leben abschotten wollten, war er in Berührung gekommen? Die schlimmsten von Ihnen bekannten sich zu Satan, hielten Schwarze Messen ab und behaupteten, sich durch Alkohol- und Sexualexzesse innerlich zu befreien. Er hatte seine Arbeit als Förster des Limbergs in der Hoffnung angetreten, von den psychisch Degenerierten genügend Abstand zu gewinnen. Aber das Gegenteil war der Fall. Um verbotenen Ritualen zu frönen, suchten Menschen gerade diese verlassene Gegend auf. Die Scheune, direkt neben der Kapelle auf dem Berg, war der Ort, den sie für ihre perversen Spiele auswählten. Bisher war niemand erwischt worden. Sie ließen nur die Spuren der Verwüstung zurück, vermutlich weil es ihnen Spaß machte, vorbeispazierende Menschen zu schockieren.

Und nun kam eine schwarz gekleidete Frau in aller Frühe auf ihn zu. Dazu noch in der Nähe einer enthaupteten Leiche. Gehörte sie zu den Satanisten? War sie vergessen worden? Oder wollte sie sich an den Früchten der letzten Messe erfreuen?

Er durfte sie nicht zu nah an den Toten heranlassen. Sie war für ihn sofort verdächtig.

»Wer sind Sie und was wollen Sie hier?«

»Das geht Sie nichts an«, kam es unfreundlich zurück.

»Es ist heute Nacht nicht sicher hier im Wald«, gab Steiner gereizt zurück. »Am besten ist es, Sie gehen schnell wieder nach Hause!«

Die Frau machte keine Anstalten zu gehen. Er ahnte, dass sie Probleme bereiten würde. Da lag ein Toter, den er der Polizei melden musste, und vor ihm verharrte eine Fremde, die er von dem Toten fernhalten musste.

»Ich gehe jetzt weiter«, verkündete sie und wollte tatsächlich an ihm vorbei.

Steiner stellte sich breitbeinig in den Weg, streckte seinen rechten Arm aus und versuchte nach ihr zu greifen, als sie sofort los schrie: »Lass mich los! Oder bist du ein Perverser?«

Entsetzt wich er zurück, was sie ausnützte und einen weiteren Schritt auf ihn zu machte.

»Bis hierhin und nicht weiter«, befahl er.

»Hast du mir was zu sagen?«

»Erstens sind wir nicht per du, zweitens bin ich hier der Revierförster.«

»Ich bin beeindruckt.« Ironie zeichnete sich auf ihrem blassen Gesicht.

»Hören Sie, hier ist es gefährlich. Es gibt Wilderer in diesem Wald und ich weiß nicht, ob die immer erkennen, auf wen oder was sie schießen. Deshalb rate ich Ihnen noch mal, den Wald zu dieser frühen Stunde zu verlassen.«

»Leck mich, du A...«

»Jetzt reicht es«, unterbrach Steiner die junge Frau. »Sie werden umkehren, wie ich es gesagt habe!«

Steiner hatte keine Zeit, sich mit ihr herumzuschlagen. Er musste zusehen, dass er den Leichenfund meldete. Da er selbst einmal bei der Kriminalpolizei gearbeitet hatte, wusste er genau, wie es auf die ehemaligen Kollegen wirken musste, wenn er dieser Pflicht nicht sofort nachkam. Die Zeit, die bereits verstrichen war, könnte schon zu lange sein.

Das war sie bereits.

Ein Polizeiauto mit Blaulicht kam angerollt, gefolgt von einer ganzen Autokolonne – wie er zu genau wusste, von einer Tatortgruppe, der Spurensicherung, dem Gerichtsmediziner und der Staatsanwaltschaft.

Schlimmer hätte es nicht kommen können.

Das erste Auto hielt vor ihm an. Aus dem Wagen stieg Theo Barthels, der Leiter der Spurensicherung.

»Harald Steiner«, kam er auf ihn zu. »Was machst du denn hier?«

»Ich bin gerade über eine Leiche gestolpert, was ich euch schon gemeldet hätte, wäre diese aufdringliche Dame nicht ausgerechnet jetzt hier aufgekreuzt!«

»Wir sind bereits informiert worden«, bemerkte Barthels. »Aber nicht von dir.«

»Von wem?«

»Was heißt hier Leiche?«, funkte die schwarz gekleidete Frau dazwischen. »Deshalb hast du mich nicht durchgelassen?«

»Ihr kennt euch?«, schlussfolgerte Barthels sofort.

»Nein!«

In der Zwischenzeit waren auch die anderen Wagen stehen geblieben.

Allen voran kam Jürgen Schnur. Als er Harald Steiner erblickte, fragte er überrascht: »Was tust du denn hier?«

»Ich arbeite hier als Förster für das Forstunternehmen von Monsieur Villeroy«, erklärte Steiner.

Jürgen Schnur lachte: »Der Wald ist die Heimat der Jäger! Dann ist es ja kein Wunder, dass ich dich hier antreffe. Ich wusste nicht, dass du unter die Naturburschen gegangen bist.«

»Und was machst du hier?«, stutzte Steiner.

»Ich bin jetzt Kommissariatsleiter der Dienststelle für Kapital- und Sexualdelikte. Das ist mein erster Fall in meiner neuen Funktion.«

»Gratuliere! Ich erinnere mich noch, wie du bei der Kriminalpolizei angefangen hast. Mit dir haben sie einen guten Mann auf den Posten gesetzt.«

»Danke für die Blumen. Hoffentlich bereust du das Kompliment nicht sofort wieder. Wer ist die Frau an deiner Seite?«

»Nimm sie dir genau vor«, flüsterte Steiner statt einer Antwort. »Sie scheint eine der Satanisten zu sein, die hier oben ihre Spiele treiben.«

»Ich nehme mir jeden vor, den ich in der Nähe einer Leiche finde«, entgegnete Jürgen Schnur bestimmt. »Oder meinst du, ich glaube an das Gute im Menschen?«

»Ich bin Anne Richter«, stellte sich die schwarz gekleidete Frau vor.

Sofort kam eine schlanke Frau mit goldblonden Locken auf die Fremde zu und bat sie, ihr zu folgen. Zu Steiners großer Überraschung tat sie das auch.

»Wer ist die schöne Blonde?«, fragte Steiner.

»Das ist Esther Weis, Mitarbeiterin meiner Dienststelle.«

»Es hat sich in den letzten Jahren wohl einiges verändert. Zu meiner Zeit waren keine Polizeibeamtinnen im Außendienst.«

Er bekam keine Gelegenheit, sich lange mit diesem Thema zu beschäftigen, da trat ein untersetzter Mann in fleckiger Hose und abgewetztem Parka auf ihn zu, zeigte mit den Zeigefinger auf ihn und sprach mit gehetzter Stimme und hektischen Bewegungen: »Jetzt haben wir dich! Du bist fertig! Ich wusste von Anfang an, dass du nicht sauber bist. Aber keiner hat auf mich gehört. Hier haben wir die Bestätigung!«

»Was soll das, Rolf?«, rief Schnur, um den Redefluss zu stoppen.

»Du kennst diesen Choleriker?«, staunte Steiner.

»Ja! Ich bin hier aufgewachsen. Da kommt man nicht umhin, Subito-Rolf zu kennen!«

»Dann weißt du ja, was du von diesem Redeschwall zu halten hast«, gab Steiner von sich. Er machte sich gar nicht erst die Mühe, etwas von den Worten, die der aufgebrachte Mann ihm entgegengeschleudert hatte, zu widerlegen.

»Nein, das weiß ich nicht«, gab Schnur scharf zurück. »Ich kenne Rolf West, weiß, dass er seinen Spitznamen nicht zu Unrecht bekommen hat, weil er äußerst impulsiv ist. Was ich aber auch weiß, ist, dass du hier vor einer Leiche stehst, sie aber mit keinem Wort bei uns gemeldet hast.«

»Das habe ich dir doch erklärt.«

»Hast du nicht! Rolf hat schon vor einer Stunde bei uns den Fund eines Kopfes gemeldet. Und dich treffe ich genau am Fundort, an dem der Rest der Leiche liegt. Was soll ich davon halten?«

Zweifelnd schaute Schnur den ehemaligen Einsatzleiter an.

Steiner zog seine Schirmmütze ab und rieb sich über die Glatze. Er wusste nicht, was er dazu sagen sollte. In seinen Augenwinkeln sah er die schwarz gekleidete Frau wild gestikulierend mit der hübschen Polizeibeamtin sprechen. Ihr verdankte er, dass er nicht rechtzeitig seinen Anruf tätigen konnte. Nun stand er in Erklärungsnot.

Moritz, sein Hund schaute unentwegt auf sein Herrchen. Sein Schwanz war eingezogen, sein Maul geschlossen, die Ohren gespitzt. So als spürte er die unsichtbare Gefahr, in der Steiner schwebte.

Die kurze Stille wurde von einem lauten »Steiner, Steiner« unterbrochen, das begleitet vom hektischen Durcheinanderrufen der Polizeibeamten zwischen den Polizeifahrzeugen erschallte.

Steiner erkannte diese krächzende Stimme unter tausenden. Es war Micky, der jüngste Sohn von Rolf West.

Sein rundes Gesicht strahlte vor Glück, als er auf Steiner zulief. Das Ausmaß der Situation hatte er nicht begriffen, er sah nur ein Ziel vor Augen, nämlich seinem Freund Steiner mitzuteilen, was er an diesem Morgen erlebt hatte.

»Ich habe den Kopf gefunden«, begann er. »Ich wollte ihn begraben, wie ich das mit toten Tieren auch immer mache. Das war doch richtig, oder?«

Er schaute mit seinem gewinnenden Lächeln zu Steiner hinauf und hoffte auf Bestätigung.

Der Jäger stand ganz betroffen da, ahnte, dass der Junge in seiner Naivität das Schlimmste angerichtet hatte, nämlich den Verdacht zu erregen,

Spuren zu beseitigen. Aber was sollte er ihm sagen? In seiner Unbedarftheit hatte Micky nur das getan, was er schon lange tat.

Also strich er ihm über das dunkle Haar, lächelte ihn an und meinte: »Das war richtig, Micky.«

»Da haben wir's«, brüllte Rolf West sofort los. »Er nutzt die Einfältigkeit meines Sohnes aus, um seine Schandtaten zu vertuschen.«

Mit einem Satz war der hypernervöse Mann dicht vor Steiner. »Wie lange geht das schon so?«

Plötzlich stand sein Sohn zwischen den beiden Männern. Wild entschlossen trommelte er mit seinen kleinen Fäusten auf seinen Vater ein und schrie: »Er ist mein Freund! Er ist mein Freund!«

Schnur musste eingreifen, um Handgreiflichkeiten zu verhindern. Mit einer Hand zog er Rolf West von Steiner weg und übertönte Mickys Gezeter mit den Worten: »Schluss mit deinen Eigenmächtigkeiten. Du gehst zu weit. Die Polizeiarbeit macht immer noch die Polizei.«

»Ihr macht ja nichts!«

»Halt endlich die Klappe, Rolf«, befahl Schnur, während er den Jungen genauer beobachtete.

Vor Schreck über den strengen Tonfall, blieb der Angesprochene tatsächlich ruhig.

Auch Micky wurde still. Er suchte sich einen sicheren Platz, ganz dicht hinter Steiner.

»Wie heißt dein Sohn Micky richtig?«, fragte Schnur.

»Michael!«

Der Junge hatte das Down-Syndrom. Das entging Schnur nicht. Wie es wohl zu der Freundschaft zwischen Steiner und dem Jungen gekommen war?

Es war der Gerichtsmediziner Dr. Thomas Wolbert, der Schnur aus seinen Gedanken riss. Während des ganzen Gespräches hatte er gebückt über dem Körper des Toten gestanden. Nun richtete er sich auf und berichtete: »Der Tod trat erst vor wenigen Stunden ein. Die Todesursache ist auf den ersten Blick eindeutig, es sei denn, er wurde post mortem geköpft.«

»Besteht die Möglichkeit?«

»Ja! Die Kollegen der Spurensicherung konnten bisher nur wenig Blut finden, was dafür spricht.«

»Gut, dann warten wir ab, bis wir ganz sicher sind«, meinte Schnur.

»Wir werden die Leiche jetzt mitnehmen«, verkündete der Gerichtsmediziner, was Schnur mit einem Nicken quittierte.

»Jetzt haben wir dich«, nutzte Rolf West den Moment, um sich wieder auf Steiner zu stürzen. »Schrecklich, wenn man den abgetrennten Kopf eines nahe stehenden Menschen sehen muss. Bernd Schumacher war einer von uns. Du hast wohl geglaubt, wenn sein Kopf verschwindet, kommt niemand dahinter, wer dort in der Spaltmaschine steckt! Für die Drecksarbeit ist mein Sohn gerade gut genug!«

Aber Steiner hörte nicht mehr zu. Ihm ging nur noch der Name durch den Kopf.

»Bernd Schumacher?«

»So heißt der Tote«, erklärte Schnur. »Wie ich erwartet habe, geht dir bei dem Namen ein Licht auf.«

»Wie kommt Bernd Schumacher hierher? Ich dachte, der sitzt.«

»Er wurde vor einigen Monaten entlassen – wegen guter Führung.«

Steiner war so überrascht, dass ihm die Worte fehlten.

»Du weißt, was das bedeutet?«, fragte Schnur. »Ich muss dich auf die Kriminalpolizeiinspektion nach Saarbrücken mitnehmen. Dort wirst du erkennungsdienstlich behandelt, danach stelle ich dir einige Fragen.«

»Darf ich mir wenigstens Kleider zum Wechseln mitnehmen?«

»Natürlich, aber es bleibt immer jemand in deiner Nähe«, bestimmte Schnur.

»Meine Güte! Soviel Misstrauen. Du weißt doch, wer ich bin und auf welcher Seite ich stehe.«

»Ich kann nur von dem ausgehen, was ich sehe. Und das sieht nicht gut für dich aus.«

Steiner gab sich geschlagen.

»Oben auf dem Berg liegt ein Rehkadaver«, erklärte er, während sie auf das Auto zugingen. »Der Bock muss in die Wildkammer gebracht werden.«

»Einen Bock in der Schonzeit schießen«, blaffte Rolf West sofort los. »Das bringst nur du fertig! Aber jetzt bist du erledigt. Deine Zeit als Förster ist vorbei. Ernst Barbian wird Augen machen, wenn er hört, was du dir neben der Wilderei noch alles erlaubt hast.«

»Nicht so hastig, Subito-Rolf«, funkte Schnur dazwischen. »Wir werden Harald Steiner nur befragen. Er ist nicht verhaftet. Ich hoffe, das ist in deinem überreizten Hirn angekommen und du redest keinen Unsinn im Dorf.«

»Das wird nicht zu vermeiden sein«, resignierte Steiner. »Rolf lässt nichts aus, was mir schaden könnte.«

»Richtig erkannt! Warum sollte ich dir helfen? Wie du mir, so ich dir«, zischte Rolf West.

Steiner überhörte seine letzte Bemerkung. Stattdessen sprach er zu Schnur: »Bevor ich auf die Leiche im Holzspalter gestoßen bin, ist noch ein Schuss oben auf dem Berg gefallen.«

»Wo?«

»Es hörte sich an, als habe der Schütze in der Umgebung der Kapelle gestanden. Genauer weiß ich es nicht.«

Eine Weile schaute Jürgen Schnur Harald Steiner an, überlegte, was in seiner Situation zu tun sei, bis er sich entschied: »Ich werde einige Kollegen dorthin schicken. Sie sollen nachsehen. Denn, sollte dort ein weiterer Toter liegen, wäre es fatal, wenn ich deinen Hinweis übergehe.«

»Stimmt«, nickte Steiner. »Vor allem, weil es ein Schuss mit Treffer war.«

»Was macht dich so sicher?«

»Der Kugelschlag war deutlich zu hören.«

Als sie vor dem Wagen standen, kam die schwarz gekleidete Frau wieder auf Steiner zu. Er war frustriert, als in seiner ohnehin miserablen Gemütsverfassung auch noch ihre Hetzparolen an sein Ohr drangen: »Jetzt verstehe ich, warum du mich nicht vorbei gelassen hast. Das war natürlich schön blöd, dass ich genau in dem Augenblick aufkreuzte, als du mit deiner Tat noch nicht fertig warst. Was wolltest du noch machen? Den Toten ausnehmen, die Lieblingsbeschäftigung der Jäger?«

»Frau Richter!« Esther eilte dazwischen. »Mischen Sie sich hier nicht ein. Das geht Sie nichts an. Ein Kollege wird sie jetzt zur Polizeiinspektion mitnehmen, damit Sie dort Ihre Aussage machen.«

»Dumm was, dass ich dazwischen kam«, rief sie trotzig weiter. »Hab ich dich um dein Vergnügen gebracht?«

Steiner spürte, wie in ihm Wut hoch kroch. Sie wollte den Verdacht von sich auf ihn ablenken, was ihr auch glänzend gelang.

Aber Esther ließ sie nicht weiterreden, sondern schob sie gegen ihren Willen ins Polizeifahrzeug.

»Esther, du wirst jetzt mit Harald Steiner zu seinem Haus fahren, ihm gestatten, dort einige Kleider zum Wechseln zu packen und mit ihm nach

Saarbrücken kommen«, wies Schnur seine Mitarbeiterin an. »Ein Kollege wird dich begleiten.«

»Und was passiert mit meinem Hund?«, fragte Steiner.

Moritz stand ganz aufgeregt neben ihm und wedelte mit dem Schwanz, als das Thema endlich auf ihn kam.

Esther trat auf das schöne Tier zu und überlegte, es zu streicheln. Aber die Vorsicht siegte. Sie schaute auf den Besitzer und fragte: »Ist er gefährlich?«

Steiners Gesicht verzog sich zu einer todernsten Miene und antwortete: »Oh ja!«

Erschrocken wich sie zurück.

Steiner fügte an: »Das ist ein Kampfschleckhund. Jeder, der ihn streichelt, bekommt es unweigerlich mit seiner langen, nassen Zunge zu tun.«

Erleichtert lachte Esther , setzte sich in die Hocke und streichelte Moritz über das samtweiche Fell. Einige Sekunden verstrichen, bis der Hund tatsächlich genau das tat, was Steiner angekündigt hatte. Er begann ihre Hand abzulecken.

»Ist der süß«, jubelte sie. »Wir nehmen ihn mit. So einen treuen Kerl kann man nicht allein zurücklassen.«

»Okay, bringt ihn mit! Aber macht euch auf den Weg. Ich will hier keine Wurzeln schlagen«, stimmte Schnur zu.

»Das heißt ja, dass du ihn wieder laufen lässt?«, ertönte die Stimme von Rolf West.

»Du warst ja schon immer schnell mit deinem Mundwerk, aber langsam mit dem Hirn. Wie ich sehe, hat sich im Laufe der Jahre nicht viel daran geändert«, gab Schnur dem hitzköpfigen Mann zu verstehen.

Erstaunt schauten alle Kollegen auf Jürgen Schnur, die ihn so zynisch gar nicht kannten. Aber Schnur ließ sich nicht beirren. »Sieh zu, dass der Rehkadaver in die Wildkammer gebracht wird! Das ist das Einzige, was du im Augenblick richtig machen kannst.«

Sogar Rolf West war durch diesen Ton so erschrocken, dass er nur noch ein Nicken zustande brachte. Er suchte nach Micky, um mit ihm zum Polizeifahrzeug zu gehen. Der Junge versteckte sich immer noch hinter Steiner.

Das veranlasste Steiner, sich zu Micky umzudrehen und einige Worte mit ihm zu sprechen. Das Lächeln verschwand aus dem rundlichen Gesicht und wich einer trotzigen Miene. Aber er widersprach Steiner nicht und folgte widerstrebend seinem Vater.

Nach und nach entfernten sich die Fahrzeuge vom Tatort. Zurück blieben nur noch wenige Beamte, die den Tatort mit Absperrband absicherten.

Esther begleitete Steiner nach Hause. Sie saß auf dem Beifahrersitz, ein Polizeibeamter vom Polizeibezirk Saarlouis hatte das Steuer übernommen. Ständig fiel ihr Blick in den Rückspiegel, um Steiner zu beobachten. Sein Hund lag auf seinem Schoß, sein Gesicht wirkte entspannt, während er das braun-weiß gefleckte Fell streichelte.

Der Fahrer des Wagens folgte Steiners Wegbeschreibung, bis er ein gusseisernes Tor passierte und an einem gut gepflegten Rasen vorbei auf ein Gebäude im Stil des Klassizismus zurollte. Die geraden Formen bestachen durch die hohen Sprossenfenster, dekoriert von dunklen Klappläden auf der hellen Fassade. Vollendet wurde das Gesamtbild durch das Mansardendach aus schwarzem Schiefer. Ein kleines Haus in neuzeitlicher Bauweise und ein flaches Gebäude flankierten das Herrenhaus, eingeschlossen von üppigen bunten Blättern wilden Weins. In der Mitte des Hofes prangten ein moderner Pavillon und ein rustikales Brunnenhaus. Dunkelrote Rosen, weiße Margeriten und gelbe Dahlien stachen von dem saftigen grünen Rasen ab, eine kleine Oase zwischen Sandsteinwänden, wo der Berg für dieses Fleckchen Erde abgetragen worden war. Der Anblick verschlug ihnen den Atem.

Als Steiner die erstaunten Gesichter bemerkte, erklärte er: »Durch meinen Arbeitsvertrag mit Monsieur Villeroy habe ich hier nur Wohnrecht. Das Haus gehört mir nicht.«

»Aber allein dort zu wohnen muss doch schön sein«, überlegte Esther laut.

»Das dachte ich auch, als ich hierher zog – ein Vorzug meiner neuen Arbeit. Ein ruhiges Leben, fernab von allem.«

»Wovor flüchten Sie?«

Mit dieser Frage brachte die Kommissarin Steiner aus dem Konzept.

»Ich sollte Kleider zum Wechseln holen«, lenkte er ab.

Sie stiegen aus. Wieder ließ Esther ihren Blick über das Haus wandern. Doch zu ihrem Erstaunen steuerte Steiner nicht das Schmuckstück des Hofes an, sondern die zum Wohnhaus umgebaute Remise. Zwischen den Blättern des wilden Weins war die Eingangstür nur zu vermuten.

Sie betraten eine große Diele mit Parkettboden. Eine Glastür trennte den Eingangsbereich vom Wohnbereich ab. Von allen Seiten fiel Tageslicht herein. Steiner ging voraus. Aus einem der Räume strömte Kaffeeduft, dem Esther Weis am liebsten gefolgt wäre.

Steiner ging mit Esther Weis durch ein gemütliches Kaminzimmer und steuerte einen Raum an, der eindeutig sein Schlafzimmer war. Dort zog er Kleidungsstücke aus dem Schrank, eilte ins Nachbarzimmer, wo er Vorräte für seinen Hund einpackte.

Moritz verhielt sich still und gehorsam. Esther Weis entwickelte in der kurzen Zeit eine große Freude an dem Tier und streichelte bei jeder Gelegenheit über sein Fell, was Moritz sich gern gefallen ließ.

Kapitel 2

Im Flur der Kriminalpolizeiinspektion stellten sie fest, wie still es dort war.

»Wo sind die Kollegen?«, fragte Esther ihren Vorgesetzen.

»Anke ist krank«, kam es mürrisch zur Antwort.

»Was hat sie denn?«

»Windpocken!« Schnurs Tonfall ließ keinen Zweifel an seinem Frust. »Wenn man ein Kind hat, das in den Kindergarten geht, kommt so etwas leider vor. Und wir haben das Nachsehen.«

»Da fehlen aber noch ein paar«, erinnerte Esther Weis. »Ausgerechnet an dem Tag, an dem sich die neue Staatsanwältin vorstellen will, ist keiner da.«

»Erik Tenes ist auf dem Weg hierher. Er wird zusammen mit ein paar Beamten der Polizeidienststelle Saarlouis morgen früh die Suche auf dem Limberg fortsetzen.«

»Nach was suchen wir denn?«, fragte Esther.

»Nach einem Projektil oder nach einem angeschossenen Wild – was weiß ich, was sie dort finden werden«, brummte Schnur. »Nach Steiners Angaben ist dort ein Schuss mit Treffer gefallen – dem müssen wir nachgehen …«

Steiner stand mit Moritz an der Leine im Flur und wartete geduldig.

»Wer übernimmt Harald Steiner?«, stellte Esther die Frage, die sie noch viel mehr beschäftigte.

»Er muss seine Kleider für den Erkennungsdienst abgeben, was mir ungelegen kommt«, gab Schnur mürrisch zu verstehen. »Du weißt, dass ich einen Termin mit der neuen Staatsanwältin habe. So glänze ich schon bei unserer ersten Begegnung mit Verspätung. Na toll!«

»Ich würde dir Steiner abnehmen, aber ich glaube nicht, dass er damit einverstanden wäre.«

Steiner hatte das Gespräch mitgehört. Er trat auf Esther zu und meinte: »Warum sollte ich nicht damit einverstanden sein, mich vor Ihnen zu entkleiden? Sie sind mir bedeutend lieber als Jürgen Schnur, der alte Diener.«

Er folgte Esther in einen kahlen und unpersönlichen Raum.

»Hier?«

Esther zuckte mit den Schultern. Ihre Verlegenheit war größer als Steiners, was sie selbst überraschte.

»Sie wissen, dass ich Sie im Auge behalten muss, für den Fall …«

»Das ist mir sogar recht«, kam es zurück. »Ich will schließlich nicht, dass Sie nachher für einen Fehler haftbar gemacht werden.«

»Danke. Sie machen es mir leicht.«

Er schaute sie lange an. Sie hielt seinem Blick stand. Seine dunkelbraunen Augen wirkten klug und undurchdringlich. Sein Kopf glänzte kahl, bis auf wenige graue Stoppeln, die einen Kranz am Hinterkopf bildeten. Seine Gesichtszüge waren markant, seine Falten tief, was draufgängerisch an ihm wirkte. Nicht das kleinste Anzeichen von Unsicherheit erkannte sie an ihm, während er begann, sich seiner Kleider zu entledigen.

Nach und nach legte er die Stücke auf den Tisch, bis er völlig nackt vor ihr stand.

Sein Oberkörper war muskulös, seine Schultern breit. Er hatte einen Waschbrettbauch, wie Esther es nur von Reklameschildern kannte, und kräftige Oberschenkel. Obwohl sie wusste, dass es unhöflich war, ihn anzustarren, gelang es ihr nicht, ihren Blick abzuwenden.

»Darf ich mich wieder anziehen?«

Mit dieser Frage brachte er sie aus dem Konzept. Verwirrt nickte sie, stammelte ein »Natürlich« und merkte, wie sie augenblicklich rot im Gesicht wurde. Steiner dagegen war die Selbstsicherheit in Person.

Innerlich ärgerte sich Esther über ihr Verhalten. Hastig packte sie die Kleidungsstücke in eine Tüte und wollte das Zimmer verlassen, als ihr eine Frage einfiel: »Wer ist Bernd Schumacher?«

Anstatt zu antworteten, stellte ihr Steiner eine Gegenfrage: »Seit wann arbeiten Sie hier im Polizeidienst?«

»Seit sieben Jahren.«

»Dann wissen Sie natürlich nicht, wer Bernd Schumacher ist«, folgerte Steiner. Er zögerte eine Weile, bis er endlich weiter sprach: »Ich war bis vor fünfzehn Jahren Einsatzleiter des Sondereinsatzkommandos des Saarlandes. Mein letzter Einsatz galt Bernd Schumacher. Der Einsatz scheiterte, weshalb ich meinen Rücktritt erklärte.«

An diesen Worten erkannte Esther, dass der Fall interessant zu werden versprach. Steiner tat nichts, um den Verdacht von sich abzulenken, dabei drückten seine eigenen Worte schon ein Motiv aus, Bernd Schumacher zu töten.

Leise schloss sie die Tür hinter sich.

Ein paar Türen weiter breitete sich Aufregung im Büro aus. Die Nachricht verbreitete sich wie ein Lauffeuer: »Gleich kommt die neue Staatsanwältin.«

Erwartungsvoll lauschten sie den Schritten auf dem Flur, die immer näher kamen.

Dieter Forseti zupfte nervös an seiner Krawatte. Nach seinem Sprung vom Hauptkommissar zum Ersten Hauptkommissar war seine Karriere nicht mehr zu stoppen. Kurt Wollnys vorzeitiger Abschied in den Ruhestand hatte ihn unverhofft schnell zum Kriminalrat befördert. Hier stand er nun vor seinem ersten offiziellen Auftreten als Amtsleiter.

Die Tür ging auf.

Vor ihnen stand eine große, schlanke Frau mit roten Haaren, die in wilden Locken ihr schmales Gesicht umrahmten. Sie trug einen grünen, figurbetonten Hosenanzug, dazu Goldschmuck an Hals und Ohren. Überrascht und belustigt zugleich blickte sie in die Runde, bevor sie mit einer angenehm tiefen Stimme sprach: »Ein Begrüßungskomitee hatte ich nicht erwartet.«

Alle waren gefesselt von ihrem Anblick. Ihr Gesicht war blass und ungeschminkt. Hohe Wangenknochen und die lange, gerade Nase wirkten aristokratisch.

Es war Forseti, der sich wie immer am besten im Griff hatte. Er trat auf sie zu mit den Worten: »Ich bin Kriminalrat Forseti.«

»Ich bin Staatsanwältin Ann-Kathrin Reichert.« Sie reichte ihm ihre Hand.

Schnur gesellte sich dazu. »Jürgen Schnur. Dienststellenleiter. Ich freue mich, Sie als Nachfolgerin von Emil Foster begrüßen zu können.«

»Ich hoffe auf eine gute Zusammenarbeit«, antwortete die Staatsanwältin mit ihrer auffallend dunklen Stimme.

»Da habe ich keine Bedenken«, gab Jürgen Schnur galant zurück.

Forseti übernahm den nächsten Teil der Empfangszeremonie. Er stellte alle Mitarbeiter vor. Ann-Kathrin Reichert begrüßte jeden mit Handschlag.

»Zum Einstand laden wir Sie zu einer Besprechung ein«, kam Schnur sofort zum Thema. »Leider müssen wir Sie gleich mit einer unangenehmen Angelegenheit überfallen und haben zu unserer Verteidigung noch wenig vorzubringen. Wir stehen ganz am Anfang.«

Ann-Kathrin Reichert lachte. Amüsiert schaute sie sich Schnur genauer an, bevor sie sagte: »Sie halten es nicht für möglich: Aber zum Arbeiten bin ich hier – nicht zum Vergnügen.«

Leises Gelächter ertönte.

Es war Forseti, der alle in Staunen versetzte. »Sicherlich! Aber ein wenig Vergnügen während der Arbeit hat noch keinem geschadet.«

War das der Forseti, den sie kannten?

Höflich zeigte er der Staatsanwältin den Weg zum Besprechungsraum. Gläser und Getränke standen bereit. Alles war bestens vorbereitet.

Die Staatsanwältin setzte sich neben Jürgen Schnur, der ihr den Stuhl hervorzog, um ihr Platz anzubieten.

Nach seinem kurzen Bericht forderte Schnur seinen Mitarbeiter Erik Tenes auf, das Ergebnis der Suche auf dem Limberg zu schildern. Es wurde weder ein angeschossenes Tier noch ein angeschossener Mensch dort gefunden.

Steiners Aussage, einen Schuss auf dem Berg gehört zu haben, stand somit in Frage.

Kapitel 3

Die Zeit, die Steiner mit seinem Hund allein in dem kargen Raum saß, nutzte er, um nachzudenken. Der Einsatz vor fünfzehn Jahren hatte sein Leben entscheidend verändert. Lange hatte er sich eingeredet, dass er so besser dran war. Aber wenn er ehrlich blieb, hatte er sein Ziel verfehlt. Der Gang in das neue Gebäude der Kriminalpolizeiinspektion hatte ihm verdeutlicht, dass es ein notgedrungener Schritt gewesen war und keine freiwillige Entscheidung. Er arbeitete Tag und Nacht allein im Wald, erstellte Abschusspläne für das Wild, das in einem Jahr geschossen werden durfte, organisierte den Holzeinschlag für den Herbst, damit der Baumbestand des Waldes im Gleichgewicht blieb. Nichts davon entsprach seiner ursprünglichen Berufung, Menschen in Notsituationen zu helfen. Seine einzigen menschlichen Kontakte galten dem Kampf gegen die Wilderer, die seine Arbeit in Frage stellten, den Komplikationen mit den Leuten aus dem Dorf, deren Ziel es war, ihn um seinen Arbeitsplatz zu bringen, und einem Jungen mit Down-Syndrom. Die meisten Gespräche beschränkten sich auf die Monologe mit seinem Hund Moritz.

Er schaute hinab auf den Münsterländer. Sogar der Hund war ein Erinnerungsstück an den gescheiterten Einsatz. Damit hatte er so etwas wie eine Wiedergutmachung bezweckt, wobei er sich immer noch nicht sicher war für wen: für den Hund oder sich selbst?

»Tut mir leid, dass es so lange gedauert hat.« Mit diesen Worten stürmte Schnur in das Vernehmungszimmer.

Moritz setzte sich wachsam auf und behielt Schnur genau im Auge.

»Nicht schlimm.« Steiner lächelte schwach. »Ich habe die Zeit genutzt, um nachzudenken.«

»Was kam dabei heraus?«

»Dass die Vergangenheit mich wieder eingeholt hat.«

»Stimmt. Du befindest dich in einer äußerst unglücklichen Situation«, gab Schnur zu bedenken. »Bernd Schumacher hat dir vor fünfzehn Jahren schon einmal geschadet.«

»Und deshalb begebe ich mich auf das Niveau eines Verbrechers?«

Jürgen Schnur ging nicht auf die Bemerkung ein. »Wie wir inzwischen vom Gefängnis Lerchesflur erfahren haben, sprach er über die ganzen Jahre hinweg immer nur von Bezahlen. Was meinte er damit?«

»Woher soll ich das wissen?«

»Du warst doch regelmäßig auf dem Lerchesflur.«

Steiner bewegte sich unruhig hin und her. »Aber nicht bei Bernd Schumacher.«

»Das wissen wir auch. Die Angestellte der Gefängnisverwaltung war sehr gesprächig. Einen guten Geschmack hast du«, reagierte Schnur süffisant.

Steiner fühlte sich unbehaglich. Er wusste, dass sein Privatleben nicht mehr existierte, wenn er der einzige Verdächtige in diesem Fall bleiben würde. Er bekam jetzt schon einen Vorgeschmack auf die Scham, die dann auf ihn zukam.

»Trotzdem besteht die Möglichkeit, dass du dort etwas über ihn in Erfahrung gebracht hast – ob gewollt oder ungewollt.«

Steiner rieb sich über die Glatze, sagte aber nichts.

»Du weißt doch selbst aus deinen Erfahrungen als Polizeibeamter, wie so etwas für einen Verdächtigen aussieht«, hakte Schnur nach.

»Ja! Das ist das Ärgerliche. Ich wusste nichts von Bernd Schumachers Plänen. Damals bin ich nach Wallerfangen gegangen, weil ich dachte, dort bin ich weit weg und komme nie mehr mit diesem Fall in Berührung.«

»Die Absicht ist aber sehr undurchsichtig.«

»Warum?« Steiner horchte auf.

Eine Weile schwiegen sich beide an, bis Schnur endlich die Bombe platzen ließ: »Bernd Schumacher ist in Wallerfangen geboren und aufgewachsen. Da liegt es doch nahe, dass er hierher zurückkommt, wenn er eine Bleibe sucht.«

Steiner starrte Schnur fassungslos an.

»Wusstest du, dass sich die Menschen aus Wallerfangen schon in der Geschichte durch große Verbundenheit zu ihrem Heimatort Wallerfangen ausgezeichnet haben?«, fragte Schnur in die plötzlich eingetretene Stille.

»Was soll das jetzt?«

»Das will ich dir erklären: Wallerfangen wurde bereits vor über tausend Jahren urkundlich erwähnt, trotzdem sind die ältesten Häuser des Dorfes aber gerade mal dreihundert Jahre alt. Wie geht das?«

»Keine Ahnung«, grummelte Steiner. »In Geschichte hapert's bei mir.«

»Im Jahre 1687 beschloss der Sonnenkönig Ludwig XIV. Saarlouis zu erbauen.«

»Toll! Wird das jetzt eine Unterrichtsstunde?«

Schnur ließ sich nicht beirren. »Frankreich hielt zu dem Zeitpunkt Lothringen besetzt. Und um diese Position zu sichern, plante der Sonnenkönig an einem strategisch wichtigen Punkt eine Festungsstadt. Er gab der Stadt nicht nur seinen Namen sondern auch die Form einer Sonne, wofür er viele Steine benötigte, die er nicht hatte. Deshalb befahl er den Dorfbewohnern von Wallerfangen, dem damaligen Vaudrevange, ihre Häuser abzubauen, um mit dem Material Saarlouis aufzubauen «

»Das ist jetzt ein Witz?« Steiner staunte.

»Nein, ist es nicht«, widersprach Schnur.

»Du hättest Lehrer werden können.«

»Ich bin noch nicht bei der Pointe angekommen: Mit der Gründung einer Steingutfabrik in Wallerfangen im Jahr 1785 kehrten viele in ihre alte Heimat zurück.«

»Das ist interessant.« Steiner veränderte seine Sitzposition auf dem harten Stuhl und fügte mürrisch an: »Das ändert aber nichts daran. Ich wusste nicht, dass Bernd Schumacher in Wallerfangen war – geschweige denn, dass er aus Wallerfangen stammte.«

»Schwer zu glauben«, feixte Schnur. »Bernd Schumacher hat sich den ganzen Sommer in Wallerfangen aufgehalten.«

Steiner zuckte mit den Schultern.

»Warum kehrt er ausgerechnet in das Dorf zurück, wo der Mann arbeitet, der ihn vor Jahren ins Gefängnis gebracht hat?«

»Heimattreue?«, rätselte Steiner ironisch.

Jürgen Schnur schaute Steiner eindringlich an, bis dieser sich auf seinem Platz wand wie ein Aal. »Wallerfangen ist nicht gerade der Nabel der Welt. Du lebst und arbeitest in diesem Dorf, ohne auch nur das Geringste mitzubekommen. Wie geht das?«

»Ich kam als Fremder und bin die ganzen fünfzehn Jahre ein Fremder geblieben«, gestand Steiner.

»Und wie bist du an den Job gekommen, auf den auch Einheimische scharf waren?

»Otto Siebert hat mir die Arbeitsstelle vermittelt.«

»Natürlich! Dass ich nicht selbst darauf gekommen bin. Alle Eltern, deren Kinder einem Verbrechen zum Opfer gefallen sind, rennen mir heute noch die Türen ein, um sich bei mir zu bedanken«, kam es ironisch von Schnur zurück.

»Otto Sieberts Kind hat die Entführung überlebt.«

»Aber wie?«

»Was soll das heißen?«

»Das Kind ist psychisch krank.«

»Aber es lebt«, konterte Steiner. »Heute machen viele Menschen Psychotherapien. Sogar solche, die nicht entführt wurden.«

»Trotzdem staune ich über die Hilfsbereitschaft von Otto Siebert.«

»Er war damals Staatssekretär im Innenministerium und für die Polizeiangelegenheiten zuständig. Also war er über den Einsatz und meinen Rücktritt bestens informiert.«

»Willst du mir jetzt den Geschäftsverteilungsplan des Innenministeriums aus dem Jahr 1991 erklären?«

»Nein!«

»Dann rede endlich Klartext!« Schnur wurde ungehalten. »Zufällig weiß ich, wem der Limberg gehört – nämlich der Familie Villeroy. Damals, bevor ich Wallerfangen verlassen hatte, hieß deren Verwalter Ernst Barbian. Ob er heute noch in seinem Amt ist, weiß ich nicht …«

»Er ist«, unterbrach Steiner. »Er traf letztendlich die Entscheidung, wer den Posten des Revierförsters auf dem Limberg bekommt.«

»Welche Rolle spielte Otto Siebert dabei?«

»Ihm gehört das Nachbarrevier Hessmühle.«

»Weiß ich.«

»Otto Siebert hatte ständig Ärger mit Eduard Zimmer. Mein Vorgänger hatte das Wild der Hessmühle auf den Limberg treiben lassen, um es dort zu schießen. Otto Siebert wollte nach Zimmers Tod einen Jäger auf dem Posten haben, der mit waidgerechten Methoden arbeitet. Deshalb gab er bei Ernst Barbian einen guten Leumund für mich ab.«

»Und Ernst Barbian macht, was Otto Siebert verlangt?« Schnur schaute ungläubig drein. »Gibt es etwas, womit sich Barbian erpressbar gemacht hat?«

»Keine Ahnung«, wehrte Steiner ab. »Wenn ja, will ich nichts damit zu tun haben. Ich habe schon Ärger genug. In diesem Nest gibt es viele bornierte Unheilstifter, die nichts Besseres zu tun haben, als mich in Misskredit zu bringen.«

»Ich stamme auch aus Wallerfangen – falls du es vergessen hast. Sei mit deiner Wortwahl vorsichtiger«, riet Schnur.

»Wie ich oben auf dem Berg mitbekommen habe, kennst du Rolf West, den ewigen Choleriker«, überging Steiner die Warnung.

Schnur nickte.

»Er hatte sich gute Chancen ausgerechnet, diese Stelle zu bekommen, weil er mit dem Verwalter verwandt ist.«

»Leider hat ihm die Verwandtschaft nichts genützt – deine Beziehungen waren besser.« Schnur feixte.

»Dass ich plötzlich aus dem Nichts aufgetaucht bin, traf ihn wie ein Schlag. Er blieb arbeitslos – was er heute noch ist.«

»Willst du damit den Verdacht auf Subito-Rolf lenken?«

»Den halte ich mit seinem hitzigen Gemüt durchaus für eine solche Tat fähig« antwortete Steiner. »Als Polizist habe ich meinen Eid auf die saarländische Verfassung abgelegt. Daran halte ich mich heute noch.«

»Auch das soll ich dir jetzt glauben? Meine Güte, seit ich diesen Fall bearbeite, muss ich ganz urplötzlich zu einem glaubensstarken Menschen mutieren.«

»Hör auf, so mit mir zu reden«, wurde Steiner plötzlich laut. »Du kennst mich schon seit wir beide bei der Polizei angefangen haben und weißt genau, dass du mir vertrauen kannst.«

»Wirklich?« Schnurs Miene blieb ausdruckslos.

»Was soll das jetzt?« Steiner reagierte gereizt.

»Warum ließ sich Odysseus mit verbundenen Augen und Ohren an den Mast fesseln, als er an den Sirenen vorbeifuhr?«

Ohne zu überlegen antwortete Steiner: »Weil er sich selbst nicht traute.«

»Gut erkannt«, nickte Schnur.

Steiner merkte zu spät, was seine Antwort für ihn bedeutete.

Moritz spürte die Anspannung und begann leise zu knurren.

»Moritz! Aus!«, befahl Steiner. Der Hund gehorchte sofort.

»Was soll das, den Hund Moritz zu nennen?«, reagierte Schnur auf den kleinen Zwischenfall. »Für einen Menschen, der seine Vergangenheit weit hinter sich lassen will, tust du merkwürdige Dinge.«

Steiners Gesichtszüge wurden hart, als er grollte: »Was wird das hier? Willst du mit deiner Beförderung gleichzeitig einen Weltrekord im Aufklären von Fällen aufstellen?« Er schnappte kurz nach Luft und fügte in einem Tonfall an, als würde er einen Sensationsbericht abgeben: »Schon nach einer Stunde Fall gelöst, Jürgen Schnurs Karriereleiter nicht mehr zu stoppen!«

»Hieß nicht das entführte Kind Moritz?« Mit dieser Frage überging er Steiners affektierte Kundgebung.

»Ja.« Steiners Tonfall wurde wieder normal. »Aber nicht nur das Kind, wie du wohl weißt.«

Schnur lehnte sich auf seinem Stuhl zurück, verschränkte seine Arme vor seinem Bauch und wartete.

»Da war außerdem der Hund namens Moritz«, sprach Steiner weiter.

»Richtig! Durch das unverhoffte Auftauchen dieses Hundes wurde dein Einsatz in den Sand gesetzt«, stimmte Schnur zu. »Und was willst du damit bezwecken, deinen Hund Moritz zu nennen. Ist das eine Art der Selbstbezichtigung, weil du damals den Tod einer unschuldigen Frau verschuldet hast?«

Die Luft war zum Zerreißen gespannt.

Es dauerte lange, bis Steiner endlich antwortete: »Mein Moritz ist der Hund von damals.«

Nun war es an Schnur zu staunen. Er stand auf, ging um den Tisch herum und schaute sich das Tier näher an.

»Dann muss er schon fünfzehn Jahre alt sein?«

»Rechnen kannst du.«

Beide blickten auf den braun-weißen Hund, der abwechselnd von Schnur zu Steiner schaute.

»Was hätte ich damals tun sollen? Auch noch das arme Tier ins Tierheim bringen? Das habe ich einfach nicht übers Herz gebracht. Es war schon genug passiert.«

»Du hast den Fall nicht vergessen können«, erkannte Schnur. »Im Gegenteil, du siehst ihn vor dir, als wäre alles erst gestern passiert.«

Steiner sagte nichts dazu.

»Und dann willst du mir weismachen, dass ausgerechnet du Bernd Schumacher, dem Entführer, keinerlei Beachtung mehr geschenkt hast. Er war der Auslöser für alles.«

»Sieh es, wie du willst. Ich habe den Hund mitgenommen und als Jagdhund ausgebildet. So konnte ich zwei Fliegen mit einer Klappe schlagen.«

»Aber der Hund erinnert dich doch täglich daran.«

»Nein. Der Hund ist das Beste, was mir passieren konnte. Er hat mich nicht heruntergezogen, sondern aufgebaut. Hast du ein Haustier?«

Schnur schüttelte den Kopf und meinte: »Ich habe eine Frau und zwei Kinder. Das reicht.«

»Ich hatte auch einmal Frau und Kind. Beide habe ich nach dem Einsatz verloren. Was mir geblieben ist, ist der Hund.«

Schnur legte seine angriffslustige Haltung ab, weil er erkannte, dass er auf einen wunden Punkt bei Steiner gestoßen war. Keinem auf der Polizeidienststelle war damals entgangen, wie dieser Einsatz Steiners Leben verändert hatte. Es gab niemanden, den es kalt gelassen hätte.

»Okay«, lenkte Schnur nach einer kurzen Bedenkzeit ein. »Du hältst dich zur Verfügung.«

Steiner nickte, erhob sich von seinem Platz und steuerte auf den Ausgang zu. Moritz folgte ihm aufgeregt hechelnd, ein Zeichen dafür, dass er froh war, endlich dort raus zu kommen.

Kapitel 4

Die Temperaturen stiegen an, der Nebel lichtete sich, wich der Novembersonne, die sich in diesem Herbst von ihrer schönsten Seite zeigte. Beste Arbeitsbedingungen – wäre da nicht der beunruhigende Gedanke an den zweiten Schuss. Bevor Steiner zu seiner Routine überging, musste er sich an der Kapelle umsehen.

Er schulterte sein Gewehr und trat hinaus. Die Haustür fiel hinter ihm leise ins Schloss. Ganz tief atmete er die kühle Luft ein, sortierte in Gedanken die Gerüche der Bäume, des nassen Laubs und der Herbstblumen, die immer noch den Brunnen zierten und etwas, das den Gesamteindruck von Harmonie jäh unterbrach. Von einer Vorahnung geplagt richtete er seinen Blick auf den Boden direkt neben der Haustür.

Dort lag ein angefahrener Fuchs.

Sein Deckhaar schimmerte unter dem dunklen, verkrusteten Blut rötlichbraun. Weit aufgerissene Augen starrten ihn an, seine Flanken zitterten, seine Nasenflügel bebten. Mit letzter Kraft fletschte er seine Zähne.

Wieder ein Opfer der rachsüchtigen Wildvernichter?

Er nahm seine Repetierbüchse von der Schulter. Auch wenn die Waffe dafür ungeeignet war, so wollte er doch keine Zeit vergeuden, sondern das Tier so schnell wie möglich erlösen.

Wo war Micky?

Vermutlich hatte ihm sein Vater nach der verhängnisvollen Begegnung am Morgen untersagt, das Haus zu verlassen. Jetzt erst erkannte er, welche Dienste ihm der Junge bot. Steiners schlechtes Gewissen meldete sich sofort, denn was jetzt kam war eine unangenehme Schinderei.

Nachdem der Kadaver vergraben war, trat die Haushälterin vor die Tür, stemmte beide Hände in die Hüften und sprach mit Steiner wie mit einem ungehorsamen Kind: »Das wurde auch Zeit. Ich weiß nicht, wie lange ich das noch ertragen kann. Meine Vorräte liegen im Keller, in den ich nur gelange, indem ich durch den Hof gehe. Wenn dort ein halbtotes Tier liegt, kann ich das nicht. Ich ekle mich davor.«

»Das tut mir wirklich leid«, mehr konnte Steiner nicht dazu sagen. Er ahnte, dass die Attacken so schnell nicht aufhörten – im Gegenteil: Der Leichenfund am Morgen würde die Leute im Dorf noch mehr gegen ihn aufbringen.

Er nahm seinen Feldstecher, pfiff nach Moritz und marschierte den Berg hinauf.

An der Kapelle war alles still, kein Spaziergänger, keine Fahrradfahrer, nichts. Er gab Moritz die lange Leine, damit der Hund den Boden absuchen konnte. An einigen Stellen zeigte der Hund große Aufregung, aber eine Spur fand er nicht. Mehrere Male suchte er den Platz ab, wobei er seinen Radius vergrößerte, nichts. Er umrundete das ehemalige Kloster, das für die Treibjagd im Dezember hergerichtet werden musste. Die Bauarbeiter waren bestellt, aber bisher war noch niemand eingetroffen. Verlassen lag die Ruine da.

An der Seite klaffte ein Mauerdurchbruch. Steine waren aus dem alten Gemäuer herausgeschlagen worden. Verstreut lagen sie im Gestrüpp. Verärgert sammelte er sie auf und verbarrikadierte damit notdürftig den Durchgang.

Sein Hund verhielt sich weiterhin ruhig. Also konnte er seine Suche nach einem angeschossenen Tier einstellen.

Für Steiner galt, sich um den Kirrplatz für das Schwarzwild zu kümmern, den er rechtzeitig herrichten musste. Auf dem Limberg konnte der Winter hartnäckig werden, weil die Höhenlage und der dichte Baumbestand dafür sorgten, dass der Schnee nicht so schnell schmolz. Diese Bedingungen machten die Versorgung des Wildes unumgänglich.

Er gelangte auf die Lichtung Sonnenkupp. Dort stand sein Hochsitz. Er hatte ihn selbst aufgestellt, direkt neben dem Gedenkstein, der für den Revierförster Eduard Zimmer errichtet worden war. Genau an dieser Stelle hatte sich sein Vorgänger erschossen. Durch das ungewöhnliche Monument geriet er niemals in Vergessenheit.

Moritz bellte und wedelte voller Vorfreude mit dem Schwanz, weil er auf den Hochsitz wollte. Mit einem Ruck nahm Steiner den Hund Huckepack und kletterte mit seiner Last die Leiter hinauf. Der Anblick, der sich von oben bot, war sogar für einen Jäger wie Steiner, der schon seit fünfzehn Jahren in diesem Revier arbeitete, eine Augenweide. Rechts von ihm gähnte eine Schlucht fast zweihundert Meter tief. Der Grund war nicht zu erkennen, der Nebel versperrte die Sicht. Auf der anderen Seite des Abgrunds lag Laubwald, dessen Blätter wie Farbtupfer zwischen den immergrünen Nadelbäumen abstachen. Kiefern ragten majestätisch in die Höhe, Bäume im Alter von über dreihundert Jahren. Stufenweise abgesetzte Berghänge auf der Südseite erinnerten an den Weinanbau aus vergangenen Zeiten.

Beschädigte Steinkreuze und Heiligenfiguren des alten Kreuzwegs des Bildhauers Corail aus dem siebzehnten Jahrhundert, bildeten die kläglichen Überreste einer Ölbergszene. Von den acht Skulpturen konnten lediglich die Fußsockel und wenige Figuren ohne Köpfe den französischen Revolutionsstürmen trotzen.

Links von ihm lag eine Wiese zwischen vereinzelten Kiefern, auf die sich die Sonnenstrahlen hin verirrten. Durch den plötzlichen Wärmeeinfall stiegen weiße Nebelschwaden wie Dampf auf. Besser konnte der Zeitpunkt nicht gewählt sein, um den Wildbestand zu beobachten. Schon nach kurzer Zeit kamen die ersten Schmalrehe, dann die Ricken und zum Schluss ein Bock aus ihrem sicheren Schutz, um zu äsen. Ein Anblick, der Steiner in innere Ruhe versetzte.

Die Stille wurde durch Schritte unterbrochen.

Vorbei war der Augenblick der Muße.

Moritz horchte auf, zog seine Zunge ein und richtete seine langen Schlappohren auf. Steiner schaute in dieselbe Richtung wie sein Hund. Da sah er ihn auch schon. Der Störenfried war ein Jogger. Der kleine Sprung von Ricken und Schmalrehen mit Bock war blitzschnell im Dickicht verschwunden. Vorbei das trügerische Bild von Vollkommenheit.

Der Jogger kam näher, bis Steiner ihn erkennen konnte. Es war Helmut Brack, der Dorfpolizist. Er war der einzige der Trinkbrüder im Gasthof *Donze*, der stets gepflegt und sportlich wirkte. Hier sah Steiner, dass er mehr für seine Gesundheit tat, als er dem trinkfreudigen Gesellen zugetraut hätte.

Ohne seinen Rhythmus zu unterbrechen, trabte Helmut Brack an der Kanzel vorbei. Steiner und Moritz verhielten sich still; er bemerkte sie nicht. In der nächsten Kurve verschwand er aus ihrem Sichtfeld, die Ruhe kehrte zurück. Aber das Rehwild blieb im sicheren Versteck.

Es war schon später Nachmittag, als Steiner aufbrach und den Heimweg antrat. Die Temperaturen sanken, der Nebel stieg an. Der plötzliche Kälteeinbruch nötigte ihn zum Aufbruch. Wie schnell die Zeit vergangen war; er hatte es nicht bemerkt.

Das Geräusch seiner gleichmäßigen Schritte, das vertraute Hecheln seines Hundes neben ihm, gaben ihm das gute Gefühl von Beständigkeit und Ruhe. Doch diese Ausgeglichenheit sollte nicht von langer Dauer sein. Kaum trat er auf Hoflimberg zu, sah er im Nebel eine Gestalt verschwinden.

»Halt! Bleiben Sie stehen!«, rief er.

Moritz bellte ganz aufgeregt und zog ruckartig an der Leine. Steiner ließ den Hund laufen, in der Hoffnung, dass er den Unbekannten stellte. Es konnte nur einer seiner üblichen Feinde aus dem Dorf sein. Und die waren alle nicht gut zu Fuß. Also wäre es für Moritz keine große Herausforderung.

Plötzlich hörte er seinen Hund jaulen.

Er hatte Helmut Brack vergessen. Der war gut zu Fuß. Alarmiert rannte er auf die Stelle zu, wo er das Geräusch gehört hatte.

Nichts!

Er rief den Namen seines Hundes. Nichts!

Nervös durchkämmte er das umliegende Waldstück, marschierte alle Wege ab, kraxelte über die steilen Hänge durch das Dickicht, für den Fall, dass Moritz von einem Keiler verletzt worden war und irgendwo im Wundbett lag. Aber von seinem Hund keine Spur. Auf sein ständiges Rufen kam keine Antwort. Die Dunkelheit brach so schnell herein, dass er bald von undurchdringlicher Schwärze umgeben war. Seine Taschenlampe spendete nur einen begrenzten Lichtkegel. Damit gelang es ihm gerade mal, auf den Hauptweg zurückzuleuchten. Aber den Hund würde er so niemals finden.

Enttäuscht kehrte er um.

Allein betrat er das große Haus.

Die Angst trieb ihn um. Was war passiert? Freiwillig blieb sein Hund niemals fern. Wer war so sadistisch, dass er Steiners Hund dafür benutzte, Steiner zu quälen? Der Gedanke peitschte ihn auf. Erst nach Stunden gelang es ihm, sich im Sessel vor dem Kamin niederzulassen – bei weit geöffnetem Fenster. Für ihn galt jedes Geräusch wahrzunehmen, falls Moritz sich meldete.

Aber nichts dergleichen geschah.

Am frühen Morgen wurde er durch das Eintreten der Haushälterin geweckt. Erschrocken fuhr Steiner hoch. Es war schon sieben Uhr. Er lag immer noch im Wohnzimmer. Der Schlaf hatte ihn wohl doch noch übermannt.

Verärgert über sich selbst eilte er in die Jägerstube, nahm seine Repetierbüchse, prüfte, ob im Lauf eine Patrone steckte, packte zusätzlich Munition ein und machte sich wortlos auf den Weg. Das Einzige, was ihn an diesem Morgen begleitete, war das Schimpfen der Haushälterin über sein unhöfliches Benehmen.

Er schlug den Weg in Richtung Sonnenkupp ein, wo sein Hochsitz stand. Der Nebel begann sich zu lichten, das Tageslicht drang langsam durch. Aber es fiel ihm schwer, sich zu konzentrieren. Er fühlte sich erschöpft, übernächtigt, kraftlos und gleichzeitig nervös und überreizt. Seine Augenlider fühlten sich schwer an; er musste sich zusammenreißen, um alles wahrzunehmen. Angst kroch in ihm hoch, er könnte übersehen, wie sein Hund verletzt im Graben lag. Mit dieser inneren Zerrissenheit eilte er über die Waldwege.

Keine Spur von Moritz.

Er erreichte die Lichtung. Der Nebel lichtete sich. Ein grauer, trister Morgen brach herein. Die kahlen Äste der Bäume beugten sich hinab. Kalter Wind pfiff. Der Hochsitz ragte in die finsteren Wolken. Daneben lag die kleine Wiese – bedrohlich schwarz glänzend.

Spielten seine Sinne verrückt? Seit wann glänzten Wiesen schwarz? Mit Beklemmung näherte er sich.

Plötzlich erhob sich die schwarze Decke wie von Geisterhand. Vor Schreck zuckte er zusammen, wich zurück, entsicherte seine Waffe, bevor er erkannte, dass es eine ganze Schar von Raben war, die in die Luft stoben – begleitet von ihrem beunruhigenden Krähen. Dieser Schreck hatte den letzten Funken Müdigkeit aus seinem Körper vertrieben. Er schaute den schwarzen Vögeln nach, wie sie sich in der Luft in alle Richtungen verteilten.

Zurück blieben Stille, Kälte und die Sorge um seinen Hund.

Kapitel 5

Micky war traurig. Warum schimpfte Papa ihn immer aus? Er wollte den Kopf auf den Friedhof tragen, um ihn zu begraben. Das war doch richtig. Steiner sagte ihm immer, dass er etwas Gutes tat, wenn er die Toten zur letzten Ruhe bettete. Ob das nun Tiere waren oder Menschen. Was machte das für einen Unterschied? Aber Papa war jetzt böse auf ihn. Er verbot ihm sogar, zu Steiner zu gehen. Mit Tränen in den Augen stellte er sich an das kleine Fenster und schaute auf den Hinterhof. Dort stand alles voll mit alten und kaputten Sachen. Das sah hässlich aus. Im Wald war es viel schöner. Er überlegte, einfach aus dem Fenster zu klettern und wegzulaufen. Bei Steiner wollte er bleiben, weil er dort alles machen durfte, was ihm Spaß machte. Steiner war sein Freund, er war gut zu ihm. Papa war immer so streng.

Er wischte sich die Tränen aus dem Gesicht, öffnete das Fenster und schaute zum Boden hinunter. Er konnte gut klettern. Aber der Boden war aus Beton. Er könnte sich wehtun.

Wieder hörte er die Stimme von Papa. Hastig verschloss er das Fenster, weil Papa nicht sehen durfte, dass er weglaufen wollte. Dann würde er noch lauter schimpfen.

Papas Stimme klang gar nicht böse. Er lachte sogar.

Da waren noch mehr Stimmen zu hören.

Neugierig presste Micky sein Ohr an die Tür. Sie war leider verschlossen. Aber unten redeten alle so laut, dass er jedes Wort auch so verstand. Sein Bruder Olli war dabei und eine helle Stimme, die nicht von seiner Mutter kam. Die musste arbeiten – wie immer – weil Papa zuhause war.

Da hörte er den Namen Moritz fallen. Alle lachten und sprachen davon, dass Steiner selbst zusehen müsste, wie er seinen Hund fände.

Mickys Herz begann wild zu schlagen. Was war mit Moritz passiert?

»Wir haben den Hund an einem Baum festgebunden. Dort findet Steiner den so schnell nicht«, hörte er Olivers Stimme. Er klang so fremdartig. Zu Micky war er immer nett. Aber jetzt hörte er sich richtig gemein an.

»Gell, mein Schatz! Steiner wird die Anspielung verstehen.«

»Ich will nicht, dass du mich Schatz nennst«, nörgelte die Frauenstimme. »Ich heiße Anne.«

Darauf folgte ein undeutliches Brummen von Oliver, das Micky nicht verstand.

»Von welcher Anspielung redest du?« Micky erkannte an der Stimme seines Papas, dass er ungeduldig wurde.

»Dass er verschwinden soll.«

Oliver lachte siegessicher.

»Wo ist der Hund?«

»An einem Baum, wo ihm nichts passiert.«

»Die ganze Nacht?« Nun schrie Papa richtig. »Wie kannst du behaupten, es passiert ihm nichts?«

Mickys Herz überschlug sich vor Schreck. Warum tat Oliver so etwas Niederträchtiges?

»Du bist so dämlich, wie du aussiehst«, brummte Papa böse. »Wo ist der Baum?«

Schweigen.

»Ich rede mit dir, du Holzkopf!«

»Es ist die alte Eiche an den Schwedenschanzen am Kreuzweg. «

Dieser Satz genügte Micky, um zu wissen, wo Moritz steckte. Schon hing er an der Regenrinne, ließ sich hinabgleiten und lief so schnell er konnte zum Wald.

Steiner überlegte gerade, den Rückweg einzuschlagen, als er etwas auf der Wiese wahrnahm, was sich auf ihn zu bewegte.

Von Neugier getrieben beschleunigte er seine Schritte, bis er erkannte, dass Micky seinen Hund Moritz an einem Seil führte. Als Steiner den Namen seines Hundes rief, ließ Micky ihn los. Mit fliegenden Ohren und großen Sprüngen kam der Hund auf Steiner zugelaufen, sprang an ihm hoch und schleckte sein Herrchen vor Freude im ganzen Gesicht ab. Steiner war so euphorisch, seinen Hund lebendig und gesund wiederzuhaben, dass er ihn gewähren ließ.

Micky eilte außer Atem hinterher. Als sich ihre Blicke trafen, lachte Micky ihn mit einer Herzlichkeit an, die Steiner unverhofft dazu verleitete, den Jungen einfach in die Arme zu nehmen und an sich zu drücken. Er war so glücklich, dass er sich zu einer Handlung hinreißen ließ, die er sonst niemals getan hätte. Micky stellte die Reaktion nicht in Frage – im Gegenteil, er freute sich und zeigte es auch ungeniert, indem er die Umarmung erwiderte.

Als Steiner von ihm ließ, staunte er über sich selbst. Er beneidete den Jungen für seine Gabe, alles so zu akzeptieren, wie es war. Er selbst grübelte ständig – eine Eigenschaft, die ihm nichts nützte, dafür das Leben komplizierter machte.

Erst jetzt bemerkte er Mickys zerrissene Hose. Die Haut an seinen Schienbeinen zeigte Schürfwunden. Auch die Hände waren blutverschmiert.

»Meine Güte! Was ist passiert?«

»Ich bin aus dem Fenster geklettert, weil Papa mich eingesperrt hat.«

»Warum machst du so gefährliche Sachen?«

»Ich habe gehört, dass sie Moritz an einen Baum angebunden haben. Da musste ich doch helfen.«

»Micky, wie kann ich das jemals wieder gutmachen?«

Micky lachte ihn einfach nur glücklich an, was Steiners Herz schwer werden ließ. Diese Gutmütigkeit brachte ihn aus dem Konzept.

»Danke, Micky! Ohne dich hätte ich meinen Hund niemals gefunden«, sprach er salbungsvoll. »Ab sofort befördere ich dich zu meinem Adjutanten!«

Verständnislos schaute Micky seinen großen Freund an. Steiner erklärte ihm: »Das ist eine Auszeichnung. Du bist jetzt meine rechte Hand. Das heißt, wir arbeiten zusammen.«

Damit gelang es ihm, Micky von der Wichtigkeit seiner neuen Funktion zu überzeugen. Mit einer stürmischen Umarmung reagierte der Junge darauf.

Wie eine kleine Familie marschierten sie den Berg hinunter zum Hoflimberg. Nach der gewissenhaften Versorgung von Mickys Wunden, deckten sie gemeinsam den Tisch für das Frühstück. Dabei arbeiteten sie ohne Worte in einer Harmonie, die in Steiner längst vergessene Vatergefühle hervorrief.

Wie lange war es her, dass er sich als glücklicher Vater einer Tochter fühlte? Oft fragte er sich, wie sie heute wohl aussah, was aus ihr geworden war, was für ein Leben sie führte. Seine Frau hatte ihm nach dem gescheiterten Einsatz vor fünfzehn Jahren das gemeinsame Kind weggenommen. Er hatte kein Besuchsrecht bekommen und die Entscheidung einfach akzeptiert. Er hatte geglaubt, kein guter Vater sein zu können.

Heute sah er die Dinge anders.

Da saß er Micky gegenüber, einem zwanzigjährigen Jungen mit Down-Syndrom und spürte Stolz, weil sich Micky ausgerechnet ihn zum Freund gewählt hatte. Für Steiner war das nicht nur Freundschaft, sondern auch eine Verantwortung. Micky war nicht seine erste Erfahrung dieser Art. Steiner wusste genau, dass Menschen mit Down-Syndrom durch ihre Arglosigkeit schutzbedürftig waren.

Steiner wollte Micky Schutz bieten.

Nach dem Frühstück bestand Micky darauf, zu Fuß nach Hause zu gehen. Steiner stellte sich ans Fenster und schaute ihm nach, wie er mit schaukelnden Armen, schwingendem Gang und wippendem Kopf das Grundstück verließ und den Weg einschlug, der hinab in das Dorf Wallerfangen führte. Hinter dem gusseisernen Tor verschwand er aus Steiners Blickfeld.

Er hörte die vertrauten Geräusche der Haushälterin, die das Mittagessen zubereitete, spürte den vertrauten Körper seines Hundes an seinem Bein und die Zunge, die seine Hand ableckte. Ein Blick in die großen, braunen Augen dieses schönen Tieres veranlasste Steiner dazu, Moritz nach Verletzungen abzusuchen. Vermutlich war der Hund nicht freiwillig mitgegangen.

Aber er fand nichts. Sein Fell war makellos. Wie war das möglich?

Kopfschüttelnd schnallte er die Leine an und brach auf. Es wurde Zeit, wieder in den gewohnten Rhythmus zurückzufinden.

Arbeit gab es genug.

Jürgen Schnurs Bemerkung »Du lebst und arbeitest in diesem Dorf, ohne auch nur das Geringste mitzubekommen« veranlasste Steiner dazu, an diesem Abend Hoflimberg zu verlassen. Die Neugier trieb ihn nach Wallerfangen, zumal der Mordfall Zündstoff für die geschwätzigen Dorfbewohner sein musste.

Bedächtig steuerte er seinen Wagen über den unbefestigten Weg. Plötzlich fand er sich im Scheinwerferlicht eines anderen Autos. Er verlangsamte sein Tempo, rollte auf den Wagen zu. Die Beifahrertür stand offen. Steiner parkte vor dem verbeulten Opel Astra, stieg aus und ging zur Fahrerseite. Dort saß Siegmund Gerstner, der Oberlehrer, wie sie ihn im Dorf nannten. Er war besoffen, hatte eine Blessur am rechten Auge und grinste dämlich.

»Was ist hier los?«

Ohne mit dem Grinsen aufzuhören antwortete Siegmund Gerstner: »Nichts!«

»Warum steht die Beifahrertür offen?«

»Ich wollte frische Luft schnappen.«

Steiner hörte Schritte, die sich entfernten. Sie kamen aus einer Richtung, die außerhalb des Lichtkegels seiner Scheinwerfer lag.

»Wer ist hier ausgestiegen?«

»Niemand!«

»Du stellst jetzt dein Auto auf die Seite und kommst mit mir zur Polizei. Das kostet dich den Führerschein. So wie du stinkst, hast du die ganze Kneipe leer gesoffen.«

Zu Steiners Überraschung fuhr Siegmund Gerstner gehorsam das Auto zur Seite und stieg ohne Protest bei Steiner ein.

Der Polizeiposten von Wallerfangen befand sich im Rathaus direkt am zentralen Fabrikplatz, der seinen Namen der ehemaligen Steingutfabrik verdankte, die später nach Mettlach umgesiedelt war. Im Büro traf Steiner auf den nächsten Bekannten, den Dorfpolizisten Helmut Brack. Im Dorf nannten sie ihn auch den gefallenen Helmut. Vor vielen Jahren hatte er zusammen mit Steiner die Polizeischule besucht.

»Immer noch Wachtmeister?«, lautete seine Begrüßung.

»Inzwischen bin ich Kommissar«, kam es unfreundlich zurück.

»Du willst mir nicht sagen, dass du es mit deinen glanzvollen Leistungen bis zum gehobenen Dienst geschafft hast?«

»Lass mich in Ruhe! Ich kritisiere auch nicht deine Degradierung vom Polizeibeamten zum Förster.«

»Das war freiwillig. Du hast dir dein berufliches Versagen dagegen verdient.«

»Was willst du hier?«

»Ich will dich an deine Pflichten als Kommissar erinnern!«

»Seit der neuen Regelung der zweigeteilten Laufbahn im Polizeidienst bin ich unweigerlich vom Polizeihauptmeister zum Kommissar ernannt worden. Das ändert weder etwas am Gehalt noch an meinen Aufgaben.«

»Stimmt! Bisher hast du es vermieden, deinen Aufgaben gerecht zu werden. Jetzt gebe ich dir Gelegenheit, das zu ändern.«

Helmut Brack wirkte trotz seiner grauen Haare jugendlich und athletisch. Steiner wusste, dass er sein Aussehen nicht dem Zufall überließ. Was hielt einen Mann wie Helmut Brack in einem Dorf fest, wo seine Arbeit aus dem Ausfüllen von Formularen bestand?

»Du wirst diesen Trunkenbold jetzt einem Alkoholtest unterziehen, in die Ausnüchterungszelle stecken und dafür sorgen, dass sein Führerschein eingezogen wird.«

»Was soll das?«, wollte Helmut Brack aufbegehren, doch Steiner ließ ihn nicht zu Wort kommen: »Siegmund Gerstner ist eine Gefahr für sich und andere. Ich hoffe, wir verstehen uns!«

»Seit wann hat mir ein Jäger zu sagen, was ich tun soll?«

»Weil der Jäger sonst eine Dienstaufsichtsbeschwerde in Saarbrücken einreicht. Das könnte endlich deinen bequemen Stuhl zum Wackeln bringen.«

Helmut Brack schaute Harald Steiner mit funkelnden Augen an. Aber es kam kein Protest, sondern ein Grummeln: »Kein Wunder, dass dich hier keiner haben will. Du bist der Meister im Diskreditieren. Hast das als Bulle wohl schon genauso gemacht.«

»Das kann dir egal sein.«

»Ist es auch. Aber wundere dich nicht, wenn deine Beliebtheit mit ungestümen Gefühlsentladungen honoriert wird.«

»Der Trunkenbold wird jetzt einer Alkoholkontrolle unterzogen!« Steiner blieb beharrlich.

Helmut Brack deute ein Nicken nur an.

»Das kannst du mit mir nicht machen«, hörte Steiner den Protest von Siegmund Gerstner, bevor die Tür hinter Steiner zufiel.

Kapitel 6

Steiner stand auf den breiten Steinstufen vor dem Fabrikplatz und schaute sich nach allen Richtungen um. Rechts von ihm lag das Restaurant *Funzl*, ein grünes Eckhaus an der Hauptstraße, das vom Zerfall bedroht wurde. Gegenüber das *Limited*, das mit seinen mittelalterlichen Kellergewölben warb. Dicht vor ihm fiel sein Blick auf das Gasthaus *Zum Felix* mit seinem Biergarten, flankiert vom Botan-Grill, der genau auf den China-Thai-Imbiss blickte, das Eckhaus zu Steiners linker Seite. Genau auf Augenhöhe lauerte der *Donze*. Rechts war er an die Park-Apotheke angebaut. Nützlich, bei dem ungesunden Klima in der alten Kaschemme. Das änderte aber nichts daran, dass Steiner die Trinkbrüder nur bleich und kränklich kannte. Ein einfaches Karlsberg-Urpils-Schild lockte die Gäste an. In diesem Gasthof versammelte sich der Kern der Dorfbewohner, dort wurde über alles geredet, was sich im Dorf ereignete. Wenn Steiner etwas erfahren wollte, musste er zum *Donze* gehen, auch wenn ihm die düstere Atmosphäre widerstrebte.

Er setzte an, die Straße zu überqueren, als sich die schwarz gekleidete Frau näherte. Sie sah ihn nicht, wirkte verstört, taumelte. Besorgt eilte er auf sie zu und hinderte sie daran, auf die Straße zu stolpern, wo gerade einige Autos vorbei schossen. Überrascht schaute sie hoch. Als sie sein Gesicht sah, blaffte sie: »Gibt es in Wallerfangen nur alte Lustmolche?«

Steiner sah, dass mehrere Knöpfe ihrer Bluse fehlten und einige Haarsträhnen zottelig abstanden. Auch das Zittern, das sie zu unterdrücken versuchte, entging ihm nicht.

»Was ist passiert?«

»Willst dich wohl aufgeilen, oder was?«, kam es schnippisch zurück.

»Nein, ich mache mir Sorgen. Eine junge Frau sollte nachts nicht allein herumlaufen«, beschwichtigte er. »Und schon gar nicht im Wald – so wie Sie das anscheinend ganz gerne tun.«

»Halt dich aus meinem Leben raus, das wird dir doch nicht allzu schwer fallen!«

Die Sturheit brachte Steiner dazu, sie einfach gehen zu lassen. Er schaute ihr nach, wie sie auf unsicheren Beinen über die Straße und genau in die Kneipe stolperte, die er ebenfalls anstrebte.

Langsam folgte er ihr. Vor dem Eingang zögerte er. Eine Weile lauschte er durch die geschlossene Tür den lauten Gesprächen, die offensichtlich von Betrunkenen geführt wurden. Es wurde gestritten, gelacht, Bierhumpen knallten zusammen.

Entschlossen öffnete er die Schwingtür und trat ein. Schlagartig verstummten die Gäste. Alle Augen waren auf ihn gerichtet. An der Theke saß Rolf West, der mit seiner wuchtigen Masse Platz für zwei beanspruchte und viel Rauch aus Mund und Nase schnaubte. Rechts am großen Stammtisch lümmelte sich Peter Magath in seinem Blaumann, der beängstigend über seinem Bauch spannte. Ihm war der Spitzname Rohr-Pitt verpasst worden. Neben ihm Arthur Winter, genannt Wintergoldhähnchen, dessen Gesicht wie immer gelb schimmerte und dessen spärlicher Haarkranz in einem erstaunlich steilen Winkel zu seinem platten Hinterkopf abstand. Oliver West, Rolf Wests Sohn durfte in der Runde nicht fehlen. Wie sein Vater rauchte er Kette, sein Aschenbecher quoll über.

Anne Richter trat gerade aus der Damentoilette auf den Stammtisch zu. Als sie Steiner sah, stoppte sie kurz, um dann aber ihren Weg fortzusetzen. Sie ließ sich neben Oliver West nieder, der seinen Arm um ihre Schultern legte.

Die Wirtin, eine kräftige Frau, stemmte beide Arme auf die Theke, starrte mit grimmigem Gesicht auf ihre Gäste und blaffte: »Habt ihr keine Manieren? Was soll das, mitten im Satz abzubrechen, wenn einer das Lokal betritt?«

»Ha ha«, kam es von Oliver West. »Steiner kann machen, was er will. Er hat bei den Frauen einen Stein im Brett. Das kann unser Wintergoldhähnchen bestätigen. Seine Frau hat ihn wegen Steiner sitzen lassen.«

Gute Einführung in die Kneipenrunde, dachte Steiner grimmig. Das Gelächter, das Oliver Wests Spruch begleitete, überhörte er. Er sah nur, dass die Gesichtsfarbe von Arthur Winter noch gelber wurde.

Er trat auf die Theke zu und bestellte sich ein Urpils vom Fass. Sofort verließ Rolf West seinen Barhocker, gesellte sich zu anderen Gästen am Ecktisch auf der linken Seite und brüllte: »Neben einem Mörder bleibe ich nicht sitzen.«

Steiner spürte, wie sein Blutdruck in die Höhe schoss.

Absolute Stille herrschte. Sogar der Wirtin hatte es die Sprache verschlagen.

»Du bist vorschnell mit deinen Behauptungen«, entgegnete Steiner, als er wieder Luft bekam. »Die Polizei ist durchaus in der Lage, einen Mörder zu überführen. Und da ich nichts mit der Tat zu tun habe, bin ich auf freiem Fuß.«

»Du bist einer von denen«, dröhnte Rolf West unbeirrt. »Eine Krähe hackt der anderen kein Auge aus. Nur deshalb bist du frei und wir müssen um unser Leben fürchten.«

Zustimmendes Gemurmel ging durch die Kneipe. Alle waren sich in diesem Punkt einig.

Steiner fühlte sich wie im Rampenlicht. Alle Augen waren auf ihn gerichtet. Die Informationen, die er sich erhofft hatte, würde er in dieser Gesellschaft nicht bekommen. Jeder Versuch, der Konfrontation aus dem Weg zu gehen, käme einem Schuldbekenntnis gleich. Also trat er die Flucht nach vorn an und fragte: »Warum ist Bernd Schumacher nach Wallerfangen gekommen?«

Die Wirtin rümpfte die Nase, zapfte Bier und sprach: »In der Not weiß jeder, wo er seine Mutter findet.«

»Wer ist das?«

»Die Frau von ...«

»Halt deine blöde Klappe!«, kam es von dem Ecktisch. Das war die Stimme von Rolf West.

Steiner schaute zu dem hitzköpfigen Mann. Welchen Grund hatte er, dass der Name der Mutter nicht erwähnt wurde? Er ahnte es.

»Dann hat er dir auch gesagt, was er oben auf dem Limberg wollte«, sprach Steiner Rolf West direkt an.

Der Kopf des Alten wurde hochrot vor Wut, er atmete tief durch und wollte sich von seinem Platz erheben, aber Peter Magath hielt ihn auf.

»Du weißt, zu was Steiner fähig ist«, flüsterte Peter Magath, dass ihn jeder verstehen konnte. »Also bring dich nicht in Lebensgefahr!«

Damit konnte der kleine Mann in seinem Blaumann Rolf West überzeugen, was ihn aber nicht davon abhielt zu brüllen: »Glaub bloß nicht, dass du aus der Sache heil rauskommst! Schumi Bernd hat gesehen, wie du den Bock angeschossen hast und wollte dich zur Rede stellen. Wir hier im Dorf wissen alle, was dort oben passiert ist. Du brauchst dich nicht wie ein Unschuldiger aufzuspielen. Den nimmt dir keiner ab.«

Die Tür ging auf und Siegmund Gerstner, der Oberlehrer, trat ein. Sein rechtes Auge war inzwischen dunkelblau und angeschwollen, sein Gang schwankend. Er setzte sich zu Rolf West an den Tisch.

Steiner konnte es nicht fassen. Helmut Brack hatte nicht getan, was notwendig gewesen wäre. Zu seiner Entrüstung kam eine weitere Erkenntnis: Er sah, dass Anne Richter noch blasser wurde. Sie wollte aufstehen, doch Oliver West zog sie auf ihren Platz zurück. Steiners Blick wechselte zwischen Siegmund Gerstner und der jungen Frau hin und her. Was war zwischen den beiden geschehen?

Trotz des hohen Alkoholspiegels Siegmund Gerstners gelang es ihm, von sich abzulenken. Mit Blick auf Steiner fragte er: »Was will der denn hier? Hat der nicht Lokalverbot?«

»Du bringst uns auf richtig gute Ideen«, reagierte Rolf West sofort darauf. Er schlug mit der Faust auf den Tisch, dass alle Gläser sprangen.

»Ich schlage vor, wir schicken ihn ins Gasthaus *Stranguletti*. Wenn er sich dort nicht selbst aufhängt, findet sich bestimmt einer, der nachhilft.«

Grölendes Gelächter folgte auf den makaberen Witz.

»Hast du gehört, Frau Wirtin. Der Kerl bekommt hier nichts zu trinken!«

»Wenn du so weiter säufst, bist du der erste, dem ich kein Bier mehr zapfe«, gab die Wirtin Rolf West zur Antwort.

»Die ist ja schlimmer als meine Alte«, raunte es brummig durch die rauchige Luft.

Oliver West torkelte zum Herrenklo. Kaum war die Tür hinter ihm zugefallen, verließ Anne Richter das Lokal.

»Blöde Weiber«, lallte Siegmund Gerstner. »Zuerst machen sie einen an, dann wollen sie nicht mehr.«

Die anderen Männer nickten verstehend, dabei wusste keiner, wovon der Alte sprach. Nur Steiner verstand es. Damit hatte er die Antwort auf seine Fragen, wer aus Siegmund Gerstners Auto gestiegen war und woher das blaue Auge kam. Einerseits freute es ihn, dass Anne Richter sich gut wehren konnte. Andererseits ärgerte es ihn, dass er den Alten deshalb nicht festnageln konnte, weil er dazu nicht mehr befugt war.

Die Stille wurde mit Siegmund Gerstners nächster Frage unterbrochen: »Wo ist der Boss?«

Alle Augen richteten sich auf Steiner.

»Ja! Wo steckt er?«, brüllte Rolf West. »Seit gestern ist er verschwunden. Was hast du mit ihm gemacht?«

»Wer ist der Boss?«, fragte Steiner die Wirtin.

»Das ist Markus Darren. Seine Mutter ist die Schwester von Rolfs Frau.«

»Halt die Klappe«, ertönte es aus der linken Ecke.

»Warum dieser Spitzname?«

»Er war mal Vorarbeiter in der Firma *Stahlbau-Rohre*. Wurde entlassen, legt aber sein Chefgebaren nicht ab. Er läuft Tag für Tag in seinem schwarzen Anzug herum, womit er den Eindruck erweckt, er sei der Boss.«

»Warum wurde er entlassen?«

»Es reicht jetzt!« Dieses Mal brüllte Rolf West so laut, dass die Wirtin aufhörte zu sprechen.

Steiner hatte genug. Er bezahlte sein Bier und verließ den *Donze*. Vor der Tür zog er die frische Luft ganz tief ein. Der Rauch, der die Luft in dieser Kneipe verpestete, tat ihm nicht gut. Der Kneipenbesuch auch nicht. So hatte er nur die Bestätigung dafür, dass sie ihn für den Mörder hielten. Er durfte die hitzköpfigen Trinker nicht unterschätzen. Wer wusste schon, auf welche Ideen sie noch kamen? Der Anschlag auf seinen Hund sprach eine deutliche Sprache.

Durch die geschlossene Tür hörte er die aufgebrachten Stimmen der Dorfleute. Am lautesten war Rolf West: »Musst du dem alles erzählen? Vielleicht ist er der Oberguru dieser Satanssekte dort oben.«

»Ich weiß, warum du Harald Steiner nicht leiden kannst. Aber das mit dem Satan kannst du ihm wirklich nicht anhängen, das glaubt dir keiner«, kam es von der Wirtin zurück.

»Bei Schumi Bernd lag kein Blut. Was hat Steiner wohl damit gemacht?«

Steiner erschrak. Rolf West war an der Fundstelle gewesen. Er hatte gehört, was der Gerichtsmediziner festgestellt hatte. Es nun unter den Dorfleuten zu verbreiten, schürte den Hass noch mehr. Aber aufhalten konnte Steiner ihn nicht.

Er fuhr den gleichen Weg zurück, den er gekommen war. Der Mond stand sichelförmig am Himmel und spendete Licht. Der Nebel hatte sich verzogen.

Da war etwas.

Eine Bewegung zwischen den Bäumen.

Die Gestalt war groß. Aufrecht. Das war kein Tier.

Er hielt den Wagen an und versuchte etwas zu erkennen. Aber alles war reglos und still. Sein Nachtsichtfernglas lag in seinem Zimmer auf dem Gutshof.

Langsam fuhr er weiter.

Da sah er es wieder. Eine gerade Gestalt, aber kein Mensch. Die Umrisse konnte er nicht zuordnen. Er spürte, wie ihm Gänsehaut über Arme und Nacken kroch. Hatte er wirklich Angst? Die Erinnerung, wie Bernd Schumachers Überreste blutleer in der Spaltmaschine steckten, löste Beklemmung in ihm aus. Die Umgebung, in der er sich befand, war einsam und dunkel.

Die Silhouette bewegte sich nicht. Und doch glaubte er zu erkennen, wie sich ein dicker Baumstamm wölbte. Die Konturen des Baumes veränderten sich auf eine Weise, die ihn schaudern ließ. Dort versteckte sich jemand.

Lange verharrte er in seinem Wagen. Als ihn die Gewissheit überkam, sich die Veränderungen am Baumstamm nur einzubilden, ließ er die Autoscheibe herunterfahren.

Totenstille umgab ihn. Er stieg aus.

Plötzlich ertönte ein lang gezogenes sonores »Buuuhooo«.

Steiner zuckte zusammen. Erst nachdem er sich wieder beruhigen konnte, erkannte er den nächtlichen Laut, der in den letzten Jahren wieder vermehrt in den heimischen Wäldern zu hören war.

Was war er für ein Jäger, der vor dem Ruf eines Uhus in die Knie ging?

Zögerlich näherte er sich der reglosen Gestalt. Als er direkt davor stand, kam der nächste Schreck. Es war ein Reh, das sich in einer heimtückischen Falle verfangen hatte. Die Schlinge war an dem Baum befestigt und, nachdem der Kopf des Tieres sich darin verfangen hatte, in die Höhe geschnellt. Das Tier hatte sich qualvoll erhängt.

Erschrocken über den grotesken Anblick, wich Steiner zurück. Erst nach einigen Sekunden wusste er, was zu tun war. Er nahm sein Messer heraus, schnitt das Seil durch und legte das Tier auf der Erde ab. Mit einer Taschenlampe untersuchte er den Kadaver. Das Reh war schon lange tot, also keine Notwendigkeit, es auszuweiden und in die Wildkammer zu befördern. Also lud er es in seinen Wagen und beschloss, am nächsten Morgen Jürgen Schnur den Kadaver zu zeigen.

Kapitel 7

Der neue Morgen begann mit einem Geräusch, das Steiner vertraut vorkam. Seine Müdigkeit hinderte ihn daran, sofort zu reagieren. Schon leckte ihm Moritz über das Gesicht, was besser wirkte als jede kalte Dusche.

Erst jetzt erkannte Steiner die ungewöhnliche Situation. Jemand machte sich vor seinem Haus zu schaffen, ohne dass der Hund anschlug.

Er zog sich an und trat hinaus. Moritz verschwand blitzschnell aus Steiners Blickfeld. Hastig folgte Steiner ihm. Im hinteren Teil des Geländes erblickte er Micky, wie er gerade ein großes Loch mit angehäufter Erde zuschüttete. Steiner ahnte, dass dort der Rehkadaver vergraben worden war.

»Wie schaffst du es, so früh hier oben zu sein?«

Micky lachte seinen Freund an: »Ich muss dir doch helfen. Schließlich bin ich dein Adjutant.«

Das zufriedene Lächeln im Gesicht des Jungen versetzte Steiner einen Stich. Er wusste, dass Micky es gut meinte. Gleichzeitig erkannte er, dass er Micky niemals begreiflich machen konnte, dass ihm das Verscharren der Tiere mehr schadete als nützte. Doch wie sollte er Micky von seiner guten Absicht abhalten, ohne ihn vor den Kopf zu stoßen?

»Nach dieser anstrengenden Arbeit hast du bestimmt Hunger?« Etwas anderes fiel ihm gerade nicht ein.

Micky nickte.

Steiner wusste, dass Micky sich zu nachtschlafender Zeit aus dem Elternhaus schlich, weshalb er grundsätzlich mit leerem Magen bei Steiner auftauchte. So war ein gemeinsames Frühstück mit Micky für Steiner inzwischen zur Gewohnheit geworden – und noch mehr. Er genoss Mickys Gesellschaft.

Während sie am reich gedeckten Tisch saßen, überlegte Steiner, wie viele Kadaver Micky inzwischen schon vergraben hatte. Immer waren es Opfer mutwilliger Zerstörung. Anfangs hatte er dieser Tatsache keine Bedeutung beigemessen. Inzwischen sah er das anders. Zu viele Tiere wurden überfahren. Im Wald herrschte kein reger Autoverkehr; im Dorf lief das Wild nicht auf der Straße. Also waren es keine Zufallsopfer, die vor seiner Tür abgelegt wurden. Jetzt gesellten sich auch noch todbringende Schlingen dazu. Das Wild war in seinem vertrauten Wald nicht mehr sicher. Der Anblick des erhängten Tieres haftete noch in seinem Kopf. Viele Rehe und noch mehr Hasen ließen ihr Leben auf unwaidmännische Weise, wodurch Steiner sich nicht in der Lage sah, seinen Abschussplan für dieses Jahr einzuhalten.

Der Gedanke ließ ihn frösteln. Ließen die Dorfbewohner nichts aus, ihn um den Posten des Revierjägers vom Limberg zu bringen?

Moritz begann zu bellen. Schritte näherten sich dem Haus.

Hastig stand Steiner auf und eilte zur Tür. Bevor sein Besuch klingeln konnte, hatte er sie aufgerissen.

Vor ihm stand Esther Weis, die Kriminalkommissarin.

»Na, wenn das mal keine positive Überraschung ist?«

»Ich muss Sie enttäuschen«, entgegnete die blonde Frau. »Wir haben den Beschluss von der Staatsanwaltschaft bekommen, Ihr Haus zu durchsuchen.«

Steiners Gesicht wirkte zunächst ratlos. Einige Sekunden verstrichen, bis er endlich reagierte. Schicksalsergeben raunte er ihr zu: »Eine genaue Untersuchung meines Körpers reicht Ihnen wohl nicht. Sie wollen mein ganzes Leben durchleuchten.«

Esther verlagerte ihr Gewicht von einem Fuß auf den anderen, bevor sie meinte: »Ich habe das nicht veranlasst. Das war Jürgen Schnur, mein Chef.«

»Tun Sie nur, was er sagt?«

»Solange es dienstlich ist, ja!«

»Das verstehe ich als Abweisung, ich bin enttäuscht.« Steiner grinste Esther von oben herab an.

Sie trippelte nervös. »Wer wird hier gefilzt, Sie oder ich?«

»Finden Sie es heraus!« Steiners Grinsen nahm mokante Züge an.

»Sie schaffen es doch tatsächlich, mich in Verlegenheit zu bringen«, gestand sie. »Dabei dachte ich, ich sei abgebrüht.«

»Das macht wohl das Alter aus.«

»Ich lebe auch nicht erst seit gestern.«

»Aber zwischen uns liegt ein großer Altersunterschied. Ich könnte Ihr Vater sein.«

Esther erwiderte seinen Blick nicht, sie schaute auf die eintreffenden Kollegen, die gleich mit ihrer Arbeit begannen – allen voran Jürgen Schnur.

»Jetzt können Sie so richtig meine Privatsphäre unter die Lupe nehmen.« Steiner feixte. »Hoffentlich enttäusche ich Sie nicht.«

»Es reicht jetzt«, funkte Schnur dazwischen.

Sofort änderte Steiner seinen Tonfall, als er mit dem ehemaligen Kollegen sprach: »Du spielst dich hier auf wie ein Despot. Hast du vergessen, wer ich bin?«

»Ich glaube, dass du etwas vergessen hast«, konterte Schnur. »Heute leite ich hier die Ermittlungen im Fall Bernd Schumacher. Inzwischen bin ich zum Hauptkommissar mit Leitungsfunktion befördert worden und sehe zu, dass ich meiner Aufgabe gerecht werde.«

»Das hat aber ganz schön lange gedauert, bis du endlich mal Karriere gemacht hast«, stichelte Steiner. »Warum wohl?«

»Während du dich damals Tag und Nacht um die Arbeit gerissen hast, hatte ich eine Familie, die meine Aufmerksamkeit brauchte. Bis heute bereue ich meine Entscheidung nicht.«

Die Parade saß. Steiner schluckte.

In einem versöhnlicheren Tonfall fügte Schnur an: »Und dann trittst du ganz plötzlich vom Dienst zurück. Nicht etwa, um deine Familie zurückzugewinnen – nein, weil ein Einsatz ohne dein Verschulden schief gelaufen ist. Warum?«

»Warum was?« Steiner fühlte sich überrannt.

»Warum hast du damals das Handtuch geworfen? Dein Einsatz wurde hundert Mal bis ins Detail nachbereitet. Die Dienstaufsicht konnte keinen Fehler deinerseits feststellen. Es war ein dummer Zufall, dass der Hund dieser Frau einfach nicht hören wollte.«

Steiner schwieg.

»Bernd Schumacher hatte den tödlichen Schuss abgefeuert. Nicht du. Auch nicht einer deiner Männer auf deinen Befehl hin. Das wurde zweifelsfrei bewiesen«, sprach Schnur weiter.

»Schumachers Komplize wurde tödlich getroffen, als es auf meinen Befehl hin zum Schusswechsel kam«, hielt Steiner dagegen. »Durchsiebt von einer MP!«

»Das war Notwehr. Es wurden überall Projektile von Schumachers Waffe gefunden.«

»Und der dritte Mann, der die Entführung organisiert hat, ist spurlos verschwunden. Bis heute gibt es keinen Hinweis auf ihn«, zählte Steiner weiter die Liste seiner Fehler auf.

»Schumacher hat ihn niemals verraten. Wie sollten wir den Mann ausfindig machen, von dem wir nichts wussten – weder Namen, noch Aufenthaltsort?«

»Wer sagt uns, dass dieser dritte Mann nicht weiter Kindesentführungen plant und ausführt?«

»Das oblag nicht deinen Aufgaben«, hielt Schnur dagegen. »Den dritten Mann zu finden war die Aufgabe des Kommissariats für Entführung, Erpressung und Geiselnahme. Warum sich für andere den Kopf zerbrechen?«

Steiner verstummte.

»Niemand von uns hat deine Reaktion von damals verstanden. Du warst ein guter SEK-Beamter, der beste Einsatzleiter mit einer Karriere wie aus dem Bilderbuch. Und dann kapitulierst du nach einem Missgeschick, das jedem hätte passieren können.«

»Ich möchte nicht mehr darüber reden«, blockte Steiner ab. »Sag mir lieber, was diese Hausdurchsuchung soll. Bin ich immer noch verdächtig?«

»Wir haben das Ergebnis der Obduktion der Leiche …«

»Lass mich raten, was die Todesursache ist«, fiel ihm Steiner ins Wort. »Nierenversagen.«

»Was soll das? Du weißt doch, dass er geköpft wurde.«

»Eben! Was sollte die Obduktion für Überraschungen bringen?«

»Am erstaunlichsten ist die geringe Menge Blut am Tatort. Das Team der Spurensicherung hat einen halben Kubikmeter Erde darunter ausgehoben und untersucht. Nichts!«

»Dafür kommen die Satanisten infrage, nicht ich.«

»Bisher gehörte das Köpfen durch eine Holzspaltmaschine nicht zu den üblichen Praktiken einer Schwarzen Messe«, entgegnete Schnur schroff.

»Deshalb suchst du bei mir nach Blut?«

»Nicht nur das: Der Tote hatte außerdem Schmauchspuren an den Händen.«

»Es wurde ein Schuss abgefeuert, weshalb ich im Wald war, um die Nachsuche zu machen.«

»Es wurde aber keine Waffe bei dem Toten gefunden.«

»Vielleicht liegt sie dort, wo der Kopf gelandet ist«, schlug Steiner vor.

»Was glaubst du eigentlich, was wir hier machen?« Schnur wurde ungeduldig. »Ich bin nicht mehr der nette Kaffee kochende Kollege, der sich die Arbeiten aufs Auge drücken lässt, die sonst keiner machen will. Ich habe dazugelernt.«

»Freut mich für dich! Und was suchst du hier bei mir?«

»Die Waffe, die Bernd Schumacher bei sich trug.«

»Woran willst du sie erkennen?«

»Wir werden alles, was wir hier finden, nach Fingerabdrücken untersuchen und prüfen, ob in letzter Zeit ein Schuss abgefeuert wurde.«

»Ich habe mit meiner eigenen Waffe einen Schuss abgefeuert – und zwar einen Fangschuss für den angeschossenen Bock. Den Revolver kann ich dir mitgeben.«

»Danke für dein Entgegenkommen«, bemerkte Schnur, ohne sich aus dem Konzept bringen zu lassen. »Außerdem müssen wir zu der Stelle, an der du den Bock gefunden hast. Wir brauchen die Patrone.«

»Das wird nicht einfach«, gab Steiner zum Besten. »Hier oben wird viel geschossen. Vermutlich findest du dort hunderte Patronen.«

»Du wirst mir zeigen, wo der Bock angeschossen worden ist. Dein Hund kann uns hinführen.«

»Wann gehen wir los?«

»Wenn wir das Haus durchsucht und alle Waffen sichergestellt haben.«

»Alle? Das kannst du nicht machen«, fuhr Steiner aufgebracht hoch. »Ich habe dir doch gesagt, welche Waffe ich für den Fangschuss im Einsatz hatte. Warum noch die anderen mitnehmen?«

»Du stellst Fragen!«, gab Schnur zurück. »Hast du in den Jahren, seit du hier als Waldschrat in der Einsamkeit lebst, vergessen, was Polizeiarbeit ist?«

»Ich brauche meine Waffen. Das ist mein Arbeitswerkzeug.« Steiner ging nicht auf Schnurs Anspielung ein.

»Du kannst sie dir heute Abend bei uns im Kriminallabor abholen. Theo Barthels wird dich anrufen, wenn er fertig ist.«

»Der gute alte Theo.« Steiners Stimme klang sofort besänftigt, als er den Namen hörte. »Der hatte Glück mit seiner Laufbahn. War es nicht Norbert Kullmann, der ihn an diesen Platz brachte?«

Jürgen Schnur nickte.

»Was macht Kullmann eigentlich? Ist er in Pension oder hat es ihn erwischt?«

»Er ist in Pension und glücklicher Ersatzopa.«

»Was ist ein Ersatzopa?«

»Er hat eine junge Kriminalbeamtin eingearbeitet, Anke Deister. Sie wurde alleinerziehende Mutter, Kullmann zur gleichen Zeit Rentner. Da ergab es sich wie von selbst, dass Kullmann und seine Frau sich um das Kind kümmerten, damit Anke weiter ihrer Arbeit bei uns nachgehen kann.«

»Norbert Kullmann ist verheiratet?« Steiner staunte. »Meine Güte! Wie viel sich doch verändert hat. Dem alten Kauz hätte ich so was nie zugetraut.«

»Er hat Martha aus Marthas Kneipe geheiratet. Das war eine gute Wahl, denn Kullmann sieht so gut aus wie nie zuvor.«

»Da sieht man wieder, dass es für die Liebe nie zu spät ist«, sinnierte Steiner und beobachtete, wie Esther Weis mit seiner Blaser R 93 in der Hand an ihm vorbeiging.

Ein Beamter trat auf Schnur zu und erklärte: »Wir haben eine Repetierbüchse Sauer 90 Stutzen mit Kaliber 6,5 x 57, eine Blaser R 93 Standard, Kaliber 9,3 x 62, eine Bockbüchsflinte, Kaliber 12/76 mit Einstecklauf 5,6 x 52R, eine Blaser BBF 95, einen Revolver .357 Magnum und eine Pistole mit Kaliber 7,65 gefunden. Wenn Herr Steiner in dem Haus keine geheimen Kammern oder unterirdische Gänge unterhält, dürfte das sein gesamtes Waffenarsenal sein.«

Die Polizisten verließen das Haus.

Kapitel 8

Sie fuhren im Schritttempo durch die schmale Kirchhofstraße, wo die Häuser dicht an den Bürgersteig angrenzten. Jürgen Schnur saß am Steuer, Esther auf dem Beifahrersitz. Seit sie in Saarbrücken losgefahren waren, hatten sie kein Wort miteinander gesprochen. Sie war in den Bericht über das Projektil vertieft, das sie auf dem Limberg gefunden hatten. Schnurs Aufmerksamkeit galt der Suche nach seinem Elternhaus. Es war Schnurs Entscheidung, ein provisorisches Büro in Wallerfangen einzurichten, um vor Ort ermitteln zu können. Einen Computer hatte ihm die Verwaltung der Landespolizeidirektion zur Verfügung gestellt, damit er mit der Dienststelle vernetzt werden konnte, um alle Informationen sofort weiterzuleiten. Dafür wollte er Esther dabei haben, weil seine eigenen Computerkenntnisse über das Bedienen des Textverarbeitungsprogramms nicht hinausgingen.

»Hier ist es«, sprach er mit Erleichterung in seiner Stimme.

»Hast du schon befürchtet, dein Elternhaus nicht mehr zu finden?«

»Ehrlich gesagt, ja! Ich bin schon mal daran vorbeigefahren.«

Kaum hatte er den Wagen abgestellt, trat eine ältere Dame vor die Haustür und schaute den beiden entgegen. Schnur ließ sich von ihr umarmen. Die Frau schwärmte: »Schön, dass du wieder heimkommst, mein Junge.«

»Es ist nur für die Ermittlungen«, wollte Schnur seine Mutter aufklären, aber die Alte war so glückselig, dass sie seine Worte gar nicht hörte.

Ein alter, hagerer Mann trat hinter die beiden. Sein Gesicht wirkte grimmig, seine Bewegungen hölzern. Als er sprach, klang seine Stimme gebieterisch: »Henriette, hörst du nicht, was der Junge sagt?«

Er gab seinem Sohn die Hand zum Gruß.

Endlich fiel die Aufmerksamkeit auf die junge Frau. Der Blick der Mutter wurde schlagartig unfreundlich.

»Wo ist deine Frau?« Mit dieser Frage machte sie ihren Standpunkt klar.

Schnur lachte und antwortete: »Sie ist in Völklingen und geht ihrer Arbeit nach. Das ist Esther Weis, meine Mitarbeiterin. Sie wird hier bei uns bleiben, bis der Fall aufgeklärt ist.«

»Ich beherberge doch keine fremden Frauen!«

»Mutter! Das ist meine Arbeitskollegin. Sie bearbeitet mit mir zusammen den Fall.«

Schnurs Vater gelang es, die Mutter zu überzeugen: »Stell dich nicht so an! Die Frau ist nur zum Arbeiten hier.«

Mürrisch lenkte die alte Dame ein. Wie eine verstockte Prozession traten sie hintereinander in das enge Haus.

Esther fühlte sich nicht willkommen. Die Begrüßung hatte ihr gereicht. Es war ihr ohnehin unangenehm, zusammen mit ihrem Chef in dessen Privatbereich abkommandiert zu werden.

Das Haus war alt, die Einrichtung ebenso. Eine Couchgarnitur stopfte das Wohnzimmer voll, wirkte abgenutzt, wenn auch sehr gepflegt. Die Schränke waren viel zu groß und zu hoch, die Fenster zu klein. Die Sicht fiel direkt auf einen bewaldeten Berg; kein Licht drang von draußen herein. Zum Glück hielten sie sich nicht lange dort auf, sondern stiegen unverzüglich eine schmale, steile Holztreppe nach oben.

Schnur ging voran, öffnete eine Tür auf der rechten Seite und betrat ein Zimmer, das nur mit einem alten, kleinen Schreibtisch und zwei Stühlen bestückt war.

»Das war früher mein Kinderzimmer«, erklärte er seiner Kollegin. »Hier werden wir unser Büro einrichten.«

Die Sicht aus dem Fenster war die gleiche wie im Wohnzimmer – nur Berg und Wald.

Esther bemühte sich, gleichmütig zu wirken, aber Schnur hatte ihre Verfassung schon erkannt.

»Du sollst dich hier nicht heimisch fühlen, sondern die Arbeit am Computer übernehmen und mir bei den Befragungen vor Ort helfen.«

»Ich sage ja gar nichts.«

Schnurs Eltern verzogen sich, als die beiden begannen, den Computer und das Arbeitsmaterial einzurichten. Esther übernahm die Aufgabe, alle Geräte anzuschließen, was ihr problemlos gelang. Schnur sortierte die Akten und Papiere, die er inzwischen über den Fall hatte zusammentragen lassen. Dabei stellte er fest, dass das Material sehr dürftig war.

»Seit unsere Akten in das Informationssystem übertragen werden, kommen wir nur noch mit Mühe und Not an sie heran«, murrte er.

»Du kennst dich mit der modernen Technologie einfach nicht aus. Das ist alles.« Mit dieser Bemerkung hielt sie Schnur den Bericht über das Projektil entgegen und fügte an: »Hier ist der ballistische Bericht. Darin steht, dass das Projektil, das Erik auf dem Limberg gefunden hat, vom Kaliber 6,5 x 57 stammt.«

»Das ist aber nicht alles, was das steht?«

»Nein. Unter Steiners Waffen ist eine Repetierbüchse Sauer 90 Stutzen mit Kaliber 6,5 x 57.«

»Und weiter?«

»Entgegen Steiners Aussage wurde genau mit dieser Sauer 90 erst vor kurzem geschossen.«

»Also kommt Steiner für den Schuss auf dem Berg in Frage.«

»Wir müssen noch den Abgleich abwarten. Den Bericht will uns Theo Barthels per E-Mail zuschicken. Am besten ist es, ich schließe erst einmal den Computer an und fahre ihn hoch.«

Es dauerte nicht lange, da hatte sie den Kabelsalat entwirrt, jeden Stecker an seinen Platz und den Computer zum Laufen gebracht. Sie aktivierte die Netzverbindung mit der Dienststelle in Saarbrücken und schaute sich alle neuen Informationen an.

»Hier ist der noch ausstehende Bericht der Ballistik.«

»Druck ihn mir bitte aus«, rief Schnur aus dem Nebenzimmer, wo er gerade damit beschäftigt war, sein Schlaflager einzurichten.

Sein Blick fiel auf den Spiegel.

Den hätte er sich besser erspart, dachte er, als er seine hohe, breite Stirn sah. Sein krauses Haar wurde an den Schläfen grau. Schon in jungen Jahren waren seine Haare licht geworden. Inzwischen waren seine Geheimratsecken so groß, dass er befürchtete, seine Stirn würde bis zum Hinterkopf freigelegt. Die Glatze kam unweigerlich auf ihn zu. Nur warum quälte er sich damit? Steiner hatte schon seit Jahren eine Vollglatze und strotzte vor Selbstsicherheit. Dafür wurde Schnurs Bartwuchs stärker. Umso ärgerlicher, weil dadurch das Rot deutlicher leuchtete. Er rieb sich über das stoppelige Kinn, ließ sich auf dem Stuhl vor der Kommode nieder, ohne sein Spiegelbild aus den Augen zu lassen.

»Der alte Barbarossa, der Kaiser Friederich.
Im unterirdischen Schlosse hält er verzaubert sich.
Sein Bart ist nicht von Flachse, er ist von Feuersglut.
Ist durch den Tisch gewachsen, worauf sein Kinn ausruht.«, hörte er plötzlich Esthers Stimme hinter sich.

Er drehte sich um und reagierte gereizt: »Spionierst du mir nach?«

»Nein! Ich sollte dir den Bericht der Ballistik bringen. Hier ist er.«

Nach kurzem Zögern fragte Esther endlich, was sie schon länger beschäftigte. »Was ist mit dir los? Seit du zum Chef befördert worden bist, benimmst du dich wie ein unnahbarer Klotz.«

Sofort legte Schnur seine Feindseligkeit ab.

»Entschuldige. Ich bin einfach nur mit dem falschen Fuß aufgestanden.«

»Hat das vielleicht mit deiner Begegnung mit Steiner zu tun? Du lässt kein gutes Haar an ihm.«

»Er hat überhaupt kein Haar«, konterte Schnur.

Aber Esther Weis zerschmetterte diesen Triumph sofort, indem sie antwortete: »Das steht ihm aber verdammt gut. Es gibt Männer, die sehen mit Glatze besser aus als Männer mit Haaren. Kojak, zum Beispiel.«

»Kojak ist seit 1994 tot. Wie kommst du gerade auf ihn?«

»Du kennst dich ja gut mit Kojak aus.« Esther staunte.

»Meine Frau war vermutlich sein größter Fan«, sprach Schnur mit verstellter Stimme. »Jahrelang bin ich mit Hut auf dem Kopf und Lolly im Mund herumgelaufen, damit sie mich überhaupt wahrnimmt.«

Sie zweifelte: »Ob das was genützt hat?«

Verdutzt schaute Schnur seiner Kollegin nach, wie sie im Arbeitszimmer verschwand. Er zögerte nicht lange, sondern folgte ihr mit den Worten: »Du wirst hier keinen Schritt ohne mich machen.«

»Wovor hast du Angst?«

»Warum wurden früher die Töchter von ihren Müttern in den Häusern eingesperrt, wenn es hieß, Casanova kommt in die Stadt?«, reagierte Schnur mit einer Gegenfrage.

»Du hast Angst, Harald Steiner könnte mich verführen.« Esther lachte.

»Ich habe Augen im Kopf.«

»Du bist seit über zwanzig Jahren glücklich verheiratet. Warum interessiert dich das Liebesleben eines Mannes, dessen Leben weniger beneidenswert verlaufen ist?«, fragte sie staunend.

»Mich interessiert nicht das Liebesleben von Steiner, sondern deins.«

»Wie bitte?«

»Ich arbeite seit sieben Jahren mit dir zusammen und habe oft deinen Liebeskummer miterlebt«, gab Schnur nun in einem sanfteren Ton zurück. »Es ist mir nicht egal, wenn du leidest.«

Esther Weis schluckte.

»Ich weiß, dass du dich mit Andreas Hübner, Erik Tenes und Bernhard Diez dreimal hintereinander ins Unglück gestürzt hast.«

»Erik hat mich nicht ins Unglück stürzen können, weil er von Anfang an kein Interesse an mir zeigte. Er läuft hinter Anke her, seit er auf unserer Dienststelle ist«, unterbrach Esther.

»Lenk nicht vom Thema ab«, maßregelte Schnur in einem Tonfall, der Esther aufhorchen ließ. Sie spürte, dass ihr diese Unterhaltung zu nahe ging. Aber Schnur ließ sich nicht mehr aufhalten: »Daran erkenne ich, dass du mit deiner Wahl der Partner kein glückliches Händchen hast. Ich will vermeiden, dass Steiner der nächste auf deiner Liste der Enttäuschungen wird.«

Obwohl für Schnur das Thema damit beendet war, fing es für seine Kollegin erst an. Sie schaute ihren Vorgesetzen an, erkannte in seiner Miene weder Geringschätzung noch Ironie. Seine Anteilnahme an ihren Gefühlen wirkte echt.

Schnur erwiderte den Blick. »Habe ich mir zu viel herausgenommen?

»Nein.« Sie schüttelte den Kopf. »Ich kenne das nicht, dass sich jemand dafür interessiert, wie es mir geht. In meinem Leben hat sich bisher keiner Gedanken darum gemacht. Meine Mutter interessiert sich mehr für den Inhalt ihrer Schnapsflasche, mein Vater hat uns verlassen, als ich noch sehr klein war.«

Jetzt erst merkte Schnur, wie wenig er über seine Mitarbeiterin wusste. Es war wohl ein Fehler gewesen, sich von den Kollegen abzuschotten und nur die berufliche Seite zu zeigen. In Esther Weis hatte er immer die blonde, schöne Frau gesehen, die unüberlegt neue Beziehungen zu Männern anfing. Heute konnte er das erste Mal einen Blick hinter diese Fassade werfen und sah eine einsame, traurige Frau, die mit ihrem Leben keineswegs so einverstanden war, wie es nach außen schien.

»Ich will deinem Glück nicht im Wege stehen«, bemerkte er mit brüchiger Stimme. »Nur befürchte ich, dass Steiner deine Erwartungen nicht erfüllt.«

»Ich werde aufpassen.«

»Das hört sich vernünftig an.«

Mit diesen Worten beendete er das Thema und widmete sich dem Bericht, den er immer noch in den Händen hielt.

Schnur las in erstauntem Tonfall vor: »Da steht, dass kein hundertprozentiger Abgleich zu Steiners Waffe durchgeführt werden konnte, weil das Projektil deformiert ist.«

»Heißt das, die Ballistik ist mit ihrem Latein am Ende?«

»Weiterhin steht da, dass die Kugel mit einem fünfzehn Jahre alten Projektil aus der Waffe von Eduard Zimmer verglichen wurde.«

»Wer ist Eduard Zimmer?«

»Harald Steiners Vorgänger. Er nahm sich mit seiner eigenen Waffe das Leben«, antwortete Schnur, ohne seinen Blick von dem Bericht abzuwenden.

»Warum wurde dieser Vergleich angestellt?«, fragte Esther.

»Weil diese Waffe in unseren Akten immer noch als verschwunden gilt«, antwortete Jürgen Schnur. »Ich als ehemaliger Aktenhengst habe mich sofort daran erinnert. Die Nähe des neuen Tatortes zu dem Ort des Verschwindens der Waffe von damals hat mich auf die Idee zu diesem Vergleich gebracht.«

»Das finde ich gut.« Esther grinste. »Da sieht man mal wieder, dass du selbst nicht an Steiners Schuld glaubst.«

»Nicht so hastig, liebe Esther«, bremste Jürgen Schnur Esthers Eifer. »Es gibt zwar eine markante Kratzspur auf beiden Geschossen, weshalb nicht ausgeschlossen werden kann, dass die Kugel aus Zimmers Waffe stammt.«

»Also ist Steiner aus dem Rennen?«

»Nicht ganz. Es gibt weitere Riefen. Aber das Projektil war so verformt, dass es nicht exakt mit dem Projektil, das in der Ballistik abgefeuert wurde, verglichen werden konnte. Eine mikroskopische Untersuchung kann nur Ähnlichkeiten feststellen. Das zählt nicht als Beweis.«

»Enttäuscht?«

»Nur entsetzt! Zimmers Waffe ist vor fünfzehn Jahren spurlos verschwunden. Sollte sie jetzt wieder auftauchen, wirft das eine Menge neuer Fragen auf.«

»Die Tatsache, dass Bernd Schumacher im Besitz dieser Waffe war, zwingt uns die Frage auf, wie er daran gekommen ist«, überlegte Esther laut.

»Das Verschwinden von Zimmers Waffe war damals schon eine undurchsichtige Angelegenheit.«

»Das Verschwinden einer Waffe ist immer undurchsichtig«, bemerkte Esther. Aber Schnur ließ sich nicht ablenken, sondern sprach weiter: »Es handelt sich um eine Blaser R 93 Royal, mit einer handgefertigten Gravur. Zudem war der Schaft aus geschnitztem Nussbaumholz mit einer besonderen Maserung, was den Wert der Waffe erheblich steigert. Der Preis betrug damals schon vierzigtausend Mark.«

»Wer gibt so viel Geld für einen Repetierer aus?«

»Idealisten«, antwortete Schnur. »Wenn ich mich richtig erinnere, hat Kullmann damals den Fall Eduard Zimmer bearbeitet. Ich komme nicht umhin, mit ihm darüber zu sprechen.« Schon griff er nach dem Telefon. Während er Kullmanns Nummer wählte, fügte er an: »Bis der Aktenführer die Akte herausgesucht hat, hat Kullmann mir alles erzählt.«

»Heißt das, wir fahren zurück nach Saarbrücken?«

Bevor Schnur seiner Mitarbeiterin antworteten konnte, sprach er in den Hörer.

»Nein, Kullmann kommt hierher« sagte er, nachdem er das Gespräch beendet hatte.

»Warum nimmt er den weiten Weg auf sich?« Sie klang enttäuscht.

»Er lässt es sich nicht nehmen, nach all den Jahren den Limberg wieder zu sehen«, antwortete Schnur. »Aber mach dir keine Sorgen, wir fahren noch oft genug nach Saarbrücken. Forseti will über alles informiert werden. Er besteht darauf, dass ich persönlich antrete. Seinen Unmut über meine Einsatzzentrale vor Ort lässt er mich jetzt schon spüren.«

Kapitel 9

»Willkommen in Oberlimberg.« Wenn das mal keine freundliche Einladung war. In behäbigem Tempo steuerte Kullmann seinen Wagen über die schmale Straße.

»Hier hat sich einiges verändert«, murmelte er.

»Überrascht dich das?«, fragte Martha. »Das ist ein schöner Ort. Ein guter Grund, hier zu bauen.«

»Oskar Lafontaine hat das auch erkannt. Er wohnt hier.« Kullmann zeigte auf ein großes Anwesen zu seiner Rechten. Ein geöffnetes Eisentor mit spitzen Stahlstreben gewährte gute Sicht auf ein gelbes Haus, das mit flachem Walmdach über Erkern und Giebeln ganz typisch im Baustil der Toskana gehalten war. Hohe Fenster und eine Glasgalerie im Dachgeschoss ließen auf angenehmen Komfort schließen. Kullmann interessierte sich jedoch mehr für die halbhohe Mauer aus Naturstein mit ihrem gusseisernen Aufsatz. »Jetzt sehe ich endlich einmal diesen umstrittenen Gartenzaun.«

»Die Tatsache, dass dieser Gartenzaun ein öffentlicher Streitgegenstand ist, macht ihn erst interessant«, erkannte sie. »Sonst würde wohl keinem auffallen, wie schön er ist.«

Wenige Meter weiter beeindruckte eine Villa in Terrakotta mit weißen Balkonen. Häuser ganz aus Holz zogen ebenfalls ihre Aufmerksamkeit auf sich.

An der Kreuzung bogen sie rechts ab. Dort trafen sie auf die Hostellerie Waldesruh.

Die rustikale Einrichtung gefiel Kullmann sofort. Die Tür zum Jagdzimmer stand offen. Die Wände waren übersät mit Geweihen von Böcken, die wie heimische Trophäen anmuteten. Die Gedecke waren alle in Jägergrün.

Jürgen Schnur und Esther Weis warteten im Restaurant nebenan. Sie saßen direkt am ersten Tisch vor einem Schrank mit aufwendigen Schnitzereien. Dort zierten neben antiken Bauernmöbeln Hirschgeweihe die Wände. Eine große Theke in der Mitte beherrschte das Speiselokal.

»Schön, dass ihr noch auf meine Hilfe zählt. Das neue Informationssystem wird mich bald überflüssig machen.« Mit diesen Worten trat Kullmann auf den Tisch zu. Schnur erhob sich, um seinen ehemaligen Chef zu begrüßen.

»Du wirst niemals überflüssig«, meinte er. »Ein Computer kann keine Erfahrungen sammeln.«

Kullmann lachte.

Sie ließen sich die Speisekarte reichen.

»Ihr wollt Informationen über Eduard Zimmer haben«, kam der Alte auf den Grund des Treffens zu sprechen. Als Vorspeise wählte er Wildrahmsuppe mit frischen Pfifferlingen.

Schnur nickte.

»Ich kann mich noch gut an den Fall erinnern. Eduard Zimmer hatte sich mit seiner wertvollen Repetierbüchse erschossen – eine unübliche Methode, weil es sich dabei um eine Langwaffe handelt. Also mussten wir rekonstruieren und haben feststellt, dass Zimmer groß und seine Arme lang genug waren, um sich selbst aus diesem Winkel einen Schuss zu setzen.«

»Aber es wurde keine Waffe gefunden.«

»Stimmt. Otto Siebert fand Eduard Zimmer – aber keine Waffe.«

»Otto Siebert?«, stutzte Schnur. »Das ist doch der Vater des entführten Kindes?«

»Richtig.«

»Er ist zufällig auch der Besitzer des Nachbarwaldes vom Limberg.«

»Die Hessmühle«, bemerkte Schnur.

»Nach der Entführung trat er freiwillig von seinem Amt als Staatssekretär zurück. Angeblich brauchte er Zeit, um sich von dem Schrecken zu erholen. Das tat er, indem er sich in die Abgeschiedenheit zurückzog. Dabei stieß er auf den Toten.«

»Darauf stoßen ist ein bisschen übertrieben. Die Leiche lag zweihundert Meter tiefer«, korrigierte Schnur. »Ich staune, wie er sie überhaupt sehen konnte.«

»Willst du die Aussage dieses Mannes anzweifeln?«

»Ich sehe nur Ungereimtheiten.«

»Du siehst Gespenster! Eduard Zimmer starb durch ein Projektil aus seiner eigenen Waffe. Es steckte in seinem Körper, weshalb wir es genau überprüfen konnten.«

»Heißt das nicht, dass er aus großer Entfernung erschossen wurde?«

»Nein. Der Schuss war aufgesetzt. Die Kugel blieb im Körper, weil sie auf einen Knochen prallte.«

Die Vorspeisen wurden serviert.

Schnur begutachtete den Inhalt seines Tellers, während er fragte: »Was hat Otto Siebert in einem Revier zu suchen, das ihm nicht gehört?«

»Ein Mensch wird doch wohl noch im Wald spazieren dürfen. Er hatte ein schreckliches Erlebnis zu verarbeiten und wollte abschalten.«

In einem sachlichen Ton fügte Schnur an: »Ich habe erfahren, dass es zwischen Zimmer und Siebert Rivalitäten gegeben hat. Deshalb wundere ich mich, dass er in seiner schwersten Zeit seine Entspannung ausgerechnet dort suchte, wo er genau das Gegenteil zu erwarten hatte.«

»Du bist wirklich gut. Alles hinterfragen, nichts dem Zufall überlassen. Dich auf den Posten zu setzen war die richtige Entscheidung. Dir entgeht nichts.«

»Deine Überzeugung ehrt mich. Würdest du diese Worte bitte vor Kriminalrat Forseti wiederholen?«

Kullmann lachte.

»Wie wurde der Tote geborgen?«, fragte Esther.

»Mit einem Lichtmastkraftwagen mit Flutlicht«, antwortete Kullmann, rieb sich mit einer Serviette über das Kinn und schob die leere Suppenschale beiseite. Das Geschirr wurde abgeräumt. Erst als sich die Wirtin vom Tisch entfernte, fügte er sinnierend an: »War das ein Aufwand, ihn nach oben zu befördern.«

»Das verstärkt meine Zweifel an Ottos Sieberts Darstellung der Ereignisse«, bekannte Schnur. »Zimmer hatte über Jahre hinweg das Wild von Sieberts Hessmühle auf das eigene Stück – auf den Limberg- getrieben und dort geschossen. Das gehört nicht zum waidgerechten Verhalten eines Jägers. Und dann findet Otto Siebert seinen Widersacher zufällig in einer Schlucht, die sonst nur mit einem Lichtmastkraftwagen zu erreichen ist.«

»Deshalb bringt der damalige Staatssekretär des Innenministeriums und Leiter der Abteilung für Polizeiangelegenheiten einen Menschen um?«, hielt Kullmann dagegen. »Das ist nicht waidgerecht – und noch strafbar dazu. Otto Siebert ist Jurist. Er weiß, was Gerechtigkeit ist. Sollte ein Unbefugter auf sein Wild schießen, wird er schlauere Methoden anwenden, um es dem Kontrahenten beizubringen.«

Schnur trank sein Bierglas in einem Zug leer. Kullmann hatte ihn zurechtgewiesen. Obwohl er inzwischen pensioniert war, er war immer noch ein schlauer Fuchs.

»Du hast recht. Ich bin über das Ziel hinausgeschossen.«

Kullmann schüttelte den Kopf und meinte: »Du gehst unvoreingenommen an den Fall heran. Das ist gut so. Wenn ich immer vor der Obrigkeit den Bückling gemacht hätte, wäre so mancher Fall nicht aufgeklärt worden. Also brauchst du dich nicht zu entschuldigen – im Gegenteil: Mach weiter so!«

Die Hauptgerichte wurden serviert. Kullmanns Aufmerksamkeit galt seinem Rumpsteak in Pfeffersoße, Schnur probierte von seinen Schweinefiletspitzen in Rahmsoße. Eine Weile war nur das Klappern des Bestecks zu hören.

»Ich beabsichtige ein Gespräch mit Otto Siebert. Er kann mich aufklären, wie er bei seinem verträumten Spaziergang zufällig die Leiche entdecken, dabei aber dessen Waffe übersehen konnte, deren Wert heute über zwanzigtausend Euro geschätzt wird.«

»Otto Siebert hat keinen Grund, etwas zu stehlen. Er ist steinreich, wie ihr sehen werdet, wenn ihr ihm einen Besuch abstattet.«

Plötzlich stand der Chefkoch persönlich am Tisch. »Hat es Ihnen geschmeckt?«, fragte er seine Gäste. Sie überhäuften ihn mit Lob. Erst als er sich den Gästen am Nachbartisch zuwandte, fügte Kullmann schmunzelnd an: »Aber so gut wie Marthas Dibbelabbes war es doch nicht.«

Kullmanns Frau errötete vor Stolz.

Kapitel 10

»Wir nehmen deinen Wagen«, bestimmte Schnur.

Esther schaute ihren Chef staunend an, stellte aber keine Fragen.

Sie stiegen in den Suzuki Vitara. Jürgen Schnur übernahm das Steuer. Er fuhr durch die Kirchhofstraße bis das Schild »Oberlimberg« zu sehen war. Dort bog er rechts ab. Der schmale asphaltierte Weg schlängelte sich über den Berg, bis sie am höchsten Punkt des Limbergs ankamen, wo das kleine Dorf in voller Pracht glänzte. Schnur passierte das Restaurant *Hostellerie Waldesruh*. Diese Straße war eine Sackgasse. Esther schwante, warum er ihren Wagen wollte. Die Straße mündete in einen Waldweg, der zunächst steil in die Tiefe führte. Geschickt manövrierte Schnur das Auto durch die verschlungenen Wege. Er kannte sich hier gut aus. Inmitten der üppigen Vegetation tauchten plötzlich die Häuser des kleinen Ortes Itzbach auf. Wieder verließen sie die Zivilisation, rumpelten über den nächsten Waldweg, bis sie auf einen großen Häuserkomplex inmitten der Wildnis stießen. Rechts von ihnen offenbarte sich ein großer Schotterparkplatz, den Schnur ansteuerte. Sie standen direkt vor dem Restaurant *Hessmühle*. Die Gartenterrasse lag verwaist neben dem Haupteingang.

Sie stiegen aus und betraten das Lokal. Sie standen in einer gemütlichen Pilsstube mit großem Kachelofen in der Ecke, aber kein einziger Gast saß dort. Eine Kellnerin eilte herbei.

»Der Speiseraum befindet sich nebenan, wenn Sie essen möchten«, erklärte sie geschäftstüchtig.

»Nein, danke! Wir wollen mit dem Besitzer sprechen«, erklärte Schnur und hielt seinen Polizeiausweis hoch. »Mit Otto Siebert.«

»Mit wem?«, fragte sie so verdutzt, dass sie vergaß, wen sie vor sich hatte.

»Ist Otto Siebert nicht mehr der Besitzer der Hessmühle?«

»Nein … äh … ich weiß nicht. Mein Chef heißt anders.«

Aus den hinteren Räumen kam ein weiterer Angestellter, dem es schließlich gelang, das Missverständnis aufzuklären.

»Otto Sieberts Wohnhaus steht weiter hinten. Sie müssen den schmalen Weg links am Hotel vorbeifahren, dann stoßen Sie drauf. Sieberts Haus zu übersehen ist ausgeschlossen.«

Das Hotel, das sie passierten, hatte die Bauweise eines lothringischen Bauernhauses, lang gezogen, die ehemalige Scheune farblich von der Fassade abgesetzt, der Stall als Garage umfunktioniert. Dicht daneben führte ein schmaler Weg vorbei.

Schon nach wenigen Metern blieb ihnen die Luft weg vor Staunen.

Otto Sieberts Anwesen war kein Haus, sondern ein Palast, der durch Größe und Baustil der Neuromanik schon auf den ersten Blick begeisterte. Fenster mit Rundbogen zierten die Front. In der Mitte prangte ein schwarzes Portal eingerahmt von marmornen Säulen und Treppenstufen in harmonisch abgestimmten Erdfarben. Jeweils rechts und links flankierten Rundtürme das Gebäude. Schwarze Ziegel glänzten in der Sonne, die weiß getünchte Front blendete gleißend hell. Die Auffahrt umgab ein Gelände so groß wie ein Fußballplatz. Jeder Meter war perfekt angelegt und gepflegt. Anstelle eines Zauns grenzten hohe Zypressen das Grundstück von der Außenwelt ab. Ein Gärtner war damit beschäftigt Laub zusammenzurechen.

Sie betraten die Pforte. Auf ihr Klingeln wurden sie von einer Hausangestellten hereingebeten, durch das Haus zur hinteren Terrasse geführt, wo Otto Siebert in der Sonne saß.

Er erhob sich von seinem Stuhl und trat auf die beiden zu. Er trug einen weißen Anzug und ein schwarzes Hemd – weit aufgeknöpft. Sein eisgraues Haar war glatt zurückgekämmt, was sein markantes, braungebranntes Gesicht betonte. Mit stahlblauen Augen fixierte er die Kommissarin, reichte ihr eine kühle, trockene Hand und stellte sich vor: »Otto Siebert! Mit wem habe ich das Vergnügen?«

»Ich bin Jürgen Schnur, der leitende Ermittler im Fall Bernd Schumacher. Esther Weis ist ermittelnde Kriminalkommissarin«, übernahm Schnur die Antwort.

»Wie kann ich Ihnen helfen?«

»Sie waren 1991 Staatssekretär des Innenministeriums.«

»Ja und? Heute gibt es davon sogar zwei«, konterte Siebert, ohne seinen Blick von Esther abzuwenden. »Damals wäre mir nicht entgangen, wenn so schöne Frauen bei der Polizei gearbeitet hätten.«

»Sie waren für die Polizeiangelegenheiten genau in dem Jahr zuständig, als Eduard Zimmer, der Förster ihres Nachbarreviers zu Tode kam. Was wissen Sie darüber?«

»Eduard Zimmer?« Siebert richtete endlich seinen Blick auf Schnur. »Sagten Sie nicht, dass Sie im Fall Bernd Schumacher ermitteln?«

»Das sagte ich. Wie unsere neuesten Untersuchungen ergeben haben, gibt es einen Zusammenhang.«

»Und der wäre?«

»Die Repetierbüchse von Eduard Zimmer.«

»Darüber weiß ich nichts.« Otto Siebert bot Esther einen Platz direkt vor seinem an. Dankend ließ sie sich nieder.

Es war warm auf der Terrasse. Oder schwitzte sie aus anderen Gründen? Trotz ihrer Versuche, seinem Blick auszuweichen, blieben ihre Augen an seinen haften. Sie glaubte, ein siegessicheres Lächeln darin zu sehen. Was machte diesen Mann so selbstsicher? Unauffällig musterte sie ihn. Sofort hatte sie die Antwort darauf: Alles stimmte an ihm. Sein Aussehen, sein Charme, seine Kleidung und nicht zuletzt sein Umfeld. Sie schaute sich um, sah Skulpturen von nackten Frauen eingerahmt von dunkelgrünen Ziersträuchern, Swimmingpool, Springbrunnen mit hohen Fontainen, stufenförmig abgesetzter Pavillon, mit weißen Mauern eingefasste Terrasse, filigrane Gartenstühle, feines Porzellan auf dem gläsernen Tisch, Sherry im Kristallglas, das Siebert in seiner Hand hielt. Hier herrschte verschwenderischer Luxus, der in vollen Zügen ausgekostet wurde.

»Auch einen Sherry?« Siebert schien ihre Gedanken zu lesen. Gewinnend lächelte er Esther an.

»Wir trinken nicht im Dienst«, kam es von Schnur. »Ich will von Ihnen wissen, wie es möglich sein konnte, dass Sie einen Toten in zweihundert Metern Tiefe finden, aber keine Waffe.«

»Vermutlich lag die Waffe irgendwo, wo ich sie nicht gesehen habe.«

»Aber den Toten haben Sie gesehen?«

»Das ist aktenkundig. Was soll diese Frage?«

»Die Frage taucht auf, weil wir einen Toten haben, der vor seinem Tod mit genau dieser Waffe geschossen hat«, erklärte Schnur. »Wer – außer Ihnen – kann an die Waffe gekommen sein?«

»Das weiß ich nicht. Vielleicht war jemand schon vor mir an der gleichen Stelle vorbeigegangen und hat sie mitgenommen.«

»Das ist eine Stelle, an die sich ein Spaziergänger nicht einfach so verirrt. Dort gehen nur Menschen hin, die mit dem unwegsamen Gelände vertraut sind.«

»Es wimmelt dort oben von Jägern.«

»Das stimmt nicht«, korrigierte Schnur. »Dort oben ist nur ein Jäger. Das war damals Eduard Zimmer.«

»Und heute Harald Steiner. Ich habe ihn selbst empfohlen. Und nicht zu Unrecht, wie ich glaube.«

»Sie lenken vom Thema ab.«

»Genau das!«

Otto Siebert stand auf, stellte sich vor Jürgen Schnur. Er war größer als der Polizeibeamte und kräftiger. Sein Gesichtsausdruck verriet nicht das geringste Anzeichen von Empfindungen, sei es Ärger, Angst oder Heiterkeit. Er schaute ihn ganz neutral an, als er sagte: »Ich bin darüber informiert, dass Sie jetzt das Kommissariat für Tötungsdelikte leiten. Ihre Kühnheit gibt mir das Gefühl, dass Sie sich in dieser Funktion wohlfühlen.«

Sollte Schnur sich geschmeichelt fühlen oder gewarnt sein?

»Sie haben vor einigen Wochen bei uns einen Einbruch gemeldet.«

»Sie haben Ihre Hausaufgaben gemacht.« Siebert nickte anerkennend.

»Was in meinen Schulbüchern allerdings nicht aufgelistet ist, sind die Gegenstände, die gestohlen wurden.«

Siebert grinste.

»Könnten Sie mich bitte aufklären, damit ich meinen Test bestehe?«

»Es wurde nichts gestohlen.«

»Und das soll ich jetzt verstehen?«

Siebert entgegnete nichts.

»In Psychologie hapert es noch bei mir. Ist es möglich, dass der Einbrecher beim Anblick Ihrer vielen Wertgegenstände in Tränen ausbrach und sich nicht entscheiden konnte, was er mitnehmen soll?«

»Alles, was einen Wert hat, ist eingetragen und versichert. Die Überprüfung ergab, dass nichts fehlte.« Sieberts Stimme klang frostig.

»Dinge, die nicht registriert sind, könnten aber sehr wohl gestohlen worden sein«, bemerkte Schnur spitz. »So zum Beispiel eine Waffe, von der niemand wissen durfte, dass sie bei Ihnen ist.«

Siebert hielt sich erschrocken die Hand vor den Mund. »Jetzt haben Sie mich eiskalt erwischt. Sie sind ein schlauer Fuchs – Ihnen macht keiner was vor!«

Sieberts Ironie traf Schnur unvermittelt. Hastig wechselte er das Thema, damit Otto Siebert nicht sah, wie gekränkt er sich fühlte: »Wie viele Waffen besitzen Sie?«

»Eine Repetierbüchse Blaser R 93, eine Krieghoff Hubertus Kipplaufbüchse, einen Krieghoff Drilling, eine Merkel Bockbüchsflinte mit Einstecklauf, einen Revolver Smith & Wesson mit .357 Magnum und eine Walther PPK 7,65 mm. Alle registriert.«

Schnur schaute sich um.

Sein Blick traf den rechten Turm. Die Jalousien waren heruntergelassen. Die Lamellen wurden auseinander geschoben. Schnur konnte einen Schatten ausmachen. Schnurs Augen blieben lange darauf haften. Tatsächlich! Der Schatten bewegte sich. Dort war jemand, der sie beobachtete.

»Wer lebt in dem Turm?«

»Mein Sohn Moritz.«

»Wie geht es ihm?«

Schlagartig zeigte Sieberts Gesichtsausdruck eine Regung. Er ließ sich auf seinem Stuhl nieder, trank einen Schluck Sherry und antwortete mit trauriger Stimme: »Er ist durch die Entführung ein unglücklicher Mensch geworden.«

Mit seiner freien Hand zeigte er über das große Grundstück und fügte an: »Sehen Sie sich um, das alles gehört ihm. Aber leider kann er sein Leben nicht genießen. Er ist krank und depressiv, hat kein Interesse an den schönen Dingen des Lebens, ist verzweifelt und unglücklich.«

»Ist er in Therapie?«

»Natürlich! Bei den besten Therapeuten. Ich habe keine Kosten gescheut. Aber manchmal kann sogar Geld nicht helfen.«

»Dürfen wir mit ihm sprechen?«

»Das wird Ihnen nicht viel nützen.«

»Versuchen können wir es ja mal.« Schnur gab nicht auf.

Sie gingen durch den Garten zum Rundturm, stiegen die Wendeltreppe hinauf und blieben vor der einzigen Tür stehen.

»Ich habe ihm das Turmzimmer gegeben, weil ich mir davon versprach, dass ihn das individuelle Leben zu mehr Selbständigkeit motiviert«, erklärte Otto Siebert.

»Hat es funktioniert?«

»Nein.«

Otto Siebert klopfte an und trat ein, ohne dass sein Sohn die Gelegenheit gehabt hätte, ihn hereinzubitten.

Die beiden Polizeibeamten folgten ihm.

Sie betraten ein rundes Zimmer mit Fenstern, die zu allen Seiten zeigten. Die Läden waren allesamt geschlossen. Das einzige Licht im Raum bestand aus den Sonnenstrahlen, die durch die Ritze hereinfielen. Das genügte, um alles sehen zu können.

Ein Bett stand gegenüber der Tür. Darin lag ein Mann, von dem nur das Gesicht zu sehen war. Erst als sie auf ihn zutraten, erkannten sie, dass er mit beiden Händen die Decke bis ans Kinn hochzog. Sein Gesicht war so weiß wie das Laken, seine Haare pechschwarz. Seine Augen rotgerändert, die Wangen eingefallen, die Lippen fahl.

Schnur hätte schwören können, dass er ihn vor wenigen Minuten am Fenster gesehen hatte.

Plötzlich ertönte ein leises Rumoren. Moritz Siebert hielt sich die Hand vor den Mund, als er zu sprechen begann: »Entschuldigen Sie, mir ist übel. Es riecht hier plötzlich so schlecht, dass ich mich gleich übergeben muss.«

»Wir wollen Sie auch nicht lange stören«, sprach Esther. »Können Sie sich noch an das Ereignis vor fünfzehn Jahren erinnern …«

»Ich glaub, ich muss kotzen«, fiel ihr Moritz Siebert ins Wort. Sein Gesicht wurde noch blasser – fast durchsichtig.

»Sie wurden vor fünfzehn Jahren …«, versuchte es nun Schnur.

»Natürlich erinnere ich mich!«

Wieder war ein unangenehmes Rumoren zu hören. »Wenn es Ihnen nichts ausmacht, dass ich Sie vollkotze, dann können Sie hier bleiben.«

»Haben Sie den Mann, der Sie damals entführt hat, seitdem wieder gesehen?«

Eine Weile herrschte Schweigen. Die Temperaturen in dem Raum schienen zu sinken.

Moritz Siebert starrte zur Decke, während er sprach: »Ich sehe, wie Gehirnmasse durch den Raum spritzt und mich besudelt.«

Esther schaute betroffen auf ihren Vorgesetzten.

»Überall diese graue Masse, an den Wänden, an der Decke – in meinem Gesicht.« Moritz Siebert schüttelte sich.

»Aber da war noch ein dritter Mann. Der wurde nicht verletzt«, bluffte Schnur, um etwas zu erfahren.

»Drei tote Männer«, krächzte der Mann zwischen seinen Laken. »Deshalb soviel Hirnmasse?«

»Einer blieb am Leben«, korrigierte Schnur.

»Kann man ohne Hirnmasse leben?«

Wieder herrschte betretenes Schweigen.

»Wir dachten, Sie könnten sich vielleicht an etwas erinnern.« Schnur resignierte.

»Kehren die Toten zurück?«

Nun kam ein unmissverständliches Würgen aus seinem Hals.

Hastig stürzten die beiden Polizeibeamten aus dem düsteren Zimmer.

Kapitel 11

Es war stockdunkel, als Steiner zusammen mit dem Hund das Haus verließ.

Hinter seinem Jeep versteckte sich jemand!

Sofort nahm Steiner seine 9 mm Pistole Glock 26 aus der Innentasche seines Mantels. Sie war nicht in seiner Waffenbesitzkarte eingetragen, weshalb die ehemaligen Kollegen sie bei der Hausdurchsuchung nicht finden konnten. Beruhigend wog die Waffe in seiner Hand. Es war das erste Mal, dass diese Waffe eine beruhigende Wirkung auf ihn hatte. In der Zeit nach seinem freiwilligen Ausscheiden aus dem Polizeidienst hatte er – von einer Paranoia getrieben – diese Glock auf dem Flohmarkt in Metz erstanden. Nur wenige Kilometer über der Grenze war es erschreckend einfach, illegal an Schusswaffen zu gelangen. Sollte sie jetzt – fünfzehn Jahre später – zum Einsatz kommen?

Er konzentrierte sich auf seinen Wagen. In der Dunkelheit sah er nur Umrisse. Hatten ihn seine Sinne getäuscht. Moritz reagierte nicht, was seine Zweifel verstärkte. Im Gegenteil, der Hund lief schwanzwedelnd um das große Auto herum. Verblüfft folgte ihm Steiner.

Da erst sah er, wer an seinem Auto saß: Micky.

Mit weinerlicher Stimme sagte er: »Ich kann es nicht wieder gut machen.«

Steiner erkannte, was Micky beschäftigte. Alle Reifen waren platt gestochen.

Frustriert trat er dagegen. Das Bellen seines Hundes in der Nacht war also kein Traum gewesen. Meine Güte – er wurde doch alt.

»Micky, du brauchst das nicht gut zu machen«, beruhigte er den immer noch weinenden Jungen.

Moritz leckte ihm über das ganze Gesicht.

»Siehst du. Moritz will nicht, dass du weinst.«

Das brachte das gewinnende Lächeln in Mickys rundliches Gesicht zurück.

»Weißt du, mein Papa fährt genau dasselbe Auto wie du«, sagte der Junge, während er den treuen Hund liebkoste. »Soll ich ihn fragen, ob er dein Auto flickt?«

»Dein Papa wird mir nicht helfen. Er mag mich nicht«, widersprach Steiner.

»Aber dafür mein Bruder Olli. Er fährt das Auto genauso oft und repariert immer alles selbst. Er kann dein Auto wieder ganz machen.«

Steiner lächelte. Mickys Einfältigkeit war grenzenlos. Er nickte zustimmend, was in Micky das Gefühl auslöste, etwas für seinen Freund tun zu können. Mit einem freundschaftlichen Klaps auf die Schulter forderte Steiner ihn auf, mit ihm in den Wald zu gehen, was Micky nur zu gerne tat.

Steiner schlug den Weg ein, den er und sein Freund wie aus der Westentasche kannten. Er war steil und holprig, führte unter Bäumen und Dickicht hindurch bis zum Hauptweg, dessen Kieselsteine unter ihren Füßen knirschten. Es dauerte nicht lange, da erblickte Steiner etwas, das eindeutig nicht dorthin gehörte. In der Dunkelheit konnte er es nicht zuordnen. Neugierig näherte er sich.

Es war ein Plakat.

Gegen seine Gewohnheit schaltete er die Taschenlampe ein, um es zu erkennen. Das Foto des aufgeschlitzten Tierkadavers schreckte ihn sofort ab. Darunter stand in großen Druckbuchstaben: »Halali des Grauens.«

Wie angewurzelt starrte er darauf. Micky reagierte sofort, nahm ihm das Plakat aus den Händen und zerriss es in tausend Stücke.

Sie setzten ihren Weg fort. Schon nach wenigen Metern stießen sie auf das nächste Plakat. Darauf sahen sie einen angeschossenen Keiler, dessen weit aufgerissenen Augen direkt in die Kamera blickten. Der Untertitel lautete: »Es gibt nichts Schöneres als den Schrei eines sterbenden Keilers im Morgengrauen.«

War das eine neue Masche der Leute im Dorf? Genügte es nicht, Tierkadaver vor seine Haustür zu legen?

Hinter der Biegung entdeckte er wieder ein Plakat. Es zeigte ein Reh, dessen Vorderlauf gebrochen war, mit der Überschrift: »Die Würde des Tieres ist antastbar.«

Entmutigt steuerte Steiner die Kirrstelle der Wildsauen an, die für den Winter hergerichtet war. Mit jedem Schritt, den er sich näherte, sah er auch dort Spuren seiner Jagdgegner. Die Futterstelle war zerwühlt, menschliche Haare in allen Längen und Farben abgelegt worden. Nur ein Jäger wusste, was diese Verwüstung anrichtete. Dieser Futterplatz hatte seine Funktion verloren. Steiner musste sich eine andere geeignete Stelle suchen.

Sollten die bösen Überraschungen nie mehr enden?

Der erste Ansitz, eine Bodenkanzel aus Paletten, lag in ihren Einzelteilen im Laub. An einem zerborstenen Brett klebte ein Computerausdruck mit der Erklärung: »Das ist eine Maßnahme zur Gewaltprävention.«

Micky begleitete Steiner wortlos. Das Lächeln war aus seinem Gesicht verschwunden.

Steiner gab ihm den Hund an die Leine, eine Aufgabe, die er immer gern übernahm. So traten sie den Rückweg an.

Kein totes Tier, das seinen Eingang blockierte.

Das war das einzig Gute an diesem Morgen, denn wie er an der Stille im Haus erkannte, hatte ihn seine Haushälterin versetzt.

Er rief die Firma *Reifen-Winter* an und hatte sofort Arthur Winter am Apparat. Dabei fiel ihm die Bemerkung des letzten Abends im *Donze* ein. Nach dieser Begegnung war es doppelt peinlich, ausgerechnet ihm den Auftrag für neue Reifen zu erteilen.

Am Nachmittag konnte Steiner endlich mit der Arbeit beginnen. Er fuhr von Kanzel zu Kanzel und fand überall das gleiche Bild vor. Der Schaden war enorm.

Sein nächster Kontrollgang galt seinem Hochsitz auf der Sonnenkupp.

Auf den ersten Blick sah alles intakt aus. Neugierig wagte er sich, daran zu rütteln. Nichts. Er betrat die erste Sprosse. Immer noch nichts. Unversehrt kam er oben an, wo er einen weiteren Computerausdruck fand: »Wir begeben uns nicht auf das gleiche Niveau waidmännischer Arroganz und Brutalität. Wir wollen Leben schützen und nicht in Gefahr bringen.«

Die Methoden seiner Gegner zeigten Wirkung. Er fühlte sich aufgewühlt und gereizt. Frustriert ließ er sich in seiner Kanzel nieder. Hoffentlich half ein Blick in die Schönheit der Natur, um sich abzulenken. Wer wusste, wie lange er noch die Gelegenheit dazu haben würde. Denn, sollte es ihm nicht gelingen, rechtzeitig zur Treibjagd alles wieder instand zu setzen, könnte er sich nach einer neuen Arbeit umsehen.

Es dauerte nicht lange, da fiel die Anspannung von ihm ab. Stille hüllte ihn ein. Eine frische Brise wehte um seinen Kopf, ließ ihn wieder klar denken. Seine Augen wanderten über die Bäume, die stufenförmigen Hänge, den Kreuzweg, die kleine Wiese, den Waldweg, bis sie an einem Punkt direkt vor seinem Hochsitz hängen blieben.

Ein Hase saß dort und knabberte an Grashalmen. Steiner traute seinen Augen nicht. Nach einer Weile kratzte sich der Hase mit dem Hinterlauf am Löffel. Anschließend fraß er weiter. Aber das Fressen wurde langweilig. Er begann, sich auf den Steinen zu wälzen, bis er dreckverkrustet war. Hinterher rieb er mit dem Hinterlauf sein Fell wieder sauber. Dann legte er sich schlafen, was auch nicht lange währte. Er rappelte sich auf, schüttelte sich, dass sein ganzer Körper vibrierte und widmete sich wieder den langen Grashalmen.

Steiner amüsierte sich über die Unbedarftheit dieses Tieres. Der Hase war groß und fett, ein guter Sonntagsbraten. Sein Leichtsinn könnte ihn eines Tages in die Pfanne befördern. Aber für Steiner war es einfach nur schön, das Tier zu beobachten. Erst als er den Abstieg vom Hochsitz antrat, schrak Langohr auf und hoppelte davon.

Steiner fuhr sämtliche Hochsitze an. Überall fand er den gleichen Zettel vor. Seine Gegner hatten keine Mühe gescheut.

Die Dunkelheit überraschte ihn mitten in der Arbeit. Der lang anhaltende Sonnenschein gab ihm das trügerische Gefühl, der Sommer sei noch nicht zu Ende. Frustriert packte er sein Werkzeug ein und steuerte durch das Dickicht seinen Geländewagen an.

Plötzlich hörte er ein verdächtiges Geräusch. Er packte seinen Hund am Halsband, duckte sich hinter Hecken.

Nichts bewegte sich.

Hatten ihn seine Sinne getäuscht?

Er wollte schon aufgeben, als Moritz ein leises Knurren ansetzte. Schnell hielt er dem Hund die Schnauze zu und lauschte. Er hörte nichts. Nach langem Verharren verließ er sein Versteck, packte die restlichen Geräte in den Wagen.

Dann spürte er es wieder. Er war nicht allein im Wald.

Er ließ seinen Blick umherwandern. Die Nacht war rabenschwarz, kein Mondschimmer, der ihm etwas Licht gespendet hätte. So sehr er sich anstrengte – er konnte nichts erkennen.

Moritz saß im Auto und bellte. Dort wollte er ihn auch lassen. Eine Nacht ohne den Hund reichte ihm.

Also zögerte er nicht lange, stieg ein und machte sich auf den Heimweg.

Seine Vorfreude auf einen lauschigen Abend vor dem Kamin, mit einem Glas Sherry in der Hand und seinem treuen Hund an der Seite, wurde getrübt, als er das gusseiserne Tor passierte und das Auto von Jürgen Schnur im Hof sah. Zusammen mit seiner Mitarbeiterin Esther Weis stand er vor der Haustür. Es sah so aus, als warteten sie darauf, dass jemand öffnete.

Steiner überlegte, seinen Wagen zu wenden und unauffällig zu verschwinden, aber sie hatten ihn schon entdeckt. Frustriert parkte er hinter Schnurs Dienstfahrzeug und stieg aus.

»Was verschafft mir die Ehre eures Besuches?«

»Kannst du dir das nicht denken?«, fragte Schnur unfreundlich zurück.

Steiner öffnete die Haustür. Gefolgt von den beiden Kommissaren trat er ein.

»Du hast uns belogen, was den Einsatz deiner Waffen betrifft. Ab sofort musst du dich verdammt anstrengen, wenn du uns von deiner Unschuld überzeugen willst.«

»Ich hatte vergessen, dass ich meine Repetierbüchse in letzter Zeit einsetzen musste.«

»Wie konntest du den Einsatz deiner Sauer 90 vergessen? Erlegst du hier im Wald soviel Wild, dass du den Überblick verlierst?«

Steiner trat auf den Kamin zu, legte Holzscheite auf und zündete sie an. Nach den ersten Rauchschwaden begann ein wärmendes Feuer zu prasseln. Versonnen hielt er seinen Blick auf die lodernden Flammen gerichtet.

Esther ließ sich ohne Steiners Aufforderung auf einem Sessel in der Nähe des Ofens nieder. Moritz gesellte sich zu ihr und genoss ihre Streicheleinheiten.

Steiner behielt seinen Hund im Auge, setzte sich auf das Sofa gegenüber und sprach leise zu Esther: »Nie hätte ich gedacht, dass mir Moritz einmal Konkurrenz macht.«

»Moritz hat eben das gewisse Etwas.«

»Ich nicht?«

Esther kam nicht mehr dazu zu antworten, da mischte sich Schnur ein: »Du verlierst wohl häufiger den Überblick. Ich stelle Fragen und du vergisst sie im gleichen Augenblick wieder.«

Steiner erhob sich und trat auf Schnur zu.

»Ich kämpfe hier oben im Wald mit Wilderern der übelsten Sorte. Es genügt nicht, dass ich die Nachsuche auf angeschossenes Wild machen muss. Ich bekomme häufig angefahrene Tiere vor die Haustür gelegt«, antwortete er endlich. »Manchmal leben die armen Kreaturen noch, dann muss ich Ihnen den Gnadenschuss geben.«

»Wer macht so was?«

»Hier habe ich keine Freunde. Die Stelle als Revierjäger wollte Rolf West. Er verzeiht mir nicht, dass ich ihm zuvorgekommen bin.«

»Das wissen wir schon. Aber deshalb überfährt Rolf doch keine Tiere mutwillig.«

Steiner überhörte den Kommentar. Lieber wandte er sich Esther zu. »Sind Sie dabei, um mein Verhalten kriminalistisch zu analysieren?«

»Was glauben Sie?«, gab sie geheimnisvoll zurück.

»Sie haben bestimmt den psychologischen Lehrgang absolviert. Wenn der Verdächtige nach links schaut, lügt er. Schaut er nach rechts, sagt er die Wahrheit. Wenn er sich die Glatze streichelt, fällt ihm gerade nicht ein, welche Lüge er beim letzten Mal an dieser Stelle aufgetischt hat ...«, zählte er auf.

Esther grinste. »Mark Twain hat einmal gesagt: Der Vorteil an der Wahrheit ist, dass man sich seine Lügen nicht merken muss.«

»Ein gescheites Köpfchen. Und was sagen Sie?«

»Ich stelle fest, dass Sie sich geschickt um die Antworten drücken, die mein Vorgesetzter von Ihnen hören will.«

Schnur nahm den Faden des Gesprächs wieder auf, indem er seine Zweifel anders formulierte: »Wer überfährt Tiere in der Absicht, dir den Posten als Förster vom Limberg streitig zu machen?«

»Ich weiß nicht, wer das tut. Ich weiß nur, dass Rolf West mir die Schuld an Bernd Schumachers Tod gibt. Er ist der Meinung, dass ich deshalb davongekommen bin, weil ich selbst mal Polizist war. Jetzt will er mir schaden. Und seine Bemühungen zeigen Wirkung: Meine Haushälterin ist heute nicht zum Dienst gekommen. Wenn sie mich im Stich lässt, verhungere ich, und Rolf West hat erreicht, was er will.«

»Bei der Durchsuchung von Haus und Hof haben wir nicht die geringste Spur eines überfahrenen Tieres gesehen ...«

»... weil Micky sie vergräbt«, beendete Steiner schnell den Satz.

»Du lässt einen behinderten Jungen so eine Drecksarbeit machen?«, empörte sich Schnur.

»Was soll ich dagegen machen? Micky ist schon vor mir auf den Beinen. Bis ich vor der Tür stehe, hat er den Tierkadaver meistens schon verscharrt.«

»Dann solltest du den Jungen daran hindern. Dieser Tatbestand könnte für unsere Ermittlungen wichtig sein. Damit lässt du einfach zu, dass Spuren vernichtet werden.«

Steiners Reaktion fiel anders aus als erwartet. Statt zu widersprechen, gab er reumütig zu: »Wie soll ich das Micky beibringen? Er glaubt, dass er mir damit einen Gefallen tut.«

»Nach dem, was ich oben auf dem Berg gesehen habe, weiß ich, dass Sie den Jungen besser kennen als jeder andere im Dorf«, mischte sich Esther in das Gespräch ein. »Deshalb wird es für Sie kein Problem sein, ihn davon zu überzeugen, was für Sie das Beste ist.«

Steiner fühlte sich durch ihre Worte geschmeichelt. Lange schaute er in ihr hübsches, blasses, von blonden Locken eingerahmtes Gesicht. Ihre Augen blitzten grün und hielten seinem Blick stand. Sah er darin Schalk? Oder flirtete sie mit ihm?

Auf keinen Fall wollte er zugeben, dass sie ihn überschätzte. Obwohl diese Reaktion unvernünftig war. Denn er spürte instinktiv, dass es ihm nicht gelingen würde, Micky von seinem Tun abzubringen. Der Junge war davon überzeugt, dass er das Richtige tat.

»Benutzt Micky auch deine Sauer 90?« Mit der Frage riss Schnur Steiner aus seinen Gedanken.

»Was für eine Frage? Natürlich nicht!«

»Die Kugel, mit der der Bock angeschossen wurde, könnte aus der Waffe stammen, die Bernd Schumacher mitgeführt hatte – aber ebenso aus deiner Sauer 90. Das Projektil ist ballistisch nicht mehr hundertprozentig abzugleichen.«

»Warum sollte ich einen Bock in der Schonzeit schießen?«, fragte Steiner aufgebracht. »Ich habe mit den Wilderern und den Leuten aus dem Dorf schon Ärger genug. So etwas könnte mich meinen Job kosten.«

»Oder zwanzig Jahre auf der Lerchesflur«, fügte Schnur an.

»Was kann die Kugel beweisen, die wir oben im Wald gefunden haben?«

Schnur überlegte eine Weile, ging in dem geräumigen Zimmer auf und ab, ohne dabei einen Blick auf die Einrichtung zu werfen.

»Sollte Bernd Schumacher der Wilderer sein, wäre das ein Tatmotiv«, rückte er endlich mit der Sprache heraus.

»Weil er mich damit in Misskredit bringt?«, stutzte Steiner.

»Genau das!«

»Aber er ist doch erst aus dem Knast entlassen worden. Das Wildern geht hier schon lange«, hielt Steiner dagegen.

»Wie lange?«

»Den ganzen Sommer!«

»Seitdem ist Bernd Schumacher auf freiem Fuß.«

Eine Weile verharrten alle in Schweigen und ließen die letzten Worte im Raum verklingen.

»Ich habe nicht gewusst, dass er frei ist und auf dem Limberg sein Unwesen treibt«, sprach Steiner tonlos und rieb sich über die Schläfen.

»Es fällt mir wirklich schwer, dir das zu glauben.« Schnur schüttelte den Kopf. »Du hattest Kontakt zu einer Angestellten des Gefängnisses auf der Lerchesflur und willst nichts über den Insassen wissen, den du selbst dort hingebracht hast?«

»So ist es«, konterte Steiner. »Wenn ich mich mit dieser Frau getroffen habe, hatten wir andere Interessen als Häftlinge.«

»Natürlich. Dass ich da nicht selbst drauf gekommen bin!«

»Außerdem wurde Bernd Schumacher geköpft. Ich bin Jäger, mein Arbeitswerkzeug ist das Gewehr. Ich würde doch niemals auf diese mittelalterliche Tötungsart zurückgreifen«, versuchte Steiner weiterhin, seinen Kopf aus der Schlinge zu ziehen.

»Außerdem bist du Polizist«, fügte Schnur an. »Wer kennt die Untersuchungsmethoden der Polizei besser als einer von uns? Die Holzspaltmaschine als Guillotine einzusetzen, könnte auch ein geschickter Schachzug sein.«

»Ich bin unschuldig.«

»Wo wird mehr gelogen, als vor den Wahlen und nach der Jagd?«, fragte Schnur ganz überraschend.

Als keine Antwort kam, gab er sie selbst: »Beim Verhör!«

Kapitel 12

Jürgen Schnur betrat den *Donze*, den Gasthof, der in ihm nostalgische Erinnerungen wachrief. Wie oft hatte er in jungen Jahren hier gesessen und gezecht?

Es dauerte eine Weile, bis seine Augen sich an das rauchige, schummrige Licht gewöhnt hatten. An der Theke saß Rolf West und qualmte. Rechts am Stammtisch hatten sich Arthur Winter, das Wintergoldhähnchen, Siegmund Gerstner, der Oberlehrer und Peter Magath, genannt Rohr-Pitt, versammelt. Der Dorfpolizist Helmut Brack saß etwas abseits. Auf der gegenüberliegenden Seite hielten sich Oliver West und die wie immer schwarz gekleidete Anne Richter in den Armen.

Nur einer fehlte, Markus Darren.

Schnur gesellte sich zu Rolf West an die Theke. Er bestellte sich ein Urpils. Eine Weile verharrten alle in Schweigen. Schnur musste den Anfang machen, um das Eis zu brechen.

»Ich freue mich auch, euch wiederzusehen.«

»Was glaubst du, was wir von deinem kaiserlichen Auftritt halten, Barbarossa?«, kam es unfreundlich von Helmut Brack zurück. »Du kommst hierher, benimmst dich, als seien wir alle Verbrecher, und erwartest, dass wir dich mit offenen Armen empfangen.«

Schnur ärgerte sich, dass sie diesen verdammten Spitznamen in all den Jahren nicht vergessen hatten. Aber er gab es vor ihnen nicht zu. Damals, als ihm der erste rote Flaum auf der Oberlippe gewachsen war, hatte er sich mit jedem anlegen wollen, der ihn so nannte. Das hatte seine Klassenkameraden erst recht angespornt, ihn zu hänseln. Heute würde er ihnen kein Wasser auf die Mühle geben.

Er schaute zu dem ehemaligen Freund und Kollegen Helmut Brack. Der Dorfpolizist wirkte deplatziert in dem Ambiente. Sein Gesicht zeigte eine gesunde Farbe in dieser ungesunden Atmosphäre. Sein Anzug saß tadellos und sein Blick war hellwach, während seine Trinkgesellen Mühe hatten, ihre Augen offen zu halten.

»Was ist aus dir geworden?«, fragte Schnur, seine einzige Chance, ihm die Erwähnung des Spitznamens heimzuzahlen. »Du warst schon immer ein pfiffiges Kerlchen, aus dir hätte etwas werden können. Stattdessen sitzt du hier und trinkst Bier.«

»Ich bin zufrieden mit dem, was ich tue.«

Die Antwort passte Schnur nicht. Er wollte ihn am richtigen Nerv treffen, deshalb fragte er: »Wie geht es Nicole, deiner Frau?«

»Warum bist du hier?«, spuckte Helmut Brack wütend aus.

Volltreffer, grinste Jürgen Schnur in sich hinein und antwortete: »Das wisst ihr genau. Ich bin hier, weil ich den Tod von Bernd Schumacher untersuche.«

»Was gibt es da zu untersuchen?«, konterte Rolf West hitzig. »Steiner war's, das wissen wir hier alle, ohne den ganzen Schnickschnack, den ihr da oben auf dem Berg veranstaltet.«

»Es wird höchste Zeit, dass der Kerl verschwindet«, meldete sich Siegmund Gerstner zu Wort. »Mir einfach den Führerschein abnehmen wollen – eine Unverschämtheit!«

»Der nimmt uns noch viel mehr weg.«

»Der nimmt sich zu viel heraus.«

Alle verstummten gleichzeitig.

Schnur verstand nicht, was hier gespielt wurde. Durch seinen Weggang von Wallerfangen und seine Berufswahl war er für sie zum Außenseiter geworden. Er schaute jeden einzelnen an, aber keiner erwiderte seinen Blick.

In die Stille hinein flüsterte Oliver West mit heiserer Stimme: »Ich habe ihn in der Mordnacht gesehen.«

»Wo?«, horchte Schnur auf.

»Es war oben am Berg.«

»Ich habe ihn auch gesehen«, meldete sich Peter Magath. »Es war unten in der Schlucht.«

»Und ich habe ihn zur gleichen Zeit gesehen«, kam es von Helmut Brack. »Es war mitten im Dorf.«

»Es scheint, er ist überall gleichzeitig«, brummten alle einstimmig.

»Wollt ihr mich verarschen?«, blaffte Schnur.

»Nein! Dafür ist Steiner zuständig. Das tut er schon die ganze Zeit mit dir«, murrte Rolf West.

»Danke für die Warnung.« Schnur hob sein Glas und trank es in einem Zug leer.

Sofort stand ein neues vor ihm.

»Der Service hat nicht nachgelassen«, stellte er zufrieden fest. »Wie oft habe ich diese Theke schon vermisst, die unerschöpfliche Quelle des edlen Gebräus.«

»Kommst du wieder nach Hause?«, fragte Rolf West.

Schnur schüttelte den Kopf und leerte sein nächstes Glas.

»Wo ist Markus Darren?« Mit dieser Frage lenkte er schnell auf ein anderes Thema.

»Das wissen wir nicht«, antwortete Rolf West.

»Wie das?«, fragte Schnur aufgebracht. »Er ist doch einer von euch.«

»Ja, natürlich! Wir machen uns schon genug Sorgen um den Boss!«

Schnur stutzte: »Wer ist hier der Boss?«

»Markus Darren – wer sonst? Er wurde bei der Firma *Stahlbau-Rohre* zum Vorarbeiter befördert. Seitdem läuft er nur noch im schwarzen Anzug durch die Gegend – auch heute noch, obwohl er längst gefeuert wurde.«

»Warum wurde er gefeuert?«

»Das hat er uns nie erzählt.«

»Seit wann wird der Boss vermisst?«

»Seit dem Tag, an dem Schumi Bernd getötet wurde«, antwortete Rolf West.

»Das ist interessant«, staunte Schnur.

»Warum?«

»Der Boss war der einzige, der Bernd Schumacher im Knast besucht hat.«

»Na klar! Er ist auch sein Bruder – oder sein Vetter.«

Rolf West prostete Schnur zu.

»Sein Vetter«, belehrte Schnur. »Bernd Schumacher ist das erste Kind deiner Frau, dein Stiefsohn.«

»Was du nicht sagst?«, brummte Rolf West. »Dann weißt du auch, dass Schumi Bernd nicht von meiner Frau, sondern von ihrer Schwester Maria Darren aufgezogen wurde – zusammen mit Markus.«

»Egal, die beiden sind Vettern – auch wenn sie wie Brüder aufgewachsen sind.« Schnur hob sein nächstes Glas und trank aus. »Wir wissen bis heute nicht, wer der dritte Mann bei der Entführung war. Könnte es der Boss gewesen sein?« Ein Schluckauf kündigte sich in Schnurs Hals an.

Rolf West schaute Schnur eine Weile an, überlegte und sagte: »Das glaube ich nicht. Die Schwester meiner Frau ist eine gute Frau. Sie hat keine Monster großgezogen.«

»Eines aber schon«, hielt Schnur dagegen. »Was Bernd Schumacher getan hat, war ein Verbrechen. Deshalb dürfen wir nicht ausschließen, dass Markus Darren und Bernd Schumacher den Plan gemeinsam ausgeheckt haben.«

Rolf West schüttelte entschieden den Kopf.

Zwei neue Gläser landeten vor ihnen auf der Theke.

»Warum verschwindet der Boss gerade jetzt?«

»Vielleicht hat er gesehen, wie Steiner seinen Bruder getötet hat und bringt sich in Sicherheit«, spekulierte Rolf West.

»Aus Steiners Mund klingt das anders.«

»Klar! Raffiniert ist der ohne Zweifel«, konterte Rolf West. »Aber mich erwischt er nicht.«

»Warum sollte er dich erwischen?«

»Was weiß ich? Jedenfalls hat er es schon versucht. Hat mir aufgelauert, als ich auf den Limberg gegangen bin, um nachzusehen, ob der zweite Schuss, den er angeblich gehört hat, ein Stück Rehwild verwundet hat. Es war schon ziemlich dunkel, deshalb habe ich keinen Verfolger bemerkt. Das war heimtückisch. Vermutlich wusste er genau, dass ich auf seine Andeutung hin dort oben nachschaue.«

»Was hat er getan?«

»Er hat einen Schuss abgefeuert. Um ein Haar hätte er mich getroffen. Ich hatte mich nur zufällig genau im richtigen Moment gebückt.«

»Er schießt in der Dunkelheit.« Schnur tippte an Rolf Wests Stirn. »Merkst du nicht selbst, was du da sagst?«

»Glaub was du willst – Prost!«

»Siehst du auch manchmal weiße Elefanten über den Limberg laufen?« Seine Zunge ging nicht mehr so schnell, wie er das wollte.

»Hältst dich wohl für besonders schlau was«, brüllte Rolf West.

»Oder einen weißen Hirsch?«, lallte Schnur einfach weiter.

»Den hat Ritter Maldix schon selbst erlegt«, gab Rolf West zum Besten.

»Hat uns nichts übrig gelassen, der Gauner!« Schnur hob sein Glas an.

»Richtig! Einen Hirsch hätte ich auch gern mal vor die Flinte gekriegt. Aber im Saarland gibt es keine Hirsche.«

Angestrengt versuchte Schnur einen klaren Gedanken zu fassen. In seinem benebelten Hirn spukte die Frage, ob er Rolf Wests Schilderung ernst nehmen sollte.

»Weißt du die Stelle noch, wo der Schuss gefallen ist?«, fragte er.

»Ich habe den Einschuss nicht gesehen, war zu dunkel. Außerdem wollte ich so schnell wie möglich verschwinden.« Rolf West trank sein Glas leer.

»Warum erstattest du keine Anzeige?«

»Weil ich nicht weiß, auf wessen Seite du stehst.« Rolf West trank sein Glas leer.

»Jetzt mal halblang!« Schnur bestellte zwei neue frisch Gezapfte.

»Ich bin nur Jäger, du und Steiner, ihr seid Bullen – oder Ex-Bullen – und haltet euch für besonders schlau.«

»Auf die schlauen Füchse und die Jäger, die sie niemals erwischen!« Schnur trank in hastigen Zügen. Das Bier schmeckte ihm besser, als ihm lieb war. Der Alkohol breitete sich wohlig in seinem Hirn aus.

»Waidmanns Heil!«, stieß sein Jugendfreund mit ihm an.

Die nächsten Gläser landeten vor ihnen auf der Theke.

»Hie gut Waidwerk – alle Wege«, stimmte Schnur mit schwerer Zunge ein.

»Waidmanns Dank heißt das«, klärte Rolf West Schnur auf.

»Und alle blasen in ein Horn«, dröhnte Schnur unerschütterlich weiter.

»Du hast von der Jagd soviel Ahnung wie eine Frau von Technik.«

»Jetzt wirst du aber komisch«, begehrte Schnur auf. »Immerhin kann ich einen geilen Bock von einem heißen Häschen unterscheiden.«

»Spielst du auf Steiner und deine blonde Mitarbeiterin an?«

Sofort fühlte sich Schnur nüchtern. Rolf West war nicht so einfältig, wie er dachte.

»Meine Mitarbeiterin weiß, was sie tut«, entgegnete er, ohne sich dessen sicher zu sein.

»Wenn es um Steiner geht, würde ich für das heiße Häschen keine Hand ins Feuer legen.«

»Wie kommst du darauf? Was hat Steiner schon wieder angestellt?«

Plötzlich waren alle Augen auf das Arthur Winter gerichtet. Er schien unter den Blicken zu schrumpfen, sein gelbes Gesicht färbte sich noch gelber.

»Was glaubst du, warum der arme Kerl sich gelb säuft?«

»Seine Frau Andrea?«, stellte Schnur eine Gegenfrage.

»Richtig! Für Steiner war es nur ein kurzes Zwischenspiel. Aber für unser Wintergoldhähnchen war es der Weltuntergang«, antwortete Oliver West von seinen Tisch in der Ecke aus. »Steiner hat die Affäre bestimmt schon lange vergessen, weil er inzwischen tausend andere Frauen verführt hat.«

»Ist das der Grund, warum niemand Harald Steiner hier haben will?«

»Das Gegenteil ist der Fall«, übernahm nun Arthur Winter das Sprechen. »Vermutlich ist er genau deshalb hier gelandet.«

»Jetzt verstehe ich gar nichts mehr.«

»Otto Siebert, der alte Schwerenöter, hat ihm zu dem Posten verholfen. Gleich und gleich gesellt sich gern. Siebert hatte schon immer eine Schwäche für schöne Frauen – genau wie Steiner.«

»Siebert ein Schwerenöter?«

»Der ist der Schlimmste von allen, dabei hatte er eine Frau, die so schön war wie eine Märchenprinzessin«, schmachtete der besoffene Mann.

»Erinnerst du dich nicht mehr an Schneewittchen?«, fragte Helmut Brack. »Ihre Haut schneeweiß und ihr Haar pechschwarz. Wir hatten sie bewundernd angehimmelt, wenn wir sie im Wald antrafen. Aber sie zog weiter, als gäbe es uns nicht – fast so, als sei sie nicht von dieser Welt.«

»Natürlich erinnere ich mich.« Schnurs Gehirn war zwar vernebelt, aber so eine Frau vergaß er nicht. Er war dabei, während sie auf die Frau gestarrt hatten wie ein Verdurstender auf ein Glas Wasser. Ihre Reaktion war nur verständlich. Das Verhalten der dummen Jungen musste eine einsame Frau im Wald verängstigen.

»Was ist aus ihr geworden?«

»Das weißt du nicht mehr?«

»Nein! Würde ich sonst fragen?«

»Sie hat sich erhängt.«

»Oh! Wann war das?«

»Kurz nachdem ihr Sohn Moritz aus den Händen der Entführer befreit worden war«, antwortete Helmut Brack.

»Das ist seltsam. Da gab es doch keinen Grund mehr«, stutzte Schnur.

»Vermutlich hatte es andere Gründe«, meldete sich wieder Arthur Winter zu Wort. »Otto Siebert konnte noch nie die Finger von den Frauen lassen. Weder vor der Entführung noch danach. Das beweisen die Früchte seiner Triebe.«

»An wen denkst du da?«

»Halt die Klappe!«, kam es drohend von Rolf West.

»Da hörst du es ja«, lachte der gelb angelaufene Mann. »Wie du ja schon weißt, bekam Doris das erste Kind, bevor sie mit Rolf verheiratet war.«

»Du willst damit sagen, dass Bernd Schumacher Otto Sieberts Sohn ist?«

Kapitel 13

Schweißgebadet wachte Steiner auf. Hatte er den Schuss wirklich gehört oder war es nur ein schlechter Traum? Der Anblick seines aufgebrachten Hundes, der vor seinem Bett mit der Leine im Maul hin und her lief, war Antwort genug.

Moritz vertrieb seine Müdigkeit. Er tippelte aus dem Schlafzimmer. Steiner hörte das Tack Tack seiner Pfoten auf dem Parkettboden in der Diele. Zurück kam er mit Steiners linkem Schuh im Maul.

Nun gab es kein Halten mehr. Es war wirklich ein Schuss gefallen. Moritz wollte zu seinem Einsatz.

Als Steiner endlich angezogen und mit Hund an der Leine die Haustür öffnete, trafen ihn unvermittelt eiskalte Regentropfen. Das für November ungewöhnlich schöne Wetter war vorbei. Schnell kehrte er ins Haus zurück und zog sich sein schwarzes Regencape über. Moritz' Ungeduld wuchs.

Im Regen fühlte sich Steiner zunächst orientierungslos. Wenn er den Knall richtig lokalisierte, kam er aus der Richtung der Schwedenschanzen, den stummen Zeugen keltischer Besiedlung auf dem Limberg. Lediglich die südöstlichen Ausläufer der Hochfläche mussten zur damaligen Zeit durch Wälle geschützt werden. Die anderen Seiten waren durch steile Berghänge uneinnehmbar. Zwischen den Schanzen finden sich heute noch Reste einer Zisterne, die den Namen Grüner See trägt, weil das Wasser grünlich schimmert. Eine geeignete Suhle für Wildschweine.

Sollte es eines dieser Tiere erwischt haben?

Mit schnellen Schritten zogen Hund und Herr los. Am Kreuzweg begann Moritz aufgeregt am Boden zu schnüffeln. Steiner ließ die Leine länger, damit der Hund mehr Bewegungsfreiraum hatte. Es dauerte nicht lange, da nahm er eine Schweißfährte auf. Sie lag genau am Wildwechsel. Steiner kannte diesen Pfad. Er wusste, dass dort ein reger Betrieb seines Rehwildes herrschte, das in gewohnter Weise immer den gleichen Weg wählte.

Moritz zog ruckartig an der Leine. Die Verfolgung begann. Bei dem Tempo des Hundes hatte Steiner Mühe mitzuhalten. Aber die Leine durfte er noch nicht loslassen. Der Pfad war lang und führte nach wenigen Metern steil in die Tiefe hinab.

Plötzlich hörte Steiner ein lautes Jaulen, fast gleichzeitig spürte er einen heftigen Schmerz an seinem Kopf, im Gesicht und an beiden Handgelenken. Sein Hut flog vom Kopf, er verlor das Gleichgewicht und stürzte zur Seite. Nur knapp gelang es ihm, nicht auf seinem Hund zu landen. Verwirrt richtete er sich auf, zog seine Taschenlampe aus der Regenjacke um zu sehen, was ihnen den Weg versperrte.

Er traute seinen Augen nicht. Quer über den Wildwechsel war ein Blendgatter aufgestellt, ein Wildzaun, der an seinem normalen Bestimmungsort das Wild schützen und nicht vernichten soll. Das Stück Zaun bestand aus dünnem Draht, das mit bloßem Auge nicht zu sehen war. Es reichte gerade so weit, dass es den Pfad versperrte. Dahinter lang eine Ricke mit gebrochenem Genick. Warum lag sie hinter dem Zaun?

Nervös nestelte er an seiner Jackentasche, bis er endlich seine kleine Digitalkamera in den Händen hielt. Hastig schoss er Foto für Foto.

Der Angriff auf ihn war offensichtlich.

Seine Gedanken wurden durch das leise Jaulen seines Hundes unterbrochen. Er leuchtete auf den Kopf des Tieres und bekam den nächsten Schrecken. Das Gesicht und der halbe Kopf waren blutverschmiert. Moritz hatte sich an dem scharfen Draht verletzt. Sofort war seine Wut vergessen. Seine Aufmerksamkeit galt nur noch dem Hund. Er nahm ihn auf den Arm. So trug er ihn den ganzen Weg zurück.

Schritt für Schritt fühlte sich Moritz schwerer an. Steiner spürte seine Arme nicht mehr, als er das Tier endlich auf dem Rücksitz seines Wagens ablegen konnte. Mit zitternden Händen startete er den Wagen. So schnell er konnte, steuerte er die Tierklinik in Altforweiler an. Dort war rund um die Uhr ein Notdienst eingerichtet, das wusste Steiner.

In kurzer Zeit erreichte er das große Gebäude, das neben der Kleintierklinik auch eine Pferdeklinik und einen Reitbetrieb umfasst. Schon von weitem sah er im oberen Stockwerk Licht. Er trug den Hund hinein, die Treppen hoch, wo er eineTierärztin antraf, die ihm mit besorgter Miene einen Behandlungsraum zeigte. Moritz verhielt sich beängstigend still. Steiner spürte, wie ihm mulmig zumute wurde. War der Hund unterwegs gestorben?

Als die Frau sah, wie ihm die letzte Farbe aus dem Gesicht wich, meinte sie beruhigend: »Er lebt noch. Aber er ist schwach, weil er viel Blut verloren hat.«

Steiner berichtete der Tierärztin, wie es zu der Verletzung gekommen war.

Daraufhin meinte sie: »Zum Glück hat er sich nicht das Genick gebrochen – wie das Reh. Er hat sich an der scharfen Kante des Drahts ein kleines Stück vom Ohr abgerissen. Das können wir nähen und dann wird er wieder gesund.«

»Auch im Alter von fünfzehn Jahren?«

Keine Antwort. Hellsehen konnte die Tierärztin natürlich nicht.

Traurig fuhr er zurück zum Limberg. Dort suchte er den Wildwechsel wieder auf. Das war der Beweis, den Jürgen Schnur für seine Ermittlungen benötigte. Dieses Mal würde er den Kadaver nicht vergraben, sondern den Fundort sichern, damit er am nächsten Morgen die Polizeibeamten hinführen könnte.

Als er die Stelle erreichte, war alles verschwunden. Der Maschendrahtzaun und die Ricke mit dem gebrochenen Genick. Jemand hatte ihn beobachtet, schoss es ihm durch den Kopf. Und nicht nur das: Da hatte jemand den Tod der Ricke genau einkalkuliert, indem er sie an einem Ort im Wald anschoss, wo zu erwarten war, dass sie für ihre Flucht diesen Wildwechsel einschlagen würde.

Wie unverfroren musste man sein, sich ein solches Schauspiel anzusehen und dann alle Spuren zu verwischen? Das brachte nur ein Ortskundiger fertig, der zudem Jagdkenntnisse besaß.

War Bernd Schumachers Mörder ihm auf den Fersen?

Den Rest der Nacht verbrachte er hellwach in dem Haus, das für ihn plötzlich viel zu groß geworden war. Kein Hund an seiner Seite, der ihn mit seinen treuen Augen ansah, der seine Streicheleinheiten genoss, der ihm mit seinem Bellen zeigte, was zu tun war, der mit seiner bloßen Anwesenheit Steiner die Gewissheit gab, dass er gebraucht wurde. Das Gefühl hatte ihn aufgerichtet, als er vor fünfzehn Jahren seinen Einsatz versiebt hatte, als durch seine Schuld Menschen starben, als durch diesen Unglücksfall auch sein Schicksal besiegelt wurde und seine Frau ihn mit seiner Tochter verließ. Eine Sekunde, die alles veränderte, und seitdem keine einzige Sekunde, in der er nicht daran erinnert wurde.

Ohne seinen Hund fühlte er sich wie ein halber Mensch. Moritz, der Ursprung allen Übels, war selbst zum Opfer geworden. Jetzt klammerte sich Steiner noch mehr an die alte Geschichte, wie er zu dem Hund gekommen war. Die Abwesenheit des Tieres machte alles nur noch schlimmer. Moritz war damals ein Welpe, klein, schutzbedürftig und mutterseelenallein.

Steiner hatte keine Sekunde gezögert, hatte den Hund und somit die Verantwortung für ihn übernommen und es bis heute nicht bereut.

Und nun bangte er um das Leben dieses Tieres, das für ihn so wichtig geworden war. Seine beste Zeit war vorbei. Aber musste es wirklich so enden?

Er hörte ein Knacken am offenen Schlafzimmerfenster. Erschrocken wich er zurück und lauschte. Gleichmäßig rauschte der Regen. Aber da war noch etwas – ein Platschen, das sich deutlich von den Regentropfen abhob. Von der Seite näherte sich Steiner dem geöffneten Fenster und verschloss es. Schlagartig kehrte Ruhe ein. Aber beruhigen konnte ihn das nicht.

Wie ein Tiger im Käfig wanderte er von Zimmer zu Zimmer, bis ihn die Müdigkeit übermannte, er sich auf einen unbequemen Sessel im Wohnzimmer niederließ und dort einschlief.

Als er aufwachte, war es hell.

Seine erste Handlung war ein Anruf in der Tierklinik.

Die junge Tierärztin war sofort am Apparat und sprach die tröstenden Worte aus, auf die er gehofft hatte: Moritz hatte den Eingriff gut überstanden.

Auch an diesem Morgen verweigerte seine Haushälterin den Dienst. Das leere Haus hielt Steiner keine Sekunde länger als nötig fest. Kurzerhand beschloss er, in der Papeterie Kern zu frühstücken. Der Besitzer zählte bestimmt schon hundert Lenze, dachte Steiner jedes Mal mit Erstaunen, wenn er den kleinen, schrumpeligen Alten sah. Aber aus dem verwitterten, eingefallenen Gesicht blickten zwei wachsame Augen, denen nichts entging. An seinem Kopf, den nur noch ein kleiner weißer Haarkranz schmückte, waren zwei große Ohren, die alles hören konnten. Kern war die lebende Dorfpost, ihm entging nichts, was im Ort geschah. Deshalb wählte Steiner dieses ungewöhnliche Ambiente, um seinen Kaffee zu trinken. Er hoffte, etwas zu erfahren, was ihm einen Hinweis auf den nächtlichen Fallensteller gab.

Gähnende Leere herrschte in dem kleinen Geschäft. Steiner stellte am einzigen Stehpult neben der kleinen Theke seinen Kaffee ab, ließ den Blick über die Regale schweifen, die vollgestellt waren mit Schulheften, Blöcken, Malbüchern. Dazwischen prangte die Bildzeitung mit großem Foto einer halbnackten Frau, daneben die Saarbrücker Zeitung mit einem Artikel über die Jagd.

Neugierig nahm Steiner ein Exemplar und begann zu lesen: »Thema Jagd erhitzt die Gemüter.«

»Gegner der Jäger stoßen bei Infotag in Saarlouis auf viel Interesse, aber auch auf Kritik«, ging der Artikel weiter. Dann las er Sprüche, wie »Jagd ist Mord« oder »Schluss mit dem Krieg in unseren Wäldern.«

Wie weit waren die Jagdgegner bereit zu gehen, fragte sich Steiner und rief sich den Schrecken der letzten Nacht in Erinnerung.

Der alte Kern sah, welchen Artikel er gerade las. Dazu bemerkte er: »Die machen alles nur noch schlimmer.«

»Sie sind nicht der Einzige, der das so sieht.«

»Ich weiß genau, was da oben auf dem Limberg los ist«, murrte der Alte. »Seit Sie hier sind, gibt es keine Ruhe mehr. Dabei war hier schon immer ein Förster; irgendwer muss den Wald von Villeroy in Schuss halten.«

»Ihre Einstellung in Ehren. Sagen Sie das bitte mal den Leuten im Dorf!«

»Die Kerle machen einen auf Jagdgegner, dabei haben sie selbst genug Dreck am Stecken.«

Steiner horchte auf. Das Gespräch wurde interessant.

»Dieser Helmut Brack ist Polizeibeamter. Aber privat baut er Fallen, die schlagen einem Menschen die Knochen durch.«

»Der gefallene Helmut?«

»Die, die es besser wissen, nennen ihn den Fallen-Helmut, weil er für seine Fallen berühmt ist.«

Das passte zu dem heimtückischen Blendgatter quer über dem Wildwechsel, das fast das Ende seines Hundes bedeutet hätte.

»Er bekam eine Anzeige wegen schwerer Körperverletzung«, hörte Steiner den Alten weitersprechen.

»Als Polizist? Und hat seinen Arbeitsplatz immer noch?« Steiner staunte.

»Die Anzeige wurde zurückgezogen, weil Fallen-Helmut ein ordentliches Schmerzensgeld bezahlt hat. Deshalb!«

Steiner bestellte seinen nächsten Kaffee.

»Und mich behandeln die wie einen Schwerverbrecher.« Steiner schüttelte den Kopf.

»Sie wundern sich?« Kern schaute Steiner durchdringend von unten herauf an. »Ich denke da an unser Wintergoldhähnchen. Er war nicht immer so gelb im Gesicht.«

Der alte Kern wusste wirklich alles. Die Leute im Dorf hatten nicht übertrieben. Steiner spürte, wie das Thema eine Wendung nahm, die ihm nicht gefiel. Schnell versuchte er, das Thema wieder auf die Jagdgegner zu lenken.

»Wen hatte Fallen-Helmut mit seiner Falle verletzt?«

Aber der kleine Alte wischte die Frage weg wie eine lästige Fliege. Stattdessen fragte er mit listiger Stimme: »War es nicht Otto Siebert, der Besitzer der Hessmühle, der Ihnen zu dem Job als Förster auf dem Limberg verholfen hat?«

Steiners Versuch war gescheitert. Der Alte war dafür bekannt, dass er jedem unverblümt seine Meinung sagte. Ihm war es egal, ob er sich damit Freunde oder Feinde machte. Den Bewohnern blieb nichts anderes übrig, als es in Kauf zu nehmen. Sich mit Kern zu verfeinden bedeutete, sich den Informationsstrang abzuschneiden.

»An dem Spruch ›Gleich und Gleich gesellt sich gern‹ ist was Wahres dran.« Listig lachte Kern. »Siebert hat auch schon unter jeden Rock gegriffen. Man munkelt, dass ihr euch bei den Weibern abwechselt.«

Es wurde immer unbehaglicher. Er trank hastig aus, als Kern weiter sprach: »Leider hat er mit seinen Söhnen kein Glück. Der eine wird zum Verbrecher, der andere zu dessen Opfer.«

»Bernd Schumacher …« Weiter kam Steiner nicht mit seiner Frage, da fiel ihm Kern ins Wort: »Sucht ihr immer noch den Boss?«

Verwirrt schaute Steiner den Alten an. Er sollte nicht lange im Ungewissen bleiben, da wusste er, wer der Boss war und dass er am gleichen Tag verschwunden war, als Bernd Schumacher getötet wurde. Das ließ Steiner an den Schuss denken, den er im Wald gehört hatte, kurz bevor er auf die Leiche in der Holzspaltmaschine stieß. Aber der Gedanke wurde mit Kerns nächster Bemerkung im Keim erstickt. Der Alte verzog sein faltiges Gesicht. Er kam Steiner ganz nah, als er flüsternd anfügte: »Er läuft immer in schwarzen Klamotten herum.«

Steiner schaute an sich herunter. Dort stellte er genau das gleiche fest. Was wollte der Alte damit sagen?

»Er benimmt sich auch seltsam. Man munkelt, dass er jetzt oben auf dem Limberg um das Feuer tanzt und Rache schwört und es allen zeigen will, weil er seine Entlassung als ungerecht empfunden hat.«

»Ich habe dort oben noch keine Schwarzen Messen beobachtet.«

»Die sind zu raffiniert. Die lassen sich nicht in die Karten schauen. Sogar die Polizei, vertreten durch unseren Barbarossa, blickt nicht durch.«

Steiner starrte den Alten an.

»Fragen Sie Ihren ehemaligen Kollegen doch selbst. Aber nicht jetzt – das ist noch zu früh. Er hat bestimmt einen Brummschädel.«

Steiner dämmerte, wen Kern mit Barbarossa meinte.

Mit seinen neuen Informationen verließ er die Papeterie. Sein nächster Weg führte in die Kirchhofstraße zu Jürgen Schnur. Kurz vor der Weggabelung zur Wilhelmstraße erblickte er den schwarz glänzenden Dienstwagen. Zu klingeln brauchte er nicht, der ehemalige Kollege stand schon in der Tür.

»Na! Wie geht's einem mit dickem Kopf?« grüßte Steiner süffisant grinsend.

Schnur kratzte sich über sein unrasiertes Kinn. Die roten Bartstoppeln leuchteten im trüben Tageslicht. Daher also der Spitzname.

Knurrend ließ Schnur den frühen Besucher eintreten.

Esther saß im hinteren Zimmer am Computer. Als sie Steiner hereinkommen sah, hellte sich ihr Gesicht auf. Mit ihren grünen Augen fixierte sie ihn. Er blieb im Türrahmen stehen und genoss ihren Blick.

»Was treibt dich hierher?«, fragte Schnur hinter dem großen Mann.

Steiner hielt seinen Blick lange auf Esther gerichtet, die ihre Arbeit am Computer abspeicherte. Ein Lächeln umspielte seine Lippen, als er Schnur antwortete, ohne dabei die blonde Frau aus den Augen zu lassen: »Ich benötige deine Hilfe.«

»Damit gelingt es dir, mich am frühen Morgen zu überraschen. Außerdem stehe ich hinter dir – also genau da, wo du nicht hinschaust.«

Aber Steiner ließ sich nicht aus der Ruhe bringen. Er zog seine Kamera aus der Jackentasche, hielt sie Esther entgegen und erklärte, was sich darauf befand.

Sie schnappte nach Luft, als sie hörte, was in der Nacht mit Moritz geschehen war.

»Ich werde die Datei sofort auf den PC herunterladen«, meinte sie. »Aber ob uns Bilder helfen können herauszufinden, wer hinter dieser hinterlistigen Falle steckt, wage ich zu bezweifeln.«

Sie sahen sich gemeinsam die Fotos an. Darauf waren deutlich der silbern glänzende Zaun und das dahinter liegende tote Reh zu erkennen. Leider verrieten sie nichts von der Größe und der Lage des Zauns.

»Du hast keine Gabe für Tatortfotos«, kommentierte Schnur.

»Als ich meinen verletzten Hund sah, war mir seine Versorgung wichtiger.«

Schnur nickte, was Steiner in Staunen versetzte. Bisher hatte er jede Handlung von Steiner in Frage gestellt.

»Hat dein Brummschädel deine Gefühle verwirrt?«

»Woher weißt du, dass ich einen Brummschädel habe?«

»Ich war in der Papeterie Kern.« Steiner grinste.

»Ach ja! Der Orts-Kern. Dann bist du über alles informiert.«

»So wie ich Kern verstanden habe, treffen sich im *Donze* die Randexistenzen des Dorfes«, sprach Steiner weiter. »Der stets adrett aussehende Helmut Brack hat Dreck am Stecken und ist wegen seiner Fallenstellerei nur knapp einer Anzeige entgangen.«

»Glaubst du, er ist für den Hinterhalt der letzten Nacht verantwortlich?«

»Genau das! Die Philosophie des Dorfpolizisten ist sehr undurchsichtig. Wie es aussieht ist er nicht freiwillig auf der Polizeiwache in Wallerfangen geblieben.«

»Herr Psychologe«, nahm Schnur das Gespräch auf. »Sie glauben also, dass Fallen-Helmut der Blutsauger vom Limberg ist?«

Steiner stutzte über Schnurs Tonfall, sagte aber nichts.

»Was willst du mit deiner Anschuldigung erreichen?«, fragte Schnur.

»Ich will meine Unschuld beweisen.«

»Ich kann leider keine Mannschaft zusammenstellen, die nachts auf dem Limberg den Fallenstellern, Wilderern und sonstigen Lümmeln auflauert«, gab Schnur zu Bedenken. »Ich kann dir nur raten, vorsichtiger zu sein, nicht mehr mit dem Hund in die Dunkelheit loszustürmen. Es ist bekannt, dass Täter nach jeder Tat, die unentdeckt bleibt, wagemutiger werden.«

»Heißt das, du glaubst mir endlich?«

Steiners Vorbereitungen für die große Treibjagd waren durch die schockierenden Ereignisse ins Stocken geraten. Nun musste er zügig eine Strecke auskundschaften, über die die Treiberwehr marschieren sollte, wobei er Alternativen für den Fall eines Windwechsels mit einplanen musste. Weiterhin oblag es ihm, die Jäger in gleichmäßigen Abständen bestimmten Kanzeln zuzuordnen. Die Schussrichtung für die Schützen musste genau vorgegeben sein. Die dafür geeigneten Ansitze lagen in Kesseln, der Hang diente als Kugelfang. Hinzu kamen die Sonderwünsche der verschiedenen Gäste. Der Eigentümer des Waldes, Monsieur Villeroy bekam den üblichen Sitz, wie er Steiner zu verstehen gegeben hatte. Steiner musste sich von Ernst Barbian erklären lassen, welche Kanzel das sein sollte.

Er kannte die Stelle, wo sich das Schwarzwild aufhielt. Danach richtete sich die Strecke für die Hundemeute. Mit zügigen Schritten marschierte er durch das unwegsame Gelände.

Als Steiner seinen Hochsitz passierte, beschloss er, eine Pause einzulegen. Er setzte sich auf den Gedenkstein des ehemaligen Försters, ließ den Blick über die Sonnenkupp und die Schlucht schweifen. Er fühlte sich lustlos, sein Hund fehlte ihm. Der treue Begleiter konnte ihm durch sein fröhliches Wesen die Arbeit zum Vergnügen machen. Nun war er fort – und mit ihm jegliche Motivation.

Er hörte Schritte.

Plötzlich stand Rolf West vor ihm.

Steiner richtete sich auf.

»Was tust du hier?«, fragte er den übergewichtigen Mann, der Mühe hatte, zu Atem zu kommen.

»Ich gehe die Strecke ab, die für die Treiber gedacht ist.«

»Die habe ich gerade festgelegt. Woher wusstest du, welche ich für dieses Jahr wählen würde?«

»Ich wusste es nicht, ich habe nur vermutet, dass es genau dieselbe ist wie im letzten Jahr.«

Das stimmte. Erst jetzt erkannte Steiner, warum ihm das Festlegen so leicht gefallen war.

»Das ist nicht der einzige Grund, warum ich hier bin«, rückte Rolf West mit der Wahrheit heraus.

Steiner spürte, wie er sich innerlich auf einen Angriff vorbereitete. Aber es kam anders.

Rolf West setzte sich auf den Stein, auf dem Steiner gesessen hatte, atmete noch einige Male tief durch und begann: »Ich habe vom alten Kern erfahren, was heute Nacht mit deinem Hund passiert ist.«

Der Informationsfluss funktionierte tadellos.

»Ich habe meine Jagdlizenz verloren – aber nicht, weil ich die Jägerehre verletzt habe«, sprach er weiter. »Ich hasse nichts mehr als sinnloses Quälen oder Töten von Tieren.«

»Was willst du?«

»Ich will dir nur sagen, dass du Fallen-Helmut nicht unterschätzen sollst. Er baut Fallen, seit er ein Kind war, und ist darin ausgebufft wie kein anderer. Lass deinen Hund nicht frei im Wald laufen, weil niemand weiß, ob er auch Schlingen aufgestellt hat – die sind tödlich.«

»Du verrätst deinen eigenen Kumpel?«

»Ich habe Fallen-Helmut schon oft gesagt, er soll damit aufhören. Aber er hört nicht auf mich.«

»Und jetzt bist du der Meinung, wer nicht hören will, muss fühlen?«

»Nein! Ich will dich nur warnen.«

Steiner war über diese neu erwachte Loyalität erstaunt. Wenn er diese Geste richtig einschätzte, steckte Rolf West nicht hinter den vielen toten Tieren, die vor sein Haus gelegt wurden.

»Ich überlege ernsthaft, diesem Schurken das Handwerk zu legen«, kündigte Steiner an. »Was er tut, ist nicht nur Tierquälerei, er gefährdet auch meine Arbeit als Förster.«

»Willst du damit zur Polizei? Ha ha ha«, blaffte Rolf West. »Zufällig ist Fallen-Helmut die Polizei.«

»Dafür nimmt er sich zu viel heraus.«

»Das tut er schon lange nicht mehr. Er arbeitet nicht in diesem kleinen Ort, weil er das gut findet.«

»Vielleicht arbeitet er bald nirgends mehr, sondern sitzt«, konterte Steiner.

»Ich habe dich nicht gewarnt, damit du meinem Kumpel schadest, sondern damit du im Wald besser aufpasst.«

»Das hättest du dir früher überlegen sollen.«

Kapitel 14

Anke Deister fühlte sich erleichtert. Die lästigen Windpocken waren überstanden. Nun wusste sie mit Sicherheit, dass sie als Kind niemals angesteckt worden war. Sonst wäre ihr diese Unannehmlichkeit erspart geblieben. Lisa hatte ihre Pusteln locker weggesteckt, während sie sich vor Juckreiz grämen und dazu mit Fieber herumquälen musste.

Es war vorbei. Der Arbeitsalltag nahm seinen Lauf.

Seit Jürgen Schnurs Beförderung zum Hauptkommissar hielt er sich in seinem Elternhaus in Wallerfangen auf. Der neue Fall hatte sich in seinem Geburtsort zugetragen, weshalb er vor Ort ermittelte und alle Anweisungen per Telefon weitergab.

Sie hatte die angenehme Aufgabe bekommen, Kullmann zu der Entführung zu befragen, die so tragisch endete. Das Ereignis lag inzwischen fünfzehn Jahre zurück.

Sie parkte vor ihrem Appartementhaus, spazierte durch das Foyer in den Innenhof, wo der kleine Pfad begann, der sie zu Kullmanns Garten führte. Der Weg wurde durch Besenginster, Weißdornsträucher und Buchsbaumhecken gesäumt. Tageslicht gelangte dort kaum noch hin. Der Ginster hatte seine gelben Blüten verloren. Zurück blieben die rutenförmigen Zweige. Das Laub der Weißdornsträucher schimmerte in einem trüben Braun und hing nur noch vereinzelt an seinen starken Ästen. Die Buchsbaumhecken leuchteten in ihrem ewigen Giftgrün.

In Kullmanns Garten blühten tatsächlich noch Dahlien in kräftigem Rot, daneben bildeten gelbe Chrysanthemen einen angenehmen Kontrast. Im hinteren Teil des Gartens wuchsen hellrosa Alpenveilchen, deren Blüten zu welken begannen. Zwischen den einzelnen Beeten lag buntes Kinderspielzeug. Die junge Mutter schmunzelte.

Martha Kullmann öffnete die Tür zur Terrasse, als sie Anke Deister kommen sah. Das Wetter hatte noch bis zum Vortag dazu eingeladen, draußen zu sitzen. Doch nun kam der Herbst, auf den sie gerne verzichtet hätte.

Lisa hüpfte ihrer Mutter mit großen Sprüngen entgegen. Sie war wieder gesund und voller Lebensfreude, ein Anblick, der jedes Mutterherz höher schlagen ließ.

Kullmann zündete gerade ein Feuer im Kamin an. Es erwies sich als schwierig, weil der Kamin lange Zeit kalt geblieben war. Einige zerknüllte Zeitungen, Anzündhilfen und Streichhölzer stapelten sich neben dem Ofen, Kullmanns Gesicht und Hände waren mit Ruß verschmiert.

»Gut siehst du aus«, meinte Anke zur Begrüßung.

»Wenigstens einer hat seine Freude an meinem Dilemma«, murrte Kullmann. »Wenn das Ding nicht bald brennt, hole ich einen Brandbeschleuniger. Damit kenne ich mich noch aus meiner Dienstzeit aus.«

»Und anschließend rufe ich die Feuerwehr«, ergänzte sie. »Darin habe ich zwar keine Übung, aber man lernt bekanntlich nie aus.«

Kullmann bedachte Anke mit einem grimmigen Blick und entzündete das nächste Streichholz. Dieser Versuch gelang. Kleine Flammen züngelten sich durch das Papier, griffen nach den Hölzchen, bis sie sich endlich durch die dickeren Stücke fraßen. Eine behagliche Wärme verbreitete sich in der unmittelbaren Nähe des Kamins.

»Nur noch Stunden und die untere Etage ist warm«, schimpfte Martha. »Ich wollte die Heizung anschalten, aber Norbert besteht auf Nostalgie.«

»Das muss ich auch«, wehrte sich Kullmann. »Nach dem, was ich heute im Archiv erlebt habe, bekomme ich Angst, dass unsere althergebrachten Gewohnheiten ganz in Vergessenheit geraten. Dort werden alle Daten in einen Computer eingegeben, um unsere guten alten Aktenstücke zu ersetzen.«

»Das steigert die Effektivität unserer Arbeit«, erklärte Anke.

»Tut es nicht.«

»Du kennst dich mit Computern nicht aus, deshalb deine Abwehrhaltung.«

»Das meine ich nicht«, konterte Kullmann. »Dort werden die Daten nur für einen begrenzten Zeitraum gespeichert, danach gelöscht. Ein Stück Papier hält ewig, wenn man es in den Regalen liegen lässt. Das wird in Zukunft nicht mehr möglich sein.«

»Heißt das, du hast die Akte über die Entführung von Moritz Siebert nicht gefunden?«, hakte sie erschrocken nach.

»Doch. Ich habe das alte Dokument mitnehmen und zu Hause in aller Ruhe studieren können.«

Beruhigt ließ sich Anke in den Sessel sinken. Lisa plumpste auf ihren Schoß. Sie schloss ihre Tochter in ihre Arme, obwohl sie wusste, dass das Gespräch, das nun folgen würde, für ihre Ohren nicht geeignet war.

»Ich bin damals erst zu dem Fall hinzugerufen worden, als es Todesfälle gab«, begann Kullmann zu berichten. »Da ich aber vorher schon immer gut mit Willy Pechstein, dem Leiter des Kommissariats für Entführung, Erpressung und Geiselnahme zusammengearbeitet hatte, war ich über alles informiert.«

Martha betrat das Wohnzimmer und nahm Anke das Kind ab. Lisas Protest half nichts.

Nachdem die Tür hinter den beiden ins Schloss fiel, sprach Kullmann weiter: »Nach meiner Durchsicht der Akte und den neuesten Erkenntnissen gibt es mehr Fragen als Antworten – anstatt umgekehrt. Wie wir erst jetzt erfahren haben, war der Entführer Otto Sieberts unehelicher Sohn. Bernd Schumacher hatte das Kind von der Schule abgeholt, als es unerwartet früher schulfrei hatte.«

»Woher wusste Bernd Schumacher, wann das Kind früher frei hatte?«

Kullmann warf erneut einen Blick in seine Akte, bevor er weiter sprach: »Die Frage beschäftigt mich auch. Hier ist eine undichte Stelle, die niemals genauer untersucht worden ist.«

»Warum hat ein wichtiger Mann wie Otto Siebert auf keiner kompetenteren Arbeit bestanden?«

»Das muss Jürgen ihn wohl selbst fragen«, gab Kullmann zu.

»Kannten sich Moritz Siebert und Bernd Schumacher?«, fragte sie weiter.

Kullmann blätterte in seinen Unterlagen und brummte: »Das steht hier nirgends. Aber es würde erklären, warum Moritz widerstandslos mit ihm mitgegangen ist.«

»Und es gibt keinen Hinweis?«

Kullmann schüttelte den Kopf und antwortete: »Nein. Es gibt keinerlei Zeugenaussagen, dass der Junge mit Gewalt vom Schulhof entführt wurde.«

»Trotzdem habe ich meine Zweifel an Otto Sieberts Darstellung der Entführung, seit ich weiß, dass der Entführer sein Sohn war.«

»Natürlich! Jetzt erst erkennen wir die undichten Stellen«, bestätigte Kullmann. »Bisher blieb die Frage offen, warum Moritz freiwillig mit einem Fremden mitgegangen ist. Heute wissen wir, dass es kein Fremder war.«

»Wer weiß, was Otto Siebert noch alles verschwiegen hat«, überlegte die Polizistin laut.

Kullmann warf ein Stück Holz nach, beobachtete das Feuer, das sich schnell daran festfraß und in Flammensäulen in die Höhe schoss.

»Was sagt Moritz Siebert über seine Entführung aus?«

»Er ist nicht in der Lage, etwas auszusagen. Er hat das Trauma niemals überwunden.« Kullmann schwieg eine Weile, zog tief die Luft ein und fügte niedergeschlagen an: »Ich habe den ballistischen Bericht genau durchgelesen. Dort hat ein Blutbad stattgefunden. Über tausend Patronenhülsen wurden gefunden. Bernd Schumachers Komplize war von mehr als hundert Kugeln getroffen worden, die junge Frau, die ihrem Hund nachgelaufen ist, von ungefähr zehn. Wie soll ein neunjähriges Kind so ein Massaker verarbeiten?«

»Warum so viele Kugeln?«

»Das hat mich auch stutzig gemacht. Ich habe alles genau durchgelesen und finde hier Aspekte, die ich nicht ganz verstehe.«

Anke horchte auf.

»Die Waffe des Sondereinsatzkommandos ist die MP 5. Bernd Schumachers Waffe war eine Uzi. Beide haben das gleiche Kaliber, 9 mm Para. Die Projektile, die aus Bernd Schumachers Komplizen entfernt wurden, warfen Fragen auf, denen niemals genauer nachgegangen worden ist.«

»Was heißt das?«

»Ich habe unserem Ballistiker die Abbildungen der Projektile gezeigt. Er will sich die Originale aus der Asservatenkammer genauer ansehen, weil er auch einen Verdacht hat.«

»Mach es nicht so spannend!«, drängte sie neugierig.

»Mein Verdacht ist, dass der Komplize von Bernd Schumacher nicht nur von den Kugeln der Polizeiwaffen getroffen wurde. Die Projektile sind zwar stark beschädigt, sodass es nur schwer festzustellen ist, aus welcher Waffe sie abgefeuert wurden. Aber unser Ballistiker erklärte mir, dass mit den heutigen Untersuchungsmethoden bessere Ergebnisse zu erzielen seien als vor fünfzehn Jahren. Er arbeitet daran.«

»Hast du die Befugnis, eigene Aufträge an unsere Kollegen der Kriminaltechnik zu geben?«

Kullmann grinste und meinte: »Jürgen hat die Kollegen darüber informiert, dass ich in seinem Einverständnis handele. Er weiß meine Mithilfe besser zu schätzen als Forseti.«

»Forseti hat sich nur an dich erinnert, wenn er nicht mehr weiterwusste«, fügte sie zustimmend an.

Sie erhob sich und steuerte auf die Tür zu, die zum Esszimmer führte.

»Gehst du jetzt in den Feierabend?«, fragte Kullmann.

»Ja! Ich bin mit Sabine am Stall verabredet. Lisa darf das Pony ihrer Tochter Annabel reiten.«

»Schön, dass dir die Arbeit mehr Zeit für dich lässt.«

Anke nickte. Einerseits war es schön für sie und Lisa, andererseits hatte es den bitteren Nachgeschmack, nur ein unbedeutendes Licht auf der Dienststelle geworden zu sein. Durch Jürgen Schnurs Beförderung zum Leiter des Kommissariats war automatisch Esther an die Stelle gerückt, die Anke Deister noch innehatte, als Kullmann der Vorgesetzte war.

Kapitel 15

Steiner lag wach im Bett. Seit er seinen Hund in der Tierklinik abgeliefert hatte, konnte er nicht mehr schlafen. Das Tier fehlte ihm. Er fühlte sich einsam. Die durchwachten Nächte nutzte er, indem er die bevorstehende Treibjagd in Gedanken durchging. Um seinen Kummer zu verdrängen, arbeitete er wie ein Wilder. Er hatte Erdsitze erneuert, Waldwege begehbar gemacht, die Hochsitze kontrolliert, Einladungen an die Gäste versandt und eine Baufirma beauftragt, die Scheune herzurichten, wo das Schüsseltreiben nach der Jagd stattfinden sollte.

Eine weitere Aufgabe bestand darin, eine Treiberwehr zusammenzustellen. Bisher hatten sich Rolf West, Oliver West, Peter Magath, Siegmund Gerstner und Arthur Winter dazu bereit erklärt, wobei Steiner Bedenken hatte, wie diese unsportliche Gruppe den anstrengenden Marsch durchhalten wollte.

Zum Abschluss des Tages hatte er den *Donze* aufgesucht. Dort war er auf Helmut Brack gestoßen, den Mann, dem Moritz sein Leid verdankte. Es war kein wohlüberlegter Schachzug gewesen, in seiner Verfassung Alkohol zu trinken. In einem Moment der Schwäche hatte Steiner sich dazu hinreißen lassen, Helmut Brack der Hinterhalte zu beschuldigen, gegen die er seit Monaten auf dem Limberg ankämpfte. Dabei war ihm herausgerutscht, wem er die Information verdankte, was alles noch schlimmer machte. Nun wusste Helmut Brack Bescheid.

Diese Gedanken rüttelten ihn noch mehr auf. Mit offenen Augen lag er da, starrte die hölzerne Decke an. Die Geräusche der Nacht drangen durch das geöffnete Fenster. Der Vollmond spendete so viel Licht, dass er am Himmel die Wolken vorüberhuschen sehen konnte. Der Ruf »Kuwitt« eines Käuzchens, der gerne als »Komm mit« verstanden wird, schreckte ihn auf. Diesem Ruf haftete etwas Düsteres an. Kein Wunder, dass dieser Vogel im Volksmund oft als Todesbote bezeichnet wurde. Obwohl Steiner wusste, dass das alles nur Gerede war, fühlte er sich bemüßigt, aufzustehen und sich ans Fenster zu stellen.

Wer wollte ihn in dieser Nacht zu sich holen?

Als wäre es die Antwort auf seine Frage, hörte er Schritte.

Erschrocken wich er zurück, schloss das Fenster, zog sich an. In der Dunkelheit eilte er zu einem der Fenster, die zur hinteren Felswand zeigten.

Dort kletterte er hinaus. Lautlos bewegte er sich am Haus vorbei in eine geschützte Ecke, von der aus er den Hof überblicken konnte. Der Mond schob sich zwischen Wolken hervor, ließ die Nacht taghell werden. Er konnte alles deutlich sehen.

Dort war niemand. Hatte er sich getäuscht?

Er verharrte in seinem Versteck.

Da hörte er es wieder. Ein leises Knacken, als sei jemand auf einen dürren Ast getreten. Aber der Hof lag verlassen da. Der Mond verschwand hinter einer Wolke, Dunkelheit umhüllte ihn. Er strengte sich an zu hören, wo sich sein Gegner aufhielt. In der Stille der Nacht konnte er jedes Geräusch wahrnehmen, das nicht dorthin gehörte.

Plötzlich hörte er einen Schlag und einen lauten Schrei.

War sein Feind gestolpert? Er verließ seinen sicheren Beobachtungsposten. Der Mond erwischte eine Lücke zwischen den Wolken, erleuchtete den Hof in fahlem grauem Licht. Direkt neben seinem Schlafzimmerfenster erblickte er zwei Männer. Sie kämpften erbittert.

Wieder wurde es dunkel. Die Gelegenheit nutzte Steiner, sich unbemerkt den beiden Streithähnen zu nähern. Als er am Brunnenhaus ankam, das ihm guten Sichtschutz bot, tauchte der Mond auf und beleuchtete die Szene von neuem. Deutlich erkannte er das blasse Gesicht von Rolf West, der unter einer schwarzen Gestalt lag, die eine Hand drohend über ihm erhob. Eine lange Messerklinge blinkte im Mondschein.

Steiner rief entsetzt: »Rolf! Pass auf!«

Mit einem Satz sprang er auf die beiden zu. Der Fremde zog seine Hand mit dem Messer zurück, richtete sich auf und rannte los. Mit schnellen Schritten steuerte er den Ausgang zur Nordseite an. Steiner wusste, dass dort ein zwei Meter hohes Gittertor den Weg versperrte. Über dieses Hindernis konnte niemand fliehen. Also würde er schon bald dem Gegner Auge in Auge gegenüberstehen – und der sah bedrohlich aus. Zuerst warf er einen Blick auf Rolf West, der immer noch auf dem Boden lag. Verzweifelt schrie der Alte: »Verschwinde, wenn du an deinem Leben hängst!«

Steiner dachte nicht daran zu fliehen. Im Gegenteil: Er nahm die Verfolgung auf, gelangte an das hohe Tor und stellte sich auf einen Kampf ein. Aber es kam anders. Der große, schlanke Mann setzte zu einem Sprung an, bekam das obere Ende des Tores zu greifen und schwang sich mit einem eleganten Hechtsprung über die hohen Stangen. Auf der anderen Seite landete er mit einer Leichtfüßigkeit auf dem Boden, als habe die Erdanziehungskraft keine Wirkung auf ihn. Steiner stoppte an den Gitterstäben. Er konnte nur staunend zusehen, wie die Silhouette mit der Dunkelheit verschmolz.

Das übertraf seine kühnsten Vorstellungen. Sogar in seinen besten Zeiten wäre ihm solch ein Sprung nicht gelungen.

Einerseits überrascht, andererseits erleichtert, dass er nicht gegen diesen rätselhaften Feind ankämpfen musste, drehte er sich um und richtete seinen Blick auf den Platz vor dem Schlafzimmerfenster, wo Rolf West überfallen worden war. Ihn durfte er auch nicht vergessen. In guter Absicht war der bestimmt nicht mitten in der Nacht zu seinem Haus auf dem Limberg gekommen.

Er ahnte, dass Rolf West auf Helmut Brack gestoßen war, nachdem Steiner sich zu seiner Riesendummheit hatte hinreißen lassen.

Vorsichtig durchquerte er den Hof.

Rolf West war verschwunden.

Als er das Tor am Eingang zur Südseite passierte, konnte er ihn auch nicht sehen. Es war kein Auto weggefahren. Das hätte er gehört. Der Mond erleuchtete die Wege. Dort war niemand. Zwischen den Bäumen herrschte pechschwarze Nacht.

Er ärgerte sich über sich selbst. Was Alkohol anrichtete! Da hatte sich Rolf West ihm gegenüber nach mehr als fünfzehn Jahren einmal loyal verhalten, und was machte Steiner? Fiel ihm in den Rücken, indem er Helmut Brack noch am gleichen Tag damit konfrontierte. Er hatte jegliche Taktik im Umgang mit Menschen verlernt, die ihm bei der Polizei eingedrillt worden war. Das verdankte er wohl seinem Einsiedlerdasein im Wald bei den Tieren.

Kapitel 16

Micky saß nun schon den siebten Tag hinter den eckig zurechtgestutzten Buchsbaumhecken und behielt jede Bewegung Steiners im Auge. Steiner war sein Freund – sogar noch viel mehr. Er rieb sich am Handgelenk über die kleine Narbe, die ihm viel bedeutete. Steiner und er waren Blutsbrüder, wie die Indianer das in den Filmen immer machten. Micky wusste, dass das Versprechen für ein ganzes Leben galt, das sagten sie im Fernsehen nämlich auch. Deshalb hoffte er, dass Steiner ihm irgendwann sagen würde, wo Moritz steckte. Aber in letzter Zeit benahm sich Steiner so unfreundlich. Micky hatte Angst, Steiner könnte böse auf ihn sein, weil Micky ihm den Hund nicht wiedergebracht hat. Dabei wusste er doch gar nicht, wo Moritz steckte. Nur, wie sollte er das seinem besten Freund sagen? Er wollte auf keinen Fall, dass Steiner ihn für einen Lügner hielt. Dabei vermisste er Moritz ganz fürchterlich. Steiner schickte den Hund bestimmt nicht einfach weg. Er hatte ihn selbst viel zu gern. Und von allein würde Moritz auch nicht gehen. Dafür hatte der Hund es viel zu gut bei Steiner.

Genauso wie Micky.

Steiner hatte ihn zu seinem Adjutanten befördert!

Bei Steiner durfte er hinaus in den Wald, so viel er wollte – durfte alles machen, was ihm gefiel. Niemand verbot ihm etwas. Seine Mama ließ ihn noch nicht einmal eine tote Maus begraben, da schrie sie schon laut herum. Bei Steiner durfte er sogar große Tiere begraben.

Sie brauchten doch ein Grab. Ein Tier hatte auch eine Seele und musste einen Platz haben, wo sie auferstehen konnte. So hatte ihm das der Pfarrer in der Kirche erklärt. Zwar nur bei den Menschen. Aber warum sollte das bei Tieren anders sein? Moritz zum Beispiel war so schlau, tat alles, was Steiner von ihm verlangte, war immer ehrlich und meldete, wenn er ein Stück Wild gefunden hatte. Natürlich hatte so ein Tier eine Seele.

Seit Tagen hatte Steiner ihn nicht mehr zum Frühstück eingeladen, bei Nutella und Marmelade. Bei ihm durfte er so viel essen, wie er wollte. Seine Mutter wollte immer, dass er aufhörte, wenn es gerade am besten schmeckte. Sie sprach davon, er sei zu dick – würde zu viel Gewicht mit sich schleppen. Aber das stimmte nicht. Er konnte überall hin rennen, konnte auf Bäume klettern, in Schluchten hinabsteigen, über Baumstämme balancieren, ohne das Gleichgewicht zu verlieren. Das konnte doch nicht zu viel sein, was er mit sich herumschleppte. Das würde er doch merken.

Steiner sagte immer, dass sie die besten Freunde seien. Aber in letzter Zeit nicht mehr. In letzter Zeit ging Steiner allen aus dem Weg – auch ihm. Bestimmt hatten die Männer im Dorf damit zu tun. Sie waren so gemein zu ihm. Und sein Vater am gemeinsten. Das war es wohl, was Steiner wütend machte. Micky konnte das gut verstehen. Deshalb war er sich ganz sicher, dass Steiner seine Hilfe brauchte. Micky musste ihm sagen, dass er nicht wie sein Vater war. Vielleicht half ihm das, wieder besser gelaunt zu sein. Aber wie sollte er es ihm sagen? Wenn Steiner nicht zu ihm kam, musste er eben zu Steiner gehen. In seinem Rucksack hatte er Schokolade, die er mit ihm teilen wollte, und einen Knochen für Moritz. Wenn er Steiner den Knochen zeigte, würde er ihm bestimmt sagen, wo der Hund war.

Es begann zu nieseln.

Zum Glück hatte er seine Regenjacke an. Er zog die Kapuze über den Kopf und harrte weiter in seinem Versteck aus.

Endlich geschah etwas.

Steiner verließ mit großen Schritten das Haus, stieg in seinen Wagen und fuhr in schnellem Tempo los.

Micky kroch aus seinem Versteck. Er fror entsetzlich und war heilfroh, dass sein Freund gerade jetzt losfuhr. So konnte er sich ihm in den Weg stellen, damit er ihn sah und einsteigen ließ.

So geschah es auch.

Lässig, wie er es von Steiner abgeguckt hatte, stemmte er eine Hand in die Seite, mit der anderen winkte er seinem Freund zu.

Hastig bremste Steiner ab, öffnete die Beifahrertür und rief: »Was soll das? Beinahe hätte ich dich überfahren.«

»Nimmst du mich mit?«

»Natürlich, steig ein!«

Mit leisem Brummen passierte der Wagen das gusseiserne Tor und bog in den Waldweg ein, der serpentinenartig ins Dorf hinunterführte. Im Schritttempo musste Steiner fahren, damit er in den engen Kurven nicht zu dicht an den Hang geriet und in die Tiefe stürzte.

»Ich fahre Moritz abholen«, sprach Steiner in die Stille.

»Wo ist Moritz?«

»Er ist in der Tierklinik, weil er sich verletzt hat.«

»Verletzt? Aber Moritz ist doch so schlau. Wie kann er sich verletzen?«

Steiner erzählte Micky von dem gescheiterten nächtlichen Einsatz, ohne sich sicher zu sein, ob Micky alles verstand. Aber der Junge überraschte ihn. Kaum hatte er geendet, rief Micky: »So etwas Gemeines. Wie kann mein Vater so was tun?«

»Dein Vater steckt nicht dahinter. Wie kommst du darauf?«

»Er schimpft immer nur, dass du schlecht bist. Er will nicht, dass ich mit dir befreundet bin. Aber ich lasse mir von ihm nichts mehr sagen. Immer, wenn er nicht aufpasst, klettere ich aus dem Fenster und laufe weg.«

Steiner spürte schon wieder das Unbehagen, das ihn begleitete, wenn er von Micky erfuhr, auf welchen Widerstand die Freundschaft der beiden unterschiedlichen Männer stieß. Damit heizte Steiner den Hass und die Angriffslust seiner Feinde noch mehr an, als er brauchen konnte. Aber er mochte den Jungen. Die Zwiespältigkeit dieser Gefühle machte ihn unentschlossen. Würde sich etwas ändern, wenn er Micky fortschickte? Diese Frage stellte er sich nicht zum ersten Mal. Aber jedes Mal, wenn er den Jungen anschaute, wenn er die Offenheit, die Herzlichkeit und die Entschlossenheit in seinem Gesichtsausdruck sah, spürte er, dass er es nicht übers Herz brachte, ihn wegzuschicken. Gleichzeitig spürte er, dass diese Entscheidung nicht bei ihm allein lag. Die Freundschaft zu Micky hatte auch eine andere Seite. Steiner erinnerte sich an ein Gespräch mit einer Psychologin, das er nach seinem gescheiterten Einsatz geführt hatte. Sie hatte ihm erklärt, dass Menschen wie Micky über ein anderes Verhaltensmuster verfügten, über eine klare, einfache Struktur – ohne Abweichungen. Für sie galten nur zwei Regeln, gut oder schlecht, schwarz oder weiß, Liebe oder Hass. Wenn sie sich einmal zu einer Meinung oder einem Gefühl zu einem anderen Menschen durchgerungen hatten, hielten sie unerschütterlich daran fest. Gegen soviel eiserne Entschlossenheit war Steiner machtlos, und nicht nur weil er Mickys Gefühle nicht verletzen wollte, sondern weil er selbst das Gefühl von Vertrautheit und Verantwortung gegenüber diesem Jungen, der niemals erwachsen wurde, nicht missen wollte.

Sie näherten sich der Tierklinik in Altforweiler.

Bei Tageslicht sah der Gebäudekomplex groß und eindrucksvoll aus. Micky riss vor Staunen die Augen weit auf und rief: »Da war Moritz eine ganze Woche?«

Steiner nickte.

»War er sehr krank?«

Wieder nur ein Nicken.

»Bist du traurig deswegen?«

Steiner stellte den Wagen ab, schaute in Mickys rundes Gesicht und antwortete: »Natürlich bin ich traurig. Moritz ist ein alter Hund. Er hat einen schöneren Lebensabend verdient.«

Micky schluckte.

Sie betraten das Klinikgebäude. An der Empfangstheke trafen sie sofort auf die Tierärztin, die Moritz behandelt hatte.

»Ihr Hund ist wohlauf«, begrüßte sie die beiden. »Darf ich Ihrem Sohn die Hundeleine anvertrauen?«

Mit dieser Reaktion fühlte sich Steiner überrumpelt. Sollte er sich geschmeichelt fühlen oder bei der Wahrheit bleiben?

»Micky ist nicht mein Sohn. Er ist mein Adjutant.«

Micky strahlte über sein pausbackiges Gesicht, als er den überzeugenden Tonfall mitschwingen hörte, in dem Steiner ihr erklärte, wer er war.

Etwas verwirrt schaute die Tierärztin drein, fing sich rasch und führte die beiden zu einem kleinen Nebenzimmer. Kaum hatte sie die Tür geöffnet, wackelte ihnen Moritz entgegen. Er wedelte mit dem Schwanz so heftig, dass er Mühe hatte, nicht umzufallen. Sein Kopf war kahl geschoren, die Naht an seinem Ohr schorfig, sein Fell stumpf, struppig und grau. Seine Rippen schimmerten durch, die Bewegungen wirkten hölzern.

»Meine Güte, wie sieht mein Hund aus?«, entfuhr es Steiner.

Micky kniete sich nieder und streichelte Moritz ganz vorsichtig, damit er ihm nicht wehtat. Der Hund genoss die Berührungen. Zum Dank leckte er den Jungen überall ab, wo er mit seiner langen Zunge hingelangte.

»Er hat fast nichts gefressen«, erklärte die Tierärztin auf Steiners entsetztes Gesicht. »Das ändert sich aber, sobald er nach Hause kommt.«

»Das nennen Sie wohlauf?«

»Das fremde Umfeld, die fremden Menschen und die vielen Medikamente sind Ursachen für sein verändertes Fressverhalten.«

»Warum durfte ich den Hund nicht besuchen?«

»Es ist wichtig, dass die Bezugsperson in dieser Zeit von dem Tier fernbleibt, weil es dadurch nur zur inneren Unruhe und zu einem Verhalten von Unwilligkeit in dem Tier kommt, was jeden Heilungsprozess behindert. Auch wenn Ihr Hund abgenommen hat, er hat es gut überstanden. Die Pfunde, die er hier verloren hat, wird er zu Hause wieder zunehmen.«

»Er ist fünfzehn Jahre alt. Ich hoffe, Sie behalten recht.«

Mit diesen Worten verabschiedete sich Steiner.

Micky nahm Moritz an die Leine und führte ihn behutsam zu dem hohen Jeep. Als Steiner die Tür zum Fond öffnete, gelang es dem Hund nicht, auf den Rücksitz zu springen. Steiner musste nachhelfen. Sein Herz setzte aus bei dem Anblick, den der Hund bot, als er vor einem Hindernis stand, das plötzlich unüberwindbar für ihn geworden war. Bis zu diesem Zwischenfall hatte Steiner nicht bemerkt, wie alt Moritz war. Keine Aufgabe war zu schwer für ihn, kein Hindernis zu hoch. Und heute?

Micky ließ sich neben dem Hund nieder, um ihn auf dem Nachhauseweg zu streicheln. Die beiden schwiegen während der ganzen Fahrt. Steiners Gedanken kreisten um den Hund und um die Umstände, die ihn in diese Situation gebracht hatten.

Kaum hatte er das gusseiserne Tor zum Hoflimberg passiert, wurde er abgelenkt. Dort standen Jürgen Schnur und Esther Weis. Hoffentlich bedeutete das etwas Gutes für ihn.

»Wir haben das Blendgatter gefunden«, verkündete Esther.

Das war gut für ihn. Erleichtert atmete Steiner auf.

»Es ist im Labor zur Untersuchung«, sprach sie weiter. »Das ist der erste Beweis für Ihre Behauptungen.«

Steiner lächelte sie an. Die Loyalität, die sie ihm zeigte, tat ihm gut. Doch dieses angenehme Prickeln wurde sogleich von Schnurs Stimme unterbrochen: »Es wurde nur ein Teilabdruck gefunden, der bis jetzt nicht zugeordnet werden konnte. Von dir ist er nicht, das haben wir schon verglichen.«

Steiner brauste wütend auf: »Schau dir meinen Hund an. Glaubst du ernsthaft, ich tue ihm so etwas mutwillig an?«

Esther Weis trat um das Auto herum und stieß einen kurzen Schreckensschrei aus, als sie Moritz sah. Sie beugte sich hinein und streichelte über das struppige Fell. Moritz schaute sie mit waidwundem Blick an.

Jürgen Schnur warf einen Blick in den Fond des Wagens und fragte: »Warum hat sich van Gogh das eigene Ohr abgeschnitten?«

»Wie bitte?«, stutzte Steiner. »Der Maler war psychisch krank. Mit ihm kannst du mich nicht vergleichen.«

»Nein? Man sagte ihm eine ausgeprägte Unfähigkeit nach, mit Menschen auszukommen. Was tust du? Du flüchtest in den tiefsten Dschungel des Saarlandes, lebst hier allein wie ein Eremit, weil du dir selbst die Schuld an dem missglückten Befreiungsversuch gibst, wofür wir immer noch keine Erklärung gefunden haben«, gab Schnur barsch zurück.

Schon wieder bohrte Schnur gezielt an Steiners Nerv. Warum ließ er das Thema nicht einfach ruhen? Beharrlich widersprach er: »Ich habe es nicht nötig, ein hilfloses Tier zu quälen.«

Sanft streichelte Esther Weis über den Rücken des Hundes, seine Flanken, seine Brust. Moritz wedelte schwach mit dem Schwanz, legte sich auf die Seite und genoss die Liebkosungen.

»Was muss ich tun, damit Sie mich so verwöhnen wie meinem Hund?«

»Schneid dir ein Ohr ab!«, kam es von Schnur.

»Ich sagte schon, dass ich nicht verrückt bin. Schlag dir die Theorie aus dem Kopf!«

Micky stieg aus dem Wagen und rief aufgebracht: »Steiner tut keinem weh.«

»Steiner nennt er dich?« Verblüfft schaute Schnur den Förster an. »Ich dachte, er wäre dein Freund.«

»Ist er ja auch«, gab Steiner kurz angebunden zurück.

»Warum nennt er dich nicht beim Vornamen?«

»Vielleicht passt der Name besser zu meiner Persönlichkeit. Erinnert an den Steiner, der für seine Tapferkeit im Zweiten Weltkrieg das Ritterkreuz bekam. Das ist ein Vergleich, der mir gefällt.«

»Schön, dass du dich als Helden siehst«, brummte Schnur. »Ich will dir nur mitteilen, dass wir die Ermittlungen auch auf die Dorfbewohner konzentrieren. Das Blendgatter ist der erste Beweis in diese Richtung.«

Inzwischen stand Moritz vor dem Auto. Sein knochiger Körper zitterte.

»Der Hund muss ins Haus«, bestimmte Micky. Ohne auf Steiners Aufforderung zu warten, nahm er den Hund am Halsband und brachte ihn hinein.

»Und wer bekommt jetzt Ihre ungeteilte Aufmerksamkeit?«, wandte sich Steiner an Esther.

Sie reagierte sofort auf seine Anspielung: »Sie natürlich! Was ich von Ihnen unbedingt wissen möchte, ist, ob Sie Markus Darren in letzter Zeit gesehen haben.«

Enttäuscht verzog Steiner seine Miene zu einer Grimasse.

Esther lachte.

Schnur stellte sich zwischen die beiden, damit keiner von ihnen vergaß, warum sie hier waren. »Also, was ist mit dem Boss?«

»Keine Ahnung, wo der steckt. Ich habe von seinem Verschwinden erst erfahren, als ich in der Papeterie Kern meinen Kaffee trank.«

»Die Ermittlungen stocken. Er ist die einzige Spur zu Bernd Schumachers Mörder. Kann er sich irgendwo auf dem Limberg verstecken?«

»Natürlich kann er dort einen Unterschlupf finden, den ich nicht kenne. Er ist in Wallerfangen aufgewachsen – ich nicht. Nach Kerns Informationen über Helmut Brack, traue ich den Jungs alles zu.«

»Von seinen Fallen weiß hier im Dorf jeder«, hielt Schnur dagegen.

»Wissen die auch, dass er knapp einer Anzeige wegen schwerer Körperverletzung entgangen ist?« Endlich hatte er Schnurs ungeteilte Aufmerksamkeit. »Und das nur, weil er bereit war, eine hohe Summe Schmerzensgeld zu zahlen.«

»Wir reden hier aber nicht über Fallen-Helmut, sondern über den Boss«, erinnerte Schnur.

»Es könnte trotzdem wichtig für deine Ermittlungen sein. Ich wurde vor ihm gewarnt, was ich als bedeutsam ansehe. Bringt dich das nicht auf den Gedanken, Helmut Brack nach dem Boss zu fragen?«

»Wer hat dich gewarnt?«

»Rolf West.«

Jürgen Schnur stand die Sprachlosigkeit ins Gesicht geschrieben.

Der Dienstwagen rollte durch den großen Hof, passierte das Tor und verschwand aus seinem Blickfeld.

Micky tauchte neben Steiner auf, schaute ihn mit großen Augen an und verkündete leise: »Moritz schläft.«

Steiner klopfte ihm dankbar auf die Schulter.

»Was machen wir jetzt?«

»Wir fahren zur Scheune«, antwortete Steiner. »Heute beginnen die Renovierungsarbeiten. Das alte Gemäuer muss bis zur Treibjagd fertig sein, weil wir dort das Wild verblasen wollen.«

Eifrig stieg Micky in den grünen Jeep Cherokee ein und wartete darauf, dass sein Freund ihm folgte.

Steiner kehrte ins Haus zurück, um einen Blick auf seinen Hund zu werfen. Zu seiner Überraschung traf er die Haushälterin an.

»Ernst Barbian hat meine Kündigung nicht akzeptiert«, erklärte sie.

»Das ist aber nett von ihm.«

»Er weiß, dass ich das Geld dringend brauche.«

»Und, dass ich Sie dringend brauche«, fügte Steiner mit seinem charmantesten Lächeln an, das er aufbringen konnte.

Der Weg zur Scheune führte steil bergauf.

An den Seiten lagen dicke Holzstämme abholbereit, wodurch das Passieren seines breiten Geländewagens zum Balanceakt wurde. Gleich hinter der ersten Kurve stießen sie auf einen Waldarbeiter, der mit seinem mobilen Sägewerk bergab fuhr. Es war Oliver West, Mickys Bruder.

Steiner ahnte das Schlimmste. Und so kam es auch. Die Situation zwang die beiden Fahrer anzuhalten, damit einer dem anderen den Weg freimachte. Oliver West demonstrierte, dass er nicht derjenige sein würde. Er stellte seinen fahrbaren Untersatz auf dem Schotterweg ab und schaltete den Motor aus. Erst als sie sich dicht gegenüberstanden, erblickte Steiner die schwarz gekleidete Frau, Anne Richter hinter Oliver West auf dem unbequemen Bock.

Steiner stieg aus seinem Geländewagen. Laut rief er: »Erwartest du wirklich, dass ich das ganze Stück rückwärts bis zur nächsten Abbiegung fahre?«

»Hat dir mein Vater nicht unmissverständlich gesagt, dass du Micky in Ruhe lassen sollst?«, kam es statt einer Antwort unfreundlich zurück.

»Der alte Idiot kapiert doch nichts«, plärrte Anne Richter dazwischen.

Steiner spürte, wie die junge Frau es wieder einmal schaffte, ihn aus der Reserve zu locken.

»Was willst du mit einer Frau im Wald?« Mit dieser Frage unterdrückte er mühsam seine Wut. »Willst du aus ihr einen Holzfäller machen oder sie flachlegen?«

Das war die richtige Bemerkung, Oliver West zu reizen. Sofort geiferte er zurück: »Glaub bloß nicht, dass alle so geil sind wie du! Warum verschwindest du nicht und lässt die Frauen im Dorf in Ruhe? Anne traut sich nicht mehr, allein durch die Dunkelheit zu gehen.«

Das war zu viel. Steiner ging auf das mobile Holzfällerfahrzeug zu, wollte diesen Kerl aus dem Cockpit zerren, um ihn zu verprügeln. Plötzlich hörte er Mickys Stimme hinter sich: »Wann fahren wir weiter?«

Ohne es zu ahnen, brachte Micky Steiner damit zur Vernunft. Eine Schlägerei würde ihm in jeder Hinsicht schaden – vor allem würde er Mickys Achtung verlieren, was ihm in diesem Augenblick am meisten bedeutete.

Gehorsam setzte er sich ans Steuer, fuhr den ganzen Weg im Rückwärtsgang bis zur Abbiegung zurück, von der er gekommen war. Innerlich kochte er vor Wut, fühlte sich bloßgestellt. Aber dieses Gefühl musste er in Kauf nehmen.

»Warum hast du dich mit meinem Bruder gestritten?«, fragte Micky, während sie beobachteten, wie das ungelenke Fahrzeug langsam an ihnen vorbeifuhr.

Steiner überlegte, was er sagen wollte. Die naive Lebenseinstellung des Jungen hatte einerseits ihre Vorzüge. Aber in Momenten wie diesen konnte es auch eine Belastung sein. Er konnte Micky nicht sagen, dass sein Bruder unrechte Dinge tat, weil Steiner nicht wusste, wie Micky diese Aussage auffassen würde. Um seine Reaktion einschätzen zu können, müsste er zuerst wissen, wie er zu seinem Bruder Oliver stand.

»Ich wollte, dass er mir den Weg freimacht.«

»Aber das geht doch nicht mit dem komischen Auto, das Olli fährt.«

Steiner nickte. Deutlich erkannte er, dass er richtig gehandelt hatte.

Ohne weitere Begegnungen gelangten sie an den von Sicherheitsschranken gesäumten Platz des Kappellenbergs. Eingerahmt von alten Lindenbäumen stand dort die kleine Wallfahrtskapelle Unserer lieben Frau, die auf eine lange Geschichte zurückblickte. Mehrmals war sie neu aufgebaut worden. Weiteren Plünderungen zum Opfer gefallen, blieb sie seit dem Zweiten Weltkrieg verschlossen. Von ihren Wertschätzen fehlte jede Spur.

Auch die alte Hofscheune, ein ehemaliges Franziskaner-Kloster, war nicht verschont geblieben. In den letzten Jahren hatten sich dort Satanisten versammelt und ihre Blutrituale veranstaltet, dabei nicht nur Tiere getötet, sondern im Alkoholrausch auch Teile des antiken Bauwerks zerstört. Das alte Gemäuer sollte vor dem Verfall gerettet werden. Wie Steiner den Geräuschen entnahm, waren die Arbeiten in vollem Gange.

Sein Vorgesetzter Ernst Barbian hatte diesen Ort für das Schüsseltreiben im Dezember gewählt, was allerdings große Renovierungsarbeiten nötig machte. Aber Steiner verstand, warum sich Barbian für die halb zerfallene Ruine entschieden hatte. Die Lage war schön, die Aussicht noch schöner.

Von dort sah Steiner bis zu der Baustelle der neuen Autobahntrasse, die lang ersehnte Verbindungsstrecke zwischen der deutschen und der französischen Autobahn für den internationalen Fernverkehr. Täglich konnte er den gelben Staub beobachten, der sich wie ein böser Geist durch den Wald bei Lisdorf schlängelte. Die Entstehung dieser Straße war nicht nur temporär von Bedeutung. Sie war die Wiedergeburt der Krummen Meile aus dem Mittelalter, eine Handelsstraße, die von Italien bis Flandern führte und dabei eine Station ganz in der Nähe unterhielt. Schon zur damaligen Zeit war diese Straße eine strategisch wichtige Grundlage für die Handelsbeziehungen zwischen den Ländern. Heute – tausend Jahre später – konnte Steiner von seinem Aussichtspunkt aus beobachten, wie sich die Dinge des Lebens wiederholten. Der Anschluss, der dort vor seinen Augen gebaut wurde, verband eine Autobahn, die von Portugal bis Norwegen führte und somit die Stellung des Saarlandes von der Randposition ins Zentrum rückte.

Aber leider waren es nicht nur die erfreulichen Dinge, die sich wiederholten. Durch die Rückkehr des Entführers Bernd Schumacher – und durch seinen brutalen Tod – holte ihn seine eigene Vergangenheit ein, die er mit aller Macht hinter sich lassen wollte. Alles, was damals geschehen war, sah er heute mit einer Präzision, als hielte er eine Lupe davor. Dabei spürte er auch wieder die innere Zerrissenheit, der er entfliehen wollte, das unangenehme Gefühl, versagt zu haben, den Anforderungen, die an ihn gestellt wurden, nicht gerecht geworden zu sein. Das Wort Versager, das er mühsam aus seinem Kopf verbannt hatte, war wieder da.

Die Erinnerung machte ihn schwermütig. Mit einer fahrigen Handbewegung rieb er sich über die Augen, dabei fiel sein Blick auf Micky. Der Junge schaute ihn fragend an. Seine Unbekümmertheit gab Steiner die Kraft, die beklemmenden Gedanken zu verdrängen. Und nicht nur das, Micky schaffte es, ihn aufzurichten, was keinem seiner Kollegen bisher gelungen war. Allen Beteuerungen zum Trotz, er hätte sich nichts zuschulden kommen lassen, hatte er sich nutzlos und schuldig gefühlt. Nur bei Micky spürte er, dass er durchaus in der Lage war, Verantwortung zu tragen. Väterliche Gefühle stiegen in ihm auf – eine bewegende Empfindung. Als seine Frau damals ihr gemeinsames Kind einfach mitgenommen hatte, hatte er ihre Entscheidung für richtig gehalten. Heute – beim Anblick des behinderten Jungen – erkannte er, dass er doch hätte einen guten Vater abgeben können.

»Scheiße, Mann! So eine Riesenscheiße«, dröhnte es plötzlich aus der Scheune.

Auf diese Art aus den Gedanken gerissen zu werden, ärgerte Steiner. Wütend ging er auf die Scheune zu und rief: »Was soll die Fäkalsprache? Ist euch die Arbeit zu viel?«

»Schauen Sie sich das an!«, klang es aus dem Dunkel.

Steiner folgte dem Ruf. Er betrat mit einer Taschenlampe ausgerüstet die zerfallene Ruine. Das Erste, was er sah, war die original erhaltene Seitenwand der ehemaligen Kirche mit drei steinernen Rundbögen, ein Relikt aus der Zeit des achtzehnten Jahrhunderts, als dort die Mönche des Franziskanerordens an dieser Stelle ein Kloster errichtet hatten. Beeindruckend, ein altes Original, unverfälscht und unberührt. Es grenzte schon an Wunder, dass sich in all den Jahren niemand daran zu schaffen gemacht hatte. Es hatte allen Zerstörungen getrotzt.

Zum Staunen blieb ihm keine Zeit, denn der Ruf, der ihn in die Scheune gelockt hatte, kam von weiter unten. Steiner leuchtete den Boden aus. Er fand mehrere Einsturzlöcher. Sie führten zu einem unter dem Kloster liegenden Gewölbekeller. Zwischen Schutt, Dreck und Müll standen zwei Arbeiter. Vor ihnen lag etwas. Erst bei genauem Hinsehen erkannte Steiner, dass dieses Etwas eine Leiche war.

Erschrocken trat er näher, doch einer der Arbeiter hob die Hand und rief: »Nicht zu nahe, sonst bricht die Decke durch. Dort steht eine Leiter. Über die können Sie sicher runterkommen.«

Steiner folgte seinem Rat.

Als er direkt vor dem Toten stand, überkam ihn ein Gefühl von Ekel. Die Leiche war stark verwest. Im Gesicht des Mannes gab es keine Augen mehr, der Mund war zu einem großen, offenen Loch zerfressen, sein schwarzer Anzug voller Löcher, durch die seine Knochen hindurchschimmerten. Puppenhülsen verrieten, dass Maden ihre Eier gelegt hatten, die schon geschlüpft waren. Wie lange er wohl dort lag?

Micky näherte sich von oben. Hastig kletterte Steiner über die Leiter hoch und zog den Jungen von diesem schauerlichen Anblick weg. Das musste er wirklich nicht sehen.

Kapitel 17

Das Gut Limberg wurde mit Absperrband gesichert. Neugierige Spaziergänger drückten sich an die Schranke in der Hoffnung, etwas in Erfahrung zu bringen. Aber die Kollegen der Schutzpolizei leisteten ganze Arbeit. Kein Sterbenswörtchen drang durch.

Helmut Brack war unter den Polizeibeamten. Er stand abseits von den Kollegen, beobachtete das Schauspiel, als ginge es ihn nichts an.

Schnur sah ihn, wollte auf ihn zugehen, da verschwand er eilig im ehemaligen Kloster. Was ihn so gleichgültig gegenüber dem entstellten Anblick eines Trinkkumpans machte, war Schnur ein Rätsel. Er kehrte an seinen Ausgangspunkt zurück.

Nervös tigerte er auf und ab.

Esther stellte sich ihm kurzentschlossen in den Weg. Auf seinen überraschten Gesichtsausdruck erklärte sie: »Ich will einen klaren Gedanken fassen, was nicht funktioniert, wenn du Hektik verbreitest.«

»Stimmt!« Schnur hielt inne. Er fixierte Steiner, der diesen Blick als Aufforderung verstand, sich ihm zu nähern.

»Willst du mir etwas sagen?

»Ja!«

»Dann schieß los! Gedanken lesen kann ich nämlich nicht«, gab Steiner zu.

»Mein Gedanke ist, dass du dich in einer unglücklichen Lage befindest.«

»Was soll das heißen?«

»Dass ich dich schon zum zweiten Mal bei einer Leiche antreffe …«

»Wer ist der Tote?«, fiel ihm Steiner ins Wort.

»Der Boss.«

»Scheiße!«

»Warum so heftig? Wie gut hast du ihn gekannt?«

»Kaum«, antwortete Steiner. »Man munkelte im Dorf, dass er ein Mitglied der Satanisten geworden sei. Vielleicht wurde er Opfer eines Rituals.«

Schnur zuckte nur mit den Schultern. Er durfte Steiner nicht in die Ermittlungsarbeiten einweihen. Wortlos entfernte er sich von ihm und schaute sich die Menschen an, die sich hartnäckig vor der Scheune postiert hatten.

Von Helmut Brack keine Spur.

Widerwillig betrat Schnur die alte Scheune, die mit starken Strahlern ausgeleuchtet wurde. Die Löcher, die die Kellergewölbe freilegten, waren mit Brettern abgesichert. Ein Abstieg wurde mit einer Leiter ermöglicht. Dort kletterte Schnur hinunter. Der Anblick und der Geruch machten es ihm schwer, seine Übelkeit zu unterdrücken.

Der Gerichtsmediziner, erklärte von seinem Standpunkt direkt neben der Leiche aus: »Die Leiche wurde durch Insektenfraß verändert. Deshalb warten wir auf unseren forensischen Entomologen. Er soll mir dabei helfen, den Todeszeitpunkt genau zu errechnen.«

»Und die Todesart?«

»Das ist auch schwer zu sagen. Ich sehe stärkere Verwesungen an einer bestimmten Stelle am rechten Oberschenkel. Dort könnte eine offene Wunde gewesen sein.«

»Stirbt man daran?«

»Wenn die Oberschenkelarterie verletzt wird, kann man verbluten«, antwortete Dr. Wolbert.

»Wo ist das Blut?«

»Das war keine endgültige Feststellung«, wehrte Wolbert hastig ab. »Nur eine Hypothese.«

Schnur wollte über die Leiter nach oben steigen, als er Helmut Brack entdeckte. Er stand bedrohlich nah am Rand des Kellerlochs, ohne die geringste Befürchtung einzubrechen. Als ihre Blicke sich trafen, drehte er sich wortlos um und verließ das alte Gemäuer.

Schnur stieg die Leiter hoch, durchquerte den mittleren Rundbogen, die einzige Möglichkeit, gefahrlos über den unsicheren Boden zu gehen und eilte hinter dem Dorfpolizisten her. Doch draußen im grauen Tageslicht war er schon wieder verschwunden. Verwundert schüttelte Schnur den Kopf. Hatte er es hier mit Zauberei zu tun?

Aber der Anblick des Toten, eines Mannes, den er schon seit Jugendzeiten kannte, versicherte ihm, mit der harten Wirklichkeit konfrontiert zu sein. Er versuchte, das abstoßende Bild aus seinem Kopf zu verdrängen; es gelang ihm nicht. Sein Blick fiel auf die Kapelle. Das war genau der Ort, den er jetzt brauchte – dort würde er abschalten können. Zielstrebig steuerte er darauf zu, riss an der Tür. Verschlossen!

Steiner trat hinter ihn. »Die Kapelle ist seit dem Zweiten Weltkrieg nicht mehr geöffnet worden.«

»Warum?«

»Zu Kriegszeiten ließ man sie offen, damit die Frauen für ihre Angehörigen an der Front beten konnten. Leider wurde die Großzügigkeit schamlos ausgenutzt, denn sämtliche Kapellen und Kirchen der Umgebung wurden geplündert.«

»Gab es hier etwas von Wert?«

»Oh ja! Es sind echte Schätze gestohlen worden. Keines dieser sakralen Kunstobjekte tauchte je wieder auf. Nach dem Krieg wurde die Kapelle mit neuem Altartisch, Monstranzen und Heiligenfiguren ausgestattet. Bevor die Einrichtung ebenfalls verschwindet, bleibt die Kapelle abgesperrt.«

»Na gut! Wenn Plan A nicht funktioniert, gehe ich zu Plan B über.«

»Der da wäre?«

»Wir fahren zur Kriminalpolizeiinspektion nach Saarbrücken. Ich brauche deine Aussage.«

Esther fasste das als Aufforderung auf, den Autoschlüssel aus ihrer Handtasche zu nehmen. »Endlich! Ich bin auch froh, wenn ich hier wegkomme.«

»Mein Hund muss versorgt werden. Er ist krank, wie du weißt.«

»Das mache ich.« Micky tauchte plötzlich neben Steiner auf.

Der Förster spürte sofort wieder die Wärme, die sich in seinem Inneren ausbreitete, wenn der Junge in seine Nähe kam. Er nahm Micky an der Schulter, drückte ihn sanft an sich und meinte leise: »Danke! Du bist der beste Adjutant, den es gibt. Deshalb bist du der einzige, dem ich meinen Hund anvertraue.«

Micky schwoll an vor Stolz. Im Laufschritt machte er sich auf den Weg zum Hoflimberg. Schnur wollte ihm anbieten, ihn im Auto mitzunehmen, da war er schon weg.

Harald Steiner wurde neugierig beäugt, vor allem von Anke, die ihn bis jetzt nur aus Berichten kannte. An ihrem Blick glaubte Esther Anerkennung festzustellen. Das war auch angebracht. Steiner hatte eine erstaunliche Wirkung auf Menschen. Sein Auftreten war selbstsicher, seine Haltung sprach für Selbstbewusstsein, seine Miene für Wachsamkeit. Sein braungebranntes Gesicht fiel unter den Bleichgesichtern der Polizeibeamten auf.

Theo Barthels war der einzige, der ihn wie einen alten Freund begrüßte. Sonst gab es niemanden, der ihn aus seiner Dienstzeit als Einsatzleiter des Sondereinsatzkommandos kannte.

»Bei dir ist zurzeit wohl der Wurm drin.«

Steiner nickte nur.

»Ich habe schon die ersten Ergebnisse der Spuren, die in und um die Scheune herum aufgesammelt wurden.«

»Seit wann teilen wir einem Verdächtigen unsere Untersuchungsergebnisse mit?«, unterbrach Schnur Barthels' Redefluss.

»Harald Steiner? Verdächtig?«

Plötzlich stand Staatsanwältin Ann-Kathrin Reichert zwischen den drei Männern. Ihre roten Haare leuchteten im Neonlicht des Flurs.

Sofort verstummten alle und warteten, was sie zu sagen hatte.

»Wir halten den normalen Dienstweg ein. Sie und ich werden zuerst Harald Steiner befragen. Anschließend schaue ich mir zusammen mit Theo Barthels die Untersuchungsergebnisse durch und entscheide, was zu tun ist.«

Gehorsam führte Schnur Harald Steiner in einen Raum, wo er die Befragung durchführen wollte. Die Staatsanwältin folgte den beiden Männern.

Als sie sich am Tisch gegenüber saßen, begann Schnur mit der Frage: »Welche Arbeiten werden an der alten Scheune durchgeführt?«

»Renovierungsarbeiten.«

»Warum gerade jetzt?«

»Nach der Treibjagd am 3. Dezember 2005 findet dort oben das Schüsseltreiben statt.«

Schnur kratzte sich über sein Kinn.

»Der Boss hat dort bestimmt zwei Wochen gelegen«, sprach Schnur weiter. »Wie kommt es, dass er dort so lange nicht bemerkt wurde?«

»Die Scheune war in einem äußerst schlechten Zustand, der Boden stellenweise durchgebrochen. Deshalb habe ich die Tür zugenagelt, damit sich dort niemand verletzt.«

»Das war aber kein Hindernis für den Boss, dort hineinzugehen«, erkannte Schnur.

»Nicht nur für ihn.« Steiner grollte. »Die Verwüstungen, die schon seit Jahren dort oben stattfinden, gingen ungehindert weiter. Wenn Schwarze Messen abgehalten wurden, dann dort.«

Ann-Kathrin Reichert schnappte nach Luft. »Das höre ich zum ersten Mal.«

»Ich habe keine Bestätigung dafür gefunden, deshalb habe ich auch keine Anzeige gemacht«, rechtfertigte sich Steiner sofort.

Es klopfte an der Tür, Esther trat mit einigen Papieren ein.

»Wichtige Erkenntnisse«, erklärte sie die Unterbrechung.

Schnur las den Bericht, dann reichte er ihn der Staatsanwältin weiter.

»Hier haben wir eine Berechnung der Leichenliegezeit«, sprach er zu Steiner. »Der Todeszeitpunkt wird von unserem Entomologen auf den Tag zurückgerechnet, an dem Bernd Schumacher getötet wurde.«

»Wie du weißt, hatte ich an dem Morgen einen zweiten Schuss gehört. Wurde er erschossen?«, fragte Steiner.

»Das steht noch nicht fest. Die Umgebung der Scheune wird abgesucht, vielleicht finden die Kollegen der Spurensicherung einen Hinweis.«

»Den Keller haben sie bereits durchsucht«, las die Staatsanwältin vor und fügte in einem ungläubigen Tonfall an: »Dort fanden sie einen Hühnerknochen.«

»Einen Hühnerknochen?« wiederholte Steiner aufhorchend. »Ein prähistorischer?«

»Wie kommen Sie darauf?« Ann-Kathrin Reichert stutzte.

»Ganz in der Nähe wurde schon einmal ein berühmter Hühnerknochen bei Ausgrabungen gefunden. Er war tausend Jahre alt und der erste Beweis für frühe Handelsbeziehungen bis nach Thailand.«

»Das hier ist kein berühmter, sondern ein berüchtigter Fund«, klärte die Staatsanwältin auf, nachdem sie den Bericht zu Ende gelesen hatte. »Es wurden daneben noch andere Knochen von Kleintieren gefunden. Das untermauert Ihre Theorie, dass an dem Ort Schwarze Messen abgehalten werden.«

»War Markus Darren Opfer eines Rituals?«

»Es wurde nirgends Blut gefunden. Allerdings wissen wir noch nicht, wo der genaue Tatort ist«, erklärte Schnur. »Es wäre nützlich, wenn wir uns ein ungefähres Bild vom Tathergang machen könnten. Fiel der zweite Schuss, den du an dem Morgen gehört hast, vor dem Leichenfund in der Holzspaltmaschine oder danach?«

»Unmittelbar davor.«

»Wenn Markus Darren erschossen wurde, was wir noch nicht genau wissen, war sein Mörder ganz in deiner Nähe, als du auf Bernd Schumachers Leiche gestoßen bist«, überlegte Schnur laut. »Entweder, der Mörder hat dich beobachtet – oder du bist der viel Gesuchte!«

Steiner rümpfte verächtlich die Nase und erwiderte: »Schlag dir die Theorie aus dem Kopf, mich zu verdächtigen. Der zeitliche Abstand zwischen dem Schuss und dem Leichenfund ist viel zu kurz. Der Mörder hat mich vermutlich schon länger Visier. In letzter Zeit häufen sich nämlich merkwürdige Zwischenfälle in meiner Nähe.«

»Zum Beispiel«, horchte die Staatsanwältin auf.

»Rolf West wurde vor meinem Haus überfallen! Ich konnte gerade noch in letzter Sekunde eingreifen.«

»Von wem?«, fragte Schnur.

Steiner berichtete von der seltsamen Begegnung mit dem Angreifer, der aus dem Nichts aufgetaucht war und dort wieder verschwand.

»Warum haben Sie keine Anzeige erstattet?«, fragte die Staatsanwältin.

»Ich bin nicht angegriffen worden, sondern Rolf West.«

»Aber es geschah auf Ihrem Grundstück. Es besteht doch die Möglichkeit, dass der Angriff Ihnen galt.«

Steiner zuckte nur mit den Schultern. Er war sich seiner unrühmlichen Rolle in dieser Angelegenheit nur zu bewusst, was nicht unbedingt jeder erfahren musste.

»Rolf West erzählte mir, auf ihn sei geschossen worden«, fiel Schnur in diesem Augenblick ein. Als sein Jugendfreund ihm die Geschichte erzählt hatte, hingen sie beide stark angetrunken an der Theke des *Donze*. Schnur hatte es als Jägerlatein abtun wollen.

»Wissen wir, wo das passiert ist?«, fragte die Staatsanwältin.

»Oben auf dem Limberg!«

»Wann?«

»Am Tag, als Bernd Schumachers Leiche gefunden wurde«, antwortete Schnur. »Er war oben auf dem Limberg, um nachzusehen, ob die zweite Kugel, die Steiner gehört haben will, ein Stück Wild getroffen hat.«

»Wurde nach der Kugel gesucht, die angeblich auf Rolf West abgefeuert wurde?«

»Nein! Warum auch? Rolf West trinkt viel. Wer weiß, ob er nicht irgendwas erfindet, um Steiner in Misskredit zu bringen«, widersprach Schnur. »Gegen ihn und seine Kumpel im Dorf wird wegen des Verdachts auf Sachbeschädigung und Körperverletzung ermittelt. Steiner bekommt überfahrene Tiere vor die Haustür gelegt, außerdem wurden Jagdeinrichtungen beschädigt und Fallen aufgebaut, die Gefahr für Leib und Leben darstellen. Es wäre möglich, dass er damit den Verdacht von sich ablenken wollte.«

»Rolf West steckt nicht hinter den heimtückischen Fallen«, stellte Steiner klar.

»Ja sicher«, kam es unwirsch von Jürgen zurück. »Und Kain erschlug auch nicht seinen Bruder Abel!«

»Ich habe dir schon einmal gesagt, dass Rolf West mich vor Helmut Brack gewarnt hat.«

»Was ist mit dir und Rolf West auf einmal los? Soviel Einigkeit zwischen euch – das kann ich einfach nicht glauben.«

»Von Einigkeit kann keine Rede sein. Er treibt sich bestimmt nicht mit guten Absichten mitten in der Nacht vor meinem Haus herum.«

»So sehe ich das auch«, erkannte Schnur. »Nur – mit welcher Absicht trieb er sich vor deinem Haus herum?«

Nun wurde es brenzlig. Warum konnte er nicht den Mund halten? Wenn Steiner nicht aufpasste, kam seine Dummheit, Rolf Wests Loyalität bei Helmut Brack ausgeplaudert zu haben, doch noch heraus.

»Warum schützen Sie Rolf West?«, fragte die Staatsanwältin.

Steiner spürte, wie ihm heiß zumute wurde. Der scharfe Blick dieser Frau sah mehr als ihm lieb war.

»Kann es sein, dass Sie und Rolf West uns ablenken wollen?« Wieder dieser Blick.

»Mich beschleicht das Gefühl, dass mehr dahinter steckt. Wisst ihr etwas über Helmut Brack, das ich vielleicht auch wissen sollte?« Schnur ging sofort auf die Vermutung der Staatsanwältin ein.

Steiner stutzte. Wie kam der ausgebuffte Kerl darauf?

»Was geschieht dort oben auf dem Berg?«, bohrte Ann-Kathrin Reichert weiter.

Steiner zuckte nervös mit den Schultern.

»Gibt es eine Loyalität zwischen Ihnen und Rolf West, die auf einem Ehrenkodex beruht?« Wieder fixierte die Staatsanwältin Steiner mit ihren grünen Augen, die in ihn hineinschauen konnten. Er fühlte sich dieser Frau unterlegen, eine Situation, die ihm nicht behagte. »Ich denke da an die Jägerehre«, fügte sie an.

Steiner rieb sich über die Glatze. Er vermied es, ihr in die Augen zu sehen. Ein leichtes Nicken sollte als ehrliche Antwort genügen.

Zu seiner großen Überraschung tat es das auch, denn plötzlich erhob sie sich, strich ihr grünes Kostüm glatt und sagte: »Ich sehe keinen Grund, Harald Steiner hier festzuhalten. Vielmehr sehe ich ihn als potenzielles Opfer.«

»Opfer?«

»Der Überfall fand vor seinem Haus statt. Wem galt er also? Weiterhin wissen wir nicht, ob der angebliche Schuss auf Rolf West nicht Harald Steiner galt?«, hielt die rothaarige Frau dagegen. An Steiner gerichtet fügte sie an: »Also sehen Sie sich vor. Noch wissen wir nicht, mit welchem Gegner wir es zu tun haben. Aber eines ist sicher: Er ist gefährlich und brutal.«

Mit diesen Worten verließ sie den Raum.

Schnur und Steiner saßen sich gegenüber und starrten sich an.

»Du hast bei Frauen wirklich einen Stein im Brett«, murrte Schnur. »Die will dich schützen anstatt verhaften.«

»Lass dir doch einfach deinen roten Bart stehen«, grinste Steiner. »Vielleicht hast du als Barbarossa bessere Chancen.«

Die Tür ging auf und Ann-Kathrin Reichert spähte mit einem verschmitzten Grinsen hinein. »Barbarossa?«

Schnur konnte nichts entgegnen. Fassungslos schaute er in ihre Richtung und sah, wie sie die Tür hinter sich schloss.

»Kannst du nicht einmal deine Klappe halten?«, schimpfte er böse.

»Warum regst du dich darüber auf? Barbarossa ist doch eine Aufwertung deiner Person. Wer schafft es heute noch, nach einem Kaiser des Heiligen Römischen Reiches im zwölften Jahrhundert benannt zu werden?«

»Am besten verschwindest du schnell, bevor ich dich höchstpersönlich verhafte.«

Dieser Aufforderung kam Steiner unverzüglich nach.

Kapitel 18

Auf dem großen Parkplatz vor dem Gebäude der Landespolizeidirektion steuerten Esther Weis und Harald Steiner einen schwarz glänzenden Geländewagen an.

Steiner ließ sich wortlos auf dem Beifahrersitz nieder. Es gefiel ihm, sich im gemächlichen Tempo über die Autobahn A 620 chauffieren zu lassen, mit leiser Musik und einer kompetenten Autofahrerin, die sich trotz chaotischer Verkehrsverhältnisse geschickt hindurchlavierte. Nach der Autobahnabfahrt wurde die Fahrt ruhiger. Langsam rollte der Suzuki durch die langgezogene Wallerfanger Straße. Bevor sie das Dorf erreichten, passierten sie den *Gutshof von Papen* zu ihrer Rechten, der auf eine lange Geschichte zurückblickte. Das Gut existierte seit dem Mittelalter, hatte den Bauernkrieg, den Dreißigjährigen Krieg, die Niederlegung Wallerfangens und die Neugründung überstanden. Heute glänzt es als Märchenschloss zu Wallerfangen mit seinem Schlosspark de Galhau. Dann folgte das Restaurant *Zum Jägerhof*. Dicht daneben fiel sein Blick auf die Villa Fayence, bevor sie in den Ortskern gelangten, den der *Donze* beherrschte. Steiner sah, wie Siegmund Gerstner aus dem Gasthof stolperte, seinen verbeulten Opel Astra ansteuerte, einstieg und losfuhr. Er traute seinen Augen nicht. Er hatte diesen Trunkenbold in flagranti erwischt, wie er besoffen Auto fuhr, hatte den Dorfpolizisten angewiesen, Siegmund Gerstner den Führerschein abzunehmen, weil er eine Gefahr im Straßenverkehr darstellte, und was passierte? Nichts.

»Ist was?«, fragte Esther.

Steiner schüttelte den Kopf. Die Gesellschaft einer schönen Frau wollte er sich nicht mit Gedanken an diese Saufnase verderben. Sein Blick wanderte über das ehemalige Kapuzinerschloss, das heutige Schloss Villeroy. Versteckt lag es zwischen Wallerfangen und der Saar – der Engt – hinter hoch gewachsenen Bäumen und Sträuchern. Zu dieser Jahreszeit gab das herabgefallene Laub die Sicht zu dem französischen Landschloss mit seinen Nebengebäuden frei.

Sie bogen in die Sonnenstraße ein, passierten das Villeroysche Rentamt, ein ehemaliges Hühnerhaus, das heute als Verwaltungsgebäude fungierte. Dort ging die geteerte Straße in einen Schotterweg über. Auch die Serpentinen meisterte Esther mit Bravur. Selten hatte Steiner erlebt, dass ein Ortsfremder mit solch einer Leichtigkeit den verschlungenen Weg fahren konnte. Es ging stetig bergauf, Wind rüttelte an dem Auto, der Regen platschte gegen die Windschutzscheibe, was die Sicht verschleierte. Nur undeutlich zeichnete sich vor dem Auto eine Gestalt ab. Erst als sie sich näherten, erkannten sie einen Jogger, der dem Wetter trotzte. Steiner staunte über die Hartnäckigkeit dieser Sportler. Mit einem beachtlichen Tempo rannte der Mann den Anstieg hinauf, ohne ein Zeichen der Erschöpfung. An einer Weggabelung bog der Läufer links ab, Esther rechts. Sie beschleunigte. In dem Augenblick gelang es Steiner, den sportlichen Mann zu erkennen.

»Das war Helmut Brack, der Dorfpolizist. Der Typ steckt voller Rätsel.«

»Warum sollte er sich nicht fit halten?«

Das war genau die Frage, die Steiner beschäftigte. Warum hielt er sich fit, gab nach außen jedoch den Trunkenbold ab? Diese Philosophie war Steiner fremd.

Esther fuhr durch das Tor, steuerte die Eingangstür der Remise an, bremste, ließ den Motor laufen.

»Müssen Sie noch arbeiten?«, fragte er.

»Nein.«

»Warum schalten Sie den Motor nicht ab und begleiten mich hinein?«

Sie schaute zu dem Mann neben sich. Seine gebräunte Gesichtshaut wirkte in dem grauen Regenwetter exotisch. Seine dunkelbraunen Augen fixierten sie, wanderten von ihrem Gesicht über ihren Körper. Esther tat das gleiche. Seine schwarze Jacke war geöffnet, sein Hemd aufgeknöpft. Die Bräune zog sich über seinen Hals hinunter bis zur Brust, wo sich dunkle Haare kräuselten. Sie spürte, wie die Neugier in ihr immer größer wurde, diesen Körper genauer zu erforschen. Gleichzeitig erkannte sie in seinen Augen, dass Steiner ebenso dachte. Ohne Kommentar drehte sie den Zündschlüssel um, stieg aus und folgte Steiner durch die von wildem Wein umrankte Tür ins Haus.

Der erste Weg führte zu Moritz, der in seinem Korb lag und mit dem Schwanz wedelte. Er wirkte immer noch geschwächt.

Im Wohnzimmer entfachte Steiner ein Feuer, das wohlige Wärme verbreitete. Er öffnete ein Fach des hohen Mahagonischrankes, in dem Flaschen und Gläser zum Vorschein kamen. Sie wählte Pastis, Steiner Whisky.

Schwer schluckte sie an ihrem Getränk, als sie mit dem Blick dem Haarstreifen auf Steiners Brust bis ganz hinab zu seinem Bauchnabel folgte, zu jener Vertiefung, von der aus der Streifen noch weiter hinabführte. Seine Jeans spannte über seinen kräftigen Beinen, die weit auseinander standen wie die eines Gladiators, der sich für den Kampf bereit macht. Mit seiner begierigen Miene wirkte er so gefährlich wie ein Raubtier. Seine Augen kamen ihren immer näher, die dichten Wimpern glänzten im Schein der züngelnden Flammen im Kamin. Als er mit seinen Lippen ihre streifte, blickten seine braunen Augen zugleich sanft und amüsiert. Wie in Zeitlupe hakte er einen Finger unter ihren Jackenkragen, hob ihn an und ließ die Jacke auf den Boden fallen. Mit der anderen Hand fuhr er ihren Ausschnitt entlang, strich über ihre zarte Haut. Er griff nach dem Träger des BHs, an dem er sie hinter sich her zog bis ins Nebenzimmer, das Schlafzimmer.

Esther wusste nicht, ob ihr die Geste gefallen sollte. Er trieb ein Spiel mit ihr. Er drehte sich um und warf ihr einen aufreizenden Blick zu, der sie noch mehr verwirrte. Sie spürte ein Kribbeln unter ihrer Haut. Seine großen Hände tasteten über die vielen Knöpfe vor ihrer Brust, Hitze stieg in ihr auf. Die Bluse fiel zu Boden. Ihre Jeans folgte. Sie spürte, wie seine Bewegungen immer schneller wurden.

Sie sah die Erregung in seiner Hose, konnte sich nicht mehr zurückhalten. Mit geschickten Händen öffnete sie sein Hemd, warf es weit von sich. Im Nu standen sie sich nackt gegenüber. Steiner war so groß, dass sie Mühe hatte, über seinen Brustkorb hinweg in sein Gesicht zu sehen. Er hob sie hoch wie eine Puppe und trug sie ins Bett. Esther spürte seine Hände auf ihrem Po und ihren Brüsten, seine Zunge, die sich nach unten tastete, seine rauen Wangen zwischen ihren Schenkeln, seinen steifen Penis, der in sie eindrang. Er umfasste ihre Taille, nahm sie mit jeder seiner Bewegungen mit, als seien sie miteinander verwachsen. Sie vollführten einen wilden Tanz, bis sie vor Leidenschaft aufstöhnte, beim Höhepunkt der Lust angelangt einen lauten Schrei ausstieß.

Erschöpft blieben sie nebeneinander liegen.

Ihr Blick fiel auf die Decke. Lange starke Bohlen aus dunkler Eiche reichten über die gesamte Länge, verliefen parallel zueinander in einem Abstand von fünfzig Zentimetern. Die Maserung war unregelmäßig, kleine Absplitterungen zeichneten sich an den Rändern ab. Die Zwischenräume füllten Holzplanken in dem gleichen dunklen Farbton aus. Rustikale Atmosphäre ging von dieser Konstruktion aus.

Steiner erhob sich. Langsam ging er auf die Tür zu.

Esther richtete sich auf und schaute ihm nach. Sein Rücken war muskulös und breit, seine Hüfte schmal, seine Beine kräftig und seine Hautfarbe braun. Alles an ihm gefiel ihr. Sein Gang, sein Geruch, seine Stimme, sein ganzer Körper. Völlig ungeniert bewegte er sich, obwohl er sich ihrer Blicke bewusst war. Diese Offenheit gab ihr das Gefühl von Vertrautheit, was ihre Emotionen überborden ließ.

»Sag mir, dass du nichts mit den Morden zu tun hast«, rief sie laut aus.

Steiner hielt an, drehte sich um und schaute ihr ins Gesicht. Lange stand er so vor ihr, ließ ihr genügend Zeit, seinen Körper mit ihren Blicken abzutasten, bis sie es nicht mehr aushielt: »Warum sagst du nichts?«

»Warum ist es dir so wichtig?«, reagierte er zu ihrer Überraschung. »Rettet es deine Berufsehre, wenn ich dir versichere, dass ich nichts damit zu tun habe?«

Esther traute ihren Ohren nicht. Warum tat er das? Stumm erwiderte sie seinen Blick, bis er endlich zu lächeln begann und meinte: »Ich hoffe, unser Liebesakt war kein Mittel zum Zweck.«

»Warum reagierst du so herablassend?«

»Warum fragst du etwas so Unromantisches in diesem Augenblick?«

Sie schwieg. Sie hatte einen Fehler gemacht, hatte sich von ihren Gefühlen hinreißen lassen. Ab sofort musste sie vorsichtiger sein.

Während er nach seinem Hund sah, suchte sie ihre Kleider zusammen, zog sich an und ging durch das Wohnzimmer in Richtung Tür.

»Du gehst ohne ein Wort?«, hörte sie seine Stimme hinter sich.

Ertappt blieb sie stehen. Schon spürte sie seinen Atem in ihrem Nacken. Starr vor Unsicherheit blieb sie stehen.

Langsam schob sich Steiner ganz dicht an ihre Seite.

Ihr Blick streifte seinen Körper, er war immer noch nackt.

»Erhöht es den Reiz, wenn du etwas Verbotenes tust?«, hauchte er in ihr Ohr, dass ihr das Kribbeln durch den ganzen Körper schoss. Schon fielen die Autoschlüssel auf den Boden und die Klamotten hinterher.

Die Morgendämmerung brach herein. Steiner saß allein am Frühstückstisch. Der Platz neben ihm war leer. Esther war erst vor wenigen Stunden gegangen – schon fehlte sie ihm.

Der Regen wurde stärker, Steiners Motivation schwächer. Moritz kauerte müde auf seiner Decke neben dem Frühstückstisch. Von Betteln nach etwas Essbarem keine Spur. Normalerweise ärgerte Steiner dieser Ungehorsam. Jetzt fehlte er ihm. Das war kein gutes Zeichen. Er kannte Moritz nur hungrig.

Beunruhigt trank er seinen nächsten Kaffee, schon der dritte an diesem Morgen. Das tat ihm nicht gut, denn er war auch so schon nervös genug. Durch das offene Fenster hörte er den Regen prasseln, was seine Unlust verstärkte. Aber er musste hinaus, musste die letzten Vorbereitungen für die Treibjagd treffen, musste die Standorte für die Gäste ausweisen.

Durch den Leichenfund waren die Renovierungsarbeiten an der Scheune gestoppt worden. Hoffentlich brachten die Handwerker ihre Arbeit noch rechtzeitig zu Ende.

Es wurde höchste Zeit, dass er sich um die Hundemeute kümmerte. Ob sein eigener Hund einsatzbereit war, wusste er nicht. Moritz zu Hause zu lassen – am Tag des größten Ereignisses des Jahres – der Gedanke machte ihm die Arbeit noch schwerer. Aber er wollte seinen Hund auf keinen Fall abschreiben. Moritz war ein Kämpfer. Wer wusste schon, ob er sich nicht wieder aufraffte und ganz der Alte wurde?

Weiter stand auf seinem Arbeitsplan für diesen Tag, mit Otto Siebert zu sprechen. Er benötigte noch einige Treiber; seine eigene Treiberwehr bestand nur aus den Stammtischbrüdern des *Donze*. In Otto Sieberts Jagdrevier gab es einen eigenen Verein der Treiber, die Jagdgehilfen e.V. Diese Leute verfügten über eine gute Kondition, was Steiner die Gewissheit gab, dass sie den Lauf über den Limberg lebend überstehen würden. Bei seinen eigenen Leuten war er sich nicht so sicher.

Er richtete den Blick aus dem Fenster. Außer grauem Wetter sah er nichts.

Micky wollte ihn begleiten. Wo blieb er?

Dankbar für die Ausrede, noch warten zu müssen, lehnte er sich zurück und streichelte seinen Hund. Die Küchenuhr tickte, der Beweis dafür, wie die Zeit sinnlos verstrich. Er nahm Otto Sieberts Visitenkarte aus dem Geldbeutel und wählte seine Telefonnummer. Nichts. Es wäre auch zu schön gewesen, sich den Weg zu Siebert zu ersparen. Bei dem aufgeweichten Boden würde die Fahrt zum Nachbarrevier zur reinsten Rutschpartie. Wieder schaute er aus dem Fenster. Er gab das Warten auf. Er konnte von dem Jungen nicht verlangen, dass er bei jedem Wetter zur Stelle war.

Er zog seinen Parka an, ging in Richtung Tür. Moritz blieb nicht an seiner Seite. Steiner drehte sich um und sah, wie sich sein Hund in den Korb legte, anstatt ihm zu folgen.

Schweren Herzens verließ er das Haus.

Sein grüner Jeep stand nicht an seinem Platz. Der nächste Schreck für diesen Tag. Da fiel ihm ein, dass er oben an der Klosterruine stand. Von dort war er zur Kriminalpolizeiinspektion nach Saarbrücken chauffiert worden.

Seine Gedanken wurden durch Schritte unterbrochen.

Sollte das Micky sein?

Er schaute über den Hof, alles menschenleer. Die Sicht wurde immer schlechter, der Regen immer stärker. Sein Parka war zum Glück wind- und wasserfest.

»Micky? Bist du das?«

Keine Antwort.

Lange verharrte er dicht an der Haustür, bis er an seinem Gehör zweifelte. Vermutlich ging die Fantasie mit ihm durch. Gerade wollte er seine Nische verlassen, als ein Schatten hinter dem Brunnenhaus verschwand.

Kapitel 19

Schon seit Stunden saß Esther am Computer. Zum Glück funktionierte die Vernetzung mit dem Arbeitsplatz in Saarbrücken reibungslos. Das ersparte ihr bei dem schlechten Wetter die weite Fahrt in die Landeshauptstadt. Jedes Mal, wenn sie einen Blick aus dem Fenster wagte, wo es nur Wald und Bäume zu sehen gab, stellte sie fest, dass der Regen keine Pause einlegen wollte. Also konzentrierte sie sich auf den Computer, gab einige Suchbegriffe ein, um sich über das Dorf Wallerfangen und seine Geschichte zu informieren. Routiniert wanderte ihr Blick über die vielen Informationen, bis eine Mitteilung sie wachrüttelte. Darauf musste sie ihren Vorgesetzten ansprechen. Doch der war gerade dabei, sich mit seiner Familie am Telefon zu streiten. Nach Schnurs Worten zu urteilen, wollte seine Frau mit den Kindern das Weihnachtsfest in seinem Elternhaus feiern. Schnur war dagegen. Esther Weis wartete gespannt, wer seinen Kopf durchsetzen würde.

Es dauerte nicht lange, da knallte der Hörer in die Gabel und Jürgen Schnur tauchte in ihrem Zimmer auf. »Manchmal beneide ich dich darum, dass du dein Leben allein lebst, nach niemandem fragen und dich nach niemandem richten musst.«

Esther staunte. Schnur hatte noch nie mit ihr über sein Privatleben gesprochen. Die Zusammenarbeit in seinem Elternhaus ließ eine Nähe entstehen, die ihr unbehaglich wurde. Bisher hatten sich ihre Vertraulichkeiten darauf beschränkt, wie jeder seinen Kaffee trank. Deshalb wusste sie nicht, was sie darauf antworten sollte. Also beschloss sie, es einfach beim dienstlichen Thema zu belassen: »Ich habe etwas entdeckt, was uns vielleicht weiterhelfen könnte.« Sie las ihm die Nachricht vor: »Hier steht, dass es einen unterirdischen Gang von der Hessmühle bis zum Limberg geben soll.«

»Das ist eine Legende«, wehrte Schnur ab. »Und wie soll uns das helfen?«

Esther las vor: »Mit dem Saargau verbinden sich viele Geschichten und Sagen. So soll ein unterirdischer Gang die Hessmühle mit der Burg Limberg bei Wallerfangen verbunden haben. Viele Schätze aus Kriegszeiten liegen noch darin verborgen. Aber die Zugänge konnten seit Jahren nicht mehr aufgefunden werden. Der Sage nach sollen die Herren der Hessmühle und der Burg Limberg Brüder gewesen sein.«

»Diese Legende kenne ich noch aus Kindertagen. Wir Jungs haben auf dem Limberg danach gesucht, sind in jeden Spalt gekrochen, haben die Felsenkeller in der Schwanzgasse erforscht, aber nichts. Vermutlich ist das nur das Gerede von alten Leuten, um sich das Leben spannender zu machen.«

»Oder um Kinder wie euch zu beschäftigen.« Esther grinste. »Wo ist die Burg Limberg?«

»Diese Burg ist schon seit über tausend Jahren verschwunden. Nur die Schwedenschanzen und der dazugehörige Grüne See bezeugen, dass es dort mal eine gab.«

»Es wäre doch möglich, dass es diesen Gang gibt«, spekulierte sie.

»Willst du hier auf Schatzsuche gehen oder einen Fall aufklären?«

»Unser Mörder könnte in unterirdischen Gängen leben, von denen keiner weiß, dass sie existieren. Er kommt nur in der Dunkelheit heraus, wenn er wieder Blutdurst spürt.«

»Jetzt hab ich die Lösung!«, jubelte Schnur mit erhobenem Zeigefinger. »Ein Maulwurf! Er lebt unterirdisch, ist in der Regel ein Einzelgänger, reagiert aggressiv auf andere und ist nachtaktiv. Das bestätigt alles, was wir bisher herausgefunden haben.«

Damit war das Thema für Jürgen Schnur beendet. Der langweilige Trott setzte sich fort.

Am Nachmittag kam ein Bericht, der ihre Lethargie vertrieb.

»Das Team der Spurensicherung hat in einem Baum vor der Scheune ein Projektil gefunden. Die Kugel stammt aus Eduard Zimmers Waffe«, las sie die E-Mail vor.

»Das ist ja mehr als interessant. Fünfzehn Jahre galt diese Waffe als verschollen. Jetzt taucht sie im Zusammenhang mit zwei Morden auf.«

»Es ist aber noch nicht bewiesen, dass diese Kugel etwas mit dem Tod von Markus Darren zu tun hat«, las die Polizeibeamtin weiter aus der elektronischen Nachricht vor.

»Das Ergebnis müssen wir natürlich abwarten. Das Einzige, was wir wissen, ist, dass Bernd Schumacher mit dieser Waffe auf dem Berg gewildert hat.«

»Willst du damit auf deine Theorie ansprechen, Steiner habe Bernd Schumacher beim Wildern erwischt und hingerichtet?«, fragte sie.

Schnur schüttelte verneinend den Kopf. »Ich habe eine neue Theorie, die immer wahrscheinlicher wird.«

»Du machst mich neugierig.«

»Der Boss war der einzige, der Bernd Schumacher im Knast besucht hat. Also wusste er auch, was sein Vetter vorhatte, als er in seine alte Heimat zurückkehrte.«

»Ja und?«

»Vielleicht waren sie dort oben auf dem Berg verabredet.«

Esther erkannte sofort Schnurs Gedankengang und sprach ihn aus: »Markus Darren war auf dem Limberg, als Bernd Schumacher getötet wurde. Er hat alles gesehen.«

»Der Mann, der zuviel wusste«, fügte Schnur an. »Aber wie passen die Überfälle auf Rolf West in diese Theorie? Wer greift einen arbeitslosen Säufer an, der nichts anderes tut, als im Dorf Hetzparolen zu schwingen?«

»Ich weiß ja, dass Rolf West und Co deine Jugendfreunde sind«, begann sie vorsichtig. »Trotzdem habe ich alle überprüft. Was dabei herauskam, war wirklich interessant.«

»Was hast du herausgefunden?«

»Rolf West hat im betrunkenen Zustand ein Kind aus dem Dorf angefahren und ist geflüchtet. Dabei wurde er gesehen und angezeigt. Wenn er sich da mal keine Feinde im Dorf gemacht hat.«

»Was bekam er dafür?«

»Führerscheinentzug und Entzug seines Jagderlaubnisscheins.«

»Ein mildes Urteil«, brummte Schnur. »Wie lange liegt das Ereignis zurück?«

»Zehn Jahre.«

»Deshalb überfällt ihn heute keiner mehr.«

Trotzig erwiderte sie: »Deine Jugendfreunde haben alle Dreck am Stecken. Deshalb ist es nicht auszuschließen, dass sie etwas mit dem Tod vom Boss zu tun haben.«

»Das glaubst du nicht wirklich.«

»Doch! Mein Verdacht ist, dass die Trunkenbolde den Falschen ermordet haben. Als sie feststellten, dass sich Steiner bester Gesundheit erfreute und stattdessen Markus Darren tot in der alten Scheune lag, begannen die vielen Überfälle auf ihn. Aber mit Steiner haben sie sich den falschen Gegner ausgesucht. Er ist ein Ex-Bulle, also weiß er, wie er sich schützen kann.«

»Genug der Lobeshymnen«, bremste Schnur sofort ihren Eifer. »Steiner ist kein Heiliger. Warum hat er den Dienst quittiert?«

»Das weißt du selbst nicht«, gab sie schnippisch zurück. »Er hatte keinen

Fehler gemacht. Es war für ihn eine ethische Entscheidung und keine Frage der Kompetenz.«

»Du scheinst ihn ja gut zu kennen.«

»Nein! Ich kann lesen. Alle Berichte, die über den damaligen Entführungsfall verfasst wurden, bestätigen, dass Harald Steiner keine Schuld traf. Die interne Ermittlung hat eine genaue Einsatznachbereitung von Steiners Befreiungsaktion durchgeführt und konnte nicht den geringsten Fehler erkennen. Der dritte Mann, der angeblich an der Entführung beteiligt war, konnte beim Einsatz nicht gefasst werden, weil er nicht persönlich vor Ort war. Auch da kann Steiner kein Verstoß nachgewiesen werden. Also besteht kein Zweifel daran, dass er ein guter Polizist war.«

»Da kommt ein Mann mit Glatze und alle Frauen werden schwach«, überlegte Schnur laut. »Ich weine jedem Haar nach, das ich verliere.«

»Das Haar ist eine Sumpfpflanze, es wächst nur auf Wasserköpfen«, kam es von Esther sarkastisch zurück.

»Mein Wasserkopf erkennt ganz deutlich, dass wir vom Thema abgekommen sind. Der Frage, warum Rolf West überfallen wurde, sind wir noch keinen Schritt näher gekommen.«

Sie grinste hämisch.

»Ich werde jetzt ins Dorf gehen und den Jungs mitteilen, dass wir den Boss gefunden haben«, beschloss Schnur, nahm Hut und Regenmantel und verließ das Haus.

Kapitel 20

Der Regen wurde stärker. Von seiner Hutkrempe schwappte das Wasser über und platschte ihm ins Gesicht, während Schnur mit schnellen Schritten die Hauptstraße überquerte. Trotz Regenkleidung fühlte er sich durchnässt, als er den *Donze* betrat.

Es war später Nachmittag, aber seine Jugendfreunde saßen schon an der Theke. Bei dem Wetter gab es für die Jungs keine andere Beschäftigung, als sich zu besaufen.

Jürgen Schnur schüttelte sich, zog Hut und Mantel aus und schaute sich um. An der Theke machte sich Rolf West breit und rauchte. Am Stammtisch saßen Oliver West, Arthur Winter, dessen knochiger Schädel mit seinem spärlichen Haarkranz auf den eckigen Schultern balancierte, als sei er nicht angewachsen, Siegmund Gerstner, der beim Anblick von Jürgen Schnur Mühe hatte, seinen Blick zu erwidern, Peter Magath in seinem viel zu engen Blaumann und Helmut Brack im perfekt sitzenden Anzug. Alle waren versammelt, besser konnte es nicht kommen.

Schnur setzte sich an die Theke und bestellte sich einen Kaffee.

»Kaffee?«, blaffte Rolf West. Dabei quoll der Rauch seiner Zigarette gleichzeitig durch Nasenflügel und Mund. »Trink was Ordentliches!« und an die Wirtin gewandt bestellte er für ihn ein Bier.

»Du bist so gut zu mir«, flötete Schnur mit zuckersüßer Stimme.

»Du kommst aus demselben Stall wie wir. Da weiß ich doch, was du brauchst.«

Das Bier landete vor ihm auf dem Tresen.

»Wir haben den Boss gefunden.«

Keine Reaktion. Nur trübe Blicke.

»Er roch nicht mehr so gut.«

»Was soll das heißen?«, brummte Rolf West.

»Dass er zwei Wochen tot im Keller der alten Scheune gelegen hat.«

Als Antwort kam Schweigen.

Rolf West vergaß seine Zigarette, deren Glut den Filter anschmorte, woraufhin sie noch mehr stank. Erschrocken drückte er sie im überfüllten Aschenbecher aus.

»Ihr seid gar nicht überrascht«, merkte Schnur und schaute in jedes einzelne Gesicht. »Ich bin es auch nicht.«

Die Stimmung wurde frostig. Die Jugendfreunde distanzierten sich von Schnur. Mit diesen wenigen Worten wandelte sich Jürgen Schnur vom Freund zum Feind. Die Mienen sprachen deutlich aus, dass er nicht mehr erwünscht war, egal wie viel Bier er trank.

Schnurs Gesten sprachen auch eine deutliche Sprache. Er gab seinen ehemaligen Kameraden zu verstehen, dass das Spiel aus war.

An Helmut Brack gerichtet begann er aufzuzählen: »Du hast mit deinen Fallen einem Kind das Bein durchgeschlagen.«

Man konnte in der dunklen Kneipe einen Floh husten hören.

»Zum Glück brauchten die Eltern Geld. Denn nur damit konntest du deinen Kopf aus der Schlinge ziehen.«

Die Wirtin vergaß, neues Bier zu zapfen.

»Und Du, Oberlehrer«, richtete er sich an Siegmund Gerstner. »Du hast deine Stellung als Lehrer verloren, weil du dich an kleine Mädchen herangemacht hast.«

Siegmund Gerstner schluckte. Alle starrten ihn an.

Plötzlich schrie Oliver West los: »Jetzt kapier ich endlich, was da oben im Wald los war. Du hast versucht, Anne zu vergewaltigen.«

Der Alte wurde blass.

»Aber Anne war zu stark für einen besoffenen alten Mann wie dich.«

Schnur sprach weiter: »Du brauchst auch nicht die Klappe aufzureißen. Du bist vorbestraft wegen Körperverletzung. Bei deinem Versuch, den gefällten Baum auf Harald Steiner fallenzulassen, hat es einen ahnungslosen Spaziergänger erwischt.«

Oliver West wurde still.

»Rohr-Pitt ist für dich auch nicht der richtige Name. Besser wäre Langfinger-Pitt. Du hast deinen Job bei *Stahlbau-Rohre* verloren, weil du beim Stehlen erwischt worden bist.«

Der kleine dicke Mann in seinem viel zu engen Blaumann bekam einen hochroten Kopf, dass Schnur schon befürchtete, er könnte platzen. Aber das hielt ihn nicht davon ab, weiter aufzuzählen: »Unser Wintergoldhähnchen ist nicht vom Alkohol so gelb, sondern von richtigen Drogen wie Heroin. Und der Boss war nicht nur im Betrieb der *Stahlbau-Rohre* der Boss. Er glaubte, die Hilfsarbeiter zu seinem privaten Vergnügen ausnützen zu können und hat sie an seinem Auto und in seiner Wohnung alle möglichen Reparaturen machen lassen. Aber leider konnten die Türken und Pakistani genug Deutsch, um sich beim richtigen Chef zu beschweren.«

»Bei den Ausländern solltest du den Mörder suchen«, brummte Rolf West. »Hier bei uns verschwendest du deine Zeit.«

»Bernd Schumacher wollen wir nicht vergessen.« Schnur ließ sich nicht beirren. »Er war auch einer von euch. Er hat euch mit der Entführung von Otto Sieberts Sohn gezeigt, was ein echtes Verbrechen ist.«

»In dem Fall hat dein ehemaliger Kollege das Gesetz selbst in die Hand genommen«, gab Rolf West böse zurück.

»Hier vor allen Kumpeln Steiner schlecht machen – aber ihn heimlich im Wald treffen …« Weiter kam Schnur nicht, da fiel ihm Rolf West ins Wort: »Eine Krähe hackt der anderen kein Auge aus. Das war schon immer so und wird es auch bleiben! Ihr Bullen haltet doch zusammen, egal, was ihr auf dem Kerbholz habt.«

Kurze Zeit herrschte Stille, die Helmut Brack unterbrach: »Du glaubst wohl, du wärst besonders schlau. Dabei weißt du nur die Hälfte.«

»Worauf spielst du an?«

»Auf die Befreiungsaktion unter der Leitung von Harald Steiner.«

Schnur staunte. »Kann es sein, dass du die Akten durchgelesen hast?«

Helmut Brack grinste Schnur an, rückte seine Krawatte zurecht und sprach: »Der Einsatz ging voll in die Hose, weil eine junge Frau aus dem Nichts auftauchte und ihren Hund zurückrufen wollte.«

»Das wissen wir.«

»Diese junge Frau, Lena Ambruch, wohnte ganz in der Nähe des Schrotthändlers, Saarbrücken-Burbach, Lindenhofstraße 98. Was sagt uns das?«

Schnur konnte nichts darauf antworten.

»Steiners Elternhaus steht genau daneben.«

»Seine Eltern sind schon lange tot.«

»Das Haus gehört ihm aber noch. Er kannte diese Frau. Er kannte auch den Hund. Wann läuft ein Hund einfach los? Wenn er jemanden sieht, den er kennt und begrüßen will.«

Schnur schluckte. Der Dorfpolizist tischte dort Theorien auf, die bisher noch nicht aufgekommen waren.

»Das ist reine Vermutung«, hielt er dagegen. »Glaubst du, wir hätten die Akten nicht selbst schon hundertmal studiert?«

»Ja, das glaube ich. Steiner ist einer von euch. Wäre ihm ein Fehler nachzuweisen, würde die Presse euch ganz schön zusetzen. Deshalb haltet ihr die Hand darüber.«

»Wir hatten nichts zu verbergen«, konterte Schnur, obwohl er sich nicht mehr wohl in seiner Haut fühlte. Helmut Brack war nicht der dumme Dorfpolizist, wie er angenommen hatte. Aber warum saß er hier und vergeudete seine Intelligenz?

»Hinzu kommt, dass Lena Ambruch zur gleichen Zeit bei der Verkehrspolizei beschäftigt war. Soll ich noch mehr Zufälle aufzählen?«

»Lena Ambruch war zur Zeit des Befreiungseinsatzes nicht im Polizeidienst tätig«, erwiderte Schnur, nahm sich aber gleichzeitig vor, das Gesagte genauer zu prüfen.

Wieder grinste der Dorfpolizist und fügte an: »Für wie blöd hältst du mich eigentlich, Barbarossa?«

Eine Weile schwiegen alle, bis Arthur Winter sagte: »Ich habe gehört, dein Sohn kommt dich in den Weihnachtsferien hierher besuchen.«

»Das steht noch nicht fest. Warum?«

»Dann musst du gut auf ihn aufpassen, denn nicht nur wir haben in der Vergangenheit mal was ausgefressen. Da gibt es noch ganz andere.«

Schnur horchte auf. Die Überraschungen wollten an diesem Nachmittag nicht mehr enden.

»Du willst uns gegeneinander ausspielen. Aber es gibt hier im Dorf noch echte Schweine. Auf die solltest du achtgeben.«

»Mach es nicht so spannend«, schimpfte Schnur. Es störte ihn, dass der kleine, gelbe Mann mit dem wackelnden Kopf etwas wusste, was für ihn wichtig sein könnte.

»Finde lieber heraus, wo sich Ernst Barbian herumtreibt, während dein Sohn in Wallerfangen ist. Der ist zweimal geschieden. Aber nicht, weil er zu viele Frauen liebt, sondern weil er seine eigenen Söhne liebt, solange sie noch jung und unverbraucht sind.«

Also doch! Ernst Barbian war erpressbar, erkannte Schnur sofort. Aber das tat hier nichts zur Sache. Er bearbeitete einen anderen Fall: »Hier geht es nicht um kleine Jungen – hier geht es um Mord an erwachsenen Männern.«

»Wenn wir schon fleißig beschuldigen, sollten wir Otto Siebert nicht vergessen«, meldete sich Helmut Brack wieder zu Wort. »Er hat Eduard Zimmer gefunden, seine Blaser R 93 aber nicht. Wie kann ein Selbstmörder nach seinem Tod die Waffe verschwinden lassen?«

»Otto Siebert hat keinen Grund, eine wertvolle Waffe zu stehlen, um dann damit zu töten. Er macht sich nicht die Hände schmutzig, er ist steinreich und hat alles, was er will.«

»Sein Sohn muss ganz schön daneben sein. Ob er das wirklich will?«

»Was willst du damit erreichen?« Damit reagierte Schnur anders als die Kneipenbrüder erwartet hatten. »Willst du den Verdacht von euch ablenken?«

»Von uns?«, brüllte Rolf West so laut, dass Schnur befürchtete, sein Trommelfell wäre geplatzt. »Was für einen Grund sollten wir haben, den Boss zu töten? Er war einer von uns.«

»Es geht hier nicht um den Boss. Es sieht alles danach aus, als sei er nur zur falschen Zeit am falschen Ort gewesen. Der Schuss galt Harald Steiner.«

»Und warum sollte ich den Kerl um die Ecke bringen?«, fragte Rolf West hartnäckig. »Ich wünsche ihn zwar auf den Mond, aber dafür begehe ich doch keinen Mord.«

»Du wünschst den Mann auf den Mond, der dir das Leben …«

Wieder wurde er von Rolf West unterbrochen: »Wir wissen, dass du dich auf Steiners Seite geschlagen hast. Warum stehst du überhaupt noch hier herum? Geh zu ihm und halte ihm Händchen! Dann siehst du ja, wer es wirklich auf ihn abgesehen hat. Aber lass uns in Ruhe!«

Schnur erkannte, dass er mit seiner üblichen Methode nicht weiterkam. Also versuchte er es anders.

»Die Idee ist gar nicht schlecht. Ich lasse euch in Ruhe, warte einfach ab und sammle anschließend das ein, was von euch noch übrig ist. Soll ich euch Fotos vom Boss mitbringen, wie er dort in den Gewölben unter der Scheune aussah?«

Betretenes Schweigen trat ein.

Schnur drehte sich auf seinem Barhocker um und schaute in die Runde. Alle studierten eingehend den Inhalt ihrer Biergläser.

Da saßen die Männer, die vor fast vierzig Jahren seine Freunde waren. Ihre Vorgeschichten verrieten, dass sie nicht zimperlich mit dem Gesetz umgingen. Aber, war einer von ihnen fähig zu töten?

Arthur Winter war der Dorftrottel, der ein Dealer sein wollte, dabei sein bester Kunde wurde. Aber traute er ihm zu, Bernd Schumacher geköpft zu haben? Der kleine Mann hatte schon Mühe genug, dass sein eigener Kopf nicht von allein abfiel, so wackelte er.

Und Rolf West? Er nahm es mit den Vorschriften nicht so genau. Sein Vergehen war, dass er einfach weiterfuhr, nachdem er ein Kind angefahren hatte. Für Tiere hatte er immer das Herz am rechten Fleck. Aber für Menschen?

Helmut Brack durfte er auch nicht unterschätzen. Ein gescheiterter Polizist, der sein eintöniges Leben mit Fallenstellen auffrischte und dabei Menschen verletzte. Die Holzspaltmaschine könnte durchaus als tödliche Falle betrachtet werden. Die Klosterruine ebenfalls, wenn man bedachte, wie stabil der Boden aussah, dabei jedoch zerbrach wie brüchiges Glas. Schnur erinnerte sich an seine Begegnung mit Helmut Brack am Fundort von Markus Darrens Leiche.

Siegmund Gerstner, ein alter Mann, der seine Finger nicht von jungen Mädchen lassen konnte, schied aus. Peter Magath, der sich nicht mit kleinen Taschendiebstählen begnügen konnte, sondern gleich mit einem Anhänger vorgefahren kam, hatte eindeutig andere Interessen, als seine Trinkbrüder umzubringen. Oliver West, ein vorbestrafter junger Mann, der niemals den Versuch gewagt hatte, ein selbstständiges Leben zu führen, den konnte Schnur nicht ernsthaft als kalten berechnenden Mörder in Betracht ziehen. Es sei denn, er hatte Hilfe.

»Keiner von uns hat eine Waffe«, sprach Rolf West in die Stille.

»Ich sagte nicht, dass der Boss erschossen wurde«, reagierte Schnur blitzschnell. »Das kann nur der Mörder wissen.«

»Du hast selbst gesagt, dass Otto Siebert keinen Grund hatte, eine wertvolle Waffe zu stehlen, um dann damit zu töten«, erinnerte Rolf West.

Schnur schluckte. Der Choleriker passte besser auf, als Schnur ihm in seinem alkoholisierten Zustand zugetraut hätte. Um die Jungs aus ihrer Reserve zu locken, fragte er provozierend in die Runde: »Wann kommt man günstiger und heimtückischer an ein Gewehr, für das man normalerweise einen Waffenschein braucht – und das dazu noch wertvoll ist?«

Keine Antwort.

»Wenn jemand die Waffe des Selbstmörders findet und einfach mitnimmt«, gab Schnur die Antwort selbst.

»Otto Siebert hatte Eduard Zimmer gefunden – nicht wir«, stellte Helmut Brack klar. »Nur er kann an die Waffe gekommen sein.«

»Nein! Jeder kann an die Waffe gekommen sein, wenn er vor Otto Siebert an der Stelle war, wo sich Eduard Zimmer getötet hat«, konterte Schnur sarkastisch.

Helmut Brack ging nicht auf Schnurs Anspielung ein. »Wie du dich erinnerst, wurde bei Otto Siebert eingebrochen. Die Anzeige zog er zurück – vermutlich als er feststellte, dass bei ihm etwas gestohlen wurde, was nicht in seinem Besitz sein durfte.«

»Für den Einbruch kommt auch jeder von euch in Frage«, machte Schnur die neuen Argumente zunichte. »Ihr alle wisst, dass Otto Siebert den toten Förster gefunden und von dessen Waffe kein Wort erwähnt hat. Wie sagt man so treffend: Gelegenheit macht Diebe!«

Kapitel 21

Lange saß Micky auf der obersten Treppenstufe und wartete. Er wollte seinem Freund helfen – schließlich war er Steiners Adjutant. Leider war seine Mutter dagegen, weshalb er auf eine Gelegenheit warten musste, bis er unbemerkt das Haus verlassen konnte. Er hatte seinen Rucksack schon gepackt. Darin waren die Brote, die er nicht alleine essen, sondern mit seinem Freund teilen wollte. Außerdem zwei Dosen Cola. Und ein paar Kleider zum Wechseln, falls er vom Regen nass wurde. Es regnete ja schon den ganzen Tag. Das hatte er von seiner Mutter gelernt. Wenn er in nassen Sachen herumlief, könnte er krank werden und müsste zu Hause im Bett liegen bleiben. Das wollte er nicht.

Endlich ging seine Mutter fort. Das war der Moment, auf den Micky gewartet hatte. Er schnallte den Rucksack auf seinem Rücken fest und machte sich auf den Weg zu Steiner.

Er beeilte sich, weil sein Freund bestimmt schon auf ihn wartete. Hoffentlich war ihm Steiner nicht böse. Er würde auch alles wieder gutmachen.

Diese Gedanken spornten ihn an, noch schneller zu gehen. Außer Atem kam er am Hoflimberg an.

Steiners Auto war nicht da.

Er war ohne ihn weggefahren.

Enttäuscht setzte sich Micky an den Rand des Brunnens, der schon lange mit einer schweren Platte zugedeckt war.

Plötzlich hörte er ein Stöhnen.

Erschrocken schaute er sich um. Zwischen den verblühten Blumen an der Mauerecke sah er einen Fuß.

Wer lag dort im Beet?

Ängstlich und geduckt näherte er sich der Ecke. Der Fuß bewegte sich nicht. Er machte einen weiteren Schritt darauf zu. Wäre jetzt doch nur Steiner da. Er war so mutig. Er würde Micky sofort zeigen, wie man sich in so einem Moment verhält. Sein Herz schlug wie wild. Er hatte große Angst. Seine Schritte wurden immer schwerer. Sollte er wirklich nachsehen oder lieber nach Hause laufen?

Da hörte er es wieder: ein Ächzen. Nervös rieb er sich mit beiden Unterarmen über den Kopf, zerwühlte seine Haare. Beherzt sprang er zur Seite und erkannte, wer dort lag. Vor Entsetzen schrie er auf, umkreiste den Brunnen mit immer lauteren Schreien und führte dabei hektische Bewegungen aus wie ein Indianer beim Tanz am Lagerfeuer.

Die Haushälterin überquerte den Hof, steuerte das kleine Gästehaus an. Sie sah Micky unkontrolliert herumspringen. Erschrocken eilte sie auf den Jungen zu und rief: »Was hat dich so erschreckt?«

Aber Micky hörte sie nicht. Also hob sie ihre Stimme an, schloss den Jungen in ihre Arme, womit sie seinen Veitstanz beendete. Erst als Micky sich beruhigt hatte, gelang es ihm, in die Richtung zu zeigen, wo der Grund für sein Erschrecken lag. Die Haushälterin folgte mit ihrem Blick seinem ausgestreckten Finger. Dort sah sie direkt am Brunnen einige verdorrte Blumenzweige, die langsam vom Boden abhoben. Darunter schwarzer Grund. Gespenstisch türmte sich die schwarze Masse zu einem Berg.

Was geschah hier?

Sie erschrak ebenfalls. Wollte sich die Erde auftun und alle verschlucken?

Doch, was wie ein ausbrechender Vulkan begann, endete in einem vulgären »Scheiße!«

Das war die Stimme von Steiner.

»Herr Steiner, was machen Sie da?«, entfuhr es der Haushälterin erleichtert, dass sich nichts Schlimmeres hinter dem Geheimnis verbarg.

Der Förster erhob sich schwerfällig, setzte sich auf den Mauerrand und hielt sich den Kopf fest. Bei genauem Hinsehen erkannte die Haushälterin auf seiner Glatze Blut, das über den Nacken in den Kragen des Parkas tropfte.

»Meine Güte, was ist denn passiert?«

»Keine Ahnung!« Steiner rieb sich mit den dreckigen Händen immer wieder über die Wunde, bis die resolute Frau seine Hände festhielt, ihm befahl ins Haus zu gehen und einen Arzt anzurufen.

»Sie müssen die Polizei informieren«, fügte sie an, doch Steiner schüttelte den Kopf, was er besser nicht getan hätte. Vor Schmerzen schrie er auf.

»Oder ins Krankenhaus gehen. Das sieht ja schlimm aus.«

Davon hielt Steiner noch weniger.

Micky stand nur tatenlos vor ihm und starrte ihn an. Als Steiner seinen Blick erwiderte, schlang der Junge seinen Freund so emphatisch in die Arme, dass Steiner den Schmerz schon fast nicht mehr spürte.

»Ich lebe noch«, bemerkte er lachend.

Das veranlasste den Jungen, ihn noch inniger zu umarmen, als wollte er ihn nicht mehr loslassen.

Nach dem Arztbesuch legte er sich auf das Sofa im Wohnzimmer, zog den Hundekorb näher heran und beschloss, im Duett zu leiden.

Leider sollte seine Ruhe nicht von langer Dauer sein, da klingelte es an der Tür. In der Hoffnung, die Haushälterin würde die Tür öffnen, blieb Steiner liegen. Doch es kam anders. Das Klingeln wurde immer aufdringlicher, bis Steiner sich vom Sofa quälte, um zu öffnen.

Jürgen Schnur stand dort im Regen. Am liebsten hätte Steiner ihn dort stehen lassen.

»Was willst du?«

»Ich will eine Aussage von dir über den tätlichen Angriff«, kam es von Schnur genauso unfreundlich zurück.

»Ich habe dich nicht hierher bestellt.«

»Dafür deine Haushälterin. Die hat mehr Hirn als du!«

»Danke«, brummte Steiner und ließ sich wieder auf das Sofa sinken.

Moritz lag in seinem Hundekorb, bewegte sich nicht, behielt aber jede Bewegung des ungebetenen Gastes im Auge.

»Ihr seid ein schönes Paar! Beide mit Verband am Kopf. Das nennt man Partnerlook«, sagte Schnur.

»Halt die Klappe! Was willst du?«

»Das habe ich doch gesagt. Wer hat dich so zugerichtet? Und wann?«

»Ich habe den Angreifer nicht gesehen. Er kam von hinten.«

»War er groß oder klein?«

Schnur sah, dass die Wunde tief an seinem Hinterkopf lag, was ihn vermuten ließ, dass der Täter klein war.

»Wann ist das passiert?«

»Heute morgen.«

»Dann kommt natürlich jeder im Dorf in Frage. Hat er die Waffe mitgenommen?«

Steiner nickte geistesabwesend.

»Das ist natürlich schlecht für uns. Wenn dir dazu etwas einfällt, ruf mich an. Dieser Schlag hätte tödlich enden können. Wer weiß? Sollte der Täter erfahren, dass du es überlebt hast, kommt er vielleicht zurück.«

Schnur legte ihm die Autoschlüssel auf den Tisch.

»Dein Auto steht vor der Tür. Es passt mir nicht, dass du hier allein liegst, anstatt dich im Krankenhaus versorgen zu lassen. Deshalb habe ich dafür gesorgt, dass du wenigstens mobil bist, sollte etwas sein.«

»Du sorgst dich ja richtig um mich«, stellte Steiner fest. »Mir kommen gleich die Tränen.«

»Nur keine Gefühlsausbrüche! Meine Güte ist eigennützig, denn ich habe nur einen Hauptverdächtigen«, hielt Schnur bissig dagegen. »Und den will ich nicht auch noch verlieren.«

Steiner stellte sich ans Fenster und wartete, bis die Rücklichter vom Hof verschwunden waren. Schnell zog er seinen Parka über, lief zum Brunnenhaus und durchsuchte das Blumenbeet. Zwischen den kahlen Stauden fand er die Waffe. Es war das Stemmeisen, das er benutzte, um die schwere Abdeckung vom Brunnen zu heben. Er hob es auf und ging damit auf den Kellereingang zu. Dabei fiel sein Blick auf das Fenster darüber. Sah er dort das Gesicht der Haushälterin, oder täuschten ihn seine Sinne? Warum sollte sie ihm nachspionieren?

Er stieg die kleine Treppe hinab, verstaute das Tatwerkzeug unter anderen Werkzeugen und kehrte ins Haus zurück. Dabei spürte er, dass seine Kopfschmerzen stärker wurden. Er ging durch die Diele an der Küche vorbei zum Wohnzimmer. Niemand war zu sehen – auch die Haushälterin nicht. Vermutlich hatte der Schlag auf den Hinterkopf sein Sehvermögen beeinträchtigt, überlegte er. Also maß er seiner Beobachtung keine Bedeutung bei.

Wieder auf dem Sofa schlief er augenblicklich ein. In weiter Ferne hörte er etwas. Er ignorierte es, weil es nicht in seinen Traum passte, wo er gerade an einem Strand lag und die heiße Sonne auf seine Haut scheinen ließ. Aber leider sollte er schnell erkennen, dass die sommerliche Hitze einem Fieberschub Platz machte, das Läuten nicht das Klirren von Eiswürfeln in gekühlten Cocktailgläsern, sondern die Türklingel war, und seine Kleider nicht vom Meereswasser sondern von seinem Schweiß durchnässt waren, weshalb sie sich plötzlich kalt anfühlten. Murrend erhob er sich. Sein Hund schaute ihn nur an. Er wedelte noch nicht einmal mit dem Schwanz. Dieser Anblick versetzte Steiner in Schwermut und ließ seinen Ärger über den hartnäckigen Besucher vor der Tür vergessen. Sanft streichelte er über die gesunde Hälfte von Moritz Kopf, der die Geste mit seinem treuen Hundeblick erwiderte. Der Blick schien ihn zu fragen, warum er auf seine alten Tage so leiden musste. Was konnte Steiner darauf sagen? Er gab sich selbst die Schuld daran, weil er von dem Hund zu jeder Stunde – ob Tag ob

Nacht – einen vollen Einsatz abverlangt hatte. Das war rücksichtslos, aber das erkannte er zu spät.

Mit Mühe erhob er sich, öffnete die Tür und stand der Kriminalbeamtin gegenüber. Sie war nur an den blonden Locken zu erkennen, die aus der Regenkapuze hervorlugten. Und an ihrer Stimme, die entsetzt klang: »Wie siehst du denn aus?«

Steiner schaute an sich herunter. Seine Kleider waren durchgeschwitzt und verknittert. Rasch ging er ins Hausinnere. Esther folgte ihm.

»Ich muss wohl ein Bad nehmen«, erkannte Steiner selbst und steuerte das Badezimmer an.

Sie befreite sich von dem nassen Regenmantel und folgte Steiner. Er saß am Wannenrand. Sein Hinterkopf war mit Verbandmull zugeklebt, das Blutrinnsal am Nacken nur notdürftig weggewischt.

»Wer hat das getan?«

Steiner antwortete nicht.

Er ließ es sich gefallen, dass sie ihm das Hemd langsam aufknöpfte und auszog, den Bund der Hose öffnete und herunterzog, bis er völlig nackt war und in das warme Wasser steigen konnte. Sie setzte sich an den Platz, an dem er vor kurzem noch gesessen hatte und streichelte ihm über die Arme, die Schultern, bis sie zum Nacken gelangte, den sie sanft massierte. Dabei fiel ihr Blick wieder auf die verbundene Stelle, was sie dazu veranlasste, ihre Frage zu wiederholen.

Steiner antwortete immer noch nicht. Unverhofft nahm er sie in seine Arme und zog sie mit ihren Kleidern in das Schaumbad.

»Was tust du da?«

»Ich will nicht, dass du mich verhörst.«

»Ich will dir helfen. Wenn wir den Kerl nicht festnehmen, kommt er vielleicht wieder und holt nach, was ihm beim ersten Mal nicht gelungen ist.«

»Die Vorstellung, dass du dich zu meiner persönlichen Beschützerin berufen fühlst, gefällt mir.«

»Die Tatsache, dass ich hier mit meinen Klamotten im Wasser liege gefällt mir aber nicht.«

»Mir dafür umso besser«, schnurrte Steiner, fasste ihren Pullover am unteren Rand und schaffte es, ihn über ihren Kopf auszuziehen. »So kommst du nicht so schnell auf die Idee, mich allein in diesem großen Haus zurückzulassen.

Den Rest ihrer Kleider legte Esther selbst ab, warf sie vor die Wanne auf den Boden und lehnte sich an Steiner. Er rückte zur Seite und legte seine Arme um ihre Taille. Esther genoss seine Nähe und die Wärme, die sie umgab. Obwohl sie mit ihm reden musste, spürte sie den unwiderstehlichen Drang, ihn zu berühren, zu streicheln. Ihre Hand wanderte über seine Brust hinab zur Hüfte, an der Außenseite der Oberschenkel entlang, soweit ihr Arm reichte. Sie umfasste sein Knie, führte kreisende Bewegungen aus und ließ ihre Finger auf die Innenseite des Beins nach oben gleiten.

»Gib es zu! Dir reicht es nicht, dass ich mich vor dir entblöße. Du willst von mir einen Seelenstriptease, damit es nichts mehr gibt, was ich vor dir geheim halten kann.«

»Also willst du jemanden schützen«, kombinierte sie sofort aus diesen Worten und hielt mit ihrer Bewegung inne.

»Ja! Und zwar mich selbst.«

Damit überraschte er Esther. Sie schaute ihn an und wartete, dass er weiter sprach. Steiner schloss die Augen, womit er ihr ein Zeichen gab, mit ihren Streicheleinheiten fortzufahren. Sie erkannte, dass sie ihm damit nur die Gelegenheit gäbe, sich einer ehrlichen Antwort zu entziehen. Deshalb widerstand sie seinem Verlangen. »Das musst du mir genauer erklären!«, forderte sie ihn stattdessen auf.

Steiner öffnete mit einem Seufzer die Augen, richtete seinen Blick auf ihre Hand, als könnte er sie mit seiner Willenskraft antreiben. Doch er sah ein, dass er keine Wahl hatte. Also antwortete er: »Du hast mich in der Hand!«

»Gut erkannt!«

»Ich sah einen Schatten hinter der Brunnenmauer verschwinden. Zuerst dachte ich, es sei Micky, der Verstecken mit mir spielen will. Also bin ich arglos dem Schatten gefolgt. Doch dann sehe ich, dass es die Frau in Schwarz war. Ich hielt sie am Arm fest, worauf sie heftig reagiert hat. Sie beschimpfte mich so unflätig, dass ich sie frustriert losgelassen habe. Ich dachte mir, soll sie der Teufel holen, drehe mich um und will zum Haus zurückgehen. Da ist es passiert.«

»Du sprichst von Anne Richter?«

Steiner nickte. »Verstehst du jetzt, warum ich die Klappe halte. Da kommt eine Frau, die zwei Köpfe kleiner ist als ich und vermutlich weniger als die Hälfte wiegt und schlägt mich nieder.«

»Das erklärt, warum die Verletzung nicht tödlich war. Sie hatte nicht genug Kraft, um fester zuzuschlagen.«

»Trotzdem ist mir die Sache peinlich. Ich bin ehemaliger Einsatzleiter des Sondereinsatzkommandos und lasse mich so überrumpeln.«

Sie lachte. »Ich weiß nicht, was sie dir gesagt hat. Aber ich vermute, dass es etwas war, womit sie dich aus dem Konzept gebracht hat.«

Steiner schaute Esther eine Weile an und stellte anerkennend fest: »Du bist eine gute Polizistin. Du hörst mehr heraus, als gesagt wird. Das kann nicht jeder.«

»Danke für die Blumen. Trotzdem musst du Anne Richter anzeigen.«

»Nein! Und ich bitte dich darum, nichts zu unternehmen. Ich habe schon genug Ärger, ich will mich nicht auch noch zum Gespött machen.«

»Die Jugendfreunde von Jürgen Schnur wissen es vielleicht schon. Anne Richter hängt doch ständig bei Oliver West herum.«

»Der wird hoffentlich wissen, wann es gesünder für ihn ist, die Klappe zu halten.«

Erstaunt zog Esther eine Augenbraue hoch. Doch Steiner grinste sie an, schloss sie in die Arme und gab ihr einen Kuss, bevor sie etwas sagen konnte.

In der eingetretenen Stille hörten sie plötzlich die Haustür zuschlagen.

Kapitel 22

Steiner lag bei offenem Fenster im Bett und konnte nicht schlafen. Die Schmerzen am Hinterkopf waren unerträglich, aber schlimmer noch quälte ihn die leere zweite Betthälfte. Wann hatte sie ihn verlassen? Anstelle der aufregenden jungen Frau lag die Tageszeitung so aufgeschlagen auf dem Kopfkissen, dass ihm ein bestimmter Artikel ins Auge stach:

»Vor dreihundert Jahren ein Kloster – heute ein Luderplatz?

Menschliche Überreste wurden in dem dreihundert Jahre alten Kloster auf dem Limberg gefunden. Der lang gesuchte und verdächtige Markus Darren wurde Opfer eines grausamen Verbrechens. Zwei Wochen lag er im Keller der alten Scheune. Nur durch Zufall wurde seine Leiche entdeckt, weil Bauarbeiter das alte Gemäuer für das Schüsseltreiben nach der großen Jagd renovieren sollten.

Die Polizei tappt im Dunkeln. Sie haben den Mord an Bernd Schumacher noch nicht aufgeklärt, da kommt schon ein zweiter hinzu.

Geht der Blutsauger vom Limberg um, der seine Opfer zuerst aussaugt und dann sterbend liegen lässt?«

Darunter stand in ihrer Handschrift: »Pass gut auf dich auf!«

Bei diesen wenigen Worten wurde ihm warm ums Herz.

Er wollte sich entspannt zurücklegen, doch das ließ seinen Kopf vor Schmerzen explodieren. Mit einem Satz stand er vor dem Bett. Sein Blick fiel aus dem Fenster. Kühle Luft drang herein, vermischt mit der Feuchtigkeit durch den anhaltenden Regen. Lange verharrte er an diesem Platz, wartete darauf, dass der Schmerz nachließ.

Das einheitliche Prasseln wurde plötzlich durch ein lautes Motorengeräusch unterbrochen. Das Fahrgeräusch klang, als würde das Auto nah an seinem Haus vorbeifahren.

Steiner überlegte, was er tun sollte. Esthers Sorge um ihn ging ihm durch den Kopf. Es war schön, einen Menschen zu haben, der sich um ihn kümmerte. Ein längst vergessenes Gefühl. Ebenfalls in Vergessenheit geraten war die Fähigkeit, richtig damit umzugehen. Gegen jede Vernunft und mit schmerzendem Kopf zog er seinen weiten Regenponcho an und steuerte in die Nacht hinaus.

Der Regen peitschte ihm ins Gesicht. Das tat erstaunlich gut. Eine Weile blieb er stehen und genoss das kühle Nass. Erst als es begann, durch seinen Kragen hindurch an Brust und Rücken hinunterzulaufen, setzte er seinen Weg zum Wagen fort. Langsam fuhr er den Berg hinauf. Er war sich sicher, genau auf diesem Weg das fremde Fahrzeug gehört zu haben.

Am Kapellenberg sah er, dass die Schranke geöffnet war. Er hatte sich nicht getäuscht. Dort konnte nur jemand hineinfahren, der einen Schrankenschlüssel besaß. Dafür kamen nicht viele in Frage.

Langsam fuhr er weiter, näherte sich der alten Scheune, die immer noch mit Polizeiabsperrband gesichert war. Im Lichtkegel seiner Scheinwerfer sah er ein Auto – einen grünen Jeep Cherokee. Er parkte seinen eigenen Jeep Cherokee direkt dahinter, sah sich eine Weile um, bevor er ausstieg.

War Oliver West hier oben? Oder Rolf West?

Lange verharrte er, bis er sich entschloss nachzusehen.

Der Regen hatte aufgehört. Es roch nach nasser Erde und faulem Laub. Alles war still. Steiners Schritte schallten so laut, dass er vor sich selbst erschrak.

Der Eingang bestand aus einer baufälligen Treppe, die in die Tiefe führte. Ein Bretterverschlag sollte vor Eindringlingen schützen – zudem ein Polizeisiegel. Aber das Siegel war gerissen, der Verschlag stand offen.

Steiner duckte sich, damit er sich nicht den Kopf anstieß, wenn er ins Innere kletterte. Alles war kalt, feucht, muffig und stockfinster. Seine Taschenlampe lag in seiner Hand.

Er hörte ein leises Knacken.

Sofort schaltete er die Lampe in seiner Hand an und strahlte in die Richtung, aus der er das Geräusch gehört hatte.

Vor ihm stand Rolf West.

»Du bist es also«, krächzte der. »Als hätte ich es nicht von Anfang an gewusst.«

»Was tust du mitten in der Nacht in diesem dunklen Verließ?«, fragte Steiner. Er spürte, wie bedrohlich seine Situation war. Rolf West hatte getrunken und steckte voller Hass.

»Ich mache dem sinnlosen Morden auf dem Limberg jetzt und hier ein Ende«, blaffte die schattenhafte Gestalt.

»Indem du mich ermordest?«

Rolf West ging auf die Ironie der Frage nicht ein.

»Ich habe einen Anruf erhalten. Er hat mir gesagt, dass ich auf der Stelle zur Scheune fahren soll. Dort würde ich die Antwort auf die Frage finden, was hier im Wald wirklich passiert.«

Steiner stöhnte. Konnte er diese Geschichte glauben?

»Wer hat dich angerufen?«

»Das tut nichts zur Sache!«

»Tut es doch«, beharrte Steiner. »Ist dir nicht der Gedanke gekommen, dass du in eine Falle gelaufen bist?«

»Nein! Du bist doch da. Also hatte der Anrufer recht! Du bist der Blutsauger vom Limberg. Wenn ich dich unschädlich mache, kehrt endlich wieder Ruhe ein.«

»Du bist ein Idiot«, brüllte Steiner. »Wie leicht du dich ins Bockshorn jagen lässt. Wenn dir wirklich jemand sagen will, was mit deinem Stiefsohn und mit dem Boss passiert ist, dann spricht er mit dir persönlich. Dieser Anruf war ein gefährlicher Hinterhalt. Wir sollten zusehen, dass wir hier verschwinden.«

Es war zu spät.

Von draußen hörten sie ein lautes Krachen. Vor Schreck fiel Steiner die Taschenlampe aus der Hand. Plötzlich war alles dunkel.

»Scheiße«, keuchte Rolf West.

Steiner hörte, wie die Holzklappe zugeschlagen wurde.

»Es war also doch eine Falle«, schrie Steiner und warf sich gegen die provisorische Tür. Sie ließ sich nicht mehr bewegen. »Wir sind hier eingeschlossen.«

Er suchte nach seiner Taschenlampe, fand sie und leuchtete in Richtung Rolf West. Gerade noch sah er, wie der schwerfällige Mann durch den mittleren Rundbogen der antiken Klostermauer verschwand. Hastig eilte Steiner hinter ihm her und rief: »Wo willst du hin?«

»Was denkst du wohl? Ich will hier raus.«

Da hörten sie es. Es knackte und knisterte von allen Seiten.

Feuer!

Die ganze Scheune war umzingelt von Flammen. Durch die Ritze des Mauerwerks drangen heller Feuerschein und dichter Rauch.

Steiner versuchte, Rolf West einzuholen. Da gab der Boden unter ihm nach. Mit einem harten Aufprall landete er in dem Kellerloch, wo erst am Vortag die halb verweste Leiche von Markus Darren aufgetaucht war. Seine Taschenlampe rollte von ihm weg. Deutlich sah er, wie der Lichtschein die

Kreidezeichnungen erfasste, die die genaue Lage des Toten aufzeichneten. Er lag direkt daneben.

Zu seinem dröhnenden Schädel kamen noch Schmerzen in der rechten Schulter und im Knie dazu. Er brauchte eine Weile, bis er sich orientieren konnte. Über ihm stand Rauch, wurde immer dichter, die Temperaturen immer heißer. Er rief Rolf Wests Namen. Aber der antwortete nicht. Stattdessen hörte er ein lautes Krachen wie das Zerbersten von Holz, anschließend das Schlagen einer Autotür, das Anlassen des Motors. Das Geräusch entfernte sich. Der Mistkerl ließ ihn hier in den Flammen zurück.

Hatte Rolf West diese heimtückische Falle ausgeheckt? Sollte er Steiner mit seinem üblichen Geschimpfe hinhalten, während vor der Tür einer seiner Saufkumpane die Scheune verschloss und anzündete?

Er durfte nicht lange hadern, sonst kam er im Rauch um. Schnell griff er nach seiner Taschenlampe und leuchtete den oberen Rand des übrig gebliebenen Fußbodens ab, durch den er gestürzt war. Nirgends gab es eine Stelle, an der er hochsteigen konnte. Es blieb ihm keine andere Wahl. Er musste es mit Klimmzügen versuchen.

Seinen Regenponcho zog er aus und ließ ihn fallen. Die Taschenlampe klemmte er im Gürtel fest. Er sprang, bekam den Rand des Bodens zu greifen. Mit zitternden Armen hievte er sein Gewicht nach oben.

Hoffentlich gab die Betondecke nicht nach.

Es gelang ihm, einen Fuß über die Kante zu legen, den Rest seines Körpers hochzuziehen und seitwärts wegzurollen. Dabei musste er aufpassen, dass er nicht durch das nächste Loch wieder hinunterfiel.

Er griff nach seiner Taschenlampe und suchte verzweifelt die Wände ab, um den Ausgang zu finden, durch den Rolf West geflohen war.

Hoffentlich war der inzwischen nicht wieder verschlossen worden.

Langsam kroch er voran, wobei er Mühe hatte, bei dieser Hitze und dem dichten Rauch nicht das Bewusstsein zu verlieren.

Dicht vor seinen Augen zeichnete sich ein Seitengang ab. Dort hatten die Bauarbeiter begonnen, eine kleine Jägerstube einzurichten. Am Kopfende dieses langen Nebenraums war ein Bretterverschlag, das wusste Steiner. So schnell er konnte, steuerte er darauf zu. Erst direkt davor sah er, dass die Bretter zerborsten herabhingen. Dort war Rolf West hinausgelangt. Mit einem Satz sprang er hindurch, ließ sich auf den kalten, nassen Boden fallen und wälzte sich dort einige Male, bis er wieder auf Normaltemperatur zurückgekommen war. Ein Blick auf die Scheune verriet, dass meterhohe

Flammen an dem alten Gemäuer züngelten, die sich durch die Nässe in dicke Rauchschwaden auflösten.

Zitternd vor Schreck und Entsetzen stieg Steiner in sein Auto und suchte nach seinem Handy. Er fand es im Handschuhfach. Dort gehörte es auch hin, dachte er wütend über sich selbst.

Sofort rief er bei Jürgen Schnur an und berichtete ihm, was ihm gerade auf dem Berg widerfahren war.

Schon wenige Minuten später kamen Feuerwehr, Krankenwagen und Polizei mit Blaulicht angebraust.

Jürgen Schnur sah alt und müde aus. Er setzte sich zu Steiner in den Jeep und schaute den Feuerwehrleuten zu. Lange sprachen sie kein Wort. Beide fühlten sich erschöpft, während Steiner noch zusätzlich von Schmerzen geplagt wurde.

»Ich habe dir dein Auto nicht zurückgebracht, damit du dich sofort in die nächste Gefahr begibst und das noch zu dieser Zeit an einem Tatort, der für Unbefugte tabu ist. Was wolltest du dort?« Mit diesen Worten unterbrach Jürgen Schnur die Stille im Wagen.

Steiner berichtete ihm haarklein von seiner Begegnung mit Rolf West.

Schnur ahnte, dass für ihn die Nacht zu Ende war.

»Das Team der Spurensicherung wird alles untersuchen, ob es Hinweise auf den Pyromanen gibt. Mit Rolf werde ich sprechen. Der alte Saufkopf ist nicht gerade kooperativ. Trotzdem traue ich ihm so eine raffinierte Falle nicht zu. Wie du schon mal berichtet hast, wurde Rolf vor deinem Haus überfallen und um ein Haar getötet. Vielleicht wollte das Phantom sein Versäumnis nachholen.«

Steiner nickte und fügte hinzu: »Das kannst du feststellen, indem du herausfindest, von wo der angebliche Anruf kam.«

»Danke! Wie gut, dass du mir das sagst. Von allein wäre ich niemals auf die Idee gekommen. Damit dein schlaues Köpfchen mir noch lange erhalten bleibt, lässt du dich vom Krankenwagen ins Krankenhaus nach Dillingen fahren. Ich will sichergehen, dass du keine Rauchvergiftung hast.«

Bevor Steiner protestieren konnte, war Schnur aus seinem Wagen ausgestiegen und machte sich auf den Weg zu Rolf West.

Kapitel 23

Trübes Novemberlicht herrschte vor den Fenstern des Versammlungsraums. Regen lief in langen Schlieren die Scheiben hinunter, Nebel ermöglichte eine Sicht von wenigen Metern, bevor sich alles im grauen Einheitsbrei verlor. Der Duft von Kaffee und frischen Croissants erfüllte den Raum, was alle Kollegen die düsteren Tagesverhältnisse vergessen ließ. Mit dampfenden Kaffeetassen auf dem ovalen Tisch warteten sie geduldig auf Jürgen Schnur. Sogar Theo Barthels aus dem Labor und der ehemalige Hautkommissar Norbert Kullmann waren anwesend, was die Spannung erhöhte. Obwohl es Samstag war, gab es nicht den geringsten Protest. Im Gegenteil: Alle brannten vor Neugier, wie Schnur seine erste Versammlung leiten würde. Die Aufregung wuchs mit jeder Minute, bis endlich die Tür aufging und der neue Dienststellenleiter in Begleitung der Staatsanwältin Ann-Kathrin Reichert eintrat.

»Guten Morgen«, grüßte Schnur in die Runde. An Kullmann gerichtet fügte er an: »Schön, dass du auch gekommen bist. Ich werde nämlich auf deinen reichen Erfahrungsschatz zurückgreifen müssen.«

Kullmann entgegnete: »Das höre ich gern.«

Jürgen Schnur setzte sich ans Kopfende des Tisches und berichtete von dem Anschlag auf Steiner in der letzten Nacht.

Anschließend forderte er den Leiter der Spurensicherung auf, einen Bericht abzugeben.

Theo Barthels nickte, wobei keinem entging, wie groß seine Ähnlichkeit zu dem früheren Politiker Theo Weigel geworden war. Sein Haar wurde immer heller, seine Augenbrauen immer buschiger, im Kontrast zum Haupthaar wirkten sie fast schwarz. Wenn er die Stirn runzelte, sahen die Brauen wie zusammengewachsen aus. Seine Augen darunter blitzten hellwach. So auch jetzt, als er zu sprechen begann: »Beim Brandanschlag heute Nacht konnten wir außerhalb der Scheune nur den Brandbeschleuniger finden. Sonst nichts. Der Regen hat viele Spuren weggewischt.«

»Welcher Brandbeschleuniger wurde eingesetzt?«, fragte Schnur.

»Isopropylalkohol.«

»Seltsam«, staunte die Staatsanwältin. »Ich dachte, das nehmen Ärzte zum Desinfizieren.«

»Vielleicht suchen wir keinen Brandstifter, sondern einen Sauberkeitsfanatiker, der die alte Scheune von Ungeziefer befreien wollte«, schlug Schnur schmunzelnd vor.

»Wer kommt an Isopropylalkohol heran?«, fragte Anke.

»Jeder«, kam es von Erik. »Das Zeug wird im Internet zu Spottpreisen verhökert.«

Theo Barthels sprach weiter: »Wir sind gerade dabei, die Innenräume zu untersuchen. Anhand der Spuren können wir feststellen, ob sie sich mit den Aussagen der beiden Betroffenen decken.«

Schnur nickte. »Und das Telefonat?«

Esther antwortete: »Ein Prepaid-Handy, zugelassen auf Markus Darren.«

Das Staunen der Kollegen war groß.

»Das müssen wir orten«, wies Schnur sofort an.

»Schon veranlasst«, gab Esther zurück. »Über GPS konnte es vor einer Stunde gefunden werden. Es lag in einer Mülltonne am Hoflimberg.«

»Das gibt es doch nicht«, schimpfte Schnur. »Da will einer Steiner mit aller Macht ans Messer liefern.«

»Was macht dich so sicher, dass Harald Steiner unschuldig ist?«, fragte Erik.

»Du hast ihn heute Nacht nicht gesehen. Er sah übel zugerichtet aus und ist nur knapp den Flammen entkommen. So etwas tut er sich nicht selbst an.«

»Was sagt Rolf West dazu?«

»Mit ihm konnte ich heute Nacht nicht sprechen, weil ich ihn zu Hause nicht angetroffen habe. Er ist vorgeladen. Nach unserer Besprechung wird er Rede und Antwort stehen. Sollte er sich seiner Befragung entziehen, weiß er, was ihm blüht.«

Eine Weile hörten sie nur den Regen, der gegen die Fensterscheiben prasselte.

»Gehen wir am besten die Fakten im Fall Markus Darren durch. Also Theo, was haben wir?«

Der Angesprochene las aus seinen Bericht vor: »Der Gerichtsmediziner hat festgestellt, dass Markus Darren erschossen wurde.«

Staunendes Gemurmel ging durch den Raum.

»Und zwar wurde die Oberschenkelarterie getroffen. Markus Darren ist verblutet.«

»Das war also der Schuss, den Harald Steiner gehört hat, als er Bernd Schumacher fand.«

Barthels nickte. »Er hat noch gelebt, als er in das Kellerloch fiel. Seine Fingerkuppen waren bis auf die Knochen heruntergeschabt, bei dem Versuch, aus dem Loch herauszukommen.«

»Wie kam er in das Kellerloch?«

»Wir haben Schleifspuren gefunden. Der Tatort ist vor der Scheune. Die Kugel, die wir im Stamm der Linde fanden, hatte den Oberschenkel von Markus Darren durchschlagen. Das Gewebe daran ist von ihm.«

»Wurde dort Markus Darrens Blut gefunden?«

»Nein. Wieder einmal von Blut keine Spur. Er wurde vor dem Gemäuer angeschossen, ausgeblutet, in die Scheune geschleift, in das Kellerloch geworfen und dort sterbend liegen gelassen.«

Kurze Zeit herrschte betretenes Schweigen. Die Schilderung des Hergangs fiel heftiger aus, als alle erwartet hatten.

»Das ist aber noch nicht alles«, unterbrach Barthels die Stille. »Die Ballistik hat an dem Projektil Zeichen von Korrosion festgestellt. Das bedeutet, dass die Munition in einer feuchten Umgebung gelagert wurde.«

»Wer hat überprüft, wann und wo im Saarland Munition für eine Blaser R 93 Standard, Kaliber 8 x 57 gekauft wurde?«

Erik berichtete: »Die Liste ist lang, aber darauf sind nur eingetragene Jäger registriert.«

»Das könnte bedeuten, dass die Kugeln sich seit fünfzehn Jahren in der Waffe befanden«, staunte Schnur. »Eduard Zimmers Munition wurde nach dem Auffinden seiner Leiche sichergestellt. Also lag der geladene Repetierer in einer feuchten Umgebung. Kein Jäger tut so was seiner Waffe an.«

»Wer dann?«

»Jemand, der sie verstecken muss und dafür keinen geeigneten Platz zur Verfügung hat.« Es war Kullmann, der antwortete. »Ich hatte schon einmal einen Fall mit einer alten Repetierbüchse. Der Täter hatte ebenfalls keine üblichen Lagerungsmöglichkeiten, weshalb die Projektile leicht korrodiert waren.«

»Der Einbruch bei Otto Siebert drängt sich mir auf«, bemerkte Schnur. »Sogar Helmut Brack hat erkannt, dass jemand eine Anzeige wegen Einbruchs nur dann zurückzieht, wenn etwas gestohlen wurde, was nicht in seinem Besitz sein durfte.«

»Welches Motiv sollte Otto Siebert haben, Markus Darren zu erschießen?«

»Wenn Markus Darren der dritte Mann war, Bernd Schumacher der Hauptakteur dieser Entführung, dann hat er für beide ein Motiv«, gab Schnur zurück.

»Bernd Schumacher ist sein eigener Sohn«, zweifelte Anke.

»Wir wissen nicht, wie Vater und Sohn zueinander standen«, hielt Erik dagegen. »Wir müssen herausfinden, welche Schritte Bernd Schumacher nach seiner Entlassung getan hat. Ist er der Einbrecher bei Otto Siebert? Das wäre eine zusätzliche Erklärung dafür, die Anzeige zurückzuziehen.«

»Markus Darren und Bernd Schumacher wuchsen wie Brüder auf«, sprach Schnur weiter. »Da wir nicht sicher sind, ob Markus Darren der dritte Mann der Entführung ist, müssen wir sein Leben durchleuchten, ob es einen Hinweis auf seine Mittäterschaft gibt. Das übernimmt Erik.« Er schaute auf und brummte: »Ich habe nicht genug Leute.«

»Ich kenne einen Kollegen vom Polizeibezirk Saarbrücken-Land«, schlug Anke vor. »Wir haben schon einmal mit ihm zusammengearbeitet.«

»Gute Idee!« Schnur nickte. »Folgende Aufgaben habe ich für euch. Einigt euch, wer was übernimmt. Alle Haftentlassenen des letzten halben Jahres müssen herausgesucht werden. Außerdem brauchen wir alle Namen von Verhaftungen nach geringfügigen Straftaten, die eskaliert sind. Dann will ich eine Liste von Entlassenen der forensischen Psychiatrie. Und eine Liste von Sexualstraftätern, seien es Widerholungstäter, Ersttäter, besondere Perversionen, wie zum Beispiel Vampirismus oder sonstige psychiatrische Erkrankungen, die sich auf Bluttrinken oder Ähnliches auswirken.«

»Glaubst du nicht mehr daran, dass der Täter aus Wallerfangen kommt?«, fragte Erik erstaunt.

»Die Tatsache, dass die Opfer blutleer sind, macht mich stutzig. Blutrituale haben meistens einen tieferen Sinn. Meine Jugendfreunde sind keine Engel. Mein Gefühl sagt mir jedoch, dass sie weder Blut trinken – dafür schmeckt ihnen das Bier viel zu gut – noch dass sie zu abwegigen Sexualpraktiken neigen.«

»Gefühle beweisen nichts«, merkte die Staatsanwältin an.

»Die Jungs sind immer besoffen, wenn ich sie sehe. Bei so hohem und regelmäßigem Alkoholkonsum denkt sich niemand so etwas aus«, erklärte Schnur grinsend.

Die rothaarige Frau erwiderte sein Lachen und nickte.

»Also, dann will ich mit meiner Wunschliste fortfahren: Kullmann, für dich habe ich vorgesehen, dass du zusammen mit Anke Deister und den damaligen Beamten des Sondereinsatzkommandos an Ort und Stelle die Befreiungsaktion von Moritz Siebert nachstellst. Ich bekomme das Gefühl nicht los, als wäre dieser Einsatz nicht ganz unerheblich für unsere Ermittlungen.«

Kullmann räusperte sich und sprach: »Ich habe eine ballistische Untersuchung der vielen Projektile angefordert, die nach der Befreiungsaktion in dem alten Haus gefunden wurden. Das Ergebnis ist hier.«

»Kam etwas Interessantes dabei heraus?«

»Ja! Nach neusten Untersuchungsmethoden konnte festgestellt werden, dass Bernd Schumacher mit seiner Uzi selbst auf seinen Komplizen schoss.«

Damit löste Kullmann ein lautes Stimmengewirr aus. Alle waren über das Ergebnis überrascht. Schnur verstand es, die aufgebrachten Kollegen zu beruhigen, bevor er fragte: »Wie bist du auf den Verdacht gekommen?«

»Die Anzahl der Projektile in dem Haus hat mich stutzig gemacht. Nach den Schilderungen des Ablaufes hätte das Verhältnis zwischen Hülsen und Projektilen im Haus anders aussehen müssen. Es war fast eins zu eins.«

»Gute Eingebung«, lobte Schnur. »Was ist mit den Projektilen der Polizeibeamten?«

»Die Beamten schossen von außen auf das Haus. Viele Projektile prallten an der Hauswand ab, weshalb sie vor dem Haus oder im Mauerwerk aufgefunden wurden.«

»Warum ist damals niemand darauf gekommen?«, fragte Erik.

»Otto Siebert war der Chef der Polizeibehörden des Saarlandes«, gab Kullmann zur Antwort. »Er war ein Angehöriger des Opfers, deshalb hatte der Fall oberste Priorität und musste schnellstmöglich aufgeklärt werden.«

»Wenn Bernd Schumacher seinen Komplizen selbst getötet hat, dann wäre es doch interessant, herauszufinden, wer dem Komplizen nahe stand. Derjenige hätte doch ein Motiv, Bernd Schumacher zu töten.«

»Niemand wusste davon«, hielt Kullmann dagegen.

»Allein die Tatsache, dass der Komplize nicht lebend aus der Befreiungsaktion herauskam, könnte Hass schüren«, beharrte Erik.

»Der Komplize hatte nur noch seine Eltern, die alt und krank waren – für einen Racheakt kamen sie nicht in Frage. Sie wurden damals überprüft. Sein Freundeskreis beschränkte sich auf Knastbrüder. Keiner von ihnen lebt heute noch – weder auf freiem Fuß noch hinter Gittern«, antwortete Kullmann.

»Alles, was wir herausfinden, macht den Fall komplizierter.« Damit sprach Schnur etwas aus, was keinem im Raum gefiel.

»Wenn wir schon verkomplizieren, möchte ich auch etwas dazu beisteuern«, nahm Esther Weis Schnurs Faden auf.

Alle Blicke richteten sich auf sie.

»Auf Steiner werden seit Monaten Anschläge verübt. Wir dürfen nicht ausschließen, dass der Schuss auf Markus Darren ihm galt. Markus Darren war ganz in schwarz gekleidet, Steiner trägt fast immer schwarze Klamotten. Markus Darren wurde zu einer Zeit angeschossen, in der normalerweise nur ein Jäger im Wald unterwegs ist, und zwar in den Morgenstunden, als es weder hell noch dunkel war, dafür neblig – alles, was die Sicht verschlechtert.«

»Gestern Vormittag wurde Steiner niedergeschlagen, vom Täter keine Spur«, führte Schnur weiter aus. »Der Überfall der letzten Nacht nicht zu vergessen. Er kam nur knapp mit dem Leben davon.«

»Das würde zu Rolf West passen. Sein Hass auf Steiner ist kein Geheimnis«, hielt Esther dagegen.

»Wie stand Rolf West zu Bernd Schumacher?«, fragte die Staatsanwältin in die Runde.

»Bernd Schumacher war sein Stiefsohn.«

»Das ist ein starkes Motiv«, erkannte Ann-Kathrin Reichert.

»Womit wir wieder bei der ersten Frage angekommen sind: Wer hatte ein Motiv, Bernd Schumacher zu töten?«, fragte Erik in die Runde.

Jürgen Schnur erinnerte sich an die Vermutungen, die Helmut Brack, der Dorfpolizist von Wallerfangen ausgesprochen hatte. Er berichtete von der Behauptung, Steiner habe die Frau gekannt, die mitten in den Befreiungseinsatz hineinplatzte und durch einen Kugelhagel getötet wurde.

Damit brachte er eine Bombe zum Platzen. Alle redeten gleichzeitig los.

»Das wirft alle unsere Theorien über den Haufen.«

»Das macht ihn wieder zum Hauptverdächtigen.«

»Wenn das kein Grund ist, Bernd Schumacher zu töten?«

Nur Esther saß still und blass in der hinteren Reihe. Sie richtete ihren Blick auf das Fenster, als ginge sie diese Unterhaltung gar nichts an. Niemand bemerkte ihre Zurückgezogenheit und das war gut so. Sie sah, welche Richtung die Besprechung annahm; das gefiel ihr nicht. Mit dieser erschreckenden Neuigkeit, die in ihr ein Gefühlschaos auslöste, geriet Steiner wieder in den Mittelpunkt der Ermittlungen. War er wirklich verdächtig oder nur das Opfer der Intrige eines gescheiterten Dorfbullen? Diese Frage müsste Esther eigentlich stellen. Aber damit würde sie ihre Gefühle verraten. Wäre das den Einsatz wert? Wie Steiner zu ihr stand, wusste sie plötzlich nicht mehr. Diese Enthüllung öffnete ihr schmerzhaft die Augen.

Schnur hob beide Hände, um die aufgebrachten Kollegen zum Schweigen zu bringen.

»Das weiß ich auch. Deshalb muss ich unseren Chef der Spurensicherung darum bitten, alles, was Steiner uns zur Untersuchung hier gelassen hat, noch einmal gründlich zu prüfen.«

Theo Barthels meinte: »Das kann ich tun. Aber ich untersuche auch beim ersten Mal schon gründlich. Deshalb glaube ich nicht, dass es etwas geben wird, was ich übersehen habe.«

»Das unterstelle ich dir auch nicht«, beschwichtigte Schnur. »Untersuche andere Details! Zum Beispiel die Rostspuren. Die Spaltmaschine steht im Freien, da bildet sich unweigerlich Rost. Oder nach grüner Farbe, mit der die Maschine gestrichen ist.«

»Das habe ich alles schon gemacht.«

»Dann mach es bitte noch mal – tu es für mich«, bat Schnur.

Barthels seufzte und nickte.

Kullmann richtete sich auf und sprach in die Runde: »Ich habe nach dem gescheiterten Einsatz damals ermittelt, weil es Todesopfer gab. Deshalb werde ich mich dran machen, die Akte über die tote Frau herauszusuchen. Auf Anhieb fällt mir nicht ein, ob sie mit Harald Steiner Kontakt hatte. Außerdem ist mir nicht bekannt, dass sie bei der Verkehrspolizei war. Ich muss meinem Gedächtnis auf die Sprünge helfen.«

»Ich stelle nach wie vor fest, dass Sie nichts vorbringen können, was uns in den Fällen Bernd Schumacher und Markus Darren weiterbringt«, sprach die Staatsanwältin. »Das Einzige, was bisher nachweislich vorgefallen ist, sind die tätlichen Angriffe auf Harald Steiner. Deshalb schlage ich vor, statt ihn zu verdächtigen, ihn zu beobachten.«

»So viel Personal haben wir nicht«, konterte Schnur.

»Nur keine Sorge: Ich denke nicht an Personenschutz«, begehrte die Staatsanwältin auf. »Wir dürfen nicht ausschließen, dass die Anschläge auf den Förster vom mutmaßlichen Täter ausgeführt werden, weil er in ihm einen unliebsamen Zeugen sieht. Durch Observierung könnten Sie den nächsten Anschlag auf Harald Steiner verhindern und gleichzeitig den Täter stoppen.«

»Steiner hat durch den Einsatz viel verloren«, hielt Schnur dagegen. »Sein Leben als Revierförster ist nicht vergleichbar mit dem als Einsatzleiter des Sondereinsatzkommandos. Seine Frau hat ihn verlassen und ihm das Besuchsrecht für seine Tochter verweigert. Hinzu kommt der Verdacht, dass er Lena Ambruch persönlich kannte, die durch Bernd Schumacher getötet wurde. Wer hätte mehr Motive als er?«

»Das alles bestätigt meine Hypothese, dass der Mann kein Täter, sondern ein Opfer ist.« Die Staatsanwältin blieb hartnäckig.

»Opfer können zu Tätern werden. Seine regelmäßigen Besuche auf dem Lerchesflur sind ein Indiz dafür, dass er sich darüber informiert hat, wann Bernd Schumacher entlassen wird.«

»Das werden Sie überprüfen. Weiterhin erwarte ich von Ihnen, dass Rolf West befragt wird. Seine Rolle in dieser Geschichte ist mir zu undurchsichtig«, wies die Staatsanwältin an. »Erst wenn es Ergebnisse gibt, kann ich entscheiden, ob ich richterliche Anordnungen einhole oder nicht.«

»Esther und ich werden weiterhin in Wallerfangen vor Ort bleiben«, gab Schnur bekannt. »Wir lassen die Vorbereitungen für die große Treibjagd erst einmal weiterlaufen. Sie soll heute in einer Woche stattfinden. Ich hoffe, dass wir den Fall bis dahin geklärt haben, sonst muss ich als Treiber mitgehen. Eine Treibjagd ist eine gute Gelegenheit, jemanden ›irrtümlich‹ zu erschießen.«

Kapitel 24

Steiner wollte nicht glauben, dass der neue Tag schon begann. Zu kurz war die Nacht und zu schrecklich. Im Krankenhaus wollten sie ihn nicht behalten, weil keine Rauchvergiftung vorlag.

Jetzt fühlte er sich wie erschlagen, ausgeräuchert und abgestürzt. Sein Kopf, seine rechte Schulter und sein Knie schmerzten, sein Blick war verschwommen. Er wollte die Augen schließen, da hörte er etwas an seinem Bett. Erschrocken drehte er sich um und sah seinen Hund.

Moritz wedelte mit dem Schwanz, hechelte und kletterte mit den Vorderpfoten auf den Bettrand, um ihm zu sagen, dass er Gassi gehen musste.

Wirkte sein Hund an dem Morgen lebhafter oder kam es ihm nur so vor, weil er sich selbst halbtot fühlte? Die Frage trieb ihn aus den Federn, weil er eine Antwort darauf haben wollte. Er zog sich regenfeste Kleidung an und ging hinaus. Schon an der ersten Ecke erleichterte sich Moritz. Anstatt sofort umzukehren, zog er seine obligatorische Runde durch den Hof. Das ließ hoffen.

Die Haushälterin registrierte ebenfalls die Genesung des Hundes. Sie belohnte ihn mit seiner Lieblingswurst, mit Lyoner.

Er konnte es vertragen, dachte Steiner, denn Moritz war abgemagert. Die Beckenknochen standen immer noch aus seinem Fell heraus, jede einzelne Rippe schimmerte durch.

Steiners Zustand war noch abschreckender.

Entsetzt wich die Haushälterin zurück, als sie ihn aus der Nähe sah. Steiner ging ins Bad und schaute sich im Spiegel an. Gesicht und Kopf leuchteten voller roter Schrammen. Blaue Flecken zogen sich über seine Wangen. Seine linke Schläfe und das linke Auge waren angeschwollen. Er sah wirklich zum Fürchten aus. Sollte er der Haushälterin sagen, was passiert war? Besser nicht, sonst kündigte sie sofort.

Nach dem Frühstück nahm Steiner seinen treuen Begleiter mit in den Wald. Es war der letzte Samstag vor der Treibjagd. Die Zeit wurde knapp. Egal wie schlecht er sich fühlte, er musste dafür sorgen, dass das große Ereignis bestens vorbereitet war.

Es dauerte nicht lange, da kam ihnen Micky entgegen. Als sein Blick auf seinen Freund fiel, hielt er inne. Mit besorgter Miene legte er seine Hand auf die schmerzende Schläfe und fragte: »Tut das weh?«

Steiner kniete sich, damit der Junge besser an sein Gericht heranreichte. Er wusste die Sorge von Micky zu schätzen und ließ ihn gewähren. Auf seine Frage antwortete er mit einem Nicken.

Dann legte Micky die Hand auf seine verschrammte Wange. »Und das?«

»Auch!«

Liebevoll nahm er seinen großen Freund in die Arme, wobei er die schmerzende Schulter streifte. Aber Steiner ließ sich nichts anmerken. Er erwiderte die Umarmung und genoss das aufrichtige Mitgefühl.

Für diesen Tag hatte sich Micky vorgenommen, den Patienten Moritz zu verwöhnen, weshalb er seine Umklammerung schnell löste und seinen Rucksack vom Rücken schnallte. Er nahm Nutellabrote heraus, die er freudestrahlend an den Hund fütterte. Besorgt über die Mengen, die der Hund fraß, beobachtete Steiner Micky und Moritz. Dabei sahen sie so glücklich aus, dass er sie gewähren ließ.

Gemeinsam führten sie noch letzte Reparaturen an den Erdsitzen durch, überprüften alle Hochsitze und Wildwechsel. Keine Spuren von Zerstörung, keine Fallen, keine Blendgatter, alles sah perfekt aus. Hetzparolen fand er auch keine. Die neuen Kirrstellen für das Schwarzwild waren unbeschädigt.

Es regnete eintönig stark. Ein Blick zum Himmel verriet, dass so schnell keine Änderung zu erwarten war. Trotzdem schlugen Steiner, Micky und Moritz den Weg zur alten Scheune ein. Steiner wollte nachsehen, wie es bei Tageslicht dort aussah.

Das Bild, das ihnen die alte Scheune bot, war erschreckend. Von allen Seiten sahen sie die Beamten der Spurensicherung in ihren Schutzanzügen, die das alte Kloster gründlich absuchten.

Ein neues Absperrband flatterte im Wind.

Von Bauarbeitern keine Spur. Durch den Brandanschlag der letzten Nacht wurde es immer unwahrscheinlicher, das alte Gemäuer rechtzeitig für das Schüsseltreiben herzurichten.

Die anfängliche Überschwänglichkeit des Hundes hatte erschreckend nachgelassen. Müde trottete Moritz hinter Micky und Steiner her. Auf dem Rückweg warf der Förster immer wieder besorgte Blicke auf den Hund.

Auf Hoflimberg erwartete sie eine deftige Mahlzeit aus Rinderrouladen,

Rotkohl, dunkler Soße und Kartoffeln, deren Duft den ganzen Hof betörte. Dazu gab es Cola und Limonade.

Moritz interessierte der Duft nicht sonderlich. Auch seinen Fressnapf ließ er unberührt, stattdessen legte er sich in sein Körbchen.

Stumm beobachteten sie den Hund. Seine Genesung war rasch verflogen.

»Er muss sich ausruhen. Der Marsch war lang und anstrengend«, sagte Steiner mehr zu sich selbst.

Die Haushälterin nickte zustimmend, weil diese Erkenntnis leichter zu ertragen war als die Wahrheit. Micky glaubte seinem Freund vorbehaltlos. Er ging zu Moritz streichelte ihn und lobte ihn, weil er so schlau war, sich niederzulegen, wenn er müde war.

»Morgen ist der letzte Sonntag vor der großen Treibjagd«, meinte Steiner zu Micky. »Da werde ich noch einmal mit Moritz auf den Hochsitz am alten Steinbruch gehen. Wer weiß, wie lange mein Hund noch mitgehen kann.«

Micky nickte. Er stellte das Kauen ein, ein Zeichen, dass er nachdachte, doch er sagte nichts, sondern kaute nach einer Weile weiter.

Steiner ließ ihn, drängte den Jungen nicht zu sagen, was er dachte. Er wusste, früher oder später erzählte Micky ihm alles. Es war ein gesundes Vertrauen, das der Junge ihm entgegenbrachte und das Steiner viel bedeutete. Gerne sah er ihm zu, wie er aufblühte in seiner Gesellschaft, in der Natur, in der Nähe des Hundes. War Micky für Steiner eine zweite Chance? Einmal hatte er sich der Verantwortung entzogen, ein behindertes Mädchen zu betreuen. Er hatte seine Arbeit als Polizist der Aufgabe vorgezogen, sich um seine kleine Schwester zu kümmern, hatte Karriere gemacht, eine schöne Frau geheiratet, eine gesunde Tochter bekommen und kein erotisches Abenteuer ausgelassen. Eigentlich ein Leben, wie er es sich immer gewünscht hatte. Seine Frau war blind für seine Seitensprünge, sein Kind liebte ihn wie er war, seine Kollegen bewunderten ihn. Was wollte er mehr? Doch dann kam die Botschaft, seine Schwester sei im Heim an einem Herzfehler gestorben. Sie wäre medizinisch zu behandeln gewesen. Aber er hatte sich andere Prioritäten gesetzt, hatte seine Schwester im Stich gelassen.

Heute saß er vor Micky, einem Junge mit denselben Symptomen wie seine Schwester. Ein Junge, der ihm dasselbe Vertrauen entgegenbrachte wie sie. Er empfand diese Freundschaft wie eine Wiedergutmachung, wobei er sich nicht sicher war, ob er sein eigenes Gewissen damit beruhigen wollte, oder ob er es nachträglich für seine Schwester tat. Waren seine Motive edelmütig oder egoistisch?

Nach dem Essen verabschiedete sich Micky von Steiner. Mit seinem Rucksack auf dem Rücken lief er in den Wald.

Die Haushälterin ließ ihn auch allein.

Steiner sah die kräftige Frau mit Eimer und Schrubber durch den Hof zum Herrenhaus eilen. Der Besitzer hatte seinen Besuch schriftlich angekündigt, was die Haushälterin zum Anlass nahm, alles gründlich zu putzen.

Obwohl er sich müde und krank fühlte, blieb Steiner nichts anderes übrig, als endlich seinen Bericht über die Ereignisse der letzten Nacht abzugeben. Er fuhr hinunter ins Dorf und suchte Jürgen Schnur in seinem Elternhaus auf. Seine Hoffnung, dort auf Esther zu treffen, wurde schnell enttäuscht. Laut Schnurs Angaben war sie nach der Dienstbesprechung in Saarbrücken geblieben, um dort die Befragung von Rolf West durchzuführen.

Es wurde spät, bis er endlich seinen wohlverdienten Schlaf nachholen konnte.

Als er aufwachte, war es dunkel.

Er erhob sich, zog sich eine Mütze über seinen kahlen Schädel, die den frischen Verband am Hinterkopf überdeckte, griff nach seinem Parka und verließ das Haus. Ein Besuch im *Donze* war unausweichlich. Er wusste, dass die Wirtin das beste Gulasch in Wallerfangen zubereiten konnte. Deshalb wollte er dort die Verpflegung für das Schüsseltreiben bestellen.

Er setzte sich in seinen Wagen und fuhr die Serpentinen hinunter. Es regnete ohne Unterbrechung.

Im *Donze* herrschte Betrieb.

Rolf West saß an der Theke, sein Sohn Oliver zusammen mit Arthur Winter, Helmut Brack und Peter Magath am Stammtisch. Von Anne Richter keine Spur.

Er setzte sich neben Rolf an den Tresen. Dieses Mal stand der massige Mann nicht auf. Nebeneinander saßen sie da, fixierten sich ohne ein Wort.

In Rolf Wests Gesicht war nicht eine Schramme zu erkennen. Seine grauen Haare standen zottelig von seinem Kopf ab – wie immer. Er hatte diesen Anschlag erstaunlich gut überstanden. Auch an den Händen konnte

Steiner außer gelben Fingern vom Rauchen nichts erkennen. Das Einschlagen des Bretterverschlags hatte ihn keine Mühe gekostet.

»Was glotzt du so?«

»Ich frage mich, wer von uns in eine Falle getappt ist: du oder ich?«

»Blöde Frage! Wir beide natürlich«, brummte Rolf West.

»Du hast dich regelrecht darum gerissen, mir aus dem Loch zu helfen.«

»Ich hatte genug damit zu tun, mein eigenes Leben zu retten.«

»Ja. Den Ausgang hattest du ohne Zögern gefunden – und das bei dichtem Rauch, großer Hitze und schlechter Sicht. Ob du dich wohl vorbereitet hattest?«, provozierte Steiner weiter.

»Ich bin hier geboren und aufgewachsen. Als Kinder haben wir dort oben gespielt. Deshalb kenne ich mich dort aus.«

»Auf die Idee, dass ich mich nicht auskenne und vielleicht nicht mehr herauskomme, bis du nicht gekommen?«

»Nee! Warum?«

»Immerhin habe ich dir auch geholfen, als du bedroht worden bist. Gibt es keinen Ehrenkodex, der dich verpflichtet hätte, im Gegenzug mir zu helfen?«

»Der Ehrenkodex ist einfacher: Ich gebe dir ein Bier aus, schon sind wir quitt.«

Plötzlich sprang Oliver West von seinem Platz auf und schrie: »Papa! Was soll das? Komm sofort zu uns. Du willst doch nicht den Mörder von Schumi Bernd und vom Boss zum Bier einladen?«

»Immer mit der Ruhe, Olli!«, gab Rolf West den Zigarettenqualm aus Nase und Mund schnaubend zurück.

»Ich soll ruhig sein?« Oliver Wests Stimme überschlug sich. »Der Kerl hat dein Leben zerstört. Und Schumi Bernd abgemurkst! Vom Boss ganz zu schweigen. Was kannst du einfach neben dem sitzen bleiben?«

»Weiß er nicht, was heute Nacht passiert ist?«, fragte Steiner.

»Nein! Das ist mein Ehrenkodex«, blaffte Rolf West. »Wenn ich es meinen Leuten erzähle, was glaubst du, was dann passiert?«

Steiner spürte plötzlich eine große Wut. Warum hatte er diesem Mann das Leben gerettet? Die Gelegenheit war so günstig, als er unter dem Fremden lag. Er hätte einfach nur zusehen müssen. Aber seine Pflicht als ehemaliger Polizist hatte ihn dazu gedrängt, ihn zu retten.

Als er sich umdrehte, sah er gerade noch rechtzeitig, wie Oliver West wutschnaubend auf ihn losstürmte. Schnell stand Steiner vom Hocker auf, hob seine rechte Hand und versetzte Oliver West damit einen Kinnhaken, dass dieser sofort zu Boden ging.

Mucksmäuschenstill wurde es in der Kneipe. Alle Augen waren auf Steiner gerichtet. Der Hass, der ihm entgegenschlug, war förmlich zu greifen.

Oliver West rieb sich das Kinn, erhob sich und brüllte: »Das wirst du büßen. Wir beide haben eine Rechnung offen. Ich werde keine Ruhe geben, bis du da bist, wo du hingehörst.« Mit diesen Worten stampfte er durch die Tür hinaus.

Steiner reichte es auch. Sein Besuch im *Donze* war schlimmer ausgegangen, als er es sich vorgestellt hatte. Er zog seinen Geldbeutel aus der Tasche, um das Bier zu bezahlen. Als er nach den Scheinen greifen wollte, griff er ins Leere. Erschrocken schaute er hinein, da war nichts. Er wusste genau, dass er immer Geld mit sich trug – für alle Fälle. Überlegen musste er nicht lange. Er ahnte, was passiert war. Diesen Parka hatte er getragen, als er am Brunnenhaus einen Schlag auf den Hinterkopf bekommen hatte.

Die Blamage saß tief. Wie ein Zechpreller fühlte er sich. Jetzt noch das Gulasch für die Jagdgesellschaft bestellen, das kam überhaupt nicht in Frage. Zum Glück gab es noch *Zur Waldesruh* in Oberlimberg. Gleich am nächsten Morgen wollte er sich dort um die Verköstigung kümmern.

Er bat die Wirtin anzuschreiben. Peinlich berührt verließ er das Lokal.

Kapitel 25

Kullmann verschwand fast hinter dem Berg an Unterlagen, die sich vor ihm auf dem Tisch türmten. Immer, wenn seine Brille bis zur Nasenspitze rutschte, schob er sie mit dem Zeigefinger stoisch wieder zurück.

Anke Deister betrat die Küche. Bei seinem Anblick musste sie lachen.

Verdutzt schaute Kullmann auf.

»Was ist so komisch?«

»Dein Anblick. Du siehst noch beschäftigter aus als zu deiner aktiven Amtszeit.«

»Ich fühle mich auch so. Das Gefühl, damals ein entscheidendes Detail übersehen zu haben, macht mich fertig«, gestand Kullmann. »Lena Ambruch hatte tatsächlich bei der Verkehrspolizei gearbeitet. Ich bin vor fünfzehn Jahren mit meinen Recherchen nicht weit genug in die Vergangenheit der Frau zurückgegangen. Sie hatte den Dienst quittiert, bevor es zu der Befreiungsaktion kam.«

»Das ist doch wohl eine Bestätigung dafür, dass du damals nichts übersehen hast.«

»Hier steht, dass Lena Ambruch häufig eine Polizeipsychologin aufsuchen musste. Ihre Diagnose lautete, sie sei manisch depressiv. Sie konnte nicht objektiv bleiben, legte sich mit Autofahrern an oder überschritt Grenzen, indem sie Vertraulichkeiten austauschte.«

»Deshalb wurde sie gefeuert?«

»Nein! Der Grund war, dass sie durch ihre unvorsichtige Arbeitsweise einen alkoholisierten Autofahrer bei einer Alkoholkontrolle provozierte. Es kam zu Handgreiflichkeiten. Dabei wurde Lena Ambruch verletzt«, las Kullmann aus den Akten vor.

»Was hat das mit ihrem späteren Tod zu tun?«

»Harald Steiner war es, der ihr zu Hilfe eilte, als der Autofahrer Lena Ambruch in seinen Wagen zerren und mitnehmen wollte. Es passierte in Saarbrücken-Burbach, in der Hochstraße«, las Kullmann weiter vor. Als Anke die Nachricht verarbeitet hatte, meinte sie: »Also kannte Harald Steiner Lena Ambruch.«

Kullmann nickte verdrossen. »Weiterhin habe ich ermittelt, dass Harald Steiner mit seiner Frau und seiner Tochter in Saarbrücken, Am Triller wohnte, als es zu dem Einsatz kam. Das Elternhaus in Saarbrücken-Burbach, Lindenhofstraße 96 stand leer.«

»Wem gehörte das Haus?«

»Harald Steiner, damals wie heute«, antwortete Kullmann.

»Wurde im Innern seines Elternhauses nachgesehen?«, fragte Anke.

»Nein! Warum?«

»Es könnte doch sein, dass er das Haus für private Zwecke nutzte.«

Kullmann schaute sie nachdenklich an. »Es gab damals keine Veranlassung, eine Hausdurchsuchung in einem leer stehenden Haus durchzuführen. Ich wurde zu dem Fall hinzu gerufen, um zu ermitteln, ob jemanden die Schuld am Tod von Lena Ambruch traf. Das Ergebnis lautete: Sie tauchte für alle am Einsatz Beteiligten unverhofft am Einsatzort auf. Harald Steiner konnte keine Schuld am Tod dieser Frau nachgewiesen werden.«

»Ich will dir kein Versäumnis unterstellen«, beschwichtigte Anke sofort. »Es ist nur denkbar, dass ein Mann mit einer ungenutzten Immobilie auf abwegige Gedanken kommt. Ein Stelldichein in einem leer stehenden Haus – das bekommt die Ehefrau niemals heraus.«

»Woher kennst du dich so gut mit den Marotten der Männer aus?«

»Lisas Vater war ein Tunichtgut«, gestand sie, wobei ihr Gesicht hochrot zu leuchten begann. »Damals war ich naiv und habe ihm geglaubt, wenn er mich mit seinen treuen Dackelaugen angesehen hat.«

»Deine Erfahrung hätte ich vor fünfzehn Jahren gebraucht. Anhand der damaligen Aktenlage wies nichts darauf hin, dass Harald Steiner Lena Ambruch kannte. Also wurde dieser Aspekt bei den Untersuchungen nicht berücksichtigt. Heute weiß ich das besser.«

»Warum hast du damals nicht herausgefunden, was mit Lena Ambruch bei der Alkoholkontrolle passiert ist?«

»Erstens lag der Vorfall mehr als ein Jahr zurück«, zählte Kullmann auf. »Zweitens war die Klärung der Sachlage reine Routine. Niemand verdächtigte den damaligen Einsatzleiter. Trotzdem musste der Dienstweg eingehalten werden, weil sich die Medien darauf stürzten.«

»Vielleicht wissen wir jetzt den Grund für seinen schnellen Rücktritt«, rätselte sie. »Niemand konnte seine Reaktion verstehen. Harald Steiner hatte gar nicht erst das Ergebnis der Nachbereitung seines Einsatzes abgewartet, da war er schon auf dem Limberg verschwunden.«

»Alles Vermutungen.« Kullmann zog seine auf der Nasenspitze balancierende Brille aus und rieb sich über die Augen. »Dazu muss Jürgen ihn befragen. Wenn Harald Steiner sich nicht dazu äußert, werden wir das nie herausbekommen.«

»Er wäre blöd, wenn er es nach so vielen Jahren zugibt. Damit gibt er sich selbst ein Motiv für den Mord an Bernd Schumacher«, wehrte sie ab.

»Und an Markus Darren, sollte das der dritte Mann gewesen sein«, fügte Kullmann an.

»Woher soll Steiner plötzlich die Information über den dritten Mann haben – hinter der wir alle fünfzehn Jahre herhinken?«

»Im Angesicht des Todes könnte Bernd Schumacher es verraten haben, um sein Leben zu retten.«

Anke nickte, fügte noch zweifelnd an: »Das erklärt aber nicht, warum die Opfer blutleer waren. Auf dem Limberg wurden bekanntlich satanistische Rituale abgehalten. Ich kann mir nicht vorstellen, dass Harald Steiners Wandlung vom Polizeibeamten zum Jäger bis zum Blutsauger vom Limberg geführt haben soll.«

»Ich werde aus diesem Fall auch nicht schlau«, gestand Kullmann. »Da hat Jürgen einen guten Einstieg als frischgebackener Hauptkommissar.«

Kapitel 26

Der *Donze* war schummrig und verraucht wie immer. Auch die Gäste boten das übliche Bild – die gleichen Sitzpositionen, die Gesichter aschfahl vom fehlenden Tageslicht, die Augen trüb vom Alkohol. Rolf West saß an der Theke, Arthur Winter, Helmut Brack und Peter Magath am Stammtisch. Jürgen Schnur ließ sich auf dem Barhocker neben dem massigen Mann nieder und bestellte sich ein Bier.

»Was willst du hier?«, blaffte Rolf.

»Plaudern.«

Rolf West brummte nur abfällig.

Schnur ließ sich nicht davon beeindrucken. »Irgendwer will dich abmurksen.«

»Der Anschlag an der Scheune …« setzte Rolf West an, aber Schnur ließ ihn nicht aussprechen: »Ich fange immer gern von vorne an. Oder erinnerst du dich nicht mehr daran, was am Hoflimberg passiert ist?«

»Macht es Spaß, in anderer Leute Privatleben herumzuschnüffeln?«

»Das gehört zu meinen Aufgaben. Ich habe erfahren, dass Steiner dir auf dem Hoflimberg das Leben gerettet hat.«

Alle horchten auf.

»Oder sollte ich das nicht vor deinen Trinkkumpanen erwähnen, weil ich damit Steiners Ruf als Mörder in Frage stelle?«

Statt zu antworten, brüllte Rolf West seine Trinkbrüder an: »Will keiner Musik auflegen?«

Keiner wollte. Alle wollten hören, was gesprochen wurde.

Deshalb nahm er es selbst in die Hand, zog eine Münze aus seiner verschlissenen grünen Hose und ließ die Schnulze *Marmor, Stein und Eisen bricht* die Stille durchbrechen.

»Was hast du auf Hoflimberg gemacht?«, fragte Schnur weiter.

Rolf West antwortete nicht. Grimmig starrte er auf die Theke.

»Du hast wohl geglaubt, meine Arbeit besser machen zu können. So etwas nennt man Selbstjustiz.«

Rolf West prostete Schnur trotzig zu.

»Selbstjustiz bezeichnet das außergesetzliche Vorgehen von Betroffenen gegen eine Straftat oder sonst als rechtswidrig empfundene Handlung«, begann Schnur zu zitieren. »Das bedeutet im Klartext, dass du dich strafbar machst und hier allen weismachen willst, Steiner wäre derjenige, der das Gesetz gebrochen hat.«

Rolf West warf Schnur nur einen bösen Blick zu.

»Als Rechtfertigung für einen Akt der Selbstjustiz wird meist das Versagen der Justiz vorgebracht«, sprach Schnur weiter. »Damit willst du mir gleichzeitig zu verstehen geben, mir nicht zuzutrauen, dass ich meine Arbeit als Polizeibeamter machen kann.«

»Das hast du richtig erkannt«, kam eine Reaktion.

»Selbstjustiz ist grundsätzlich strafbar, wenn sie ihrerseits mit rechtswidrigen Mitteln vorgenommen wird. Und das, was du tust, ist rechtswidrig. Steiner ist inzwischen zweimal knapp mit dem Leben davongekommen. Ein Schlag von hinten auf den Kopf ist nicht nur lebensgefährlich, sondern spricht auch für enorme Feigheit …«

»Was heißt hier ein Schlag von hinten auf den Kopf?«, fiel Rolf West Schnur ins Wort.

»Du wolltest ihn schon damals überfallen, als dir jemand in die Quere kam, vor dem dich Steiner gerettet hat, stimmt's? Da man seinem Lebensretter zum Dank nicht direkt den Schädel einschlägt, bist du später noch einmal hingegangen und hast das Versäumte nachgeholt.«

»Ich habe Steiner nicht erschlagen. Was redest du da für einen Mist?«

»Und dann der Anschlag in der alten Scheune.« Schnur ließ sich nicht mehr aufhalten.

»Der galt mir. Ich war selbst eingesperrt.«

»Du wusstest, wie man rauskommt. Steiner nicht.«

»Steiner lebt seit fünfzehn Jahren in unserem Wald. Wenn er in der langen Zeit nicht einmal die Scheune von innen gesehen hat, dann tut er mir leid.«

Das war ein Argument, dem Schnur nichts entgegensetzen konnte.

»Außerdem war er gerade noch hier. Hatte ein paar blaue Flecken. Davon stirbt man nicht.«

»Seine Wunde am Hinterkopf musst du gesehen haben«, hielt Schnur dagegen.

»Nein! Er trug eine schwarze Mütze, was er bei Nacht immer tut.«

»Du kennst seine Gewohnheiten wirklich genau. Damit zeigst du mir, wie gut du darin bist, im Privatleben anderer Leute herumzuschnüffeln«, konterte Schnur. »Du lässt Steiner keine Sekunde aus den Augen, nur um ihm etwas anzuhängen, stimmt's?«

»Danke, Sigmund Freud«, kam es spöttisch von Rolf West zurück. »Wenn wir hier mit der Couch fertig sind, bestelle ich mein nächstes Bier.«

»Wer hat dich vor Steiners Haus überfallen?«, fragte Schnur weiter.

»Ich weiß es nicht.«

»Du musst ihn doch gesehen haben. Wie Steiner die Situation geschildert hat, beugte er sich genau über dich.«

»Es war dunkel.«

»Falsche Antwort. Der Mond hatte genug Licht gespendet, so Steiner.«

»Dann frag Steiner, wer das war.« Rolf West blieb einsilbig.

»Wer hätte einen Grund, einen knarzköpfigen, alten Säufer wie dich zu töten?«

Plötzlich war Jürgen Schnur von all seinen Jugendfreunden umgeben. Der Geruch von Alkohol und Schweiß, der sie umgab, traf empfindlich auf seine Nase. Die Mienen, die sie zogen, machten ihm deutlich, dass sie zu allem bereit waren. Sogar Arthur Winter bemühte sich, Hass in seinen Blick zu legen, wobei nicht zu erkennen war, was ihm schwerer fiel: die aufgesetzte Miene oder der wackelnde Kopf. Peter Magath stand so nah vor Schnur, dass sein dicker Bauch ihn streifte. Helmut Brack wirkte in seinem eleganten Anzug durchtrainiert und überragte Schnur um einen halben Kopf. Rolf West blies ihm Rauch ins Gesicht und sprach: »Wenn dir deine Gesundheit lieb ist, gehst du jetzt. Wir wollen dich hier nicht mehr.«

»Willst du mir drohen?«, gab Schnur genauso unfreundlich zurück. »Ihr werdet solange mit mir Vorlieb nehmen müssen, bis ihr meine Fragen beantwortet habt. Wenn ihr mit den Morden nichts zu tun hättet, müsste es euch doch egal sein, was ich hier mache.«

»Wir haben nichts damit zu tun. Trotzdem gefallen uns deine Fragen nicht.«

»Dagegen kann ich nichts machen.« Schnur gab sich ungebrochen, dabei schlug ihm das Herz bis zum Hals. Wie weit würden sie gehen? Alkohol senkte die Hemmschwelle, das wusste Schnur. Also musste er sich vorsehen.

»Steiner hat erst vor wenigen Minuten den *Donze* verlassen«, blaffte Rolf West. »Er ist meinem Sohn Olli gefolgt. Wenn du wirklich unser Freund und Helfer bist, dann schlage ich vor, du suchst nach meinem Sohn. Ich habe durch den Mistkerl erst einen meiner Söhne verloren. Das reicht mir völlig.«

»Du willst Steiner mit allen Mitteln loswerden«, staunte Schnur. »Die Methode ist dir scheißegal. Zuerst versuchst du hartnäckig, ihm die Morde an Bernd Schumacher und Markus Darren anzuhängen. Nachdem der Plan nicht aufgegangen ist, willst du ihm Tötungsabsicht an deinem Sohn Oliver unterstellen.«

Nun war es Helmut Brack, der das Reden übernahm. Er berichtete Schnur, was sich vor wenigen Minuten im *Donze* zugetragen hatte. In der Zwischenzeit setzten sich Peter Magath und Arthur Winter auf ihre Plätze, weil sie der Anziehungskraft ihrer Biergläser nicht lange widerstehen konnten.

Innerlich atmete Schnur auf, äußerlich tat er gelassen, als habe er die Bedrohung nicht wahrgenommen.

»Das hört sich so an, als hätte Steiner einfach nur die Schnauze voll von eurer Gastfreundschaft.«

Als Antwort schimpften alle gleichzeitig.

An Rolf West gerichtet fügte Schnur an: »Warum hilfst du nicht selbst deinem Sohn? Die Sorge um Oliver ist nicht halb so groß wie dein Durst.«

»Nach dem, was ich alles dort oben auf dem Berg erlebt habe, gehe ich nicht mehr allein in die Dunkelheit«, gab Rolf West endlich zu. »Was glaubst du, wie man sich fühlt, wenn man dem Tod ins Auge blickt?«

»Wie? Sag es mir! Genau das habe ich dich schon mehrmals gefragt. Bekomme ich jetzt eine Antwort?«

Kapitel 27

Der Besuch im *Donze* war gründlich schief gegangen. Frustriert saß Steiner hinter dem Steuer. Die Scheibenwischer schafften es kaum, die Wassermassen wegzuwischen, die vom Himmel fielen. Er hatte Mühe, etwas zu erkennen. Bedächtig fuhr er in Richtung Friedhof.

Das schlechte Wetter veranlasste ihn dazu, die asphaltierte Straße zum Limberg einzuschlagen. Auf den unbefestigten Straßen im Wald lief das Wasser in Sturzbächen herunter, was tiefe Furchen zog. Obwohl sein Auto mit permanentem Allrad lief und für solche Unwegsamkeiten geeignet war, hatte er keine Lust, sich den Naturgewalten auszusetzen.

Plötzlich tauchten ganz dicht hinter ihm Scheinwerfer auf.

Steiner wollte das Fahrzeug nicht beachten, aber es kam seinem bedrohlich nah. Verärgert schaute er in den Rückspiegel. Die Lichtkegel waren genauso hoch wie an seinem Auto. Also handelte es sich um einen Geländewagen.

Kaum hatte er die letzten Häuser des Dorfes passiert, krachte die Stoßstange des Verfolgers an seine. Die Erschütterung war gewaltig. Nur mit Mühe konnte Steiner das Lenkrad ruhig halten, dabei verpasste er die Abbiegung, die in die asphaltierte Straße führte. Nun blieb ihm nichts anderes übrig – er musste den nächsten Weg einschlagen. Dabei war ihm klar, dass dieser Pfad bei den starken Regengüssen besonders schlecht befahrbar sein würde.

Er gelangte an einen großen Holzlagerplatz. Dort bog er rechts ab. Der Verfolger versuchte wieder, ihn zu rammen, doch Steiner gab Gas. Der andere verpasste ihn. Das Tempo, das er einschlug, war für den Waldweg bei dem schlechten Wetter unverantwortlich, aber er hatte keine andere Wahl. Die Versuche des Hintermanns, ihn von der Fahrbahn abzudrängen, scheiterten an Steiners versierten Fahrkünsten auf unbefestigtem Boden. Seit fünfzehn Jahren durchquerte er mit seinem Vierradantrieb den Wald, kannte jeden Winkel und seine Tücken. Das kam ihn jetzt zugute. Er fuhr immer weiter bergauf, ohne zu verlangsamen, sein Hintermann ihm dicht auf den Fersen. Der Regen platschte gegen die Windschutzscheibe, die Scheibenwischer waren auf die stärkste Stufe gestellt und doch schafften sie es nicht, die Sicht zu verbessern. Plötzlich tauchte direkt vor Steiners

Wagen ein bedrohlich aussehender Engpass auf. Um ein Haar hätte er die heimtückische Falle übersehen. Dort hatten sich durch den lang anhaltenden Regen ganze Erdmassen vom Berg gelöst, waren über den Pfad geschwemmt und mit der Hälfte des Weges zweihundert Meter in die Tiefe gerissen worden.

Steiner konnte nicht anhalten. Wenn er mit dem Leben davonkommen wollte, musste er weiterfahren. Mit hoher Geschwindigkeit steuerte er den Engpass an. Sein Verfolger klebte an seiner Stoßstange. In der Not riss er seinen Wagen nach rechts auf die Böschung, so dass er in einem steilen Winkel nur mit dem linken Vorder- und Hinderrad das haltlose Stück Schotter berührte, ohne dabei das Tempo zu vermindern.

Im Rückspiegel sah er, wie sich die Scheinwerfer des anderen Fahrzeugs entfernten.

Steiner fuhr noch wenige Meter, dann blieb er stehen. Er schaute zurück, sah zwei Lichtkegel. Sein Verfolger hatte an dem gefährlichen Pass kapituliert.

Erleichtert gab Steiner Gas und fuhr nach Hause.

Kapitel 28

Mickys Herz schlug wie wild, weil er ganz aufgeregt war. Er hatte beschlossen, Steiner eine Überraschung zu machen. Auf dessen Reaktion war Micky schon sehr gespannt.

Er packte Brote in seinen Rucksack, die belegt waren mit Zutaten, die seinem Freund schmeckten und natürlich Nutellabrote, eine Rolle Schokokekse, Müsliriegel. Dazu eine Thermoskanne mit Kaffee, eine Flasche Bier, ein Fernglas, ein Kissen, damit er nicht fror, ein Regencape, damit er nicht nass wurde. Er hatte wirklich an alles gedacht.

Als er durch das Fenster hinausschaute, stellte er fest, dass es aufgehört hatte zu regnen. Das machte seine Freude noch größer, denn dann hatte Steiner noch mehr Spaß an seiner Überraschung auf dem Hochsitz.

Außerdem packte er die beste Wurst für den Hund ein, die er im Kühlschrank finden konnte. Schließlich hatte Moritz auch Hunger und musste versorgt werden. Sogar dann, wenn er mit seinem Herrchen auf dem Hochsitz saß.

Micky war so glücklich, dass Moritz wieder gesund war. Vor Freude und Übereifer packte er sogar ein Hundespielzeug ein.

Ausgerüstet mit all den vielen schönen Sachen verließ er das Haus, lange bevor seine Eltern aufwachten.

Als er die Haustür leise hinter sich zuzog, sah er, dass der grüne Jeep nicht vor dem Haus stand. Sein Papa war daheim, das wusste Micky, weil er so laut schnarchte. Also hatte sein Bruder irgendwo anders geschlafen. Das war gut. Dann ärgerten Mama und Papa sich über Olli und vergaßen Micky dabei. Das war immer so. Heute konnte es Micky sogar recht sein. Sie liebten Olli viel mehr als ihn. Aber wenn Olli etwas angestellt hatte, waren sie immer so mies gelaunt, dass es ihnen egal war, wo Micky gerade steckte. Diese Gelegenheiten hatte er schon immer ausgenutzt, um sich davonzustehlen und zu seinem Freund Steiner zu gehen. Jetzt, wo er sein Adjutant war, hatte er eine große Verpflichtung, der er nachkommen musste. Schließlich wollte er seinen Freund nicht enttäuschen. Zielstrebig eilte er durch den Klostergartenweg, wo nur hässliche Häuser standen. Er bog links ab. Ein lautes Plätschern ließ ihn stoppen. Er blickte in die Richtung, aus der das Geräusch kam. Er erinnerte sich: Das war der Lumpenbach.

Durch den vielen Regen war er voller Wasser und toste wie ein Wasserfall. Je näher Micky der Sonnenstraße kam, umso leiser hörte er den Bach rauschen. Im Laufschritt überquerte er die Straße, die um diese Zeit still und verlassen dalag. Schon stand er am Fuß des Berges, der wie ein schwarzer Schatten vor ihm hochragte. Dort roch es nach Regen, Waldboden und nassem Laub, ein Duft, den Micky liebte. Hier war seine Welt. Zwischen den Tieren und den Bäumen unter freiem Himmel fühlte er sich wohl. Hier wurde er akzeptiert. Hier nannte ihn niemand Schwachkopf. Hier sagte ihm niemand: »Du hast bei uns nichts verloren«. Hier war er willkommen.

In der Dunkelheit musste er gut aufpassen, dass er nicht stolperte. Der Boden war glitschig und nass. Micky kletterte über den fast senkrecht ansteigenden Wildwechsel, den Generationen flinker Hufe ausgetreten hatten, zu einer gefährlich einsehbaren Lichtung hinauf, erkannte die Huf- und Losungsspuren, die ihm verrieten, dass viele Rehe unterwegs waren, und erreichte die Kuppe, die den Namen Sonnenkupp trägt. Aber die Sonne hatte Micky dort schon lange nicht mehr gesehen.

Eine Ricke sprang kurz vor seinen Füßen auf. Er hatte sie wohl geweckt.

»Entschuldigung«, rief Micky hinterher, aber das Reh war so schnell, es hatte ihn bestimmt nicht mehr gehört.

Eine Schleiereule stieß ihr lang gezogenes, schrilles »Kraich-Kraich« aus. Micky erschrak, beschleunigte seine Schritte. Das sich ständig wiederholende Fauchen, nahm einen Ton an, der Glas zum Zerbersten bringen konnte. Gespenstisch zog es durch den dämmernden Morgen. Einige Blätter fielen herab und landeten genau vor Mickys Füßen. Eichhörnchen kletterten in Windeseile den Stamm einer Eiche hoch. Mickys Augen hatten sich schnell an das schummrige, neblige Licht des Tagesanbruchs gewöhnt, weil er schon viele Stunden bei Nacht und im Morgengrauen im Wald verbracht hatte. Er erreichte den Hauptweg, der ihn genau zu dem Hochsitz führte, wo Steiner schon in ein paar Stunden seinen wohlverdienten Sonntag beginnen wollte. Steiner nannte diese Stunde sein Jägergebet. Wie er Micky erzählt hatte, saß er oft stundenlang auf dieser Kanzel und ließ sich von der Ruhe und der Schönheit begeistern. Micky konnte das gut verstehen. Er machte das auch oft, setzte sich gern an einen Platz zwischen den Bäumen und sah den Tieren zu. Wenn er lange genug still saß, kamen die Rehe sogar ganz in seine Nähe. Sie wussten, dass er ihnen nicht wehtun würde.

Langsam wurde es hell. Micky musste sich beeilen, damit er vor Steiner da war. Wenn es eine Überraschung werden sollte, durfte sein Freund ihn nicht in der Nähe der Kanzel sehen. Also legte er einen Zahn zu, aber sofort begann sein Herz wild zu schlagen. Die Luft wurde knapp. Hoffentlich kam er nicht zu spät.

In der Dämmerung ragte der Hochsitz majestätisch in den Himmel. Alles war verlassen und still.

Micky freute sich. Mit übermütigen Sprüngen kletterte er die Leiter hoch. Was würde sein Freund für Augen machen!

Kapitel 29

Ein Blick durch das Fenster verriet Esther, dass sich der neue Tag ankündigte. Dichte, graue Nebelschwaden zogen vorüber. Sie fühlte sich so trostlos wie die Atmosphäre, die draußen herrschte. Die ganze Nacht hatte sie wach verbracht, war von einem Zimmer zum nächsten gegangen, hatte sich den Kopf zermartert, ob es richtig gewesen war, auf ihre Gefühle zu vertrauen. Sie hatte den Rat von Jürgen Schnur, auf sich selbst aufzupassen, einfach in den Wind geschlagen. Hatte die Kühnheit besessen, es besser zu wissen. Dabei war es ihr noch nie gelungen, einen Mann kennenzulernen, der ehrliche Absichten mit ihr hatte. Warum sollte das bei Harald Steiner anders sein?

Sie hatte sich von dem Altersunterschied blenden lassen, hatte darauf vertraut, ein Mann in seinem Alter wisse genau, was er vom Leben erwartet und würde die Spielchen hinter sich lassen. Hatte sie sich so in ihm geirrt?

Sie wollte ihm so gern vertrauen. Seine Beichte, dass er von Anne Richter niedergeschlagen worden war, und seine Bitte, nichts davon zu verraten, lasteten schwer auf ihr. Sie fühlte sich innerlich zerrissen zwischen dem Gedanken, ihrer Pflicht nachzukommen, und der Versuchung, durch beharrliches Schweigen einen schweren Verstoß gegen die Dienstvorschriften zu begehen. War er es wert? Diese Frage war schwer zu beantworten, weil sie gerade erst vor versammelter Mannschaft hören musste, warum er nach dem gescheiterten Einsatz so unmittelbar vom Polizeidienst zurückgetreten war. Steiner hatte Lena Ambruch persönlich gekannt, aber ihr gegenüber mit keinem Wort erwähnt.

Kopfschüttelnd ging sie von Zimmer zu Zimmer. Und doch verzehrte sich alles in ihr nach ihm. Er wirkte reif, erfahren, selbstsicher. Sein starkes Selbstbewusstsein gab ihr das Gefühl, behütet zu sein und gleichzeitig autark. Seine Ausstrahlung elektrisierte ihren Körper. Warum war sie heute Nacht nicht zu ihm gefahren? Es war ihr verletzter Stolz, weil er sie nicht an seinem Leben teilhaben ließ, wie sie sich das wünschte. Sie wollte dazugehören, er stieß sie ab.

Er war dieses Gefühlschaos nicht wert, das sie gerade durchmachte, dachte sie trotzig. Und doch führte jeder Schritt, den sie in ihrer kleinen Wohnung unternahm, ganz nah am Telefon vorbei.

Um sich abzulenken, warf sie den Staubsauger an und zog damit durch die gesamte Wohnung. Schon nach wenigen Minuten hörte sie ein empörtes Klopfen von der Wohnung nebenan. In aller Frühe an einem Sonntagmorgen zu staubsaugen kam bei den Nachbarn nicht gut an. Aber das war ihr egal. Sie musste sich abreagieren. Erst als sie jeden Winkel gereinigt hatte, stellte sie das Gerät ab. Geholfen hatte es nicht, ihre Nerven zu beruhigen. Kaffee trinken wollte sie auch nicht, das machte es noch schlimmer.

Ihre Wohnung lag im siebten Stock in der Preußenstraße in Saarbrücken. Die Lage war gut; in wenigen Minuten war sie zu Fuß auf ihrer Arbeitsstelle, genauso schnell gelangte sie ins Zentrum, in die Bahnhofstraße oder zum St. Johanner Markt. Hinzu kam, dass sie den Verkehrslärm nicht hörte. Bis zu dieser Höhe drang lediglich ein leises Rauschen. In den Wintermonaten kamen ihr die beiden Zimmer klein vor, den Balkon konnte sie nur im Sommer nutzen, der nun wieder lange auf sich warten ließ. An diesem Morgen lastete die Enge besonders erdrückend auf ihr. Bei der Erinnerung an den Wald, den Steiner sein Zuhause nannte, glaubte sie, in ihren sechzig Quadratmetern zu ersticken. Hastig riss sie sämtliche Fenster auf und ließ die kalte, feuchte Luft hinein.

Auf ihrem Schreibtisch lagen immer noch die Akten, die sie von der Besprechung mitgenommen hatte.

Sie brauchte gar nicht erst zu versuchen, zu schlafen. Also ließ sie sich am Tisch nieder und begann zu lesen.

Das meiste kannte sie schon. Akten lesen war der langweilige Teil ihrer Arbeit, aber auch das musste getan werden. Sie rieb sich über die Augen, zog die kalte Luft tief ein, die durch das geöffnete Fenster hereinströmte, aber munter wurde sie dadurch nicht.

Doch dann stieß sie auf etwas, was sie sofort hellwach werden ließ.

Das erklärte seinen feinfühligen, ungezwungenen Umgang mit dem behinderten Jungen. Und seine Zuneigung zu ihm.

Immer wieder fiel ihr Blick auf das Telefon.

Wie ein Teenager fühlte sie sich, weil sie gegen alle Vernunft auf einen Anruf von ihm wartete, dabei wusste sie genau, dass es an ihr war, sich bei ihm zu melden. Vielleicht ist diese Enthüllung ein guter Grund ihn anzurufen, ohne ihre Unentschlossenheit zugeben zu müssen.

Da schrillte der Apparat laut.

Erschrocken fuhr sie hoch. Während sie abhob, wünschte sie innig, es sei Steiner mit der Bitte, sie zu sehen.

Aber es kam anders.

Kapitel 30

Müde wälzte sich Steiner in den Kissen. Seine Glieder fühlten sich bleischwer an, sein Kopf dröhnte. Aber etwas war da noch. Er versuchte, zwischen den starken Schmerzen heraus zu analysieren, welches Gefühl sich dazugesellte. Bis er es erkannte. Es war die kühle Zunge seines Hundes, die über seinen Arm leckte.

Endlich schlug Steiner die Augen auf. Moritz erwiderte seinen Blick. Die Wunde an seinem Kopf war gut verheilt, von den Fäden fast nichts mehr zu sehen. Musste nur noch das Fell nachwachsen und er war wieder wie neu.

Steiner dagegen fühlte sich wie hundert. Die Wunde an seinem eigenen Kopf war noch frisch und äußerst qualvoll. Dazu kamen die Schmerzen in der Schulter und im Knie. Er schaute auf die andere Seite des Bettes. Sie war leer. Das war schon die zweite Nacht ohne Esther. Er fühlte sich verwundbar und sehnte sich nach ihrer Nähe. Doch gerade jetzt ließ sie ihn allein. Der Anblick der unbenutzten Betthälfte verstärkte den Schmerz. Warum ließ sie ihn warten? Wie gerne würde er ihre weiche Haut spüren, ihren Körper an seinem, ihren verführerischen Duft einatmen und mit den Händen in ihren blonden Locken spielen. Die Sehnsucht machte es ihm noch schwerer, sich aus dem Bett zu erheben.

Ein Blick aus dem Fenster verriet, dass es hell wurde. Meine Güte, wie lange hatte er geschlafen?

Nach starkem Kaffee und zwei Kopfschmerztabletten machte er sich auf den Weg. Dabei zog er das rechte Bein nach, weil er das Knie nicht belasten durfte. Auf diese Weise kam er nur langsam vom Fleck. Moritz tapste im gleichen Tempo neben ihm her. Der Hund wirkte ebenfalls müde, kein Anzeichen von Übermut.

Als er sich der Sonnenkupp näherte, überkam ihn das Gefühl, dass etwas anders war. Der Tag brach an, der Nebel zog in dichten Schwaden über den Boden. Er sah nur weiße Watte, die sämtliche Geräusche verschluckte. Stille umgab ihn. Warum beschlich ihn dieses ungute Gefühl?

Er hinkte weiter. Das Knie protestierte hartnäckig.

Es dauerte nicht lange, da ahnte er, was ihn störte. An den Bäumen, die er gerade passierte, erkannte er, dass er schon lange am Hochsitz vorbei war. Warum hatte er ihn nicht bemerkt?

Verwirrt kehrte er um.

Da sah er es. Von seiner Kanzel, die er jeden Sonntagmorgen aufsuchte und von der er das meiste Wild erlegt hatte, waren nur noch vier kurze Pflöcke übrig, die einst die Träger seines Hochsitzes waren.

Ihm wurde schwindelig.

Sollte der Sitz in die Schlucht stürzen, solange er mit seinem Hund darauf saß? Er wollte es nicht glauben. Zu genau erinnerte er sich an den Spruch der Jagdgegner: »Wir begeben uns nicht auf das gleiche Niveau weidmännischer Arroganz und Brutalität. Wir wollen Leben schützen und nicht in Gefahr bringen.« Was war vorgefallen, dass sie diese edle Haltung aufgaben und zu potenziellen Mördern wurden?

Ein Blick in die Schlucht half nicht weiter. Alles verschwamm im Nebel. Er konnte nichts tun. Erst wenn die Sicht besser würde, wollte er zurückkehren und nachsehen, ob noch etwas zu retten war. Aber das war unwahrscheinlich. Die Schlucht ging zweihundert Meter in die Tiefe.

Er trat den Rückweg an. Plötzlich stolperte er über etwas, was normalerweise nicht dort liegen sollte. Erstaunt hob er das Bündel auf. Die Spaziergänger hatten keine Manieren, schimpfte er vor sich hin. Warfen ihren Müll einfach auf die Wege. Doch als er es in der Hand hielt, erkannte er, was in dem Nylonbeutel war. Dick beschmierte Nutellabrote. Ihm wurde speiübel. Das konnte nur von Micky sein. Wo war der Junge jetzt?

Sein Herz pochte vor Angst. Hoffentlich war Micky nicht auf den angesägten Hochsitz geklettert.

Laut rief er den Namen des Jungen. Keine Reaktion. Er rief wieder und wieder. Das Einzige, was sich meldete, waren seine Kopfschmerzen. Schweiß brach ihm aus allen Poren. Er ahnte, was passiert war. Micky wollte ihm eine Freude machen, ihm etwas auf den Hochsitz legen. Der Junge wusste, dass Steiner an dem Morgen den Platz aufsuchen wollte, weil er es dem Jungen angekündigt hatte.

So schnell er konnte, eilte er nach Hause, stieg in seinen Jeep und fuhr die Schlucht von der anderen Seite an. Mit dem Auto gelangte er nicht nah genug heran, dass er etwas hätte erkennen können. Zu Fuß würde er auch nicht in die Schlucht gelangen, ohne abzustürzen. Diese Stelle war heimtückisch, für keine Menschenseele zugänglich. Was konnte er tun, wenn Micky dort lag und seine Hilfe brauchte?

Er tat das Unvermeidliche, fuhr zu Jürgen Schnurs Elternhaus und klingelte den Polizeibeamten aus dem Bett.

Im Schlafanzug und sich über den roten Bartansatz reibend tauchte Schnur in der Tür auf. Als er Steiner sah, ließ er ihn ohne Worte eintreten.

Jürgen Schnurs Mutter war ebenfalls durch das Klingeln geweckt worden. Im Morgenmantel hantierte sie in der Küche. Die Kaffeemaschine knatterte laut.

»Ich stehe vor einem Problem, das ich ohne deine Hilfe nicht lösen kann«, erklärte Steiner hastig. Seine Stimme klang zittrig.

Sofort war Schnur hellwach.

»Das klingt nicht gut!«

»Ist es auch nicht.«

Steiner schilderte Schnur seinen Verdacht. Frau Schnur stieß einen Entsetzensschrei aus, als sie Steiners Bericht hörte.

»Mutter, du wirst heute in der Kirche kein Wort darüber verlieren«, richtete Schnur sich an die Frau, die immer noch ihre Hände vor den Mund hielt. »Wir wissen noch nichts, also bitte keine voreiligen Schlüsse ziehen, die durch das ganze Dorf getratscht werden.«

»Was hältst du von mir?«, gab sie beleidigt zurück.

Im Eiltempo verließ Schnur zusammen mit Steiner das Haus.

»Ich kann keine Sondermaßnahmen treffen, ohne selbst einen Eindruck davon zu haben«, gestand Schnur.

»Im Nebel ist nichts zu sehen. In die Schlucht kann man nur mit dem entsprechenden Material steigen«, erklärte Steiner. »So etwas habe ich nicht – aber die Polizei.«

»Wir haben auch keine Ausrüstung für Bergsteiger«, widersprach Schnur. »Sollte Micky wirklich in der Schlucht liegen, müssen wir das THW beauftragen, ihn zu bergen.«

Sie erreichten den Platz, wo noch am Vortag ein Hochsitz gestanden hatte.

Jürgen Schnur besah sich die Pflöcke und stellte fest: »Abgesägt. Das können unsere Kriminaltechniker untersuchen. Sie werden feststellen, welches Werkzeug benutzt wurde.«

Der Nebel verzog sich. Aber der Einblick in die Tiefe wurde durch die Sträucher verdeckt, die am Rand wucherten. Von der Kanzel war nichts zu sehen.

Sie fuhren die andere Seite an.

Grau und trüb kündigte sich der neue Tag an. Raben zogen ihre Kreise.

Dabei stießen sie ihre krächzenden Töne aus, ganz der bedrohlichen Stimmung angepasst.

»Sind Raben Aasfresser?«, fragte Schnur mit dem Blick auf die schwarzen Vögel gerichtet.

»Kennst du nicht das Kinderlied: ... fällt er in den Graben, fressen ihn die Raben ...«, gab Steiner mürrisch zurück.

»Habe ich vergessen. Schon so lange her, dass ich ein Kind war.«

»Diese Vögel machen alles noch schlimmer.« Steiners Stimme hörte sich tonlos an.

Nur noch Reste von Nebelschwaden schwebten über den Boden. Aber erkennen konnten sie in der tiefen Schlucht immer noch nichts.

Moritz lief aufgeregt hin und her. Der Hund erkannte, dass etwas anders war als sonst. Die Nervosität seines Herrchens hatte sich auf ihn übertragen.

Schnur ließ sich stöhnend auf eine Baumstumpf nieder und meinte: »Wenn du recht hast und der Hochsitz wurde bewusst für diesen Tag angesägt ...«

Steiner nickte.

»... dann galt der Anschlag dir!«

Sie schauten sich an.

»Bisher hatte ich meine Zweifel an der Theorie, dass Markus Darren Opfer einer Verwechslung geworden ist. Wer sollte dich töten wollen? Rolf West wollen wir mal ausschließen. Der ist immer besoffen und viel zu blöd dazu.«

»Gestern Abend wollte mich jemand mit seinem Auto vom Weg abdrängen«, antwortete Steiner. »Aber ich konnte ihn abhängen.«

»Hast du etwas von seinem Auto erkennen können?«

»Nur, dass es ein Wagen mit hohen Scheinwerfern war, wie bei einem Geländewagen. Es war dunkel, hat geregnet und er ist mit Fernlicht gefahren.«

»Oliver fährt einen Geländewagen – wie du«, sprach Schnur in die Stille. »Ich habe von eurem gestrigen Streit beim *Donze* erfahren. Könnte er es gewesen sein?«

Steiner dachte eine Weile nach, schüttelte dann den Kopf und antwortete: »Oliver ist ein Hitzkopf. Aber ich traue ihm diese Kaltblütigkeit nicht zu.«

»Als er einen fünfzehn Meter hohen und ein Meter dicken Baumstamm auf dich niedersausen lassen wollte, was war das?«, fragte Schnur. »Barmherzigkeit?«

Mit einem Mal waren die Nebelschwaden verschwunden – von einer Sekunde auf die andere. Die beiden Männer erhoben sich gleichzeitig und schauten in die Schlucht.

Klar und deutlich erkannten sie die Kanzel mit ihren vier langen Pfosten. Sie sah intakt aus, als hätte sie den tiefen Sturz unbeschadet überstanden. Von Micky keine Spur.

Der Lichtmastkraftwagen des THW fuhr schwerfällig über das unwegsame Gelände.

Zur Begrüßung reichte der Leiter Jürgen Schnur die Hand und sagte: »Das ist hoffentlich nicht wieder ein tödlicher Unfall.«

»Warum sagen Sie das?«

»Weil wir genau an dieser Stelle vor Jahren den ehemaligen Revierförster geborgen hatten. Mit demselben Fahrzeug.«

»Ich weiß nicht, was uns erwartet. Wenn wir Glück haben, liegt dort unten nur der Hochsitz.« Schnur konnte nicht aussprechen, was er wirklich ahnte.

Sie sicherten das Fahrzeug am Rand der Schlucht, bevor es die Masten teleskopartig in die Tiefe hinabgleiten ließ. Wie in Zeitlupe arbeiteten sich die stählernen Greifer durch das dichte Buschwerk.

Es dauerte lange, bis es den Einsatzleuten der THW gelang, die Kanzel nach oben zu befördern. Steiner zitterte vor Angst. Am liebsten wäre er davon gelaufen. Er wollte nichts sehen, nichts hören, nichts fühlen.

Es war soweit. Die Kanzel wurde vor ihm abgelegt. Er musste hineinsehen. Das Dach war eingedrückt, deshalb konnte er nur Holz erkennen. Sie drehten den Sitz um.

Vor ihnen lag Micky.

Die schmalen Augen waren geöffnet, ein Blutrinnsal lief von seiner Stirn über sein rundes Gesicht. Das Lachen war erloschen. Stattdessen starrten die Augen leer auf Steiner. Sein Mund stand offen, als wollte er ihm etwas sagen. Mit beiden Händen hielt er seinen Rucksack umklammert, als könne er sein Leben retten.

Kapitel 31

Die Mitarbeiter des THW hatten sich bereits verabschiedet und waren mit dem schweren Lichtmastkraftwagen aufgebrochen. Der Anblick des Toten hatte ihnen die Freude über ihre erfolgreiche Leistung verdorben.

Zurück blieben Jürgen Schnur und Harald Steiner.

»Du hast hoffentlich nicht vergessen, wie man sich an einem Tatort verhält«, insistierte Schnur, als er sah, wie Steiner sich dem toten Jungen näherte.

»Ich will wissen, was er im Rucksack hat«, entgegnete der ehemalige Kollege mit brüchiger Stimme.

»Das wird das Team der Spurensicherung übernehmen. Solange musst du warten.«

Steiner nickte, ließ sich auf dem nassen, kalten Boden nieder und hielt sich die Augen zu. Moritz setzte sich vor sein Herrchen und leckte ihm über die Hände.

»Es tut mir leid«, sprach Schnur leise. »Der Junge hat dir viel bedeutet, nicht wahr?«

Steiner fühlte sich unfähig zu antworten.

Jürgen Schnur ging von Nervosität angetrieben vor ihm hin und her. Das Warten auf die Kollegen dauerte endlos lange. Aber das sollte ihn nicht wundern, denn sie mussten den weiten Weg aus Saarbrücken zurücklegen und anschließend über Waldwege fahren, was nicht zu ihren täglichen Gewohnheiten gehörte.

Endlich trafen die ersten Autos ein. Anke Deister und Erik Tenes fuhren in ihrem grünen Subaru allen voran. Das allradangetriebene Auto bewies in dem unwegsamen Gelände seine Fahrtüchtigkeit. In großem Abstand folgten die Kollegen in ihren Dienstfahrzeugen, die sich mühsam vorwärts bewegten und herausstehenden Wurzeln oder tiefen Furchen in dem nassen Boden ausweichen mussten.

Im Nu war alles voller Menschen.

Als Steiner Esther Weis sah, erhob er sich, ging auf sie zu, nahm sie ohne ein Wort in den Arm, drückte sie an sich und vergrub sein Gesicht in ihren blonden Locken.

Alle sahen diese Szene, niemand sagte etwas.

Esther verharrte still in seiner Umarmung. Unsicher blickte sie weg.

»Machen wir uns an die Arbeit«, unterbrach Schnur die Unentschlossenheit, womit er alle daran erinnerte, warum sie an diesem ungewöhnlichen Ort waren.

Der Polizeifotograf begann, die Fotos zu schießen. Der Gerichtsmediziner untersuchte den toten Jungen. Theo Barthels entnahm ihm den Rucksack. Als er ihn öffnete, stand Steiner dicht neben ihm.

»Es ist mir wichtig zu erfahren, was drin ist«, erklärte er auf Barthels' erstaunten Blick.

Barthels nickte. Mit Latexhandschuhen nahm er einen Artikel nach dem anderen heraus, den er von seinem Mitarbeiter sorgfältig einpacken ließ. Das erste, was er entnahm, war eine Rolle Schokokekse, Steiners Lieblingssorte, weiter eine Packung Müsliriegel, genau die Sorte, die Steiner immer als Proviant eingepackt hatte, wenn er zusammen mit Micky im Wald unterwegs war. Dazu eine Thermoskanne mit Kaffee, eine Flasche Bier, die erstaunlicherweise nicht zerbrochen war, ein Fernglas, ein Kissen, ein Regencape, Hundeknochen, Wurst und ein Plastikball, ein Spielzeug für Moritz.

Als Barthels den Ball in seine Hände nahm, ertönte ein Quietschen. Sofort war Moritz zur Stelle, bellte und versuchte ihm das Spielzeug aus der Hand zu nehmen. Steiner packte den Hund am Halsband und zog ihn zurück. Er reichte Barthels die Brottüte mit den Nutellabroten mit den Worten: »Die sind Micky aus der Tasche gefallen, als er den Hochsitz bestiegen hat.«

Barthels nahm das Päckchen und reichte es den Kollegen der Spurensicherung weiter.

Steiner fühlte sich elend. Er konnte den Anblick des toten Jungen nicht mehr ertragen. Er warf Schnur einen fragenden Blick zu; der ehemalige Kollege nickte nur, ein Zeichen, dass er sich entfernen durfte.

Mit seinem Hund an der Leine schleppte er sich zu seinem Auto.

Die Untersuchung der Spurensicherung war schon in vollem Gang, die Leiche bereits auf dem Weg zur Gerichtsmedizin in Homburg, als weitere Polizeibeamte vorfuhren. Sie stiegen aus und brachten als Entschuldigung hervor: »Wir mussten umkehren, weil …«

»Macht nichts«, meinte Schnur, doch der Beamte war noch nicht fertig:

»… dort ein Engpass an einer Stelle entstanden ist, wo es zweihundert Meter in die Tiefe geht.«

»Durch den Regen wurden einige Wege weggeschwemmt.« Schnur nickte. »Ich mache keinem einen Vorwurf.«

»Genau an der Stelle haben wir ein Auto unterhalb des Abhangs gesehen. Einen grünen Jeep. Wir haben ihn nur bemerkt, weil die Scheinwerfer aufleuchteten.«

Schnur stutzte.

»Wo war das genau?«

Der Polizeibeamte musste nicht lange überlegen. »Das war am Bremsberg.«

»Was macht Sie so sicher?«, stutzte Schnur.

»Ich kenne mich hier gut aus.«

»Sie sagen, ein grüner Jeep liegt dort?«, fragte Schnur weiter.

Der Polizeibeamte nickte.

»Warum hat Steiner einen Umweg genommen?«

Schnur fröstelte bei der Vorstellung, dass es nun doch passiert sein sollte. Lag Steiner dort unten? Nachdem er alle Anschläge überstanden hatte? Der Gedanke gefiel ihm nicht.

Esther erkannte, was ihr Chef dachte.

»Ich werde die Unfallstelle sichern«, schlug sie vor und steuerte ihr Auto an.

»Du wirst nicht allein dort hingehen«, hörte sie Schnurs Stimme hinter sich. »Wir wissen nicht, mit welchem Gegner wir es hier zu tun haben. Deshalb wird hier keiner von uns den Helden spielen. Ist das klar?«

»Ich kann die Kollegin begleiten«, bot sich der Beamte an. »Ich finde die Stelle sofort wieder.«

Damit war Schnur einverstanden.

Zur Bergung des Autos mussten sie von der anderen Seite an den Steinbruch heranfahren. Dort lag ein unwegsames Gelände vor ihnen, das für den Abschleppwagen, der dafür bestellt worden war, zu einem fast unüberwindlichen Hindernis würde. Als sie den Unfallwagen erreichten, erkannte Esther, dass es genau der gleiche Wagentyp wie Steiners Jeep war. Auch die Farbe stimmte überein. Trotz aller verzweifelten Versuche, einen Unterschied zu Steiners Wagen zu finden, wollte ihr das nicht gelingen. Nummernschilder fand sie keine.

Zerschellt lag der grüne Jeep am Fuß des Steinbruchs. Die Vorderseite war stark eingedrückt, sämtliche Scheiben zersprungen, ein Blick in das Innere nicht möglich.

Die Ungewissheit ließ sie immer näher an das Wrack heranpirschen. Es knarrte und ächzte verdächtig in den Ästen. Erschrocken wich Esther zurück.

Endlich trafen Theo Barthels und seine Kollegen ein. Er wirkte gehetzt, seine buschigen Augenbrauen zuckten, seine Miene drückte Konzentration aus. Zuerst wartete er ab, bis der Fotograf das Unfallauto von allen Seiten fotografiert hatte. Anschließend übernahm er es selbst, die Fahrertür, die nach unten zeigte, zu öffnen. Es gelang ihm nur mit Mühe. Die Tür krachte herunter, das Glas zerbarst auf der nassen Erde. Mit einem hastigen Satz sprang Barthels zurück.

Alle Augen waren auf das Auto gerichtet. Das Heck hing an einem starken Ast, der nach der Erschütterung bedrohlich knarrte.

Esther kniete sich nieder, um in das Wageninnere zu sehen, doch Barthels zog sie weg. »Bist du lebensmüde? Das Auto kann jeden Moment herunterkrachen.«

»Ich muss doch wissen, ob Steiner da drin liegt«, fauchte sie. »Aber er ist nicht da. Zum Glück!«

»Glück?«, kam es von Theo Barthels. »Das wissen wir noch nicht. Entweder, er spaziert gerade putzmunter nach Hause oder der Blutsauger vom Limberg hat hier auf ihn gelauert.«

»Steiner hat den Hund dabei«, hielt sie dagegen.

»Moritz ist alt und keine Gefahr mehr. Vermutlich hat der Blutsauger selbst dafür gesorgt, dass Moritz in diesem Zustand ist.«

»Du kannst mir Mut machen«, platze Esther heraus.

Theo Barthels wagte ebenfalls einen Blick hinein. Er gab einige Grunzlaute von sich, während er sich mit der Taschenlampe im Inneren umsah.

Als er wieder herauskletterte, hielt er etwas in der Hand, das er seiner Kollegin zeigte: Ein Foto von Micky.

Esther wurde blass.

Niemand sprach ein Wort, während der Abschleppdienst sich behutsam an die Arbeit machte.

Der Abschleppwagen setzte sich in Bewegung. Durch das heftige Rumpeln auf dem unwegsamen Boden fielen beide Außenspiegel ab, bis sich plötzlich die Beifahrertür löste und mit ihr ein ganzer Stapel von Papieren auf dem nassen Boden landete.

Erschrocken wichen die drei Polizeibeamten dem schweren Blechteil aus und warteten, bis der Rest des Schrottautos in sicherer Entfernung war.

Gleichzeitig bückten sie sich nach den Dokumenten.

Das Erste, was Esther sah, war ein Strafzettel für falsches Parken: adressiert an Rolf West.

Kapitel 32

Schnur klingelte an diesem Sonntagnachmittag bei Rolf West an der Haustür. Ihre Gespräche hatten bisher immer im *Donze* stattgefunden und das war gut so. Dort fühlte sich niemand befangen, weil das Ambiente für jeden gleich war. Hier lagen die Dinge anders. Und das, was er sagen musste, würde diese Familie für immer verändern.

Der Anblick von Micky lag ihm schwer im Gemüt. War es die Sinnlosigkeit seines Todes oder die Arglosigkeit, mit der der Junge das Leben akzeptiert hatte?

Als Rolf West die Tür öffnete und Jürgen Schnur sah, erschrak er.

»Mein Gott! Was ist passiert?«

Das ersparte Schnur die Einleitung, aber es blieb trotzdem schwer.

»Darf ich reinkommen oder muss ich hier draußen im Regen stehen bleiben?«

»Das ist nicht gut!« Rolf West ahnte etwas.

Sie gingen durch einen kleinen, dunklen Flur in ein Wohnzimmer, das mit alten, zerschlissenen Möbeln vollgestellt war und ein Durchkommen unmöglich machte. Schnurs Blick fiel auf das Fenster, das zu einem Minihof zeigte, der voller Gerümpel stand. Ein schönes Wohnumfeld herrschte hier nicht. Da war es kein Wunder, dass der Junge in den Wald geflohen ist.

Rolf Wests Frau Doris trat hinzu. Schnur wartete erst, bis beide saßen, bevor er ihnen die Wahrheit enthüllte.

Die Szene, die sich vor ihm abspielte, war fast unerträglich. Während seine Frau bitterlich weinte, wechselte Rolf zwischen Jammern und Fluchen.

Doris West verließ das Wohnzimmer, ging die Treppe hinauf, wo das Weinen nur noch durch eine geschlossene Tür gedämpft zu hören war. Schnur musste an diesem Ort verharren, weil er mit seinen Hiobsbotschaften noch nicht fertig war. Das war einer der Momente, in denen er sich selbst auf den Mond wünschte.

»Wir haben dein Auto gefunden«, sprach er nach einer Weile weiter.

»Wo?«

»Im Steinbruch am Bremsberg.«

Rolf West sprang blitzartig auf, stürzte sich auf Schnur und griff ihn mit beiden Händen am Hals mit den Worten: »Hatte ich dir nicht gesagt, du sollst Steiner aufhalten, bevor er meinem Sohn Olli etwas antut?«

Jürgen Schnur hatte alle Mühe, sich aus dem Griff zu befreien. Die Luft wurde schon knapp. Aber Rolf drückte in seiner unbändigen Wut immer fester zu und schrie: »Das ist deine Schuld. Was ist mit Olli passiert? Ist er das nächste Opfer von diesem Dreckskerl? Reicht es nicht, dass er Micky umgebracht hat? Er will mich fertig machen.«

Endlich konnte Schnur sich mit einer geschickten Bewegung befreien. Statt zu antworten, musste er erst lange husten, bis er wieder richtig atmen konnte. Sein Gesicht fühlte sich ganz heiß an, seine Glieder zitterten.

»Wenn du so weitermachst, bekommst du eine Anzeige wegen tätlichen Angriffs auf einen Polizeibeamten«, röchelte er.

»Leck mich am Arsch!«

»Noch so eine Bemerkung und ich nehme dich wirklich mit nach Saarbrücken.«

»Hör auf mit deinem sinnlosen Geschwätz! Wo ist mein Sohn Olli?«

»Wir haben nur das Auto gefunden. Wo Olli ist, wissen wir nicht. Hast du eine Vorstellung, wo er sich verstecken könnte?«

»Hier ist er nicht.«

»Das habe ich deiner Reaktion entnehmen können.«

»Habt ihr die Böschung abgesucht?«, brüllte Rolf West weiter. »Vielleicht ist er aus dem Auto herausgeschleudert worden, liegt irgendwo im Gebüsch und ist schwer verletzt.«

»Für wie blöd hältst du mich eigentlich?«, fand Schnur seine alte Fassung wieder. »Was glaubst du, was wir im Wald machen?«

Rolf West erschrak über die Lautstärke, die Schnur anschlug. Er wusste nicht, was er darauf sagen sollte.

»Wir suchen immer noch. Ich hatte die Hoffnung, er sei zu Hause. Dann wäre die Suchaktion nicht nötig. Aber leider ist Olli nicht hier und wir müssen weitersuchen. Das Auto wird auf Spuren untersucht, die uns verraten, wer am Steuer saß. Vielleicht ist Oliver nicht selbst gefahren, als es abstürzte. Vielleicht ist er bei Anne Richter und macht sich dort einen schönen Tag.«

»Mit der blöden Ziege kann er sich keinen schönen Tag machen. Sie wollte Olli für ihre persönlichen Zwecke einspannen. Aber da hat mein Sohn nicht mitgemacht.«

»Gegen was oder wen richtet sich ihr Hass?«

»Gegen Steiner! Sie behauptet, sie sei Jagdgegnerin.«

Schnur staunte. »Aber damit hat sie Olli am Haken. Hetzparolen gegen Jäger heißt im Klartext Hetzparolen gegen Steiner.«

»Wenn es so wäre, wäre es mir nur recht«, grinste Rolf West böse. »Aber irgendwie liegen wir nicht auf einer Wellenlänge. Diese Satanskluft, die sie immer trägt, die schwarze Schminke, schwarze Ringe in der Nase und dann noch die Sprüche, die sie hält – dieses Teufelsweib jagt mir Angst ein.«

»Ich werde nicht umhin können, mit ihr zu reden. Sollte sie sich den Satanisten auf dem Limberg angeschlossen haben, lebt Oliver gefährlich.«

»Wenn er noch lebt«, knurrte Rolf West und fixierte Schnur mit einem bösen Blick.

Der sah zu, dass er so schnell wie möglich das Haus verließ.

Kapitel 33

Anne Richter folgte Harald Steiner und seinem Hund in gebührendem Abstand. Er sah mitgenommen aus, wie ein Mann, der geweint hatte. Das war erneut Salz auf ihre Wunde. Wie schaffte es ein behinderter Junge, solche Gefühle in Steiner zu wecken, während er ihr gegenüber immer nur gleichgültig geblieben war?

Sie hasste ihren Vater, hasste ihn abgrundtief. Deshalb wollte sie Harald Steiner für den Verrat an seiner Tochter bestrafen. Beim ersten Versuch hatte sie versagt, hatte keine Vorstellung von dem gehabt, was es bedeutete, einen Wunsch, der von Hass angetrieben wurde, auch in die Wirklichkeit umzusetzen. Obwohl sie es bis ins Detail geplant hatte, sah plötzlich alles anders aus, als sie ganz dicht hinter ihrem Vater gestanden und seine Nähe gespürt hatte.

Nun befand sie sich zwischen den Fronten. Sie stand vor einem folgenschweren Auftrag. Erfüllte sie ihn, würde ihr Leben endlich beginnen. Versagte sie ein weiteres Mal, gab es gleich zwei gefährliche Feinde.

Da verfolgte sie den Menschen, der sie ihrem Ziel näher bringen konnte, und wusste einfach nicht, wie sie es schaffen sollte, über ihren eigenen Schatten zu springen. Die Hasstiraden ihrer Mutter sollten doch Antrieb genug sein. Aber leider funktionierte das nicht so einfach.

Steiners Schritte wurden langsamer. Anne Richter erschrak. Hatte er sie bemerkt? Aber das war nicht der Fall. Er ließ sich auf einer seiner Bodenkanzeln nieder und streichelte seinen Hund.

Seinen Hund liebte er auch mehr als sie. Eine traurige Figur, dieser Mann. Ihre Wut wuchs mit jeder Minute, die sie diesen Mann beobachtete. Das war gut so! Weiter so! Je größer die Wut, desto entschlossener würde sie zur Tat schreiten.

Aber ihre Hemmschwelle, die Grenze zum Bösen einfach zu ignorieren, blieb unüberwindlich. Das Einzige, was sie fertig brachte, war, auf ihn zuzugehen und ihn mit feindseligen Sprüchen zu konfrontieren.

Mit schnellen Schritten trat sie aus ihrem Versteck heraus direkt vor den Mann, dessen Gesicht voller Kratzer und Hämatome war.

»Was sollte deine Vertraulichkeit mit dem Bekloppten?«, fragte sie in einem provozierenden Tonfall. »War das eine Mitleidstour oder was?«

Fassungslos starrte der Förster Anne Richter an. Wo kam sie so plötzlich her? Verzweifelt hatte er nach ihr gesucht. Nach ihrer unerfreulichen Begegnung war sie wie vom Erdboden verschwunden – und jetzt tauchte sie von ganz allein wieder auf. Er fühlte sich dermaßen überrumpelt, dass es ihm die Sprache verschlug.

»Kam dir mal der Gedanke, dich mit normalen Menschen abzugeben? Oder ist dir das zu anstrengend? Micky hat dir aus der Hand gefressen, egal was du gemacht oder gesagt hast. Der Umgang mit einem Doofen war bestimmt einfach.«

»Was soll das?«, krächzte Steiner. Meine Güte, wo war seine Schlagfertigkeit geblieben? Zur Vorsicht stellte er sich so, dass diese Frau ihm nicht schon wieder etwas über den Schädel ziehen konnte. Moritz wurde auch hellwach. Mit gestellten Ohren, eingezogener Zunge in einer angespannten Haltung stand er vor der Frau in Schwarz.

»Du hast vergessen, was Prioritäten sind. Was war der Junge für dich? Er war mit dir nicht verwandt. Du warst ihm in keiner Weise verpflichtet. Aber ihm gegenüber hast du dich wie ein Vormund aufgeführt, obwohl er selbst Eltern hatte.«

Hörte er da etwa Eifersucht?

Sie ging weiter, ohne eine Antwort von ihm abzuwarten.

So konnte Steiner sie nicht gehen lassen. Er beschloss, ihr zu folgen. In ihren Worten lag ein tief verwurzelter Hass – genauso wie in ihren Taten. Unwillkürlich rieb er sich über seinen Hinterkopf. Jetzt war die Zeit gekommen, darüber zu sprechen. Jetzt oder nie! Er spürte Nervosität in sich aufsteigen.

Eine Weile verging, ohne dass einer der beiden etwas sagte, was seine Unruhe verstärkte. Sie durfte ihm nicht schon wieder entkommen.

Die Dämmerung zog über den Wald und verwandelte die schöne Natur in eine schwarze Hölle. Anne Richter hielt ihr Tempo bei, was Steiner mit Staunen registrierte. Nur ortskundige kannten den Weg in der Finsternis.

Nach einem langen Schweigemarsch gelangten sie an den Hoflimberg, passierten gemeinsam das Tor und das Brunnenhaus.

»Wollen wir bei einem Kaffee reden?«, fragte Steiner.

Er schaute Anne Richter ins Gesicht. Was er darin sah, gefiel ihm nicht. Ihre ebenmäßigen Gesichtszüge wurden durch die schwarze Schminke entstellt. Stecker durch jede Augenbraue, ein Ring durch die Unterlippe betonten ihre Trotzhaltung. Sie könnte hübsch sein, dachte er. Aber ihre

Gesinnung stand töricht in ihrem Gesicht. Aus ihren Augen sprach Ablehnung in einer Heftigkeit, dass er schon befürchtete, andere Geschütze auffahren zu müssen, um sie zu einem Gespräch zu bewegen. Aber er täuschte sich.

Sie nickte.

Gemeinsam betraten sie das Haus. Es war leer. Die Haushälterin hatte ihren freien Tag.

In der Küche begann Steiner, Kaffee aufzustellen, wobei er immer ein Auge auf seine Tochter gerichtet hielt. Ein Schlag auf den Hinterkopf reichte ihm. Die Blamage war der schlimmste Schmerz, den er dabei erlitten hatte. Eine Wiederholung wollte er nicht riskieren.

Sie setzten sich an den Küchentisch am geöffneten Fenster. Die Luft war kalt, aber Steiner hielt das für ein gutes Mittel, das erhitzte Gemüt von Anne Richter abzukühlen.

Wieder schwiegen sie sich an, bis Steiner die Stille unterbrach: »War es wirklich nötig, mir eine Eisenstange auf den Kopf zu schlagen?«

Es dauerte lange, bis Anne Richter darauf eine Gegenfrage stellte: »War es wirklich nötig, meine Mutter in den Tod zu treiben?«

»Erst seit unserer Begegnung am Brunnenhaus weiß ich, dass du meine Tochter bist«, begann Steiner zu sprechen, wobei er sich bemühte, gelassen zu wirken. »Und heute, bei unserer zweiten Begegnung nach so vielen Jahren, wirfst du mir vor, Schuld am Tod deiner Mutter zu sein. Ein bisschen viel für die wenigen Minuten, die wir bisher zusammen verbracht haben.«

»Wie könnte unsere gemeinsame Zeit von Dauer gewesen sein? Du hast dich einfach aus dem Staub gemacht, als ich noch klein war. Ich bin ohne dich aufgewachsen. Aber nun habe ich den Sinn gefunden, der hinter allem steckt«

Steiner hatte Mühe, der Unterhaltung zu folgen. »Den Sinn hast du jetzt gefunden?«, fragte er verunsichert.

»Siehst du das nicht?«, kam es trotzig zurück.

»Dein Sinn soll wohl sein, einen Schuldigen für den Tod deiner Mutter zu finden. Aber da muss ich dich enttäuschen. Ich habe deine Mutter fünfzehn Jahre nicht mehr gesehen. Also kann ich ihr nichts angetan haben.«

»Das ist ja wieder typisch!« Anne Richters Stimme wurde schrill. »Den Lügner hinter dem Ahnungslosen verstecken wollen. Du wusstest genau um deine Pflichten, nachdem du meine Mutter und mich verlassen hattest. Aber bei Micky den selbstlosen Samariter spielen.«

»Ich habe euch nicht verlassen«, widersprach Steiner. »Deine Mutter …«
»Mir machst du nichts vor. Ich habe dich durchschaut.«
»Deshalb willst du mich fünfzehn Jahre später erschlagen?«
»Ich habe Zeit gebraucht, um die Veränderung der Realität zu begreifen«, verkündete sie. »Zum Glück musste ich meinen Zwiespalt nicht allein mit mir austragen. Ich habe viel gelernt und nun ist es soweit. Mein Herz tut weh von der Grausamkeit, die du mir und meiner Mutter angetan hast. Endlich weiß ich, was zu tun ist.«
Steiner starrte seine Tochter eine Weile verständnislos an, bis er endlich hervorbrachte: »Lass uns bitte vernünftig über alles sprechen. Den Schlag auf den Hinterkopf wollen wir einfach vergessen und jetzt und hier neu anfangen. Es ist noch nicht zu spät dafür.«
Anne Richter reagierte nicht.
Plötzlich hörten sie ein Geräusch am offenen Fenster.
Erschrocken drehten sich beide um und sahen in das Gesicht von Jürgen Schnur.
»Ich störe euer Familientreffen nur ungern. Aber die Arbeit ruft.«
Er hatte alles gehört.
Steiner fühlte sich gestört und erleichtert zugleich. Das Gespräch mit seiner Tochter brachte ihn emotional an seine Grenzen. Er öffnete dem Polizeibeamten die Tür. Ohne zu fragen, stellte er eine dritte Tasse hinzu.
»Ich bin froh, Sie hier anzutreffen«, richtete sich Schnur an Anne Richter. »Wir sind auf der Suche nach Oliver West. Der ganze Wald wurde durchkämmt, aber keine Spur von ihm. Da Sie Ihren inneren Zwiespalt nicht alleine austragen mussten, gehe ich davon aus, dass es sich bei Ihrem Seelenretter um Oliver West handelt. Deshalb vermute ich, Sie wissen, wo er steckt.«
Anne Richter schnappte nach Luft.
Wie war das zu deuten? War sie erschrocken über Oliver Wests Verschwinden oder fühlte sie sich ertappt? Sie sagte nichts, um das Rätsel zu entwirren.
»Bekomme ich eine Antwort von Ihnen?«
»Haben Sie mir eine Frage gestellt?«, konterte Anne Richter scharfzüngig.
Schnur rollte die Augen. »Man sagt Satanisten eine hohe Intelligenz nach. Ich sehe das hier bestätigt«, provozierte er, was prompt gelang.
»Ich bin kein Satanist«, blaffte sie laut und schlug gleichzeitig mit beiden

Händen auf den Tisch. »Ihr Bullen seid einfach unfähig, den Unterschied zu erkennen. «

»Wen Sie anbeten ist mir egal, solange Sie mir Antworten geben«, gab Schnur genauso unfreundlich zurück. »Wo ist Oliver West?«

»Keine Ahnung! Ich habe ihn seit einigen Tagen nicht mehr gesehen.«

»Und wer hat mit Ihnen Ihren inneren Zwiespalt bekämpft?«

»Meine Worte waren nicht für Ihre Ohren bestimmt!«

»Sondern?«

»Sie können nur in einem festgefahrenen Schema denken.«

»Oh, wie weitsichtig Sie doch sind«, gab Schnur sarkastisch zurück. »Was geht denn in meinem Gehirn vor?«

»Sie denken, Olli und ich seien ein Paar. Aber das sind wir nicht.«

»Was ist Oliver denn für Sie? Ein Seelenklempner bestimmt nicht. Er hat den Beruf und die Mentalität eines Holzfällers.«

»Dann haben Sie sich die Antwort schon selbst gegeben.«

Mit diesen Worten stand Anne Richter auf und wollte das Haus verlassen.

»Sie halten sich zur Verfügung!«, rief Schnur hinterher.

»Für wen? Für Sie, Sie geiler Sack? Hätten Sie wohl gern!« Die Tür knallte hinter ihr ins Schloss.

»Was war das?« Schnur fühlte sich überrumpelt.

Steiner konnte nur mit den Schultern zucken. Seine ersten Begegnungen mit seiner Tochter nach fünfzehn Jahren hatten auch ihm Rätsel aufgegeben. Er schaute aus dem geöffneten Fenster. Dort sah er sie durch den Hof eilen.

»Marianne«, rief er gegen jede Vernunft.

Sie blieb tatsächlich stehen und drehte sich nach ihm um.

»Bitte pass auf dich auf!«

Anne Richter lachte.

»Soll ich dich ins Dorf fahren?«, gab Steiner den Versuch noch nicht auf.

»Glaubst du wirklich, ich hätte Angst vor der Finsternis?«

Schnur stellte sich neben Steiner ans Fenster. Wie paralysiert schauten sie der jungen Frau nach, die das Tor passierte und aus ihrem Sichtfeld verschwand.

Steiner glaubte zu sehen, wie sich der dicke Stamm der Eiche verformte, sich ein Schatten löste und die gleiche Richtung einschlug wie Anne Richter. Gleichzeitig begann Moritz zu bellen.

»Hast du das auch gesehen?«

Schnur rieb sich über die Augen, antwortete nichts.

»Ich habe das Gefühl, dass sie jemand verfolgt.«

»Ich rufe die Kollegen der Bereitschaftspolizei an. Sie sind immer noch auf dem Limberg und suchen nach Oliver West. Sie können sich sofort dranhängen.«

Das gefiel Steiner.

»Das Leben ist schon rätselhaft«, sprach er leise und hielt immer noch den Blick in die Dunkelheit gerichtet. »Da verliere ich Micky, den ich wie einen Sohn geliebt habe. Fast gleichzeitig taucht nach fünfzehn Jahren meine verloren geglaubte Tochter wieder auf.«

»Wie kommt es, dass du sie nicht erkannt hast?«

»Vor fünfzehn Jahre verließ ich eine hellblonde Marianne Steiner, heute steht eine schwarzhaarige Anne Richter vor mir. Wie sollte ich sie erkennen?«

»Sie war es, die dich am Brunnenhaus niedergeschlagen hat?«

Steiner nickte.

»Warum hast du uns im Ungewissen gelassen?«

Steiner blieb Schnur die Antwort schuldig.

»Warum ist sie so wütend auf dich, dass sie dich niederschlägt?«, änderte Schnur den Kurs.

»Ich weiß es nicht. Sie sagt, ich hätte sie und ihre Mutter im Stich gelassen. Dabei war es ihre Mutter, die mich fortgeschickt hat, nachdem der Einsatz so kläglich gescheitert war.«

Schnur erinnerte sich daran, dass dem dienstlichen Desaster Steiners familiäre Tragödie gefolgt war. Danach hatte er seinen Dienst quittiert und war in den Wald geflohen.

»Sie hat auch gerichtlich erwirkt, dass ich kein Besuchsrecht für meine Tochter bekam.«

»Und du hast nichts dagegen unternommen?«

»Nein! Ich war damals der Ansicht, es geschehe mir nur recht.«

»Warum?«

»Weil durch mich Menschen starben.«

Schnur ließ eine kurze Pause entstehen, bevor er seine Bombe platzen ließ: »Du bist dir deiner Schuld an dem Ausgang des Einsatzes mehr bewusst, als wir alle bisher glaubten.« Damit bestätigte er zum ersten Mal Steiners Unvorsichtigkeit. »Du hast Lena Ambruch gekannt«, fügte er auf

Steiners erstaunten Blick an. »Streite es nicht ab! Wir wissen es inzwischen. Was wir nicht wissen, ist, wie gut oder wie intim.«

»Was soll das jetzt? Willst du mir vorsätzlichen Mord unterstellen?«, brauste Steiner auf.

»Nein! Aber damit habe ich eine Erklärung für deine Beweggründe, alles hinzuschmeißen.«

»Jeder Mensch reagiert anders.«

»Du bleibst also bei deiner Aussage, dass Lena Ambruch zufällig an den Ort des Einsatzes kam?«

Steiner brummte: »Geh nicht zu weit!«

Sie tranken ihren Kaffee und starrten sich eine Weile an. Die Wanduhr tickte.

»Warum bist du hierher gekommen?«, fragte Steiner nach einer Weile.

»Du hast mir erzählt, dass dich gestern Abend jemand vom Weg abdrängen wollte. Das war Oliver West. Wir haben sein Auto in der Schlucht am Bremsberg gefunden«, antwortete Schnur.

Steiner rieb sich über die Stelle am Hinterkopf, die mit Pflaster zugeklebt war.

»Der Weg, von dem er gestürzt war, bestand nur noch aus einem schmalen Engpass«, sprach Schnur weiter. »Kann es sein, dass du ihn genau dort abgehängt hast?«

»Genau dort«, bestätigte Steiner.

»Warum hast du den Unfall nicht gemeldet?«

»Weil da kein Unfall war. Der Fahrer hinter mir gab die Verfolgung auf. Die Scheinwerfer hielten vor dem Engpass an. Solange ich im Rückspiegel etwas sehen konnte, erkannte ich, dass die Scheinwerfer unbewegt an dieser Stelle standen. In meinem Beisein ist niemand abgestürzt«, antwortete Steiner und fügte wütend an: »Was hältst du eigentlich von mir? Glaubst du ernsthaft, ich hätte tatenlos zugesehen, wie jemand in zweihundert Meter Tiefe stürzt?«

Schnur schüttelte den Kopf. »Entschuldige! Mir gehen einfach nur die Nerven durch. Einer nach dem anderen stirbt. Nun ist Oliver verschwunden, und wir wissen nicht, ob er noch lebt.« Er rieb sich über das Kinn, wo sich erste rote Bartstoppeln bildeten und seufzte, ein Klagelaut, dem sich Moritz lautstark anschloss. Das brachte Schnur auf andere Gedanken. Sofort fragte er: »Wie hat dein Hund die Verletzung überstanden?«

»Er ist darüber alt geworden.«

»Stimmt! Er sieht angeschlagen aus«, bemerkte Schnur mit einem Blick auf das braun-weiß gefleckte Tier. »Es hat ihn ganz schön mitgenommen. Die Qualen hat er Fallen-Helmut zu verdanken. Über seine Rolle in unseren Fällen bin ich mir auch nicht sicher. Er stand am Fundort von Markus Darrens Leiche, sah seinen ehemaligen Trinkkumpanen in einem Zustand, wie er scheußlicher nicht sein kann, und zeigte keine Regung.«

Steiner holte Bier aus dem Kühlschrank. Er öffnete beide Flaschen und stellte sie auf den Tisch.

»Fallen-Helmut der Blutsauger vom Limberg! Ich kann mir die Schlagzeile schon vorstellen«, lachte Schnur freudlos.

»Ich habe den Mann gesehen, der Rolf West töten wollte. Er war groß und schlank und sehr sportlich – über das übliche Maß hinaus«, berichtete Steiner. »Immer wenn ich mich allein im Wald wähne, sehe ich Helmut Brack joggen. Er läuft über Berg und Tal mit einer Leichtigkeit, die beweist, dass er gut durchtrainiert ist. Er ist groß und schlank, wie der Unbekannte auch. Sein Trinkgebaren im *Donze* könnte Tarnung sein, damit wir nicht auf die Idee kommen, ihn zu verdächtigen.«

»Warum sollte er Rolf West töten wollen?«

Steiner rieb über seine Glatze, schaute Schnur prüfend an. Wieder stand er vor der Frage, ob er von seinem Fehltritt im *Donze* berichten sollte. Die einzige Geste von Rolf West, die lange Feindschaft zu begraben, die Steiner mit einer emotionalen Überreaktion einfach verraten hatte.

Kurzerhand entschied er sich anders und sprach: »Wer weiß, welches Geheimnis Helmut Brack verbirgt?«

»Wer weiß, welches Geheimnis du verbirgst?«, konterte Schnur.

»Was soll das schon wieder?«, stöhnte Steiner.

»Du verhältst dich höchst eigenartig, sobald das Thema auf den Überfall auf Subito-Rolf vor deiner Haustür kommt.«

»Du siehst Gespenster.«

»Wenn du Helmut für so eine grausame Tat fähig hältst, dann weißt du mehr, als du zugibst.«

Steiner überlegte eine Weile, bis er sich dazu aufraffte zu berichten: »Ich habe Gerstner, den Oberlehrer erwischt, als er besoffen Auto fuhr und ihn der Dorfpolizei ausgeliefert. An dem Abend schob Fallen-Helmut Dienst. Er hat nicht getan, was getan werden musste. Siegmund Gerstner fährt weiterhin Auto.«

»Du kommst vom Thema ab.«

»Eben nicht. Damit will ich sagen, dass es interessant wäre herauszufinden, wie weit die Loyalität des Dorfpolizisten zu seinen Jugendfreunden wirklich geht. Vermutlich war es nicht nur dieses eine Delikt, das er großzügigerweise übersehen hat.«

Schnur überlegte, was er mit der Information anfangen sollte. Es beantwortete seine Frage, warum Helmut Brack seine Intelligenz als Dorfpolizist vergeudete. Entweder er gefiel sich in der Rolle als Retter für arme Sünder aus dem *Donze*. Oder er hatte sich durch seine Unterlassungen erpressbar gemacht.

Aber das hatte nichts mit dem Fall zu tun und das sagte er Steiner auch. »Was verschweigst du mir?«

»Du bist ein Luchs. Dir entgeht wirklich nichts.« Steiner murrte.

»Danke! Genug Smalltalk! Antworte auf meine Frage!«

Nach einigem Zögern gab Steiner nach. Er gestand seine Unvorsichtigkeit, mit der er Rolf Wests Friedensangebot gedankt hatte.

Schnurs Reaktion fiel anders aus, als er befürchtet hatte. Keine Häme, kein Hohn. Stattdessen erkannte Schnur darin einen wichtigen Hinweis für seine Ermittlungen. Er zog sein Handy aus der Tasche.

»Erreichst du auf der Dienststelle jetzt noch jemanden?«

»Oh ja! Wir arbeiten auf Hochtouren. Das Gespräch, das wir hier führen, ist kein gemütlicher Plausch unter Freunden. Das ist rein dienstlich.«

Kaum hatte Schnur das Telefonat beendet, schnurrte sein Handy los. Er erschrak, weil das kleine Mobiltelefon auf Vibrieren stand.

»Wer zum Teufel hat wieder daran herumgespielt?«, schimpfte er, hob ab und lauschte eine Weile. Nachdem er das Gespräch beendet hatte, erklärte er Steiner: »Sie haben weder deine Tochter noch sonst jemanden gefunden.«

»So ein Mist!«

»Egal, wo sie sich vor uns versteckt, wir finden sie«, gab Schnur zum Besten.

»Ich glaube, meine Tochter ist Weltmeisterin im Sich-Verstecken. Nach unserer Begegnung am Brunnenhaus habe ich selbst vergeblich nach hier gesucht.«

»Oder du hast vergessen, wie man das macht«, konterte Schnur. »In fünfzehn Jahren verlernt man so einiges.«

Steiner unterdrückte seinen Zorn.

Kapitel 34

Der Sitzungssaal war voll, wie Jürgen Schnur an der Geräuschkulisse wahrnahm, als er durch den Flur ging. Vor der Tür traf er auf Kullmann.

»Forseti ist auch da«, flüsterte der ehemalige Vorgesetzte.

»Was will der sture Hesse?«, brummte Schnur. »Will er mir sagen, wie so ein Fall zu lösen ist?«

»Du wirst dich damit abfinden müssen, dass sich Kriminalräte in die Arbeit einmischen. Vor allen Dingen, wenn die Medien einen Fall so ausschlachten wie diesen.«

Er hielt Schnur die Saarbrücker Zeitung vor die Nase. Auf der ersten Seite stand: »Hat der Blutsauger vom Limberg wieder zugeschlagen?« Anschließend folgte ein Artikel über die ergebnislose Suche nach dem Fahrer des Wagens, der in die Tiefe gestürzt war.

»Danke, dass du mich gewarnt hast.« Schnur klopfte Kullmann auf die Schulter.

Sie betraten den Saal. Augenblicklich wurde es still.

Schnur ließ seinen Blick über die Menge wandern. Neben Dieter Forseti saß die Staatsanwältin Ann-Kathrin Reichert am Kopfende des Tisches. Das empfand Schnur als Frechheit, weil das sein Platz sein sollte. Doch kaum hatte er den Gedanken ausgedacht, erhob sich Anke von ihrem Platz am entgegengesetzten Ende des Tisches und ließ sich neben Erik Tenes nieder. Gute Taktik, dachte Schnur. Ob er an dem einen oder an dem anderen Ende saß. Was machte das für einen Unterschied?

»Womit wollen wir anfangen?«

»Mit der Brisanz unseres Falles«, reagierte der KPI-Leiter Forseti ungehalten. »Die Zeitungen sitzen uns im Nacken. Das sind immer schlechte Arbeitsbedingungen. Sie haben sich bisher aus jeder Schwierigkeit herausgehalten, indem Sie sich in ihrem Heimatort Wallerfangen verkrochen haben, wo Sie niemand vermutet. In der Zwischenzeit wird die Zentrale der Ermittlungsarbeiten in Saarbrücken mit den Medien konfrontiert. Der große Aufwand ist nicht zuletzt mit Anrufern verbunden, die mit falschen Geständnissen und fingierten Zeugenaussagen auf sich aufmerksam machen wollen.«

Jürgen Schnur deutete ein Lächeln an, hinter dem er seine ganze Wut verbarg.

»Außerdem halte ich es für angebracht, dass Sie ihrer Mitarbeiterin nahelegen, sich bei ihrer Tätigkeit als ermittelnde Kriminalkommissarin in Objektivität zu üben. Bisher ist ihr das nicht gelungen. Sie kennen Ihre Leute vielleicht besser als ich. Aber das beweist nicht, dass Sie deswegen effizienter arbeiten.«

Schnur hasste es, in seiner Vorgehensweise kritisiert zu werden – vor allem, wenn unmittelbar Untergebene anwesend waren. Ein schlechtes Beispiel für die Disziplin im Dienst. Aber was konnte er tun? Mit Kriminalrat Forseti, dessen Beziehungen bis ins Innenministerium reichten, wollte er es sich nicht verscherzen. Also behielt er sein Lächeln im Gesicht, dessen Züge inzwischen verkrampft wirkten.

»Ich habe alle Berichte gelesen und werde mich jetzt gezielt auf die Punkte konzentrieren, die in unserem Fall von Bedeutung sind. Ich fange an mit der Akte über den Dorfpolizisten Helmut Brack. Das ist bisher der einzige brauchbare Hinweis, der von Ihnen aus Wallerfangen gekommen ist.«

»Ich habe die Vorgeschichte von Helmut Brack überprüft, Chef. Deine Vermutung hat sich bestätigt«, wandte sich Anke an Schnur. »Helmut Brack wurde bei Bewerbungen für den Kriminaldienst nicht berücksichtigt, weil er sich durch Unterlassen einer Diensthandlung strafbar gemacht hat. Es geht um ein Delikt von Bernd Schumacher.«

Alle murmelten vor Erstaunen.

»Bernd Schumacher wurde vor zwanzig Jahren erwischt, als er in Wallerfangen ein Auto stehlen wollte. Die Besitzer des Wagens zeigten ihn an. Helmut Brack ließ die Anzeige fallen. Doch zu seinem Pech wiederholte Bernd Schumacher den Versuch des Autodiebstahls in Saarbrücken. Das Saarland ist bekanntlich klein, jeder kennt einen, der einen kennt und so weiter. Und so geschah es, dass der Beamte des Kriminaldienstes in Saarbrücken von der Anzeige in Wallerfangen erfuhr und die Unterlagen anforderte, die es nicht gab. Helmut Brack wurde strafrechtlich verfolgt. Jede Beförderung schied seitdem aus.«

»Also hat er im Fall Bernd Schumacher ein Motiv«, sprach Erik aus, was alle dachten. »Nur bleibt die Frage offen, warum er solange mit seiner Rache gewartet hat.«

»Bernd Schumacher hat nach dem versuchten Autodiebstahl Wallerfangen verlassen«, konnte Anke darauf antworten. »Es wäre möglich, dass er auf die erstbeste Gelegenheit gewartet hat, die sich am Morgen an der Holzspaltmaschine ergab.«

»Die Getöteten sind aus Helmut Bracks Bekanntenkreis. Auch alle weiteren Angriffe wurden auf seine Trinkgesellen verübt, die in der Vergangenheit mit Delikten in Konflikt geraten sind, die niemals angezeigt wurden«, bemerkte Esther.

Innerlich stöhnte Schnur. Die Ermittlungen richteten sich nach den neuen Erkenntnissen gegen seine Jugendfreunde.

»Die Anschläge auf den Förster Steiner geben Rätsel auf. Wie passt der ehemalige Einsatzleiter des Sondereinsatzkommandos in dieses Bild?«, drängte Forseti.

»Steiner hat mich auf Helmut Brack aufmerksam gemacht. Er könnte ein lästiger Zeuge geworden sein«, antwortete Schnur.

»Sehr hypothetisch. Ich dachte, Rolf West stünde im Verdacht, hinter den Anschlägen auf den Förster zu stecken«, schaltete sich die Staatsanwältin ein.

Schnur kochte vor Wut. Doch bevor er sich das Zepter aus der Hand nehmen ließ, änderte er betont lässig den Kurs, indem er sich an Kullmann wandte: »Wie wir alle wissen, waren die Opfer blutleer – ein wichtiger Aspekt für unsere Ermittlungen. Was wissen wir über das Phänomen des Blutsaugens?«

»Da gibt es zum Beispiel das Renfield-Syndrom«, begann Kullmann aus seinen Unterlagen vorzulesen. »Das Renfield-Syndrom wird in der psychologischen Literatur nach dem fliegenessenden Charakter Renfield in Bram Stokers Dracula benannt. Es äußert sich in drei Kategorien: Man spricht von Autovampirismus, der durch ein Trauma oder einen kritischen Zwischenfall in der Kindheit ausgelöst wird. In dem Fall entdeckt der Patient, dass ihn der Geschmack und Anblick seines Blutes erregt – er trinkt sein eigenes Blut. Zoophagia ist der Konsum von Blut von Tieren. Und schließlich gibt es wahren Vampirismus, in dem der Patient menschliches Blut haben muss, dafür Blut aus medizinischen Einrichtungen klaut oder sogar Serienmorde begeht.«

»Toll«, bemerkte Forseti kühl. »Heißt das, dass wir ab sofort Vampirjäger beauftragen müssen?«

Darauf gab Kullmann keine Antwort, sondern trug unbeirrt weiter vor, was er recherchiert hatte: »Weiterhin gibt es eine Krankheit, die Symptome wie Blutarmut oder Lichtempfindlichkeit aufweist. Man nennt sie Porphyrie.

Darunter versteht man eine erbliche Stoffwechselkrankheit, die in verschiedenen Formen vorkommt. Bei Porphyrie-Kranken ist die Produktion des roten Blutfarbstoffes, des Hämoglobins gestört. Ursache kann entweder ein ererbter Gendefekt oder eine Vergiftung durch Blei sein. Das in roten Blutkörperchen vorkommende Sauerstoff tragende Molekül Hämoglobin enthält wichtige Inhaltsstoffe, die für das Nervensystem, für die Atmung, Haut und Psyche wichtig sind. Bei Menschen, die an Porphyrie leiden, fehlt dieser Inhaltstoff. Die Betroffenen wirken totenblass, in schweren Fällen schrumpfen Lippen und Gaumen und die hervorstehenden Zähne sind blutunterlaufen. Weiterhin leiden sie schubweise an kolikartigen Bauchschmerzen und erhöhter Empfindlichkeit gegen Sonnenlicht. Außerdem gibt es neurologische und psychiatrische Symptome wie Krampfanfälle und Psychosen. Um den fehlenden Blutfarbstoff zu ersetzen, mussten die Kranken früher Tierblut trinken. Heute werden die Patienten mit Hämatin-Präparaten therapiert.«

»Unsere Verbrechen wurden immer bei Nacht begangen«, erkannte Schnur.

»Außerdem wurden Knochen von Kleintieren in der alten Scheune gefunden«, ergänzte Esther.

»Wer kommt nun als Täter in Frage?« Diese Frage stellte die Staatsanwältin. »So auffällige Symptome müssen doch zu beobachten sein.«

»Das ist es ja«, grummelte Schnur. »Unter diesem Aspekt habe ich keinen Verdächtigen. Meine Jugendfreunde trinken Bier, kein Blut.«

»Nach den neuen Informationen, sehe ich nur eine Verdächtige, die alle Kennzeichen der von Kullmann vorgetragenen Krankheit aufweist«, sprach Forseti. »Das ist Harald Steiners Tochter Anne Richter.«

Esther schnappte nach Luft. Sie befürchtete schon, dass sie sich verraten könnte, so sehr schockierte sie die Neuigkeit, dass Anne Richter Steiners Tochter war.

Diese Neuigkeit wühlte auch die anderen Kollegen auf. Das ließ Esther hoffen, ihre Reaktion fiele unter ihnen nicht auf. Doch als ihr Blick auf Forseti traf, wurde ihre Hoffnung zunichte gemacht. Sie sah das Schlimmste kommen.

Und genau das traf ein, als Forseti weiter sprach: »Und wie wir wissen, ist es dem Versäumnis von Esther Weis zu verdanken, dass wir nicht schnell genug herausfanden, wer Harald Steiner niedergeschlagen hat. Der Tatsache, dass Anne Richter seine Tochter ist, dürfen wir keine Bedeutung beimessen. Sie lebte bei ihrer Mutter, bis diese vor einigen Monaten starb. Kontakt zu ihrem Vater hatte sie nicht. Die Gesinnung von Anne Richter ist mit Blutritualen im Zusammenhang zu sehen. Sie ist die Einzige, die ihre Affinität zur Schwarzen Szene demonstriert. Deshalb ist sie verdächtig. Sie muss verhört werden.«

»Anne Richter ist eine kleine, zierliche Frau. Wie soll sie einen starken Mann wie Bernd Schumacher in die Holzspaltmaschine bekommen? Oder Markus Darren in die Scheune schleppen?«, zweifelte Esther.

»Damit können Sie Ihr Versäumnis nicht rechtfertigen. Vermutlich hat sie Komplizen, was die Frau noch gefährlicher macht«, entgegnete Forseti frostig.

Niemand wagte sich, einen Ton von sich zu geben. Die Stimmung war zum Zerreißen gespannt. Alle spürten, dass Forseti noch nicht alles gesagt hatte.

Lange funkelte der Kriminalrat Jürgen Schnur an, bis er in eisigen Tonfall anfügte: »Sie wissen hoffentlich, wie Sie die Unterlassung Ihrer Mitarbeiterin zu behandeln haben?«

Schnur erwiderte Forsetis Blick. Es fiel ihm schwer, nicht zu kontern.

Kullmann riss das Gespräch an sich, um die Spannung, die sich im Raum ausbreitete, aufzulösen: »Wir können uns nicht darauf verlassen, dass Anne Richter die Täterin ist, nur weil sie sich einer Kultur angeschlossen hat, die ihre Ablehnung gegenüber der Gesellschaft mit schwarzen Kleidern zur Schau trägt. Es gibt harmlose Gruppen, wie die Gothic-Szene oder die Grufties.«

»Und wie erklären sich die Blutrituale?«, fragte Forseti ungehalten.

»Ich habe noch nicht alle Ergebnisse meiner Recherchen vorgetragen«, konterte Kullmann »Es gibt eine perverse Veranlagung von Männern, die beim Anblick von fließendem Blut sexuelle Befriedigung empfinden. Blut übt auf diese Menschen einen besonderen Reiz aus. Diese abnorme Veranlagung nennt man Hämatophilie. Sie äußert sich in lebhaften Träumen und Vorstellungen von Blut. Eine Steigerung der Hämatophilie ist die Hämatodipsie, ein rein erotischer Blutdurst. Der Zustand sexueller Erregung stellt sich beim Sehen, Hören oder Schmecken von Blut ein. Der Blutgenuss ersetzt jede Art von Geschlechtsverkehr, daher spielt das Geschlecht des Opfers keine Rolle.«

»Was ändert das an meiner Theorie?«, fragte Forseti unnachgiebig. »Ist Anne Richter damit aus der Schusslinie?«

Kullmann antwortete: »Es erweitert zumindest den Kreis der Verdächtigen. Völlig unabhängig von den Opfern könnte ein Mann hinter den Bluttaten stehen, ohne an den vorher erwähnten gesundheitlichen Einschränkungen oder an einer abnormalen Gesinnung zu leiden. Jemand, der aussieht wie wir, sich kleidet wie wir – nur mit dem Unterschied, dass er Sexualdelikte dieser Art begeht.«

»Ein bisschen viel Zufall, dass alle Opfer Trinkfreunde aus der Kneipe *Donze* sind.« Forseti blieb skeptisch.

»Vielleicht steht er auf alkoholische Blutgetränke«, meinte Kullmann grinsend.

»Das lenkt wieder den Verdacht auf Helmut Brack«, trug Anke vor. »Seine Frau hatte ihn verlassen, als er sich durch das Versäumnis, Bernd Schumacher anzuzeigen, jede Chance auf eine Karriere bei der Polizei verbaut hatte. Er hat nie wieder geheiratet. Von einer Lebensgefährtin ist auch nichts bekannt.«

»Du meinst, aus Langeweile trinkt er Blut, um sich zu befriedigen?«, hakte Schnur ungläubig nach.

»Eine lange Abstinenz ist unnatürlich.«

Die Besprechung schien sich im Kreis zu drehen. Allen Argumenten zum Trotz landeten sie immer wieder bei Helmut Brack.

»Ich habe die Wohnung von Markus Darren auseinander genommen, mit der Mutter gesprochen und auch Freunde von ihm befragt«, brachte Erik hervor. »Es gibt absolut nichts, was darauf hinweist, dass er der dritte Mann bei der Entführung von Otto Sieberts Sohn war. Sein Leben verlief total normal. Zur Zeit der Entführung arbeitete er als Vorarbeiter bei der Firma *Stahlbau-Rohre*. Er hatte gut verdient. Nach seiner Entlassung kehrte er zu seiner Mutter zurück, bewohnte dort ein Zimmer und teilte den Rest des Hauses mit ihr. Der Kontakt zu Bernd Schumacher war schon lange Zeit nur flüchtig, weil Bernd Schumacher wegen Diebstählen und Einbrüchen immer wieder im Knast landete.«

»Wir können also davon ausgehen, dass die beiden Morde nichts mit der Entführung von Otto Sieberts Sohn zu tun haben. Sehe ich das richtig?«, fragte Forseti in die Runde.

»Theoretisch könnte Helmut Brack Bernd Schumacher geköpft haben. Markus Darren trat hinzu und wurde ein lästiger Zeuge«, gab Schnur die neue Hypothese zum Besten.

Alle lauschten ihm schweigend. Obwohl es sehr einleuchtend klang, sprang niemand begeistert darauf an.

»Also wird Helmut Brack vorgeladen«, bestimmte Forseti und fügte fragend an: »Was hat die Suche nach Oliver West ergeben?«

»Nichts! Er ist wie vom Erdboden verschluckt.«

Jürgen Schnur schilderte seinen Mitarbeitern, was Steiner ihm über die Verfolgungsjagd über den Limberg berichtet hatte.

»Dann war es nur Zufall, dass der Verfolger genau an diese Stelle gelangt ist«, erkannte Anke.

»Ja und?«

»Der Blutsauger vom Limberg konnte nicht wissen, dass Oliver West dort war. Es besteht also die Möglichkeit, dass Oliver bald auftaucht, wenn der Schock vorüber ist.«

»Um deinen Optimismus bist du zu beneiden«, gab Erik zu und fügte an: »Ich möchte noch loswerden, was ich über Otto Sieberts Anzeige wegen Einbruch herausgefunden habe.«

»Gibt es da etwas Brauchbares?«, hakte Schnur nach.

»Ich fand heraus, dass diese Anzeige ein schnelles Ende nahm. Der Einbruch wurde telefonisch angezeigt und persönlich wieder revidiert.«

»Wie das?«

»Bei dem Anruf am Vormittag erklärte Otto Siebert, es sei bei ihm eingebrochen worden. Der Kollege des Polizeipostens in Siersburg fuhr noch am gleichen Tag zu dem Anwesen der Sieberts, traf dort Otto Siebert an, der ihn bat, die Anzeige wieder zurückzunehmen, weil nichts gestohlen worden sei.«

»Aus dem Grund nahm er seine Anzeige zurück?«

Erik nickte.

Niemand konnte sich einen Reim darauf machen.

»Bevor wir uns an Nichtigkeiten aufhalten, erwarte ich, dass Helmut Brack und Anne Richter vorgeladen werden.« Mit diesen Worten richtete sich Forseti an Jürgen Schnur, bevor er zusammen mit der Staatsanwältin das Büro verließ.

Zurück blieben die Polizeibeamten mit ihrem Unbehagen über den Verlauf der Besprechung.

Leise war das Motorengeräusch eines Autos zu hören, das den Hof durchquerte. Im Flur klingelte ein Telefon, ein Drucker ratterte.

»Ich habe gedacht, Forseti wären wir los«, sprach Erik in die Stille.

Schon hatte sich die Beklemmung aufgelöst. Alle sprachen durcheinander, bis es Schnur gelang, wieder für Ruhe zu sorgen.

»Leider ist es nicht so. Es ist nur ärgerlich, dass er mir zuvorgekommen ist. Woher wusste er, dass Anne Richter Steiner zusammengeschlagen hat? Ich hatte noch keine Gelegenheit, es jemandem zu sagen, da platzt er schon damit heraus.«

Erik übernahm die Antwort: »Harald Steiners Haushälterin war hier. Sie hat ein Gespräch zwischen Esther und ihm belauscht und munter geplaudert. Das war natürlich Wasser auf die Mühle für den Hessen.«

»Sprach der Rheinländer«, bemerkte Anke. »Haben wir auch Saarländer unter uns?«

»Nicht mehr lange!« Erik grinste. »Die Einwohnerzahl schwindet unter die Millionengrenze. Dann wird das Saarland aufgelöst und ihr seid alle Pfälzer.«

»Also müssen wir unseren blutrünstigen Mörder schnell finden, weil sonst die Einwohnerzahl des Saarlandes sinkt.«

»Da seht ihr mal wieder: Unser Fall nimmt schon politische Dimensionen an. Vielleicht ist die Angliederung des Saarlandes an Rheinland-Pfalz das Motiv für den Blutsauger vom Limberg«, sinnierte Erik.

»Dann haben wir vier Millionen Pfälzer als Verdächtige. Also machen wir uns an die Arbeit – es gibt viel zu tun«, forderte Schnur auf.

Esther beteiligte sich nicht an dem Gespräch.

Anke ahnte, was sie beschäftigte. Leise erklärte sie ihr: »Ich habe am Samstagabend eine E-Mail mit dem Bericht über die Befragung der Haushälterin an den PC in Jürgens Elternhaus geschickt.«

Esther stöhnte. Sie hatte den Samstagabend in Saarbrücken verbracht.

»Deshalb wusste ich nichts davon.« Schnur ging ein Licht auf. »Ich habe den Computer nicht eingeschaltet.«

Kapitel 35

Der Regen setzte wieder ein – in aller Heftigkeit. Steiner schaffte es gerade rechtzeitig, mit seinem Hund ins Haus zu gelangen. Er nahm ein Handtuch, mit dem er behutsam seinen Hund abtrocknete. Er spürte jede Rippe.

Anschließend steuerte er die Küche an.

Wie einen Vorwurf empfand er den Anblick der leeren Küche. Micky war nicht mehr da, konnte nicht mehr neben ihm am Frühstückstisch sitzen und Nutellabrote essen. Bilder von Micky tauchten vor seinen Augen auf. Er sah Micky über die Wiese auf ihn zukommen – mit dem Hund an der Leine, den Steiner eine ganze Nacht lang vermisst hatte. Seine Hosen zerrissen, seine Beine voller Schrammen, weil er über die Dachrinne sein Zimmer verlassen hatte. Steiner spürte große Trauer, rieb sich über den Unterarm, an dem die kleine Narbe immer noch sichtbar war. Es war seine Idee gewesen, die Freundschaft zu Micky mit Blut zu besiegeln. Micky war so stolz darauf, weil Steiner ihm damit das Gefühl vermittelt hatte, es ernst mit ihm zu meinen. Und das war es für Steiner. Nicht umsonst hatte er ihn zu seinem Adjutanten ernannt. Vermutlich hatte Steiner Micky mehr gebraucht als umgekehrt. Der Junge war der einzige Mensch in Steiners Leben, der seine wahren Gefühle hervorrufen konnte. Vor ihm wäre es Steiner nicht gelungen, sich zu verschließen. Mickys Aufrichtigkeit hatte ihn tief berührt. Umso schmerzlicher spürte er den Verlust dieses anspruchslosen Menschen, der einfach nur in den Tag hinein leben wollte, mit Natur und Tieren eins war, niemanden zum Feind hatte, und doch so früh und so sinnlos sterben musste.

Steiner hatte große Mühe, nicht die Fassung zu verlieren. Er suchte die Augen seines Hundes, der seinen Blick treu erwiderte. Steiner forderte Moritz auf, sich neben ihn auf die Bank zu setzen, was der Hund nur zu gern tat. So konnte er ihn in den Arm nehmen, streicheln, sein Gesicht in dem weichen Fell verstecken. Moritz hielt ganz still. Er war der perfekte Zuhörer, dachte Steiner. Auch ein Zeuge der Trümmer seines Lebens. Lena Ambruch war durch seine Schuld gestorben, Micky starb den Tod, den Steiner hätte sterben sollen und Anne Richter – früher Marianne Steiner – seine Tochter, war durch ihn unglücklich und seit ihrem Besuch bei

Steiner spurlos verschwunden. Er wusste nicht, ob sie noch lebte. Das Unglück verfolgte ihn. Er fühlte sich trostlos. Dabei sollte seine Arbeit auf dem Limberg ein Neubeginn sein. Aber leider spielte das Leben anders. Die Sünden aus vergangenen Zeiten holten ihn ein. Eine Flucht gab es nicht. Wer war es, der auf dem Berg sein Unwesen trieb? Wen wollte er wirklich? Ihn oder Rolf West oder Oliver West oder seine Tochter?

Es klingelte an seiner Tür. Erschrocken fuhr er auf, wischte sich hastig über sein Gesicht und öffnete.

Vor ihm stand Esther Weis – im strömenden Regen. Ihre blonden Locken hingen nass und platt gedrückt am Kopf, ihre Wimperntusche lief über die Wangen, ihre Jacke klebte an ihrem Körper. Aber sie machte keine Anstalten ins Trockene zu kommen. Erst beim zweiten Hinsehen erkannte Steiner, dass sie weinte.

»Du elender Mistkerl«, schimpfte sie zur Begrüßung los. »Ich versuche alles, dir eine verständnisvolle Partnerin zu sein, weiß, was du nach Mickys Tod empfindest und versuche, dir zu zeigen, dass ich für dich da bin, zeige dir Mitgefühl vor den Augen aller Kollegen, setzte damit meinen Ruf aufs Spiel, weil ich glaube, dass du mich brauchst. Aber du hast es nicht nötig, mich an deinem Leben teilhaben zu lassen.«

Sie ging vor der Tür hin und her, den Regen einfach nicht beachtend, so sehr war sie in ihren verzweifelten Gefühlsausbruch vertieft.

»Was willst du?«, wurde Steiner wütend. »Willst du, dass ich dir nachlaufe wie ein Hund? Nur weil du Verständnis zeigst? Tut mir leid. Dafür bin ich nicht der Richtige.«

»Scheiße«, heulte Esther los. »Ich habe mich wirklich getäuscht, als ich dachte, ich hätte genug Erfahrungen im Leben gesammelt, um zu wissen, was auf mich zukommt. Meine Gefühle für dich sind reine Zeitverschwendung. Du nimmst die Frauen nur, wenn du sie brauchst, danach schiebst du sie ab.«

»Du kommst jetzt rein, ziehst die nassen Sachen aus und dann versohle ich dir mal gründlich den Hintern.« Während Steiner diese Drohung aussprach, machte er sie schon wahr. Er zog sie gegen ihren Willen ins Haus, riss ihr die nasse Jacke vom Leib, zerrte an ihren Schuhen und ihrer Hose, doch sie ließ es nicht zu.

»Ich will das nicht! Dafür bin ich nicht gekommen. Ich will mit dir reden.«

Steiner hielt inne, schaute Esther in die Augen und atmete tief durch.

»Ich weiß, warum dir Micky so viel bedeutet hat«, begann sie.

»Das weiß niemand«, widersprach Steiner.

»Doch! Ich! Ich habe mich über dein Leben informiert, als ich allein war und auf einen Anruf von dir gewartet habe. Du hattest eine Schwester, die ebenfalls am Down-Syndrom litt.«

Steiner starrte sie eine Weile an, wobei in seinem Gesicht deutlich zu lesen war, wie unschlüssig er darüber war, ob er sich darüber freuen oder ärgern sollte.

»Was ist daran so interessant?«, entschloss er sich zu fragen.

»Ich habe mich immer gewundert, woher ein Jäger – ehemaliger Polizeibeamter – weiß, wie man mit solchen Menschen umgehen muss. Du konntest das besser als Mickys Eltern und jeder andere hier. In deiner Vergangenheit habe ich die Antwort gefunden.«

»Dann weißt du, dass ich schon damals bei meiner Schwester versagt habe. Sie starb an einem Herzfehler, da war sie gerade mal sechzehn Jahre alt. Micky wurde auch nicht viel älter. Was sagt uns das: Ich habe nichts dazugelernt«, überhäufte sich Steiner mit Selbstvorwürfen.

Sie gingen ins Wohnzimmer und ließen sich vor dem Kamin auf dem Boden nieder.

»Da wir mit meinem Seelenstriptease begonnen haben, kannst du mich weiter durchleuchten«, fügte er bissig an. »Ich werde mich fügen, meine Schuld bekennen und Reue zeigen.«

»Dein Sarkasmus ist hier nicht angebracht. Ich bin nicht hier, um dir den Tod deiner Schwester oder Mickys Tod vorzuwerfen. Das steht mir nicht zu«, antwortete Esther.

»Sondern?«

»Deinetwegen habe ich Schwierigkeiten bei der Arbeit bekommen. Ich habe mein Wort gehalten und niemandem gesagt, dass Anne Richter dich niedergeschlagen hat.«

»Das war dumm von dir«, kam eine Reaktion darauf, die Esther nicht erwartet hatte.

Hitze schoss ihr ins Gesicht.

»Ich habe dir vertraut, und du nimmst es noch nicht einmal zur Kenntnis?«

»Oh doch, das tue ich. Aber ich hätte nicht gedacht, dass du wirklich so naiv bist und wichtige Informationen in einer Mordermittlung zurückhältst. Ich habe darauf gewartet, dass Jürgen mit mir über Anne Richter sprechen will, aber es kam anders.«

»Du hast mir nicht gesagt, dass sie deine Tochter ist«, warf sie ihm vor.

Steiner wollte sie in den Arm nehmen, aber Esther rückte von ihm weg.

»Wer war Lena Ambruch für dich?«, fragte sie.

Steiner schaute sie verwundert an.

»Wir wissen, dass ihr euch gekannt habt. Sie war bei einer Alkoholkontrolle in Handgreiflichkeiten geraten. Du bist ihr zu Hilfe gekommen, als der Autofahrer Lena Ambruch in seinen Wagen zerren und mitnehmen wollte.«

»Gut recherchiert.« Steiner nickte anerkennend.

»Mehr wissen wir nicht. Aber meine Erfahrung mit dir hat mich gelehrt, dass die Rettung nicht mit einem einfachen ›Danke schön‹ abgegolten war. Welche Rolle hatte Lena Ambruch in deinem Leben gespielt, als es zu dem Befreiungseinsatz kam?«

Steiner lachte, schaute sich suchend nach seinem Hund um, der im Körbchen lag und die beiden im Auge behielt.

»Du gehörst zu der unersättlichen Sorte«, neckte er. »Du willst alles. Nicht wahr?«

»Ich will die Wahrheit.«

»Also spielen wir das Wahrheitsspiel. Du fragst, ich antworte. Habe ich auch ein Recht, den Spieß umzudrehen?«

Sie ging auf seine Spielchen nicht mehr ein. Zu wütend war sie.

Es dauerte lange, bis Steiner sich überwinden konnte und eine Antwort gab: »Ich konnte es fünfzehn Jahre für mich behalten. Dann kommt eine junge, hübsche Frau auf mich zu, verwirrt mir die Sinne, stellt alles in Frage, was früher mal zu meinen Prinzipien gehört hat, indem es ihr gelingt, dass ich etwas über mich sage, was mir schaden könnte.«

Esther schwieg eisern weiter. Damit machte sie ihm deutlich, dass sie mehr von ihm hören wollte.

»Es stimmt! Ich hatte mit Lena Ambruch ein Verhältnis.«

Nun war es raus. Steiner starrte die Decke an, während er weiter erzählte: »Wir hatten uns bei dieser Verkehrskontrolle kennengelernt. Danach ergab es sich von selbst. Meine Frau hatte es sich abgewöhnt, auf mich zu warten, weil meine Dienstzeiten immer lang und unregelmäßig waren. Lena Ambruch hatte sich gerade von ihrem Freund getrennt. So ergab es sich, dass ich mit ihr eine Beziehung anfing.«

»Wo habt ihr euch getroffen?«

»In meinem Elternhaus in Burbach. Es steht leer, niemand achtete darauf. Bei ihr ging es nicht. Sie wohnte zusammen mit ihren spießigen Eltern im Haus daneben. Wir verbrachten viele Nächte dort. Morgens, bevor die Nachbarn etwas bemerken konnten, waren wir verschwunden. Sie konnte durch den Garten nach Hause gehen. Ich parkte mein Auto an einer Stelle, die nur über eine Treppe zu erreichen war. Unsere Geheimhaltung funktionierte perfekt.«

»Hast du ihr von dem Einsatz erzählt?«

»Ja! Das war wohl mein entscheidender Fehler. Es war passiert, als wir im Bett lagen, keine Hemmungen, keine Grenzen, keine Tabus ...«

»... kein Hirn«, beendete Esther den Satz.

»Richtig«, gestand Steiner zerknirscht. »Ich hatte ihr von der Entführung eines Kindes namens Moritz erzählt. Lena gehörte zu der Sorte, die heute himmelhochjauchzend und morgen zu Tode betrübt sind. An unseren gemeinsamen Treffen fühlte sie sich immer in Hochstimmung. Da sie zu dieser Zeit keine Arbeit hatte, ihre Zeit zusammen mit alten, unzufriedenen Eltern verbrachte und tagelang auf meine Anrufe wartete, beschloss sie, sich Gesellschaft in Form eines Hundes zuzulegen. So kam sie eines Tages völlig ausgeflippt bei mir an und hatte einen kleinen Welpen im Arm. Vor lauter Übermut nannte sie den Hund Moritz.«

»Das war also kein Zufall.«

»Nein!«

»Warum war sie an dem Tag, als Moritz Siebert befreit werden sollte, am Einsatzort?«

»Sie wusste durch meine Indiskretion, wann und wo der Einsatz stattfinden sollte. Vermutlich wollte sie unbemerkt irgendwo zusehen. Aber mit einem kleinen Welpen klappt so was nicht. Sie hatte nicht bedacht, dass der Hund ein Eigenleben haben könnte.«

»Das erklärt deinen Rücktritt vom Polizeidienst«, erkannte Esther. »Alle Rekonstruktionen der Befreiungsaktion konnten die Umstände, die hinter den Kulissen stattfanden, nicht erkennen. Dein Leumund war und blieb ungebrochen. Jeder spricht von dir wie von einem Helden.«

»Und das wirst du jetzt ändern.«

Zu einer Reaktion darauf kam sie nicht mehr, weil Steiners Handy klingelte und er sich ohne Zögern meldete.

»Marianne«, rief er nach kurzem Zuhören in das Mobiltelefon. »Wo steckst du? Ich warte den ganzen Tag auf eine Nachricht von dir ...«

Weiter kam er nicht.

Esther sah, wie sein Gesicht kalkweiß wurde. Schnell erhob sie sich und stellte sich dicht neben das Handy. Steiner hielt das Gerät so, dass sie mithören konnte.

»Vater, ich habe schreckliche Angst!« Diese Worte konnte Esther hören.

»Wo bist du, Marianne?«

Esther betätigte lautlos ihr eigenes Handy. Sie rief auf der Dienststelle an, um dort Bescheid zu geben, dass gerade etwas Entscheidendes passierte.

Währenddessen hörte sie die Stimme von Anne Richter: »Es ist stockfinster und saukalt ... außerdem feucht. Ich friere mir hier den Arsch ab ... bitte komm mich holen!«

»Ja, natürlich«, stammelte Steiner. »Wohin soll ich kommen?«

»Ich weiß es doch nicht ...«

Immer wieder wurde das Gespräch durch ein unangenehmes Piepsen unterbrochen.

»Mit welchem Apparat telefonierst du?«

»Keine Ahnung. Das Handy war in meiner Jacke. Ich habe es nur bemerkt, weil es anfing zu piepsen. Vermutlich der Akku ... scheiße, ich glaub', es geht aus!«

Schon war das Gespräch abgebrochen.

Esther sprach mit der Dienststelle. Die Kollegen konnten die letzten Worte verstehen. Die Ortung, wo das Telefonat herkam, wurde sofort eingeschaltet.

»Vielleicht können sie herausfinden, wo deine Tochter war, als sie anrief.« Ratlos stand Steiner da. Sein erster Wutausbruch wich der großen Verzweiflung, die sich nun ihren Weg bahnte und ihn völlig in sich zusammensinken ließ.

»Was geschieht hier mit mir? Zuerst wird mein Hund verletzt, dann nimmt mir dieser Bastard Micky, den harmlosesten Jungen auf dieser Welt und jetzt meine Tochter.«

Kapitel 36

»Wo bist du?« hörte Esther die Stimme ihres Vorgesetzten am Telefon.

»Bei Steiner.«

»Wir sind in wenigen Minuten da.«

Hastig sprang sie aus dem Bett und fluchte: »Warum schaffst du es immer wieder, mich umzustimmen? Mein Chef kommt hierher. So soll er mich nicht gerade antreffen. Ich hoffe nämlich – trotz widriger Umstände – einer Versetzung zu entgehen.«

Steiner machte sich ebenfalls daran, seine Kleider zusammenzusuchen, die verstreut durch sämtliche Zimmer lagen.

»Versetzung?«

Esther nickte zerknirscht.

»Wer verlangt so etwas?«

»Kriminalrat Forseti.«

»Du kennst Jürgen nicht. Der lässt sich nicht sagen, wie er seine Arbeit als Vorgesetzter machen soll«, grinste Steiner.

»Und du kennst Forseti nicht. Er setzt seinen Willen durch.«

Schon klingelte es an der Tür.

Jürgen Schnur war nicht allein. Neben ihm stand Rolf West. Hinter ihnen sammelten sich die Kollegen der Bereitschaftspolizei.

Steiners Blick fiel auf die untersetzte Gestalt im grünen Parka mit glimmender Zigarette zwischen den Lippen.

»Was will der hier?«

»Dürfen wir reinkommen? Oder müssen wir im Regen diskutieren?«, konterte Schnur.

»Der Regen kühlt eure überhitzen Gemüter ab. Also verhandeln wir am besten hier«, gab Steiner unfreundlich zurück.

»Spiel hier nicht den Helden«, schimpfte Schnur und schob sich an Steiner vorbei ins Haus. »Es geht in erster Linie um deine Tochter. Dafür solltest du deine persönlichen Bedürfnisse hinten anstellen.«

Unwillig ließ Steiner auch Rolf West eintreten.

»Wir haben das Telefonat zurückverfolgen können. Anne Richter sprach mit Olivers Handy«, erklärte Schnur.

»Hat der Bastard meine Tochter in seiner Gewalt?« Wütend steuerte Steiner auf Rolf West zu.

»Mein Sohn ist kein Bastard«, konterte der, ohne einen Schritt zurückzuweichen. »Er hat den Fehler gemacht, sich in deine Tochter zu verlieben.«

»Deshalb entführt er sie?«

»Das wissen wir nicht«, schaltete sich Schnur ein. »Der ganze Berg wird abgesucht. Das Handy können wir nicht orten, weil es vermutlich ausgeschaltet ist. Deshalb haben wir keinen Anhaltspunkt außer der Aussage deiner Tochter. Sie sagte, es sei stockfinster, saukalt und feucht. Welcher Ort könnte das sein?«

»Das ist es zurzeit überall«, erkannte Steiner frustriert. Er drehte sich zum Fenster und schaute hinaus. Es regnete immer noch, die Nacht war hereingebrochen, die Temperaturen waren gesunken.

»Überleg bitte genau. Es klang so, als sei sie in einem Keller eingesperrt.«

»Vielleicht der unterirdische Gang, von dem ich im Internet gelesen habe«, meldete sich Esther zu Wort.

Steiner schaute sie ungläubig an, bevor er anmerkte: »Das ist eine Legende. Oder glaubst du auch an den Weihnachtsmann?«

Böse funkelte sie Steiner an.

»Du hast hier einen tiefen Brunnenschacht«, lenkte Schnur ab. »Lass uns dort nachsehen, bevor meine Polizeimannschaft auf den Berg ausschwärmt.«

»Wenn ich mein Haus verlasse, dann geht Subito-Rolf vor mir raus«, bestimmte Steiner.

»Du benimmst dich, als gehöre das Haus dir. Nimm den Mund nicht zu voll. Wenn es uns nicht gelingt, den Täter zu schnappen, könnte deine Zeit in dem feudalen Domizil die längste gewesen sein«, hielt Schnur dagegen.

Stumm trat Steiner hinaus in den Hof, nahm das Stemmeisen und schob die schwere Platte zur Seite. Ein Blick in die Tiefe genügte, um zu erkennen, dass den Polizeibeamten die groß angelegte Suche nicht erspart bleiben würde.

Wieder im Haus sah Steiner, wie Rolf West im Wohnzimmer jede einzelne Jagdtrophäe in Augenschein nahm.

»Wir werden uns hier zusammensetzen und herausfinden, was ihr beide gemeinsam habt«, erklärte Schnur, als er sich vor dem wärmenden Feuer niedergelassen hatte.

»Wir haben nichts gemeinsam.« Mit diesem Worten entfernte sich Rolf West von dem Wandschmuck.

»Doch, es muss etwas geben, was unseren Täter gegen euch beide aufbringt«, beharrte Schnur. »Steiner, du bist einer Falle nur durch Zufall entkommen, dein Hund wurde dabei verletzt.«

Steiner nickte.

»Rolf, du wurdest vor Steiners Haus von einem Mann überfallen, konntest durch Steiner gerettet werden.«

Rolf West stimmte brummend zu.

»Der abgesägte Hochsitz war ein Platz, den du regelmäßig sonntagmorgens aufgesucht hast«, richtete Schnur sich an Steiner.

»Richtig.«

»Wir gehen davon aus, der Anschlag galt dir. Es war Zufall, dass Micky dort saß.«

»Es könnte aber auch eine andere Absicht dahinter stecken«, funkte Esther dazwischen.

Erstaunt richteten sich alle Augen auf die junge Frau.

»Jeder, der Micky kannte, wusste, dass er Steiner gerne eine Freude machte. Es war bestimmt nicht das erste Mal, dass er etwas auf den Hochsitz legen wollte, den du regelmäßig am Sonntagmorgen aufsuchst. Oder?«

Steiner schaute Esther staunend an. Es dauerte eine Weile, bis er antwortete: »Du hast recht. Er hat mir schon oft Überraschungspakete dorthin gelegt.«

»Wer bringt einen behinderten Jungen um?«, murrte Rolf West.

»Jemand, der damit zwei Menschen gleichzeitig treffen will: den Vater und den besten Freund des Jungen«, antwortete Esther.

»Auf die Idee bin ich noch gar nicht gekommen«, gestand Schnur. »Aber, wollen wir weiter aufzählen: der Anruf, Rolf solle in die alte Scheune fahren. Der Anschlag galt Rolf. Allen Theorien zum Trotz kann sich niemand auf den Zufall verlassen, dass Steiner mitten in der Nacht ein Auto hört, das in einer Entfernung von fünfzig Metern am Haus vorbeifährt.«

»Die Tür wurde zugeschlossen, als wir beide in dem alten Gemäuer waren«, stellte Steiner klar.

»Das wären schon wieder zwei Fliegen mit einer Klappe«, schlussfolgerte Schnur.

»Und zu welchem Ergebnis kommen wir?«, fragte Rolf West.

»Wer hat für euch beide ein Motiv?«, stellte Schnur eine Gegenfrage.

»Da fällt mir nur Helmut Brack ein«, antwortete Steiner. »Er sollte dafür sorgen, dass Siegmund Gerstner der Führerschein entzogen wird. Aber wie zu erwarten war, hat er das nicht gemacht.«

»Aber deshalb pflastert er nicht seinen Weg mit Leichen«, hielt Schnur dagegen.

»Ich habe ihm mit einer Dienstaufsichtsbeschwerde in Saarbrücken gedroht. Das wäre das Aus für seine Stelle als Dorfpolizist«, konterte Steiner.

Alle Blicke richteten sich auf Rolf West, der Steiner böse anfunkelte: »Wir wollen doch nicht vergessen, dass Fallen-Helmut im Gegensatz zu dir schon seit Jahren mein Freund ist. Warum sollte er mich töten wollen?«

»Weil du ihn an mich verraten hast.«

»Dein Verrat könnte für Fallen-Helmut das Ende eurer langjährigen Freundschaft bedeuten«, fügte Schnur an.

»Wie war das damals mit seiner Frau?«, blaffte Rolf West, um von sich selbst abzulenken. »Die hast du vernascht – nicht ich!«

»Was habe ich mit Helmut Bracks Frau zu tun?«, wehrte Steiner ab.

»Sie heißt Nicole«, versuchte Rolf West Steiners Gedächtnis auf die Sprünge zu helfen.

»Ich kenne keine Nicole Brack.«

»So heißt sie auch nicht mehr, weil sie ihren Mädchennamen wieder angenommen hat. Jetzt heißt sie Nicole Mees.«

Steiner verstummte.

Esther sah ihm sofort an, was er dachte. Die Erinnerung stand ihm ins Gesicht geschrieben.

»Kann es sein, dass du eine Vorliebe für die Frauen der Trinkkumpane aus dem *Donze* hast?«, kam es von Schnur.

Sofort brummte Rolf West etwas, was sich wie eine Drohung anhörte. Steiner hob beide Hände und beschwichtigte sofort: »Jürgen hat wohl etwas missverstanden. Ich wusste nichts davon, dass Nicole mit Helmut Brack verheiratet war.«

»Und die Frau von Arthur Winter?«, warf Schnur ein.

»Da fällt mir ein, dass ich deine Frau noch gar nicht kenne«, konterte Steiner bissig.

»Dazu besteht kein Grund mehr. Ich gehöre nicht mehr zu den Trinkkumpanen. Ich wurde ausgestoßen«, bekannte Schnur.

»Das soll ich dir glauben?«

Esther schmunzelte, als sie die beiden beobachtete. Sie fügte dem

Geplänkel an: »Jetzt verstehe ich, warum du nicht willst, dass deine Frau Weihnachten in Wallerfangen verbringt. Casanova ist in der Stadt.«

Verdutzt schauten die Männer auf Esther. Steiner war es, der zuerst reagierte. Er lachte herzhaft mit der Bemerkung: »Der Vergleich gefällt mir.«

»Mir auch«, blaffte Rolf West. »Da habt ihr doch euer Motiv. Ist Casanova für seine Schweinereien nicht zufällig hingerichtet worden?«

»Ich muss dich enttäuschen«, wandte Schnur ein. »Eine Krankheit hat Casanova dahingerafft. Aber das Glück wird euch nicht widerfahren, wenn wir hier zu keinen Ergebnis kommen.«

»Also bleiben wir dabei, dass Fallen-Helmuts Motiv Eifersucht ist«, beharrte Rolf West. »Deshalb hat er es auf Steiner abgesehen – nicht auf mich.«

»Warum sollte Helmut Brack eifersüchtig auf eine Frau sein, die ihn schon lange verlassen hat?«, entgegnete Steiner.

»Nicole war seine Jugendliebe«, erklärte Schnur. »Ich kann mich an keinen einzigen Tag erinnern, an dem die beiden nicht zusammen waren. Die Trennung muss schmerzlich für ihn gewesen sein. Und dann mit ansehen, wie ein Waldhüter seine große Liebe vernascht …«

»Er hat es sich selbst zuzuschreiben, dass seine Frau fortgegangen ist. Keine Frau sieht einem Mann gerne zu, wie er sich aufgibt«, fiel ihm Steiner ins Wort.

»Das macht es doch nur noch schlimmer für ihn«, hielt Schnur dagegen. »Während er für seine Degradierung verlassen wurde, wählt sie dich, wo jeder weiß, dass deine Polizeikarriere auch nicht viel hergehalten hat.«

Lange schwiegen sie, weil sie nicht weiterwussten. Es war Esther, die plötzlich einen Einfall hatte. »Ich hab's! Gehen wir mal davon aus, dass die Anschläge nicht Steiner, sondern Rolf West gelten! Jedes Mal, wenn er versucht hat, Rolf West zu überwältigen, kam ihm Steiner in die Quere. Im Hoflimberg konnte Steiner gerade rechtzeitig eingreifen. In der alten Scheune tauchte Steiner auf, wo er nichts zu suchen hatte, und kam Rolf West zu Hilfe.«

»Wie passt der angesägte Hochsitz und die Verfolgungsjagd mit dem Auto in deine Theorie?«

»Es wäre doch möglich, dass er jetzt Steiner aus dem Weg räumen will, weil der seine bisherigen Anschläge auf Rolf West vereitelt hat.«

»Deine Theorie ist nicht schlecht – um nicht zu sagen, sie ist klasse, weil sie die einzige ist, die wir haben«, lobte Schnur seine Mitarbeiterin.

»Das kann ich einfach nicht glauben«, schimpfte Rolf West.

»Und ich kann nicht glauben, dass du deinen Freund verraten hast.« Schnur stellte Rolf West vor die Frage, die ihn beschäftigte: »Warum hast du das getan?«

Der Mann seufzte, ließ seinen Blick über den Hund Moritz wandern, bevor er antwortete: »Ich bin und bleibe Jäger – egal was mit meinem Jagderlaubnisschein passiert ist. Deshalb konnte ich es nicht mit ansehen, wie grausam die Tiere starben, die in die Fallen von Helmut gelaufen sind. Ich habe Steiner gewarnt, weil mir die Jägerehre heilig ist.«

»Was heißt hier Jägerehre?«, schnaubte Schnur abfällig.

»Das ist des Jägers Ehrenschild,
dass er beschützt und hegt sein Wild,
waidmännisch jagt, wie sich's gehört,
den Schöpfer im Geschöpfe ehrt«, zitierte Steiner den Ehrenkodex der Jäger.

»Amen«, spottete Schnur.

»Bleibt die Frage offen, wie Anne Richter und Oliver West in deine Theorie hineinpassen?«, kam Steiner auf den eigentlichen Grund ihres Zusammentreffens zurück. »Helmut Brack will vielleicht Rolf West und mir an den Kragen. Aber ist er wirklich so brutal, dass er dafür unsere Kinder kidnappt?«

»Bernd Schumacher und Markus Darren waren blutleer. Sollte Fallen-Helmut unser Täter sein, ist er unberechenbar.«

»Werdet ihr dafür bezahlt, Horrorgeschichten zu erfinden?«, blaffte Rolf West. »Helmut trinkt Bier – kein Blut. Wir sitzen Abend für Abend zusammen am Stammtisch, da sehe ich doch, was er sich reinschüttet. Wenn mein Jugendfreund mich töten wollte, hätte er es schon längst getan. Gelegenheit hatte er genug.«

»Helmut Brack ist ein Stratege«, meinte Schnur. »Er handelt nicht impulsiv, er plant – wie es seine ausgetüftelten Fallen beweisen. Vielleicht beobachtet er dich, sieht zu, wie du dich volllaufen lässt und wartet den richtigen Moment ab, um zuzuschlagen.«

»Dann stellt er sich aber dämlich dran.«

Dem konnte Schnur nichts entgegensetzen.

»Vielleicht sucht ihr an der falschen Stelle«, warf Steiner ein. »Ihr habt euch an Helmut Brack festgebissen, weil ihr keinen anderen Verdächtigen habt. Aber alles, was ihr herausfindet, entfernt euch immer mehr von einer

Lösung. Er stellt Fallen auf, das weiß inzwischen jeder. Aber tötet er deshalb seine Trinkkumpanen der Reihe nach und trinkt deren Blut?«

»Genau meine Worte«, fügte Rolf West bestätigend an.

»Bernd Schumacher ist in der Holzspaltmaschine gestorben. Das sieht für mich so aus, als habe Helmut Brack dieses Gerät zur tödlichen Falle gemacht«, merkte Esther an.

»Und Markus Darren?«

»Ein lästiger Zeuge! Helmut Brack musste ihn loswerden.«

»Dafür jagt er ihn bis zur Scheune?«

»Oder verfolgt ihn bis zur Scheune«, lautete Esthers Theorie.

Schnur schaute seine Mitarbeiterin eine Weile an. Er ließ seinen Blick über ihre zerzausten Haare, den nach innen verrutschten Kragen ihrer Bluse, die offenen Schnallen ihrer Schuhe wandern, um dann Steiner in Augenschein zu nehmen.

Die beiden wanden sich unter dem prüfenden Blick, weil sie nicht wussten, was er zu bedeuten hatte. Sie ahnten, dass Schnur es genoss, in einer Position zu sein, in der nur er die Fäden in den Händen hielt.

»Forseti ist der Ansicht, ich wüsste, wie ich dein Versäumnis zu behandeln habe«, sprach Schnur nach den peinlichen Sekunden des Schweigens. Mit diesen Worten machte er es noch unerträglicher. Esther fühlte sich zum Zerreißen gespannt.

»Ich habe mir meine Gedanken darüber gemacht und bin zu dem Schluss gekommen, dass Forseti damit einen bestimmten Plan verfolgt.«

»Welchen Plan?«

»Entweder, er will einen Keil zwischen mich und meine Leute treiben, oder er will mich beim Innenministerium in Misskredit bringen, indem er alle meine Aktivitäten genau überwacht und Pflichtversäumnisse sucht. Ich sehe nämlich in deinem Fall keinen Handlungsbedarf. Du hast zwar einen Fehler gemacht, der einer Ermahnung bedarf, aber keiner Versetzung.«

Sie traute ihren Ohren nicht.

»Du hast gute Einfälle in einem Fall, der uns wirklich eine Menge abverlangt. Deshalb bin ich froh für deine Unterstützung. Nur geht dein Einsatz über die Grenzen der Dienstpflicht hinaus. Und damit solltest du in Zukunft vorsichtiger sein. Denn ich bestimme nicht allein, wie es mit meinen Leuten weitergeht.«

»Danke, Jürgen! Du bist ein verdammt guter Chef.«

»Sag das Forseti! Der ist da nämlich anderer Meinung.«

»Wir sind alle froh, dass wir den los sind.«

»Ich habe ihn jetzt im Nacken.«

»Wir stehen geschlossen hinter dir.«

Schnur lachte, erhob sich von seinem Platz mit den Worten: »Genug geredet. Jetzt folgen Taten. Wir werden zu Helmut Brack fahren. Forseti hat uns klare Anweisung gegeben, ihn vorzuladen. Das werden wir jetzt tun.«

Sie traten hinaus in den Regen. Steiner wollte ihnen folgen, als Schnur ihm die Hand auf die Schulter legte und meinte: »Falls du es vergessen hast, du bist kein Polizeibeamter mehr. Deshalb wirst du nicht mitfahren.«

»Aber Subito-Rolf fährt mit?«

»Wir setzen ihn im Dorf ab. Oder willst du ihn hier behalten?«

Steiner gab sich geschlagen.

Sie stellten den Wagen vor dem *Donze* ab. In der rauchigen Kneipe trafen sie Helmut Brack nicht an. Im strömenden Regen überquerten sie die Hauptstraße und suchten den Polizeiposten auf. Dort saß ein anderer Polizeibeamter, der ihnen keinerlei Informationen geben konnte. Wieder auf dem Fabrikplatz schaute sich Schnur ratlos um. Der Regen glitzerte im Schein der Laternen und Kneipenbeleuchtungen. Wallerfangen wirkte bei Nacht fast taghell.

»Helmut Brack wohnt in der Saarstraße.« Schnur zeigte in Richtung *Funzl.* »Das sind nur wenige Meter. Die gehen wir zu Fuß.«

Der Bürgersteig wurde auf ihrer Seite immer schmaler. Autos preschten durch die Pfützen, dass das Wasser in Fontainen spritzte. Esther schaute sich unsicher um, doch Schnur balancierte an der hervorstehenden Hausecke vorbei ohne sein Tempo zu drosseln. Also folgte sie ihm. Dahinter sah sie ein Haus mit Turm und vielen dekorativen Giebelfenstern. Sie las, dass sich ein Rock-Café dort einquartiert hatte. Die Fahne auf der Turmspitze zeigte das Jahr 1739 an.

»Das ist das älteste Haus seit der Neugründung Wallerfangens«, erklärte Schnur auf ihren staunenden Blick.

Direkt gegenüber lag die Saarstraße. »Aber wir gehen dorthin«, fügte er an und zeigte auf die kleine Limberg-Apotheke.

»Die Apotheke?«

»Helmut Brack wohnt im Haus daneben.«

Auch dort trafen sie ihn nicht an.

Ratlos kehrten sie zurück und stiegen in ihren Dienstwagen ein. Schnur teilte über Handy seiner Dienststelle mit, dass Helmut Brack ihnen entwischt war. Dann startete er den Motor, ohne loszufahren. Sie saßen in dem beheizten Auto und ließen sich von dem Geräusch des Regens auf das Dach einlullen.

Esther richtete ihren Blick auf Schnur, der erst seit kurzer Zeit vom gleichgestellten Kollegen zu ihrem Vorgesetzten aufgestiegen war. Obwohl sie beide schon viele Jahre miteinander arbeiteten, hatte sich etwas zwischen ihnen verändert. Schnurs Autorität war mit der Beförderung in ihm herangereift. Sie spürte Respekt vor ihm, ein neues Gefühl. Und auch Bewunderung, weil er als Chef immer noch Mensch geblieben war. Sie hatte schon immer Fehler gemacht – mit dem Unterschied, dass sie jetzt auf Schnurs Gunst angewiesen war.

»Ich bin dir zu Dank verpflichtet, weil du mit meinem Verstoß so loyal umgehst.«

Schnur schaute seine Mitarbeiterin nur an, sagte aber nichts dazu.

»Deshalb will ich denselben Fehler nicht nochmal machen, auch wenn es mir schwer fällt.«

»Du sprichst in Rätseln.«

»Steiner hat Lena Ambruch nicht nur flüchtig gekannt, sie waren ein heimliches Liebespaar, als der Einsatz missglückte.«

Wieder trat Stille ein, bis Schnur endlich eine Reaktion darauf zeigte: »Du musst ihn wirklich lieben. Das zeigt deine Einsatzbereitschaft, alles für ihn zu tun, um ihn aus der Schusslinie zu halten.«

Esther blickte zur Seitenscheibe, wo sie nur die Schlieren sehen konnte, die der Regen dort zurückließ.

»Aber ich habe ihn doch gerade verraten«, widersprach sie und fühlte sich beschissen.

»Das erinnert mich an Penelope, Odysseus' Ehefrau. Sie hat sich durch ihre Treue zu ihrem Mann verewigt«, sprach Schnur leise. »Warum hat sie ihren Widersachern nur die halbe Wahrheit gesagt, als diese sie zum Treuebruch verleiten wollten?«

Esther wusste es nicht.

»Weil sie damit ihre Liebe zu Odysseus retten wollte.«

»Willst du damit sagen, dass ich dir etwas verschweige?«

»Ist es nicht so?«

Sie zögerte so lange mit ihrer Antwort, bis Schnur die Initiative ergriff: »Ich weiß, du hast aus deinem Fehler gelernt. Deshalb vertraue ich dir, indem ich es dir überlasse, ob dieser Teil der Wahrheit für unsere Ermittlungen wirklich wichtig ist.«

»Danke! Ich werde dein Vertrauen nicht missbrauchen.«

»Davon gehe ich aus. Du weißt, was zu tun ist. Deshalb bin ich mir sicher, dass meine Entscheidung richtig war, deine kleine Unterlassungssünde zu begraben.«

»Wie geht es mit ihm weiter?«, fragte sie. »Jetzt, da du weißt, dass für ihn der missglückte Einsatz eine Tragödie persönlichen Ausmaßes geworden ist.«

»Ich warte ab, was Kullmann bei der Rekonstruktion herausfindet. Sollte sich herausstellen, dass der Einsatz vor fünfzehn Jahren nichts mit dem zu tun hat, was hier und heute auf dem Limberg geschieht, sehe ich keinen Grund, Steiners Leumund nachträglich in den Schmutz zu ziehen.«

Kapitel 37

Seit Mickys Tod spürte Steiner die Einsamkeit jeden Morgen schmerzlicher. Allein saß er am Frühstückstisch. Moritz kauerte neben ihm auf dem Boden. Dabei warf er ihm einen Blick zu, der so herzerweichend war, dass Steiner ihm zu fressen gab. Was soll's, dachte er. Der Hund war fünfzehn Jahre alt. Die erzieherischen Maßnahmen hatte er seit dessen Verletzung einfach eingestellt. Dankbar fraß Moritz alles, was Steiner ihm zuwarf. Voller Euphorie setzte sich der Hund auf die Eckbank direkt neben Steiner, um näher an der Futterquelle zu sein. Liebevoll streichelte Steiner über sein weiches Fell, wobei er sich bemühte, die Knochen darunter zu ignorieren. Auch versuchte er, die kahlen Stellen im Gesicht des Hundes zu übersehen. Vor seinem geistigen Auge sah Moritz immer noch makellos schön aus. Gegen alle Vernunft teilte er mit seinem Hund an diesem Morgen einen ganzen Ring Lyoner.

Dabei dachte er an seine Tochter Marianne. Alles an ihr strahlte Ablehnung aus, die hauptsächlich gegen ihn gerichtet war. Er war im Zwiespalt mit sich selbst, ob sie wirklich in Gefahr schwebte oder dem Alten einen Herzinfarkt besorgen wollte. Als kleines Mädchen war sie liebenswürdig. Ein lebhaftes Kind, dem Leben zugetan. Und heute? Eine unzufriedene junge Frau, die gar nicht merkte, wie sie sich selbst im Weg stand. Seit ihrem Anruf hatte er nichts mehr von ihr gehört. Auch Esther meldete sich nicht mehr. Das bedeutete, dass sie trotz aller Maßnahmen nicht gefunden wurde – oder gefunden werden wollte.

Die Haushälterin räumte seinen Tisch ab, obwohl er noch nicht fertig war. Damit brachte sie ohne Worte zur Geltung, was sie von seiner Zuchtlosigkeit dem Hund gegenüber hielt. Seine Tasse mit dampfendem Kaffee griff er schnell, damit sie die nicht auch noch entfernte. Ihre Feindseligkeit nervte ihn. Aber es stand ihm nicht zu, eine andere Frau einzustellen. Dafür war Ernst Barbian zuständig. Vielleicht sollte er mit dem alten Schwerenöter ein ernstes Wörtchen reden. Steiner hatte seine Druckmittel, womit er ihn dazu bewegen konnte, auf sein Anliegen einzugehen.

Es klingelte an der Tür.

Zu Steiners Erstaunen stand die Kriminalkommissarin Anke Deister in Begleitung von Norbert Kullmann, Hauptkommissar a. D. vor ihm.

Das war ein Zusammentreffen der besonderen Art: Steiner als zurückgetretener, Kullmann als beratender Polizeibeamter.

Sie starrten sich eine Weile an, bis der Alte die Beklemmung zwischen ihnen auflöste, indem er sagte: »Wir haben Ihren Einsatz vor fünfzehn Jahren nachgestellt. Es gibt nichts, was man Ihnen vorwerfen könnte. Außerdem weist nichts daraufhin, dass das Ergebnis des Einsatzes mit den heutigen Taten in Verbindung steht.«

Steiner nickte.

»Wir sind hier, um uns von Ihnen die verschiedenen Leichenfundorte und Tatorte zeigen zu lassen«, erklärte Kullmann.

Steiner maß ihn mit einem misstrauischen Blick. Eine Antwort blieb er schuldig.

Die Haushälterin betrat den Raum und überreichte Steiner einen Brief.

»Muss das jetzt sein?«

»Ja«, gab sie im gleichen Tonfall zurück. »Monsieur Villeroy kündigt seinen Besuch für Samstagmorgen an. Er erwartet von Ihnen, dass Sie die Gäste der Treibjagd bis zu seinem Eintreffen vertrösten.«

»Das ist ein Bestandteil meiner neuen Arbeit«, erklärte Steiner. »Die Treibjagd. In diesem Jahr kommt ein wichtiger Gast aus Paris, der Eigentümer des Limbergs. Ausgerechnet in diesem Jahr läuft alles schief. Ich hätte also keinen Grund, jemanden zu töten und hier abzulegen, weil ich meinen Job verliere, wenn ich den reibungslosen Verlauf der Veranstaltung gefährde.«

»Wieder ein Grund mehr, die Ermittlungen nicht zu behindern, damit der großen Treibjagd nichts im Weg steht«, forderte Kullmann auf, sich auf den Weg zu machen.

Sie verließen das Haus.

Moritz machte keine Anstalten, die Gruppe zu begleiten. Stattdessen legte er sich in sein Körbchen. Zum Abschied streichelte Steiner dem Hund über die Nase und sagte leise: »Du hast recht, alter Junge. Ruh dich aus, damit du für den großen Tag einsatzbereit bist.«

Er folgte Anke und Kullmann in den Hof.

Dort standen sie vor zwei Geländewagen, maßen sie mit prüfenden Blicken. Der grüne Subaru glänzte im Regen, der Jeep Cherokee von Steiner starrte vor Dreck. Schlammspritzer zogen sich über seine Kühlerhaube, die Reifen und die Seitentüren. Die Grundfarbe schimmerte nur noch am Dach durch. Der Verwendungszweck war dem Auto deutlich anzusehen.

»Sollen wir meinen Wagen nehmen?« Steiner stand dicht hinter Anke. »Damit wir Ihren nicht verschmutzen.«

»Gute Idee«, stimmte sie zu. »Mit einer Schlammschleuder fahre ich nämlich nicht so gern durch Saarbrücken.«

Grinsend öffnete Steiner seinen Jeep per Fernbedienung.

Anke ließ sich im Fond des Wagens nieder, Kullmann auf dem Beifahrersitz. Die Fahrt verlief ohne Worte, führte über unwegsames Gelände, wobei der Wagen ungemütlich holperte. Abgründe kamen bedrohlich nahe.

»Bemühen Sie sich nicht, uns das Interesse an dieser Tour zu verderben«, kam es von Kullmann. »Vergessen Sie nicht, dass Sie resigniert sind und ich designiert bin.«

Damit überraschte er Steiner so sehr, dass er den Wagen anhielt und fragte: »Was wollen Sie damit sagen?«

»Dass es nur zu Ihrem Vorteil sein kann, wenn Sie sich kooperativ zeigen.«

Der Rest der Fahrt verlief wesentlich ruhiger, der Adrenalinspiegel sank auf Normalniveau. Sie hielten an der Stelle an, wo einmal Steiners Lieblingskanzel gestanden hatte. Heute bildeten dort vier abgesägte Pfosten die stummen Zeugen des schauerlichen Ereignisses, das Steiners Herz schwer werden ließ. Daneben stand der Gedenkstein des Försters Eduard Zimmer.

Kullmann ging einige Male hin und her, ließ seinen Blick über den Abgrund wandern, um sich schnell wieder zurückzuziehen und mit der Besichtigung der abgesägten Holzstümpfe fortzufahren.

»Die Kriminaltechnik hat kein passendes Werkzeug bei den Stammgästen des *Donze* gefunden«, sprach er zu Steiner. »Diese Männer scheiden als Verdächtige aus.«

Sein Blick glitt zu dem Gedenkstein.

»Ich erinnere mich an diesen Ort«, fügte er an. »Ich erinnere mich auch, dass ich schon damals meine Probleme damit hatte, in den Abgrund zu schauen. Ich erreiche höchstens, dass ich selbst unten lande. Wie hat es Otto Siebert geschafft, von hier aus einen Toten in der Schlucht zu entdecken?«

Steiner konnte nur mit den Schultern zucken. Er hatte zu dieser Zeit noch nicht auf dem Limberg gearbeitet, war also über die Einzelheiten dieses Todesfalls nicht informiert.

»Wie haben Sie es fertiggebracht, den Jungen dort unten zu finden?«, fragte Kullmann weiter. »Nach meinem Kenntnisstand lag er genau an der gleichen Stelle.«

»Ich kann Ihnen die Stelle zeigen, von der aus man bis zum Grund der Schlucht sieht«, schlug Steiner vor.

Die abenteuerliche Fahrt über Stock und Stein ging weiter. Wieder sprachen sie kein Wort. Am Ziel angekommen waren alle drei Insassen erleichtert, der Enge des Wageninneren zu entkommen.

Kullmann spazierte auch hier auf und ab, schaute sich alles genau an, zog sogar sein Fernglas hervor, womit er die Steilhänge, die Felsspalte und die Umgebung absuchte.

Mit einem Nicken bekundete er, dass er genug gesehen hatte. Die Fahrt führte weiter zu dem Platz, wo die Holzspaltmaschine bis zu dem Mord an Bernd Schumacher gestanden hatte. Dort hielt sich Kullmann nur wenige Minuten auf, bis er zur Weiterfahrt drängte. An der alten Scheune stand ein Polizeibeamter, der den Tatort absicherte. Nachdem Kullmann ihm ein Papier vorgelegt hatte, ließ er die drei passieren.

Steiner beschrieb Kullmann jedes Detail, was Kullmann aufmerksam registrierte.

Auf dem Rückweg blieb die Spannung unter den drei Insassen ungebrochen.

Kapitel 38

Zum zweiten Mal fuhren Schnur und Esther auf Otto Sieberts Anwesen. Zum zweiten Mal fühlten sie sich überwältigt von dem Besitztum. Das Haus beeindruckte sogar bei dem grauen und nassen Wetter. An der Pforte wurden sie wiederum von der Hausangestellten hereingelassen.

»Ich werde mich mit der Haushälterin unterhalten«, flüsterte Schnur seiner Mitarbeiterin zu. »Du wirst von Otto Siebert mehr erfahren, wenn du allein zu ihm gehst.«

Esther nickte zustimmend, obwohl sie sich von Schnurs Taktik überrumpelt fühlte.

Otto Siebert saß in einem Wintergarten, ein Glaspalast voller Pflanzen in allen Formen und Farben. Die Luft war schwül, der Duft der Blumen süßlich.

Esther brach der Schweiß aus. Sie musste an dem tropischen Ort ihre Winterjacke ausziehen.

Siebert lächelte die Kommissarin auf eine Weise an, die ihr verriet, dass genau das sein Plan war. Er fixierte sie mit einer Schärfe, als wollte er in sie hineinsehen. Esther ahnte, welchen Plan Schnur damit verfolgte, sie allein zu diesem Mann zu schicken. Otto Siebert wähnte sich in ihrer Gegenwart in Siegerlaune. Das Spiel konnte sie mitspielen. Im Flirten war sie nicht nur gut, darin war sie Weltspitze.

Seine stechenden Augen taxierten sie genüsslich. Eines musste sie ihm lassen: Diese Augen waren ein Trumpf – ein Ass im Ärmel. Sie strahlten in einem tiefgründigen Blau. Nichts an ihnen verriet sein Alter. Seine Gesichtsfarbe war gebräunt, seine Falten um Augen und Mund bewiesen, dass er zu leben verstand. Die eisgrauen Haare, die mit einem unsichtbaren Gel zurückgekämmt waren, ließen ihn gebieterisch aussehen. Esther genoss seine Bewunderung. Einerseits war es Teil ihrer Aufgabe, andererseits konnte sie nicht leugnen, dass es ihr Spaß bereiten würde, ihre Reize bei diesem Mann auszuspielen.

»Ich freue mich, dass Sie wieder den Weg zu mir gefunden haben«, begann er zu sprechen. »Nur muss ich Ihnen gestehen, gibt es weitaus schmeichelhaftere Gründe, weshalb Sie mich besuchen könnten.«

»Wir wollen doch nichts ausschließen, oder?«

Siebert stand vor ihr, bekleidet mit einem dünnen, weit geöffneten Hemd, das mehr freilegte, als es verbarg. Seine Hose war eng, seine Taille schmal. Er hatte beide Hände in die Hüften gestemmt, womit er eine Siegerpose einnahm. Sein Plan war leicht zu durchschauen. Er empfing sie in seinem tropischen Gewächshaus, wo die Atmosphäre nicht schwüler sein konnte. Die süßen Düfte, die hohe Luftfeuchtigkeit, die menschlichen Ausdünstungen, nichts überließ er dem Zufall.

Seine blauen Augen ruhten auf ihr. Seine Bewegungen, seine ruhige, heisere Stimme, sein Lächeln signalisierten ihr seine Zuversicht.

Ihr Plan ging auf. Sie hoffte, dass er sie unterschätzte.

Sieberts Alter sprach für Reife und Erfahrung. Die Selbstsicherheit, die er ausstrahlte, war im Laufe der Jahre natürlich in ihm gewachsen, er schien verwöhnt vom Erfolg seines Lebens. Aber basierte dieser Erfolg immer auf legalen Methoden? Oder nahm er sich auch schon mal, was er für sich beanspruchte, ohne nach den Hintergründen zu fragen?

Er streckte seine Hand aus. Esther befürchtete, er wollte sie berühren. Also doch! Er nahm sich einfach was er wollte.

Aber er wies ihr nur einen Stuhl an.

Otto Siebert kam ihr noch näher, bis er ganz dicht vor ihr stand. Sie fühlte sich bedrängt.

»Wir sind auf der Suche nach Anne Richter«, sprach sie schroff. Sie musste sich vorsehen. Wenn sie ihn abstieß, bekäme sie vermutlich keine Informationen aus ihm heraus. Wenn sie ihn aber zu nah an sich heranließ, könnte der Schluss ebenfalls nach hinten losgehen. Sie fühlte sich wie auf einem Drahtseilakt – jetzt galt es, die richtige Balance zu halten. Sie richtete ihren Blick auf Sieberts Füße. Er trug weiße Sportschuhe, dazu passende weiße Socken, als käme er gerade von einem Tennisspiel.

»Und Sie glauben, die junge Frau hier bei mir zu finden«, sprach Siebert.

»Sie hat mit Ihnen telefoniert«, erklärte sie. »Ist es da so abwegig zu glauben, dass sie bei Ihnen war?«

»Ganz und gar nicht. Aber Anne Richter ist noch ein Kind«, kam es von Otto Siebert. »Ein trotziges Kind, um genau zu sein. Glauben Sie ernsthaft, ich hätte die Absicht, eine infantile Person wie Anne Richter hierher einzuladen?«

»Was ich glaube, spielt hier keine Rolle«, entgegnete Esther. »Aber sie war hier.«

»Ich will eine Frau wie Sie«, überging er einfach ihre Behauptung. »Sie sind jung und erfahren zugleich, hübsch und intelligent noch dazu. Ihre Ausstrahlung macht mich verrückt, denn so sehr Sie sich auch vor mir winden, genauso brennend wollen Sie Ihren eigenen Wünschen nachgeben. Ist es der Beruf, der Sie daran hindert? Das können wir ändern. Ich habe genug Geld, mehr als Sie jemals in Ihrem Beruf verdienen werden.«

»Ist das alles, was Sie mir zu bieten haben?«

Damit brachte sie Otto Siebert aus dem Konzept. Erschrocken setzte er sich auf einen Stuhl direkt vor Esther und schaute sie eine Weile konsterniert an, bis er in seine alte Form zurückfand und wieder charmant lächelte. »Sie sind die Herausforderung, auf die ich schon lange gewartet habe.«

Bingo! So viel Erfolg wollte sie gar nicht für sich verzeichnen. Dieser Mann interpretierte alles, was sie tat als Signale der bedingungslosen Ergebenheit. War das Überheblichkeit oder einfach nur gesundes Selbstvertrauen?

»Sie sehen nicht so aus, als wären Sie darauf angewiesen, etwas zu verbergen.« Damit versuchte sie, Siebert auf den richtigen Kurs zurückzubringen. Aber seine Reaktion fiel anders aus. Er rückte ihr noch näher und flüsterte: »Finden Sie es heraus!«

»Tue ich das nicht gerade?«

»Nein! Sie sprechen von Handys und in der Vergangenheit. Hat eine Frau wie Sie das nötig?«

»Sie müssen hart daran arbeiten, mich zu überzeugen. Hat ein Mann wie Sie das nötig?«

»Touché!«

»Unsere Nachforschungen haben ergeben, dass Anne Richter Sie mehrmals auf Ihrem Prepaid-Handy angerufen …«, weiter kam sie nicht, da fragte Otto Siebert: »Was ist ein Prepaid-Handy?«

»Das sind Karten-Handys. Auf jeder Karte, die man darauf lädt, ist ein bestimmtes Guthaben, über das man verfügen kann«, erklärte Esther geduldig.

»Hochinteressant«, sprach er mit langgezogenen Vokalen. »Wie kommen Sie dazu, meine Telefonate zu überwachen?«

»Das sehen Sie falsch. Wir haben Anne Richters Netzbetreiber überprüft«, rechtfertigte sich die Beamtin. Der Gesprächsverlauf gefiel ihr nicht.

»Das lasse ich durchgehen.« Er setzte ein undefinierbares Lächeln auf. »Außerdem habe ich das Handy schon lange nicht mehr.«

»Was haben Sie damit gemacht?« Esther fühlte sich überrumpelt.

»Ich habe es weggeworfen. Es war leer. Was sollte ich sonst damit tun?«

»Weggeworfen?« Sie war platt. »Ein funktionstüchtiges Handy?«

»Aber es funktionierte doch nicht mehr«, hielt Otto Siebert dagegen. »Deshalb habe ich mir ein neues Handy gekauft. Wollen Sie es sehen?«

»Gern!«

Otto Siebert erhob sich, wobei er mit seinem Gesicht ganz nah an sie herankam und leise anfügte: »Ich zeige Ihnen noch viel mehr von mir. Je neugieriger Sie sind, desto größer wird unser Vergnügen sein.«

Esther bemühte sich, ihre Miene so neutral wie möglich wirken zu lassen, was ihr kräftig misslang. Otto Siebert lachte laut los mit der Bemerkung: »Ihre Spürnase ist erwacht. Ich sehe es Ihnen an.«

So schnell wie er verschwunden war, kehrte er mit einem Handy zurück. Esther wollte es einstecken, doch plötzlich spürte sie seine Hände auf ihren. Die Berührung war nicht verführerisch, sondern bedrohlich. Sie hatte nicht erreicht, was sie wollte, denn mit dieser Geste bewies er ihr eindeutig sein Misstrauen.

»Nicht zu schnell, junge Dame. Wir sprachen nicht davon, dass Sie es mitnehmen. Hier können wir uns austoben. Aber nichts überschreitet die Grenzen meines Hauses.«

»Wann haben Sie das Prepaid-Handy weggeworfen?«, fragte sie schnell, um sich ihre Enttäuschung nicht anmerken zulassen.

»Das liegt schon eine Weile zurück. Vielleicht ein Jahr.«

»Und wo haben Sie es entsorgt?«

»In der Mülltonne! Jetzt wird unser Gespräch unappetitlich. Wenn ich Ihr hübsches Gesicht sehe, fallen mir weiß Gott schönere Dinge ein.«

Sie ignorierte seinen plumpen Ablenkungsversuch.

»Haben Sie nicht darüber nachgedacht, dass jemand das Handy dort wegholen und selbst benutzen könnte?« Sie versuchte, so diplomatisch wie möglich beim Thema zu bleiben.

»Sie halten mich doch nicht für oberflächlich?«

»Niemals!«

»Gut so, denn ich will mit Ihnen den kosmischen Zenit der irdischen Leidenschaften erleben. Nie hatte ich in meinem Leben diesen drängenden Wunsch verspürt. Das ist nicht oberflächlich, das ist essenziell.«

Esther verschlug es die Sprache. Sie schaute den Mann lange an, sah in seinem Gesicht nicht das geringste Anzeichen dafür, dass seine Ansprache ein Scherz war. Er meinte es ernst. Die blauen Augen glitzerten berauscht, seine Gesichtsfarbe wechselte von Braun in Rot, eine graue Strähne fiel in die Stirn.

Sie wich erschrocken zurück. Sie hatte schon viele Methoden der Anmache erlebt, aber dieser Mann übertraf alles. »Sie sind ein Eroberer, sehe ich das richtig?«, brachte sie gepresst heraus.

Otto Siebert lachte, wobei die Fältchen in seinen Mundwinkeln tiefer wurden. Dabei entblößte er perfekte weiße Zähne.

»Und Sie wollen mir weismachen, dass Sie in Anne Richter kein eroberungswürdiges Mädchen gesehen haben?«

»Warum kommen Sie immer wieder auf dieses dumme Ding zu sprechen?«

»Weil dieses dumme Ding gesucht wird und es meine Aufgabe ist, es zu finden.«

»Anne Richter ist noch minderjährig«, antwortete Siebert. »Sie unterstellen mir eine Strafhandlung.«

»Anne Richter ist achtzehn Jahre alt – nicht minderjährig«, korrigierte sie.

»Das hätte ich früher wissen müssen.«

Endlich! Esther grinste. Mit diesem Satz hatte Otto Siebert mehr entblößt, als er sich selbst bewusst war. Diese Enthüllung zeigte sein wahres Ich.

»Also haben Sie mit Anne Richter telefoniert?«, wiederholte sie ihre Frage.

»Nein! Sie sagten selbst, dass jemand mein Handy an sich genommen haben kann. Vielleicht war es sogar dieses Mädchen.«

Die Unterhaltung wurde durch Schnurs Eintreten unterbrochen.

»Diese Hitze halte ich nicht lange aus«, murrte er. »Ich warte draußen am Auto auf dich.«

Esther erhob sich und wollte nach ihrem Mantel greifen, als ihr Otto Siebert zuvorkam.

»Wann wollen wir aus diesen traurigen Mauern den Palast der Lüste machen?«, fragte er so dicht an ihrem Ohr, dass sie seinen Atem spüren konnte.

Hastig schlüpfte sie in die Ärmel ihres Mantels und eilte davon.

»Eine Flucht steht Ihnen nicht«, rief er ihr nach. »Sie sind eine Frau der Tat. Lassen Sie uns gemeinsam zur Tat schreiten.«

Kapitel 39

Es war einer der Tage, die Steiner das trügerische Gefühl vermittelten, alles sei wie immer. Er ging durch das Dickicht, das sich wie ein wirres Geflecht über weite Strecken des Waldbodens schlängelte, ihm jede Bewegung erschwerte, weil sich die grauen, dürren Zweige wie Greifarme um seine Arme und Beine legten und ihm die Notwendigkeit vor Augen hielten, dass er mehr zu tun hatte, als den Holzeinschlag, um neue Bäume anzupflanzen. Der Limberg war ein Wald, der einem Dschungel gleichkam. Die Dichte, die Undurchdringlichkeit, hatten etwas Abenteuerliches – und das mitten in der Zivilisation.

Sein Handy stand in letzter Zeit dauerhaft auf Rufbereitschaft, aber es klingelte nicht. Wann traf endlich die Nachricht ein, dass seine Tochter wohlbehalten gefunden wurde? Er fühlte sich vor Wut und Hilflosigkeit innerlich zerrissen. Wäre er noch bei der Polizei, wäre er über jeden Schritt informiert, könnte selbst Anweisungen geben, könnte das Schicksal seiner Tochter selbst in die Hand nehmen. Aber er war Förster – er hatte jeglichen Einfluss freiwillig aufgegeben.

Moritz hechelte neben ihm her. Steiners Blick fiel auf seinen Hund. Die schlechte körperliche Verfassung ließ sein Herz schwer werden.

»Du wolltest doch mitkommen, alter Junge«, sprach er aufmunternd.

Moritz setzte sich mit heraushängender Zunge nieder, schaute dabei seinen Herrn so dankbar an, dass Steiner Mühe hatte, ihn nicht zu umarmen und nie mehr loszulassen. Die Angst, das treue Tier zu verlieren, wuchs.

Mühsam kraxelte er weiter. Die Arbeit fiel ihm schwerer als sonst. Seine Sorgen lasteten auf seinen Schultern wie ein bleiernes Gewicht. Wieder ein Baum, den er auszeichnete, wieder ein umgestürzter Stamm, der zersägt und verkaufsfertig eingeteilt werden musste.

Moritz saß erneut auf dem kalten Boden.

Steiner spürte, dass es unzumutbar für den Hund war, ihm durch das unwegsame Gelände zu folgen. Er bückte sich zu dem treuen Tier nieder und streichelte über das braun-weiße Fell.

Was war das? Das Fell fühlte sich ganz kalt an. Erschrocken beschloss er, Moritz nach Hause zu fahren. Seine Arbeit würde er noch rechtzeitig zu Ende bringen. Nun hatte der Hund Vorrang.

Langsam und geduldig legte Steiner den Weg zum Auto zurück, immer darauf achtend, dass Moritz an seiner Seite blieb. Die Beine des Hundes zitterten, sein ganzer Körper wirkte kraftlos. Steiner spürte Unbehagen. Hatte er dem Hund zu viel zugemutet?

Im Haus angekommen, legte sich Moritz ohne Umwege in sein Körbchen, warf Steiner mit seinen unverwechselbaren treuen Augen noch einen Blick zu, bevor er sie schloss und sofort einschlief.

Wie versteinert saß Steiner auf dem Boden vor dem Hundekorb. Er sah, wie sich der Brustkorb hob und senkte, eine Bewegung, die ihn beruhigte und langsam einlullte.

Plötzlich schrillte sein Handy.

In der Hoffnung, etwas von seiner Tochter zu hören, brüllte er seinen Namen hinein.

»Oh, wie lebendig!«

Steiner stutzte.

»Dabei solltest du tot sein!«

»Wer spricht da?«

»Nenn mich Abaddon!«

»Wer ist das?«

»Ich bin Abaddon, der Geisterfürst! In den Nächten trinke ich Blut als Sakrament des Todes – keiner hält mich auf. Nun liegt das Schicksal deiner Tochter in meiner Hand.«

»Oh mein Gott! Marianne, sie ist bei Ihnen. Lebt sie noch?«

»Der Tod verliert sein Vergnügen. Ein Mord ist nur ein Mord. Aber töten; wie kann man das Geschenk beschreiben, den Tod eines anderen Menschen zu sehen? Ich zögerte den Moment der Vorfreude heraus.«

»Wo ist sie? Geht es ihr gut? Kann ich sie holen kommen?«

»So viele Fragen, auf die es nur eine Antwort gibt: Nein!«

»Nein? Was soll das heißen?«

»Sie ist eine verlogene Gothic-Braut, die mir vorgeben will, eine wie ich zu sein. Aber ich bin Abaddon, keiner ist mir ebenbürtig.« Kurze Pause. Steiner hörte nur atmen. »Das verlorene Kind hat seine Prüfung nicht bestanden. Nun geht es ihm nicht mehr gut.« Im letzten Satz ließ er ein Bedauern mitschwingen, dass es Steiner eiskalt über den Rücken lief.

»Was muss ich tun?«

»Du? Frage lieber, was das verlorene Kind tun sollte!«

Steiner stöhnte. In welchen Wahnsinn war seine Tochter geraten?

»Was bist du für ein guter Papi. Dabei wollte sie mir weismachen, du wärst ihr Feind – der böse Stachel in ihrem Fleisch, der vernichtet werden müsste.«

Steiner verstand gar nichts mehr.

»Sie sagte, sie sei mit mir seelenverwandt. Als ich einen Beweis von ihr verlangte, hat sie versagt.«

»Was wollen Sie?«

»Eigentlich sollte diese Verbindung tot sein – so tot wie du.«

»Wollen Sie Geld? Sagen Sie mir wie viel!«

»Nicht alles auf dieser Welt kann man mit Geld bezahlen«, kam es kichernd durch die Leitung, so dass Steiner eine Gänsehaut bekam. »Meine Menschlichkeit ist in der Höllentiefe des Verrats erfroren. Meine Existenz ist aus ihren Wurzeln gerissen und zum Sterben verurteilt worden. Mein Erzeuger hat mich vernichtet. Geld ist nichts wert. Ich brauche roten Lebenssaft, um in den Tiefen meiner Seele zu existieren.«

»Hören Sie, ich gebe Ihnen alles, was Sie wollen. Wir können auch einen Tausch vornehmen. Sie exerzieren alle Ihre Rituale an mir und lassen dafür meine Tochter gehen.«

»So viel Liebe! Und dann behauptet dein junges, frisches Blut – von deinen Lenden gezeugt – niemals einen Vater gehabt zu haben. Aber ich muss deinen Vorschlag ablehnen. Dein Kind ist so jung und süß. Ich kann ihre Jugend in ihrem Blut schmecken. Das tausche ich doch nicht gegen einen vertrockneten Greis, der nur nach Versagen schmeckt.«

Steiners Grauen wuchs.

Die Zeit verging, wo er außer Rauschen nichts durch das Handy hörte.

»Sind Sie noch dran?«

»Ja! Ich denke über die Schönheit des Todes nach. Das braucht seine Zeit.«

Wieder überkam Steiner Entsetzen.

»Bitte, nehmen Sie mich. Lassen Sie mein Kind gehen.«

Kichern, sonst nichts.

Steiner befürchtete schon, der Akku an seinem Handy könnte den Geist aufgeben. Hastig suchte er nach dem Ladegerät und schloss es ans Stromnetz an, während er die Verbindung aufrechterhielt.

»Aber, ich gebe dir noch eine Chance«, kam es endlich, als er schon dachte, alles sei verloren. »Vielleicht ist Anne meiner nicht würdig. Ihr Blut birgt Bitterkeit und Versagen. Wer sagt mir, dass es von diesen Deformationen gereinigt werden kann. Sollte ich von diesem verdarbten Blut kosten, gehe ich das Risiko ein, selbst so zu werden wie sie.«

»Nehmen Sie mich! Ich bin nicht alt und nicht verbittert.« Steiner schöpfte neue Hoffnung.

»Aber Abaddon liebt das Risiko!«

Hatte er Steiner nicht zugehört?

»Der Hass ist flüssige Lava. Eine wilde Explosion, deren Wogen alles verschlingen.«

Er ließ Steiner zappeln.

»Das ist es, was die Menschen dazu bringt, sich zu ertränken, zu erhängen, von Brücken zu springen. Ich liebe die Grausamkeit.«

»Was muss ich tun?«

Wieder trat eine kurze qualvolle Pause der Ungewissheit ein.

»Du kommst heute um Mitternacht zum Steinbruch an den Schwedenschanzen. Allein – ohne Polizei! Sonst bekommst du deine Tochter in einer Weise zurück, die dir zeigt, wer Abaddon ist.«

»Ich werde da sein. Allein. Das verspreche ich.«

Aber das Gespräch war schon beendet.

Steiner fühlte sich, als sei er in zwei Teile zerrissen. Einerseits sollte er Jürgen Schnur informieren, aber etwas anderes hielt ihn davon ab. Was war nun richtig? Er wusste es nicht. Er spürte, wie die Angst Oberhand gewann und er sich dafür entschied, den Versuch zu wagen, seine Tochter allein zu befreien. Die geistige Verfassung des Entführers riet ihm zu allergrößter Vorsicht.

Moritz lag vor ihm, die Augen geschlossen, der Atem ruhig und regelmäßig.

Kapitel 40

Der Besprechungsraum war voll, die Stimmung gedrückt, alle Augen auf Jürgen Schnur gerichtet. Er wusste auch warum. Wieder saß Forseti am Kopfende des langen Tisches. Unter Aufbringung all seiner Beherrschung begrüßte er den Kriminalrat mit einer Freundlichkeit, die nichts zu beanstanden ließ.

Ann-Kathrin Reichert reagierte blitzschnell. Sie zog einen Stuhl herbei, veranlasste den Polizeibeamten neben ihr, etwas zur Seite zu rücken, womit sie für Jürgen Schnur einen Platz direkt neben ihr freimachte.

Das Gemurmel der Bediensteten verstummte.

Schnur dankte der Staatsanwältin mit einem verschmitzten Augenzwinkern. Die Gesichtsfarbe der rothaarigen Frau lief ein wenig an. Bevor jemand ihre Verlegenheit bemerken konnte, begann sie zu sprechen.

»Ich habe leider keine Befugnis erwirken können, Otto Sieberts Konten zu prüfen.«

»Warum nicht?«

»Es liegt nichts gegen ihn vor.«

»Und das Telefonat, das Anne Richter mit ihm geführt hat?«

»Nach seinen Aussagen hat er das Handy weggeworfen. Solange wir nichts Gegenteiliges beweisen können, müssen wir ihm glauben. Jeder kann im Besitz eines Handys sein, das er im Müll aufgestöbert hat.«

»Haben wir eine Chance, seine Telefonate auf dem Vertragshandy zurückzuverfolgen?«

»Nein! Da gilt das Gleiche. Nichts deutet darauf hin, dass Otto Siebert in den Fall verstrickt ist und noch weniger, dass eine Gefahr von ihm ausgeht.«

Schnur schnaubte enttäuscht.

»Dafür haben wir Harald Steiners Handy überprüfen lassen«, ergriff Forseti das Wort. Seine Stimme klang schroff.

»Warum darf sein Handy überprüft werden und Otto Sieberts Handy nicht?«, fragte Schnur ungehalten.

»Harald Steiner ist ein Verdächtiger«, antwortete die Staatsanwältin.

»Haben Sie nicht selbst gesagt, er sei ein Opfer?«

»Er hat verschwiegen, dass er von seiner Tochter einen Anruf erhalten hat –

von Anne Richter, die von der Bereitschaftspolizei die ganze Nacht und den halben Tag in einer groß angelegten Aktion gesucht wird. Damit hat er sich verdächtig gemacht.«

Die Überraschung war gelungen.

»Das heißt nicht, dass er mit ihr gesprochen hat«, schlussfolgerte Schnur. »Sollte sie sich in der Gewalt des Blutsaugers vom Limberg befinden, kann er es an sich genommen haben.«

»Oder aber, die beiden spielen ein bisschen mit uns.«

»Nein, das tun sie nicht«, widersprach Schnur so heftig, dass Forseti entrüstet die Luft einzog. »Harald Steiner ist ehemaliger Kriminalbeamter. Er hat seinen Eid auf die Verfassung des Saarlandes geschworen.«

»Ihre Loyalität zu einem Verdächtigen kann Ihnen schaden. Also passen Sie auf, über wen Sie schützend Ihre Hand halten!« Dieter Forsetis Augen funkelten böse. Sein Blick wechselte zwischen Jürgen Schnur und der Staatsanwältin hin und her.

»Meine Loyalität hat einen Grund: Steiner ist einer von uns.«

»Sie reden sich hier um Kopf und Kragen.«

Die Luft war zum Zerreißen gespannt. Schnur schaute jeden Einzelnen an, der an dem großen Tisch saß, von Theo Barthels zu Norbert Kullmann bis zu Erik Tenes. Die Stille lastete immer schwerer auf ihm, bis er endlich sagte: »Wir haben eine heiße Spur.«

Damit brachte er wieder Leben in die Versammlung.

»Wir wollten Helmut Brack vorladen und siehe da: Er ist verschwunden. Daraufhin haben wir ihn unter die Lupe genommen und festgestellt, dass alle Indizien zu ihm führen. Er kommt als Täter in Frage, weil er über die körperliche Kraft und die Fitness verfügt, weil er zu allen Tatzeiten die Zeit und die Gelegenheit hatte. Und er hat für alle ein Motiv.«

»Wir haben eine Fahndung nach ihm ausgelöst«, fügte Esther an. »Er war weder im *Donze*, noch auf seinem Polizeiposten, noch zu Hause in Wallerfangen in der Saarstraße anzutreffen. Es ist weder etwas von Urlaub oder Krankmeldung bekannt.«

»Helmut Brack scheidet als Verdächtiger aus«, konterte Forseti. »Ich sage, was zu tun ist. Blasen Sie die Fahndung nach Helmut Brack ab!«

»Die Vorladung bzw. Fahndung nach Helmut Brack erfolgte auf Ihre Anweisung hin«, gab Schnur zu verstehen.

»Und jetzt lautet meine Anweisung: Harald Steiner wird observiert«, gab Forseti unfreundlich zurück. »Er ist unser Hauptverdächtiger, weil er neben den körperlichen Voraussetzungen auch die Ortkenntnis besitzt, sich als Jäger mit Fallen genauso gut auskennt und ebenfalls ein Motiv hat. Der Notlage seiner Tochter müssen wir auf den Grund gehen. Entweder, sie ist bei ihm, und Steiner lenkt uns alle von seinem rechtswidrigen Vorhaben ab, indem er ihre Entführung fingiert. Oder sie ist wirklich in Not und er will einen Alleingang machen – mit dem Hintergedanken, sich als ehemaliger Polizist das Recht herauszunehmen, Selbstjustiz zu üben.«

»Welches Verbrechen sollte Steiner planen?«, fragte Schnur.

»Den dritten Mann bei der Entführung von Moritz Siebert unschädlich zu machen«, antwortete Forseti.

»Wie soll er in der kurzen Zeit erfahren haben, wer der dritte Mann ist, nach dem wir fünfzehn Jahre erfolglos suchen?«

»Durch eines der Mordopfer.«

»Und deshalb tötet der Mann den jungen Micky, den er selbst wie einen Sohn geliebt hat?«

»Der Tod des Jungen geht auf das Konto der Jagdgegner. Wie viele Hochsitze wurden in letzter Zeit angesägt?« Forseti blieb beharrlich.

»Kein einziger«, antwortete Schnur. Aber darauf achtete Forseti nicht. »Nach den neusten Erkenntnissen ist Harald Steiner unser Mann. Sehen wir von der Tatsache einmal ab, was er durch Bernd Schumacher aufgegeben hat, dann bleiben immer noch genügend Motive für ihn.«

»Helmut Brack ist unser Verdächtiger«, beharrte Schnur genauso stur. »Ihn aus den Augen zu lassen, ist gefährlich.«

»Welches Motiv sollte er haben? Sagen Sie es mir!«

»Inzwischen wissen wir, dass jeder seiner Trinkkumpane von seinen Unterlassungen profitierte, womit sie alle zur Demontierung seiner Karriere beigetragen haben.«

»Sie wollen doch nicht auf die Fallen anspielen, die er im Wald aufbaut? Da gehen Tiere rein und keine Menschen.«

»Die Holzspaltmaschine ist zur tödlichen Falle für einen Menschen geworden. Der abgesägte Hochsitz auch. Die Katakomben des alten Klosters wurden zum Gefängnis für einen Mann, der im Sterben lag. Wollen Sie noch mehr über Fallen hören, in denen Menschen sterben?«

»Wollen Sie hier die eigene Demontierung Ihrer beruflichen Laufbahn demonstrieren?«

Schon wieder war Schnurs Temperament mit ihm durchgegangen. Deutlich spürte er, dass er sich Forsetis Macht beugen musste. Es fiel ihm schwer, aber er hatte keine andere Wahl. Er nickte, rieb sich verzweifelt über sein Kinn und sprach in einem Tonfall, der seine Resignation deutlich machte: »Okay, wir werden Steiner observieren.«

Theo Barthels meldete sich zu Wort: »Wir haben den Unfallwagen, den Jeep Cherokee, untersucht. Das Auto wurde nur von Rolf West und dessen Sohn Oliver West gefahren. Außerdem fanden wir Spuren von Anne Richter auf dem Beifahrersitz, allerdings keinen Hinweis, wann sie dort gesessen hat. Ein anderer Fahrer kommt für die Fahrt bis zur Absturzstelle nicht in Frage.«

»Anne Richter ist mit Oliver West befreundet, was ihre Spuren in dem Wagen erklärt«, schlussfolgerte Esther.

»Oliver West hat Steiner verfolgt und versucht ihn vom Weg abzudrängen«, gab Schnur zum Besten.

»Was macht dich so sicher, dass es Oliver war?«

»Weil zu dem Zeitpunkt, als der Unfall passierte, Rolf West neben mir an der Theke im *Donze* saß.«

Perfekter konnte ein Alibi nicht sein.

»Ich arbeite gerade an einer Theorie, die weder Helmut Brack noch Harald Steiner verdächtigt«, meldete sich Kullmann zu Wort.

»Sie sind Hauptkommissar a.D., wenn ich mich richtig entsinne?«, hakte Forseti frostig nach.

»Meines Wissens hat sich daran nichts geändert. Ich habe Indizien aufgedeckt, die nicht unbeachtet bleiben dürfen«, antwortete Kullmann, sichtlich bemüht, seinen Ärger im Zaum zu halten.

»Wer hat Sie damit beauftragt?«

»Das war ich«, kam es von Schnur.

»Reichen Ihnen die Leute nicht, die man Ihnen zur Verfügung stellt?«

»Ich habe mich auf die langjährige Erfahrung meines ehemaligen Vorgesetzten berufen.«

Die Besprechung wurde von Forseti abrupt beendet. Kullmann bekam keine Gelegenheit, seine Theorie vorzubringen. Plötzlich saß er mit Jürgen Schnur und Esther Weis allein an dem großen Tisch.

Jeder hing seinen eigenen Gedanken nach, bis Schnur die Stille unterbrach: »Wir müssen Steiner observieren lassen.« An seine Kollegin gewandt fügte er an: »Das übernimmst du! Ich verlasse mich auf deine Diskretion.«

Vorwurfsvoll schaute Esther Weis ihren Vorgesetzten an, doch Schnur nahm seine letzte Bemerkung nicht zurück. Murrend verließ die Kollegin das Besprechungszimmer.

Kapitel 41

Auf Steiner lasteten die Stunden wie Felsbrocken. Die Zeit verging viel zu langsam. Ständig hingen seine Augen an der Uhr, wanderten zu seinem Hund, der friedlich in seinem Körbchen schlief und wieder zurück zur Uhr.

Endlich wurde es Abend und die Dunkelheit brach herein. Das war schon mal ein Anfang. Er rüttelte leicht am Fell seines Hundes, womit er ihm zu verstehen gab, dass es Zeit war, Gassi zu gehen. Moritz erhob sich nicht wie sonst, mit wedelndem Schwanz, strahlenden Augen und munteren Hopsern, die wie Bocksprünge eines Rodeopferdes aussahen. Schwerfällig schleppte er sich aus seinem Hundebett und folgte Steiner mit einem Gesicht, das ausdrückte: Wenn es wirklich sein muss.

»Moritz, lass dich nicht so hängen«, versuchte Steiner, den Hund aufzumuntern. »Übermorgen ist die große Jagd. Du musst einsatzbereit sein. Ich brauche dich als Schweißhund, so wie jedes Jahr. Das weißt du doch.«

Moritz trottete hinter ihm her, erledigte sein Geschäft auf die Schnelle, wackelte ins Haus zurück schnurstracks in den Hundekorb.

Die Uhr tickte, tickte, tickte.

Steiner saß im Schaukelstuhl, mit einer Hand streichelte er seinen Hund, mit der anderen las er in der neuen Ausgabe der Zeitschrift »Wild und Hund«.

Endlich war es soweit. Kurz vor zwölf.

Hastig zog er seinen Parka an, nahm den Kopf seines Hundes in beide Hände, sodass Moritz vor Schreck beide Augen weit aufriss, und sagte zu ihm: »Du musst hier die Stellung halten. Wenn ich zurückkomme, sind wir eine kleine Familie.«

Er verließ das Haus.

Leichter Nieselregen fiel, die Temperaturen waren gesunken. Die angelaufene Windschutzscheibe erschwerte Steiner die Sicht. Er hatte keine Zeit, auf das Gebläse zu warten; hastig rieb er mit dem Ärmel seines Parkas darüber.

Die Fahrt begann.

Pünktlich um zwölf Uhr stand er an den Schwedenschanzen.

Er stieg aus und ging zwischen den beiden Wällen auf und ab. Nichts geschah. Aus Angst, am falschen Ort zu sein, stieg er auf einen Hügel.

Dahinter lag still der Grüne See.

Er leuchtete mit der Taschenlampe, um die Gegend abzusuchen. Ergebnislos. In seiner Verzweiflung kam ihm der Gedanke, dass die Taschenlampe ein Fehler sein könnte. Also schaltete er sie aus und wartete darauf, dass sich seine Augen an die Dunkelheit gewöhnten.

Alles blieb still.

Die Stunden vergingen, Steiner spürte vor Kälte seine Beine nicht mehr. Was geschah hier? Hatte es sich der Entführer anders überlegt? Der Gedanke war so grauslich, dass er ihn gar nicht denken wollte.

Ein schaurig tremolierendes »Huu – huu – hu huhu – hu huhu – huu« zerriss die Stille. Erschrocken zuckte Steiner zusammen. Ein eisiger Schauer durchfuhr seinen Körper. Das »Huu – huu – hu huhu – hu huhu – huu« wiederholte sich. Erst jetzt begriff Steiner, was ihn erschreckt hatte. Es war der Reviergesang eines Waldkauzes. Er wollte Steiner damit vertreiben, was ihm unter normalen Umständen auch gelungen wäre. Aber jetzt musste der große Nachtvogel sein Revier mit Steiner teilen.

Die lange Zeit des Wartens brachte nur komplizierte Gedanken mit sich. Zur Ironie seiner Situation fiel Steiner ausgerechnet jetzt ein, welchen Namen die Wissenschaftler für diese Eulenart erdacht haben und was er bedeutete: Der Waldkauz wurde »Blutsaugender Vampirvogel« genannt. Er fröstelte, rieb sich an den Armen, um die Beklemmung von sich abzustreifen.

Der Morgen brach herein.

Sollte Steiner aufgeben oder weiter warten?

Er beschloss weiter zu warten.

Plötzlich klingelte sein Handy. Als er es aus der Tasche zog, war er so nervös, dass es ihm mehrere Male aus der Hand fiel, bis er endlich den richtigen Knopf erwischte: »Steiner!«

»Ich bin Abaddon, der Geisterfürst. Hast du das schon vergessen?«, flüsterte ihm eine Stimme ins Ohr.

Gänsehaut kroch über seinen Nacken.

»Nein! Wo ist meine Tochter? Ich stehe hier seit Mitternacht, aber Sie haben Ihren Teil der Abmachung nicht eingehalten.«

»Du glaubst wohl, ich fantasiere – rechnest dir mit mir ein leichtes Spiel aus. Aber da täuschst du dich.«

»Ich habe Ihre Bedingungen eingehalten.«

»Glaubst du, ich hätte die Bullen nicht bemerkt, die hier überall herumschleichen und nur darauf warten, mich zu schnappen. Diesen Verrat, den du angerichtet hast, wird deine Tochter ausbaden.«

»Wo sind Bullen?« Steiners Stimme überschlug sich. »Ich habe keiner Menschenseele etwas von unserer Abmachung gesagt.«

»Dann schau dich doch um. Du bist umringt.«

Das Gespräch war beendet.

Steiner fühlte sich so hilflos wie noch nie.

Er sah sich um, konnte aber niemanden sehen. Verzweifelt rief er in den Wald: »Wenn ihr hier seid, dann verschwindet!«

Aber der Ruf verhallte, nichts änderte sich.

Steiner hielt sich mit beiden Händen das Gesicht zu und versuchte, über seine Hoffnungslosigkeit Herr zu werden. Es musste einen Weg geben. Jetzt aufgeben, das kam nicht in Frage.

Entschlossen richtete er sich auf.

Es wurde heller. Die Sicht reichte aus, sich auf den Weg durch das Dickicht zu machen, das zum großen Steinbruch führte. Das große, schwarze, gähnende Loch, das sich vor ihm auftat, wischte den letzten Zweifel weg, dass er auf dem richtigen Weg war. Anne hatte gesagt, es sei dunkel, feucht und kalt. Alle Eigenschaften trafen genau auf diesen Ort zu. Er konnte allerdings nur von der anderen Seite hinabsteigen, um am Grund der Schlucht nach ihr zu suchen.

Es wurde ein langer Marsch. Begleitet wurde er durch den erwachenden Tag.

Angetrieben von Hoffnung, vermischt mit großer Verzweiflung, gelangte er auf den Grund der steinernen Ruinen, die nach jahrelangem Abtragen der Felsen übrig geblieben waren. Überall klafften Felsspalten und Vertiefungen. Er leuchtete mit der Taschenlampe in jeden noch so kleinen Hohlraum, fand aber nur Unrat und Moos.

Plötzlich hörte er sie.

Es klang unwirklich und doch zum Greifen nah. Er drehte sich um und sah, wie seine Tochter zerzaust, verschmutzt, verletzt, aber lebendig aus einer Felsspalte gekrochen kam. Schon wieder fühlte er sich wie in einem Horrorfilm. Zu grotesk erschien ihm diese Szene: ein Mensch vom Felsen ausgespuckt.

Doch schnell fiel die Erstarrung von ihm ab. Er ließ die Taschenlampe fallen, rannte auf die knochendürre Frau zu und nahm sie in seine Arme.

Anne Richter konnte sich kaum auf den Beinen halten. Zusammen mit ihrem Vater sank sie zu Boden. Ihr Körper schüttelte sich vom Weinkrampf. Sie stammelte: »Weil ich dich nicht töten konnte, hat er das getan.«

»Das hat er von dir verlangt?«

Sie brachte nur noch ein Nicken zustande, dann verlor sie das Bewusstsein.

Erst jetzt sah Steiner, dass ihre Ringe an den Augenbrauen, ihre Ohrstecker und ihr Piercing an der Lippe gewaltsam abgerissen worden waren. Die Wunden hatten sich entzündet. Ihr Gesicht wirkte durch die vielen Verletzungen und Blutergüsse entstellt.

Steiner hörte Schritte hinter sich.

Sofort hielt er seine Glock 9 mm auf den Schatten gerichtet, der sich näherte. Sollte Abaddon, der Geisterfürst kommen.

Seine Tochter stöhnte in seinem Arm, aber er musste wachsam bleiben. Sein Leben und das seiner Tochter lagen in seiner Hand.

Doch das, was sich ihm stellte, war nicht Abaddon. Es war Esther Weis! Zusammen mit einigen Polizeibeamten. Sie alle sahen erschöpft und mitgenommen aus. Also hatte der Entführer seiner Tochter recht gehabt: Die Polizei war ihm gefolgt.

»War es wirklich nötig, das Leben meiner Tochter in Gefahr zu bringen?«, blaffte er Esther unfreundlich an.

»Ich tue nur, was Kriminalrat Forseti von mir verlangt hat. Es war weder meine noch Jürgens Idee«, rechtfertigte sie sich. »Ein Krankenwagen ist bestellt. Wie geht es ihr?«

»Lass mich und meine Tochter einfach in Ruhe«, kam es boshaft zurück.

»Das fällt mir schwer«, konterte Esther gereizt. »Was ich da in deiner Hand sehe, lässt mich an deiner Aufrichtigkeit ernsthaft zweifeln.«

Steiners Blick fiel auf seine Pistole. Er schluckte. In der Hast hatte er die falsche Waffe eingesteckt.

»Dir zu vertrauen ist wie ein Seiltanz über dem Feuer.«

Kapitel 42

Im Flur des Krankenhauses traf Jürgen Schnur auf Harald Steiner. »Ich muss mit deiner Tochter sprechen«, erklärte er. »Willst du dabei sein?«

»Ich bin hier, weil ich meine Tochter besuchen will. Also komme ich mit«, beschloss Steiner.

Gemeinsam betraten sie das Krankenzimmer.

Anne Richter war so weiß wie das Laken. Ihre schwarzen Haare standen in stumpfem Stacheln vom Kopf ab, was ihr ein borstiges Aussehen verlieh. Der Ansatz der Haare war hell.

Ungeachtet der Tatsache, dass Jürgen Schnur im Hintergrund stand, begannen Steiner und seine Tochter ihre Aussprache, ein Gespräch, das fünfzehn Jahre nachholen sollte. Lang hörte Steiner ihr zu.

Schnur beobachtete die beiden.

Steiners Ex-Frau hatte wieder geheiratet, was den Namen Richter endlich erklärte. Ihr Mann entpuppte sich als Nichtsnutz, der sie um ihr restliches Geld brachte, bevor er starb. Unterhaltszahlungen hatte sie nie von Steiner verlangt, aber ihrer Tochter erzählt, er weigere sich, ihr einen Pfennig zu geben. Sie hatte keine Bosheit ausgelassen, ihn in einem schlechten Licht darzustellen. Die Enttäuschung stand immer noch in Annes Augen, während sie erzählte, ihre Mutter sei an seiner Kaltherzigkeit gestorben. Sie sei dem Alkohol verfallen und habe sich zu Tode getrunken.

Das war die Erklärung für das feindselige und schroffe Verhalten seiner Tochter. Sie hatte ihrer Mutter blind geglaubt, während es für Steiner in all den Jahren niemals eine Chance gegeben hatte, selbst Stellung zu beziehen.

Aber nun war es soweit. Er wollte mit seiner Tochter neu beginnen.

Erst jetzt fiel Annes Blick auf den Polizeibeamten.

»Ich wollte dir mit der Befragung noch Zeit lassen«, erklärte Steiner schnell, bevor Anne etwas Falsches sagen konnte. »Aber die Zeit hat die Polizei leider nicht.«

»Ist schon okay«, meinte sie, was Steiner erleichtert aufamten ließ. »Was wollen Sie wissen?«

»Wie sind Sie an Oliver Wests Handy gekommen?«, lautete Jürgen Schnurs erste Frage.

»Das war das Ollis Handy?« Anne Richters Staunen wirkte echt.

»Wissen Sie nicht, wessen Handys Sie mit sich herumtragen?«

»Jetzt erinnere ich mich. Olli hat mir irgendwann mal sein Handy gegeben, als auf meiner Karte kein Guthaben mehr war. Das hatte ich total vergessen. Mein Handy war ja in der Zwischenzeit wieder aufgeladen worden.«

»Und Sie haben auch nicht mehr daran gedacht, als es in Ihrer Jackentasche piepste?«

»Tut mir leid. Aber ich war so in Panik ...«

»Muss das jetzt sein?«, mischte sich Steiner ein.

Schnur lenkte ein. »Dann hat Oliver nichts mit Ihrer Entführung zu tun?«

»Nein!«

»Und Ihr eigenes Handy?«, fragte Jürgen Schnur weiter. »Was ist damit passiert?«

Anne Richter antwortete zerknirscht. »Abaddon sagte, ich bräuchte es nicht mehr.«

»Warum haben Sie ihm Ihr eigenen Handy gegeben – das einzige, das noch funktionierte?«

»Ich hatte nicht gewusst, dass zwei Handys in meinen Jackentaschen waren. Es war wohl Zufall, dass er meins erwischt hat.«

Steiner schaute fragend auf Schnur, der daraufhin erklärte: »Wir bekamen einen Verbindungsnachweis zwischen deinem Handy und dem deiner Tochter, während der gesamte Limberg nach ihr abgesucht wurde. Deshalb war Forseti so darauf versessen, dich zu observieren.«

Steiner schluckte. Diese Erklärung machte ihm deutlich, dass er Esther Unrecht getan hatte, als seine Tochter mit knapper Not dem Wahnsinnigen entkommen war.

»Können Sie uns eine Täterbeschreibung geben?«, richtete sich Schnur wieder an Anne Richter.

Sie nickte. Ihre Schultern bebten bei der Erinnerung an ihre letzten Stunden. Steiner stand unbeholfen daneben. Er litt mit ihr, wusste aber nicht, was er machen sollte. Jürgen Schnur gab ihm einen heftigen Stoß, dass er fast auf das Bett gefallen wäre, eine Geste, die Steiner verstand. Er lehnte sich an seine Tochter, hielt sie schützend in seinen Armen.

»Leider muss ich Sie drängen. Bitte beschreiben Sie Abaddon!«

Anne Richter atmete tief durch und begann zu sprechen: »Er war groß und bildhübsch. Selten habe ich so einen schönen Mann gesehen.«

»Welche Haarfarbe hat Abaddon, sprach er saarländischen Dialekt, gab es irgendetwas Auffälliges an ihm – außer seiner Schönheit?«

»Er ist groß und gertenschlank. Dialekt spricht er nicht, diese triviale Sprache lehnt er ab. Seine Haare sind pechschwarz, als wären sie gefärbt. Aber das sind sie nicht – sie sind echt. Abaddon ist finster wie die Nacht.«

»Hat er dir niemals seinen richtigen Namen gesagt?«, fragte Steiner.

»Doch«, entgegnete Anne Richter. »Sein richtiger Name ist Moritz Siebert.«

Schnur und Steiner verließen das Krankenhaus. Draußen herrschte kalter Wind und Regen, was sie beide nicht bemerkten. Anne Richters Enthüllung mussten sie erst verarbeiten.

»So eine verfahrene Situation hätte ich bei meinem ersten Fall als Dienststellenleiter nicht gebraucht«, murrte Schnur und zückte sein Handy. Er gab seine Anweisungen durch, wie Steiner den Wortfetzen entnahm, die er verstehen konnte.

»Sie haben niemanden erwischt«, fluchte Schnur, als er auflegte.

»Was heißt erwischt?«

»Sie haben das Gebiet umstellt, wo du Anne Richter gefunden hast. Außerdem haben sie bei Otto Siebert im Turmzimmer nachgesehen. Dort ist Moritz Siebert – alias Abaddon – nicht. Sein Vater hat keine Ahnung, wo er stecken könnte. Otto Siebert ist angeblich nicht bekannt, dass Moritz Siebert jemals seine Festung verlassen hätte.«

»Da sieht man, wie gut Eltern ihre Kinder kennen«, bemerkte Steiner.

Schnur überlegte eine Weile, bis er beschloss: »Du fährst jetzt nach Hause, weil du die Jagd für morgen vorbereiten musst. Wir lassen nach außen hin alles weiterlaufen.«

Steiner nickte.

»Wir werden eine groß angelegte Suchaktion nach Moritz Siebert starten. Sollten wir ihn heute nicht finden, werde ich morgen früh dabei sein. Ich werde als Treiber mitgehen.«

Diese Bemerkung entlockte Steiner ein Lachen.

»Du als Treiber? Dann lachen sich die Schweine tot und keiner kommt dazu, sie zu schießen.«

»Danke! Aber du kannst sagen, was du willst, ich bin morgen dabei.«

Steiner setzte sich in seinen Jeep Cherokee und fuhr nach Hause. Die halbe Nacht und fast den ganzen Tag hatte er sich nicht um seinen Hund kümmern können. Hoffentlich war die Haushälterin da und hatte ihn gefüttert. Moritz musste für den morgigen Tag gesund und stark sein. Dafür brauchte er gutes Fressen.

Am Hoflimberg angekommen sah er die Spuren der Haushaltsarbeiten, um für den Gast Monsieur Villeroy, alles schön herzurichten. Das beruhigte ihn, denn so wusste er seinen Hund versorgt. Doch als er durch die Haustür trat, spürte er sofort, dass etwas nicht in Ordnung war.

Moritz lag ganz still in seinem Korb. Sein Fressnapf war voll, seine Wasserschüssel ebenso.

Steiner kniete sich auf den Boden, nahm mit beiden Händen den Kopf seines Hundes und schaute ihn an. Moritz öffnete die Augen, um sie gleich wieder zu schließen. Sein Atem ging unregelmäßig. Steiner streichelte ihm über sein Fell und spürte, dass sich der Hund eiskalt anfühlte.

»Moritz, was soll das?«, entfuhr es ihm. Er zog seinen Parka aus und deckte ihn damit zu. Moritz dankte es ihm nur mit einem treuen Blick, wieder fielen die Augen zu. Steiner nahm einen Fleischbrocken aus dem Futternapf und hielt ihn Moritz vor die Nase. Der Hund reagierte nicht. Verzweifelt rannte er in die Küche und nahm aus dem Kühlschrank ein Stück Lyoner. Die würde er bestimmt fressen wollen.

Aber Moritz reagierte nicht. Er öffnete nur die Augen, und sah seinen Herrn auf eine Weise an, die Steiner das Herz brach.

»Nein Moritz. Nicht du! Niemals. Du wirst gebraucht! Morgen ist die große Jagd. Wie soll ich das ohne dich schaffen?«

Moritz schaute ihn nur flehend an.

»Ich habe eine Lösung.«

Steiner sprang auf und suchte sein Handy, bis ihm einfiel, dass es ihm Parka war. Hastig durchwühlte er alle Taschen, zog das kleine Telefon heraus und rief die Tierärztin der Tierklinik in Altforweiler an. Sie erinnerte sich an ihren Patienten. Sie versprach, sofort zu kommen.

Steiner kniete sich vor den Hund, nahm ihn in die Arme. Da erst spürte er, dass Moritz am ganzen Körper zitterte.

Sachte drückte er den knochigen Körper an sich.

»So, nun wird es dir wieder warm. Die Tierärztin gibt dir eine Aufbauspritze und morgen sind wir wieder die Alten«, sprach er mit seinem Hund und wiegte ihn wie ein Kind. »Wir werden Rehe schießen und du wirst die

Rehe suchen. Wir werden allen zeigen, wie gut wir sind. Du warst schon immer der beste Schweißhund. Alle Jäger wollten dich haben, weil kein anderer Hund jemals so gut war wie du. Und morgen sollen alle sehen, dass wir nichts verlernt haben.«

Immer weiter sprach er mit seinem Hund, bis er merkte, wie das Zittern aufhörte.

»Siehst du, jetzt bekommst du endlich wieder warm. Ich wusste doch, dass du nicht aufgibst, schließlich bist du ein Kämpfer.«

Es klingelte, die Tierärztin kam herein.

Steiner ließ seinen Hund los, damit sie ihn untersuchen konnte. Sie fuhr dem Hund über das Gesicht und über sein Fell, bevor sie Steiner anschaute.

»Warum tun Sie nichts?«

»Weil es zu spät ist. Ihr Hund ist tot.«

Steiner war wie versteinert. Das konnte nicht wahr sein.

»Ihr Hund ist eiskalt. Haben Sie das nicht bemerkt?«

»Noch vor wenigen Minuten hat er gelebt. Ich habe ihn zugedeckt und warm gehalten.«

»Wie lange lag der arme Kerl dort allein?«

Die Fragen trafen Steiner wie Pfeilspitzen.

»Er ist innerlich erfroren – das war ein qualvoller Tod.«

Die Bemerkung war zuviel. Der Vorwurf, der mitschwang …

Steiner musste sich zusammenreißen, damit er die Frau nicht gewaltsam aus dem Haus warf. Doch die Tierärztin erkannte selbst, wie der Förster sich fühlte. Hastig eilte sie davon.

Steiner kniete sich auf den Boden vor den Korb, nahm den Kopf seines Hundes, der immer noch durch die Kahlrasur für die Operation gezeichnet war, legte ihn auf seinen Schoss und streichelte das wenige Fell auf der gesunden Hälfte des Gesichts.

Dieser Hund hatte Steiner nicht nur viele Jahre begleitet, er hatte ihn zu dem gemacht, was er heute war. Nachdem seine Frau und sein Kind ihn damals verlassen hatten, gab es nur einen an Steiners Seite, das war der Hund Moritz. Das kleine, lebhafte Tier hatte Steiner das Gefühl gegeben, wichtig zu sein, gebraucht zu werden, sich seiner Verantwortung nicht einfach entziehen zu dürfen. Steiner hatte diese stumme Aufforderung verstanden. Er hatte sich nicht aufgegeben, sondern einen neuen Schritt gewagt, nämlich einen Weg einzuschlagen, der für ihn und seinen Hund zur Herausforderung wurde. Moritz hatte ihm all die Jahre treu gedient, war ihm nicht nur ein guter Jagdhund, sondern auch ein lebensbejahender Begleiter. Und wie hatte das arme Tier seine letzten Wochen, Tage, ja sogar Stunden seines Lebens verbringen müssen? Steiner fühlte sich schuldig, weil er nicht da war, als der Hund ihn gebraucht hätte.

Er wusste nicht, wie lange er vor dem toten Tier saß. Er hatte auch nicht gewusst, dass er noch Tränen hatte. Aber jetzt waren sie da, flossen wie ein Wasserfall.

Er hörte Schritte.

Sein verschleierter Blick verriet ihm, dass Esther vor ihm stand.

»Ich habe gerade erfahren, was passiert ist«, sagte sie leise.

Steiner konnte nicht sprechen.

Aber das brauchte er auch nicht. Esther legte ihre Arme um ihn. Still verharrten sie vor dem Hundekorb.

Kapitel 43

Im Morgengrauen des 3. Dezember 2005 stand Steiner am Fenster. Nur Erinnerungen an seinen Hund liefen vor seinem inneren Auge ab. Moritz als verspielter Welpe, Moritz in der Ausbildung, Moritz als einsatzbereiter Schweißhund, Moritz, wie er dem kindlichen Micky das Gefühl der Verantwortung vermittelte, Moritz, wie er die herrische Haushälterin zum Lachen brachte, Moritz, der die Sonnenseite eines jeden Menschen zum Vorschein bringen konnte – allein durch seine Anwesenheit, seine Verspieltheit, seine Natürlichkeit und seine Aufmerksamkeit. Moritz, der Hund, der ihm – dem abgestumpften Steiner – gezeigt hatte, dass er nicht nur ein gescheiterter Polizist und ein unfähiger Familienvater, sondern ein Mann mit Gefühlen war.

Jetzt war dieser wichtige Bestandteil aus seinem Leben gegangen, hinterließ ein unerträgliches Gefühl der Leere.

Ein Geräusch von seinem Bett lenkte ihn ab. Er sah auf Esther, wie sie nackt zwischen den Laken lag, ihr schöner, schlanker Körper, ihre blasse, zarte Haut. Sie hatte es auf eine unnachahmliche Weise verstanden, ihn zu trösten, hatte ihn von seinen rabenschwarzen Gedanken abgelenkt, hatte ihm das Gefühl gegeben, seinen Schmerz zu verstehen, sogar den Schmerz mit ihm geteilt.

Sie öffnete die Augen, ihre Blicke trafen sich.

»Ich bin früh dran«, entschuldigte er sich.

»Das ist gut«, meinte sie, stand auf und stellte sich neben ihn. »Heute ist die große Jagd. Warum gehst du nicht vorzeitig los und überprüfst die Ansitze, um unnötige Unfälle zu vermeiden?«

Steiner staunte über den Scharfsinn der Polizeibeamtin. Sie hatte recht, denn nur so konnte er sich ablenken und gleichzeitig etwas tun, was dem Verlauf der Jagd zugute kam.

Steiner fuhr mit seinem Jeep in den Wald, Esther mit ihrem Suzuki zu Jürgen Schnurs Elternhaus.

Kapitel 44

Der Tag wurde sonnig. Nach vielen Wochen Dauerregen war das Wetter eine positive Überraschung zur richtigen Zeit.

Steiner überprüfte alle Kanzeln, sie waren unbeschädigt. Während er seinen Blick darauf richtete, sah er überall die Spuren der Arbeit, die Micky daran verrichtet hatte. Der Junge hatte unter Aufbringung all seiner Konzentration die Holzpaletten erneuert und eingesetzt. Nun würden Fremde darauf sitzen, ohne zu ahnen, wie viel Herzblut in diesen Vorrichtungen steckte.

Seufzend kontrollierte er die alte Scheune. Die Renovierungsarbeiten waren rechtzeitig beendet worden. Der Boden mit dicken, stabilen Holzbohlen ausgelegt, die Löcher in den Wänden mit Buntglas geschmückt, was den Charakter der früheren Kapelle nachahmte. Die Originalrundbogen, die dreihundert Jahre überstanden hatten, kamen durch das farbenreiche Lichtspiel schön zur Geltung. Die neue Jagdstube war notdürftig eingerichtet. In einer Aussparung in der dicken Mauer stand eine Statue des Heiligen Hubertus, dem Schutzpatron der Jäger. Rustikale Tische und Stühle sollten später dort eingerichtet werden. Für den heutigen Tag mussten einfache Partybänke notdürftig ihren Zweck erfüllen.

Nach jedem zweiten Schritt schaute Steiner zur Seite, wo früher immer sein Hund war. Der Platz war leer, sein Schmerz groß. Wie gern war Moritz an dem großen Jagdereignis beteiligt, wie hatte er die Bewunderung der Jägerkollegen genossen, wenn er wieder einmal ein Reh fand, das außer ihm kein anderer Hund finden konnte. Er hatte stets genau gewusst, dass er gut war. Der Stolz war seinem Gesicht abzulesen. Auf der großen Jagd im letzten Jahr hatte er einen Keiler gestellt, der durch eine Schussverletzung im höchsten Grade aggressiv geworden war. Aber Moritz hatte das große Tier überlistet, bis Steiner kam und ihm den Fangschuss geben konnte. Ohne diesen Hund war Steiner nur ein halber Jäger.

Mit schweren Schritten schleppte er sich zu dem vereinbarten Treffpunkt am Holzlagerplatz, um dort auf die Gäste zu warten.

Sein Herz fühlte sich bleiern an.

Ein Tag stand ihm bevor, auf den er sich lange vorbereitet und auf den er sich gefreut hatte; ein Tag, der jetzt ganz plötzlich zu einer Qual werden sollte. Er musste so tun, als sei alles ganz normal, dabei seine Verluste einfach wegschweigen, obwohl er es am liebsten allen laut ins Gesicht schreien wollte. Aber die Dienstbarkeit spielte nach anderen Regeln – denen er sich fügen musste.

Aus allen Teilen Deutschlands trafen die Jäger und Jägerinnen ein. Sie waren in guter Stimmung, wozu das Wetter nicht wenig beitrug. Nach dem langen Regen war die Sonne eine Wohltat und das Thema Nummer eins.

Steiner enthielt sich so lange wie möglich jeglicher Unterhaltung. Erst jetzt erkannte er, dass er vergessen hatte, eine Rede vorzubereiten. Da der Gastgeber seine Verspätung bereits angekündigt hatte, gehörte das zu seinen Aufgaben. Nervös trippelte er hin und her und versuchte, einige Sätze zusammenzustellen, aber seine Gedanken schweiften ab.

Viele Franzosen befanden sich unter den Gästen. Mit Erleichterung entdeckte Steiner auch einige unter den Treibern, was bedeutete, dass der Gastgeber seine eigenen »Jagdgehilfen« mitgebracht hatte. So würde die Jagd gelingen. Der Anblick der immer größer werdenden Menschenmenge stimmte ihn zuversichtlich.

Plötzlich übertönte eine Stimme alle anderen mit der Frage: »Steiner! Wo ist dein Hund?«

Steiner hatte das Gefühl, innerlich zu Eis zu erstarrten. Er schaute den Waidmann nur an, unfähig eine Antwort zu geben. Die Sekunden der Stille kamen ihm endlos vor, bis der Jägersmann murmelte: »Scheiße! Das war wohl taktlos von mir.«

Die Blicke, die er nun einfing, drückten Mitleid aus. Fast alle Jäger hatten einen Jagdhund, weshalb sie ahnten, wie schmerzhaft es war, ein solches Tier zu verlieren.

Plötzlich stand Esther neben ihm. Sie trug einen jägergrünen Dress, in dem sie kess und sportlich aussah. Ihr Anblick ließ ihn für einen Moment den Schmerz vergessen.

»Ich habe dir einige Sätze aufgeschrieben, die du vortragen kannst.« Sie hielt ihm einen Zettel entgegen.

»Du bist nicht nur wunderschön, du bist auch meine Rettung. Mir fällt nämlich nichts ein.«

Der Wiesenstreifen hinter dem Holzlagerplatz füllte sich weiter mit Autos, Jägern und Hunden. Ein ganzes Rudel kurzläufiger Terrier tummelte sich bellend und jaulend am Waldrand, die Hundemeute. Der Hundeführer kam aus Leidingen, dem Dorf auf der Grenze. Mitten durch den

Ort, an der Neutralen Straße führt die Grenze zwischen Deutschland und Frankreich. Während der Hundehalter auf der deutschen Seite wohnte, befand sich sein Hundezwinger auf französischem Gebiet. Immer, wenn die Hunde einen Befehl missachteten, konnte er das geschickt der sprachlichen Barriere zuschreiben, womit es ihm gelang, sich niemals den Zorn eines Jagdveranstalters zuzuziehen.

Steiner winkte ihm zum Gruß – erleichtert, auch diesen Part der Treibjagd gesichert zu wissen.

Die Jagdhornbläser trafen ein. Alles erweckte den Eindruck von Normalität.

Steiner verteilte rote Warnwesten an die Jäger und Jagdgehilfen. In seinen Augenwinkeln erkannte er, wie Schnur schusssichere Westen an die Treiberwehr reichte und ihnen etwas von neuen Sicherheitsvorkehrungen erzählte. Er sah in seiner grünen Jägertracht weniger sportlich aus. Steiner musste sich ein Schmunzeln unterdrücken.

»Was tust du da?«, fragte er seinen ehemaligen Kollegen.

»Ich sorge für eure Sicherheit. Das gilt in besonderem Maße für dich und Rolf West. Solange wir nichts anderes wissen, steht ihr beide ganz oben auf der Wunschliste des Mörders«, erklärte Schnur.

Rolf West kam plötzlich aus der Menge, bemühte sich, die steife Weste über seinen dicken Bauch zu quetschen und fragte: »Hast du irgendwas von meinem Sohn gehört?«

Er sah schlecht aus. Wie wollte er die Strecke der Treiber durchhalten?

»Nein! Tut mir leid! Mit der Entführung von Steiners Tochter hat er nichts zu tun. Er war nicht einmal in Anne Richters Nähe, was hoffen lässt, dass er nach dem Absturz seines Wagens wirklich einen Schock erlitten hat und umherirrt. In Krankenhäusern ist er auch nicht. Wir haben überall nachgefragt«, antwortete Schnur.

»Okay. Ich werde auf meiner Route einfach die Augen offen halten. Wenn er irgendwo im Graben liegt, werde ich ihn finden.«

Das bezweifelte Schnur zwar, weil die Bereitschaftspolizei jeden Winkel durchsucht hatte. Aber das wollte er dem unglücklichen Vater nicht sagen.

Das Signal zum Sammeln wurde geblasen.

Augenblicklich herrschte Stille unter den vielen Menschen.

Als die Jagdhörner verstummten, war Steiner an der Reihe, die Gäste zu begrüßen.

»Meine sehr verehrten Damen und Herren, liebe Jägerinnen und Jäger! Sie wissen, dass ich den ehrenvollen Auftrag habe, Sie bei Laune zu halten, bis der Veranstalter dieser großen Jagd, Monsieur Villeroy selbst hier eintrifft. Ich werde ihm vorweg die Aufgabe abnehmen, Sie alle daran zu erinnern, Ihren Jagderlaubnisschein zur Verfügung zu halten.«

Zustimmendes Gemurmel ertönte.

»Weiterhin bitte ich die Männer unter uns, gut aufzupassen, auf welchen Treiber Sie zielen, denn die altbekannte Regel lautet: Wer einen Treiber erschießt, muss dessen Frau heiraten.«

Gelächter erfüllte den Platz.

Da unter den Gästen viele Franzosen waren, die der Einladung von Monsieur Villeroy gefolgt waren, stellte sich Schnur neben Steiner und übersetzte fließend ins Französische.

Nun waren es die französischen Gäste, die über die abschließende Empfehlung lachten.

»Den letzten Satz habe ich nur unter äußerstem Protest übersetzt«, fügte er an Steiner gerichtet hinzu.

»Woher kannst du so gut französisch?«, staunte Steiner.

»Ich hatte es mal in der Schule. Da wir in Grenznähe wohnen, ist es besser, beide Sprachen zu beherrschen.«

Steiner war beeindruckt. Er konnte kein Wort Französisch. Für ihn war diese Fremdsprache so rätselhaft wie jede andere.

Weiter musste er von der vorbereiteten Rede nichts mehr vortragen, denn der Jagdinhaber und Jagdveranstalter höchstpersönlich betrat den Platz und wurde mit großem Applaus begrüßt. Er hielt eine lange Rede in beiden Sprachen, bis er das Kommando an Steiner übergab.

Steiner wollte den Jagdhornbläsern ein Zeichen geben.

Plötzlich entstand lautes Gemurmel.

Steiner spürte, wie er sich verkrampfte. Es hing viel davon ab, wie der heutige Tag verlief. Hoffentlich überschlugen sich die Ereignisse nicht. Als er den Grund für die Aufregung der Menge sah, ahnte er das Schlimmste. Da kam eine Gestalt aus dem Wald, dreckig, zerzaust, gebeugt – alles wie aus einem perfekten Gruselthriller. Steiner spürte, dass er handeln musste. Gleichzeitig mit Schnur und Esther stürmte er auf den Herankriechenden zu.

Doch plötzlich löste sich Rolf West aus der Gruppe der Treiberwehr und schrie: »Olli! Mein Junge! Olli, Gott sei dank, du lebst!«

Nun erst erkannte Steiner die schmutzstarre Gestalt. Es war tatsächlich der Sohn von Rolf West. Vor den Augen aller Jäger brach er zusammen. Der dicke, schwerfällige Vater rannte zu seinem Sohn, kniete sich nieder und legte dessen Kopf auf seinen Schoß.

»Ich habe einen Krankenwagen bestellt«, rief Esther, die kurz nach Steiner den Verletzten erreichte.

»Wo hast du gesteckt? Was ist passiert? Wie geht es dir?« Mit diesen Fragen bombardierte Rolf West seinen Sohn, der neben einem Stöhnen einige Wortfetzen herausbrachte: »Ich bin mit meinem Wagen abgestürzt.«

Damit brachte er nichts Neues hervor.

»Danach weiß ich nichts mehr. Ich kann mich an nichts erinnern.«

»Das ist der Schock«, sprach Rolf West mit ruhiger Stimme zu seinem Sohn. »Jetzt bist du in Sicherheit.«

Der Krankenwagen traf kurze Zeit später ein. Oliver West wurde auf einer Bahre hineingetragen; Rolf West fuhr auf dem Beifahrersitz mit.

Die ganze Gruppe von Jägern und Jagdgehilfen schaute dem blinkenden Blaulicht nach, wie es sich langsam über den holperigen Weg entfernte, bis es in der ersten Kurve aus ihrem Sichtfeld verschwand.

Steiner stieß ein Stoßgebet gen Himmel, dass das der einzige Zwischenfall für diesen Tag sein möge. Noch war nichts verloren, im Gegenteil, ein Mensch war gerettet worden.

Wieder sammelten sich die Jäger. Endlich konnte Steiner den Jagdhornbläsern das Zeichen geben.

Der Aufbruch zur Jagd wurde geblasen.

Vereinzelte Jäger kannten den Text und sangen mit.

Steiner übernahm es, die Gäste an ihre Standorte zu fahren. Dabei verteilte er die Pläne mit Rettungsnummern für Humanmediziner, Tierärzte und Polizei.

»Warum Polizei?«, lautete die Frage, die immer wieder auftauchte. Steiner bemühte sich, sie einfach zu überhören. Er hatte von Schnur die Anweisung bekommen, den Polizeinotruf anzugeben, da angeblich Gefahr im Verzug war. Wenn Steiner diese Erklärung abgäbe, hätte sich die Veranstaltung im Nu in Nichts aufgelöst.

Mit mehreren Autos fuhren sie los.

Die Treiber fuhren an den Ort, an dem ihre Route begann. Die gemischte Gruppe bestand aus Deutschen und Franzosen.

Die Truppe aus dem *Donze* war auch dabei, was Steiner überraschte und bekümmerte zugleich. Sie sahen alle so ungesund aus, dass er befürchtete, erste Hilfe leisten zu müssen.

Sie gelangten an einen Waldweg, genannt Hexenweg, wo ihnen Steiner zu verstehen gab, dass hier der anstrengende Marsch beginnen sollte. Ausgerüstet mit Trillerpfeifen, Hupen und Stöcken stiegen sie aus. Wieder mussten sie warten, bis das Startzeichen ertönte. Wieder waren es Jagdhornbläser, die an mehreren Plätzen des großen Berges ihre Stellungen bezogen hatten, um den Beginn der Jagd mit ihren Hörnern anzukündigen.

Mit Getöse machte sich die Treiberwehr auf den Weg. Der Hundeführer marschierte mit seiner Meute vorweg. Die kleinen, lebhaften Tiere waren so schnell, dass es schien, als seien sie überall gleichzeitig. Begleitet wurde das Rudel von ihrem immerwährenden Bellen, Jaulen, Wimmern.

Jürgen Schnur war das erste Mal als Treiber auf einer Jagd. Der Lärm, die Unruhe, alles, was sie verkörperten, überraschten ihn, weil er bisher der Meinung war, die Jagd verlief still und leise. Mit ihren leuchtend roten Warnwesten gaben sie das perfekte Ziel ab, obwohl diese Maßnahme einen Schutz darstellen sollte, um Verwechslungen mit dem Wild zu vermeiden. Aber unter den gegebenen Umständen könnte diese jagdmäßige Anweisung genau das Gegenteil bewirken. Schnur spürte, wie er seine Sorgen nicht verdrängen konnte. Sein Adrenalinspiegel hatte Rekordhöhe erreicht.

Mit Rufen, Pfeifen, Klappern schlugen sie sich durch Hecken, Dickicht, über Steine, durch Gräben – alles, was keinen normalen Weg darstellte. Esther bewegte sich mit erstaunlicher Leichtigkeit, während Schnur von einem Loch ins nächste fiel.

Plötzlich klingelte sein Handy. Während er es aus seiner Jackentasche fischte, stolperte er über eine Wurzel, schaffte es gerade noch rechtzeitig, sich zu fangen, doch dabei ließ er das kleine Mobiltelefon fallen. Es landete in einem Graben, der zwei Meter tief war.

»Ich muss dran«, beharrte Schnur, während Steiner drängte, weiter zu gehen und zu treiben.

Das Klingeln verstummte.

Esther kniete sich auf den nassen, kalten Boden und rutschte den Abhang hinunter bis auf den Grund des Grabens. Sie ergriff das Handy, schaute auf das Display und las laut vor: »Anruf von Kullmann.« Mühsam kletterte sie wieder hinauf.

»So ein Mist«, fluchte Schnur. »Das ist wichtig, denn er wollte sich nur melden, wenn er etwas herausfindet, was mit dem Fall zu tun hat.«

Schnur versuchte, Kullmann zurückzurufen, bekam aber keinen Empfang.

Die anderen Treiber waren mit ihrem ständig gleich bleibenden Geräuschpegel weiter gezogen. Hastig eilten Schnur und Esther Weis hinterher. Die ersten Bodenkanzeln kamen in Sicht, mit ihnen die Jäger, die darauf ansaßen und auf das Wild warteten.

Ein Schuss donnerte mit einem direkt darauf folgenden Echo.

»Das war ein Schuss mit Treffer«, bemerkte Steiner. »Das erkennt man am Kugelschlag.«

Schnur stöhnte innerlich. Der Kugelschlag gab nur an, dass etwas getroffen war – aber nicht was!

Kapitel 45

Kullmanns Nervosität wuchs. Da hatten sie dank modernster Technik die Möglichkeit, ein Telefon überall mit sich herumzutragen, schon funktionierte diese Errungenschaft nicht. Wieder und wieder wählte er Jürgen Schnurs Nummer, aber das Einzige, was er hörte, lautete: »Der Teilnehmer ist zurzeit nicht erreichbar«.

»Wir müssen auf den Limberg fahren«, beschloss Anke. »Nur vor Ort können wir etwas ausrichten.

Doch Kullmann winkte ab. »Was willst du dort machen? Die Jagd ist in vollem Gange, wir wissen nicht, wo die Treiber sind, wissen nicht wo die Jäger sind. Wir kennen uns nicht aus.«

»Aber du warst doch damals im Fall Eduard Zimmer auf dem Limberg«, hielt sie dagegen.

»Erstens, ist das fünfzehn Jahre her. Und zweitens, umfasst der Limberg sechshundert Hektar. Ich kann mich nicht mehr an jeden Winkel erinnern.«

»Stimmt! Das wäre ein bisschen zu viel verlangt.«

»Jetzt erkenne ich den Fehler, den wir gemacht haben«, gab Kullmann zu. »Die ganze Dienststelle hat sich auf Jürgen und Esther verlassen, dass sie es in dem großen Wald schon richten werden. Niemand außer den beiden kennt den Wald, weshalb jetzt auch niemand helfen kann.«

»Wir müssen die Bereitschaftspolizei einschalten«, schlug Anke vor. »Sie sind immer noch vor Ort und suchen nach Moritz Siebert.«

Heilfroh über diesen Vorschlag wählte Kullmann die Nummer des Leiters der Bereitschaftspolizei.

»Wir haben unsere Stellung im Wald aufgegeben und befinden uns jetzt in der Nähe des Anwesens von Otto Siebert«, bekam Kullmann zu seiner Überraschung zu hören.

»Warum das denn?«, bellte er in den Hörer. »Es besteht akute Gefahr auf der Treibjagd.«

»Forseti hat uns die Anweisung gegeben, weil dort angeblich Moritz Siebert vor wenigen Stunden gesehen worden ist.«

»Von wem hatte Forseti diese Meldung?«

»Keine Ahnung! Wir sind nicht befugt, die Richtigkeit des Befehls eines

Vorgesetzten anzuzweifeln. Forseti drängte zu schnellem Handeln, weil durch den Beginn der Jagd Gefahr im Verzug sei.«

»Die Gefahr geht nicht von Moritz Siebert aus!«

Schnur stolperte mit seinem Handy in der Hand hinter der Gruppe her. Sie gelangten an eine Lichtung, wo er endlich die Balken auf dem kleinen Display sah, die die Stärke des Empfangs eines Netzes anzeigten. Sofort gab er die Wahlwiederholung ein. Schon nach dem ersten Klingeln meldete sich Kullmann am anderen Ende der Leitung.

»Endlich! Es ist wie ich vermutet habe: Das ganze Prozedere, die Morde an Bernd Schumacher, Markus Darren und Micky West, dienten der eigentlichen Tat als Ablenkung. Niemand dachte ausreichend über die Treibjagd und ihre Besonderheit nach«, sprach Kullmann.

»Ich verstehe nur Bahnhof.«

»Otto Siebert ist unser Mann. Seine Absicht ist es, auf dieser Treibjagd den Gastgeber und gleichzeitig Eigentümer des Limbergs zu erschießen.«

»Warum sollte er das tun?«

»Es gibt einen Vertrag, der regelt, dass nach dem vorzeitigen Ableben von Monsieur Villeroy Otto Siebert die zweite Hälfte des bewaldeten Berges – den Limberg – erbt.«

»Aber er hat doch schon so viel Wald.«

»Ja! Aber auf der anderen Seite, der Seite von Monsieur Villeroy, befinden sich Reichtümer von unermesslichem Wert. Esther hatte recht, als sie den unterirdischen Gang erwähnte. Es gibt ihn wirklich.«

»Norbert, ich habe jetzt keine Zeit für Späßchen«, fiel ihm Jürgen Schnur ins Wort.

Aber Kullmann ließ sich nicht beirren: »Ich habe mit dem Heimatforscher gesprochen. Und zwar liegt der Gang genau dort, wo ihr die Leiche von Micky West geborgen habt. Genau dort wurde auch Eduard Zimmer geborgen. An dieser Stelle muss auch Otto Siebert gewesen sein. Das erklärt nämlich, wie er den Toten in der Tiefe sehen konnte. Er war nicht oben auf dem Berg, wo sich der Förster erschossen hatte, er befand sich an der tiefer gelegenen Stelle, wo er genau auf den Gang blicken konnte, der seit Ewigkeiten gesucht wird.«

»Was hat der Heimatforscher damit zu tun?«

»Ich habe mich an diesem Ort umgesehen und anschließend den Heimatforscher gefragt, ob meine Beobachtung richtig sein könnte, weil ich mir selbst nicht sicher war«, gab Kullmann zu. »Daraufhin hat er alte Karten herausgenommen, auf denen festgehalten wurde, wo der Legende nach dieser besagte Gang verläuft. Und voilà – ich habe mich nicht getäuscht.«

»Und warum hat in all den Jahren keiner diesen verdammten Gang gefunden?«

»Vermutlich, weil der Heimatforscher diese Karte selbst erst in meinem Beisein unter alten, verstaubten Akten entdeckt hat.«

»Ich weiß nicht, ob ich das glauben soll«, zweifelte Schnur. »Wir haben als Kinder jahrelang, wenn nicht sogar jahrzehntelang danach gesucht. Und vor uns unsere Eltern und so weiter. Dieser Gang war und blieb ein Fantasiegebilde.«

»Eben nicht. Das ist auch eine gute Erklärung, warum Otto Siebert alles dafür getan hat, dass Harald Steiner als Förster des Reviers Limberg eingestellt wurde. Das hatte nichts mit Rivalitäten unter den Förstern zu tun. Steiner ist ein Ortsfremder, also lief Otto Siebert keine Gefahr, dass er den Gang vor ihm entdecken könnte.«

Die Beharrlichkeit und die langjährige Zusammenarbeit mit seinem ehemaligen Vorgesetzten Norbert Kullmann überzeugten Schnur nun doch. Es war unvorstellbar, dass Kullmann ihn im Moment der Gefahr für das Leben eines Menschen zum Narren hielt.

»Und Moritz Siebert?«

»Ob er der Blutsauger vom Limberg ist, musst du selbst herausfinden. Mit diesen Taten hat Otto Siebert nichts zu tun.«

»Hat Otto Siebert diese Verbrechen bewusst zugelassen und sich zum Mittäter gemacht?«, fragte Schnur.

»Das wissen wir nicht«, gab Kullmann zu. »Ich kann nur vermuten, dass ihm diese Morde gelegen kamen, weil sie von der Treibjagd ablenkten.«

»Ich werde die Kollegen der Bereitschaftspolizei auffordern, Otto Siebert festzunehmen und Monsieur Villeroy so schnell wie möglich von seiner Kanzel zu entfernen …«

Kullmann ließ Schnur nicht aussprechen: »Die Bereitschaftspolizei befindet sich vor dem Haus von Otto Siebert, weil Forseti sie dorthin bestellt hat.«

Wütend stieß Schnur einen Fluch aus und fügte an: »Es muss Verstärkung kommen! Esther und ich können uns nicht allein der Festnahme von Otto Siebert stellen. Er sitzt auf einem Hochsitz mit seiner Repetierbüchse im Anschlag.«

»Ich weiß, was zu tun ist. Ich wende mich an den Leiter des Sondereinsatzkommandos. Wir kennen uns aus Zeiten, als ich noch im Dienst war«, versprach Kullmann.

Schnur rannte unter Aufbringung seiner letzten Kondition zu Steiner, der die Truppe der Treiberwehr anführte.

»Wir müssen die Jagd abbrechen«, keuchte Schnur.

Steiner schnaubte nur verächtlich. »Kommt nicht in Frage.«

»Hör mir zu«, drängte Schnur, mühsam den Gleichschritt neben Steiner haltend. Leider kam das nächste Loch, in dem der Kriminalbeamte landete und das ihn davon abhielt, die Gefährlichkeit der Situation zu schildern.

»Du bist als Treiber eine echte Niete«, kommentierte Steiner nur.

»Aber nicht als Bulle! Du musst die Jagd abbrechen!«

»Ich denke nicht daran.«

Schnur stellte sich vor Steiner, womit er ihn zwang stehenzubleiben.

Ein Schuss peitschte über das Tal, in dem sie sich gerade befanden. Wieder ein Schuss mit Treffer. Hoffentlich ein Stück Wild und nicht das menschliche Opfer, das für diese Jagd auserwählt worden war.

»Jeder Schuss könnte der Entscheidende sein.« Schnurs Stimme bebte.

»Ich habe den Jägern eine vorgeschriebene Schussrichtung angegeben, bevor wir losgezogen sind. Wir schießen nicht wahllos durch die Gegend.« Steiner schob sich an Schnur vorbei.

»Einer will diese Jagd für persönliche Zwecke ausnutzen«, keuchte Schnur, während Steiner in schnellem Schritt seiner Treibertruppe folgte.

»Wer soll das sein?«

»Otto Siebert!«

»Dass ich nicht lache! Der hat, was er will. Warum sollte er sich das zerstören?«

»Die neue Sachlage hat uns die Bevollmächtigung der Staatsanwältin eingebracht, Otto Sieberts Konten durchzusehen. Und siehe da, der Angeber ist pleite.«

»Dafür prahlt er ganz schön mit seinem Reichtum«, staunte Esther, die ihre Begegnung mit ihm nicht vergessen hatte.

»Und was hat er davon, wenn er aus der Treibjagd eine Menschenjagd macht?«

In kurzen Worten schilderte Schnur dem Förster und seiner Mitarbeiterin, was er gerade von Kullmann erfahren hatte.

Erschrocken schaute Steiner auf und hakte nach: »Das ist kein Scherz, oder?«

»Nein. Kullmann macht in solchen Situationen keine Scherze.«

»Der Gang existiert wirklich?«

»Ja!«

»Siehst du«, ermahnte Esther. »Ich hatte von Anfang an recht. Aber du wusstest es besser.«

»Bisher hatte niemand diesen unterirdischen Gang gefunden. Wie konnte ich annehmen, dass ausgerechnet jetzt jemand darauf stößt?«

Nun erst erwachte Steiner aus seiner Lethargie. Sofort warf er einen Blick auf die topografische Karte des Limbergs, die er mit sich führte und zeigte Schnur: »Hier sind wir, und auf diesem Leitersitz befindet sich Monsieur Villeroy – wie immer, wenn er an der Jagd teilnimmt. Direkt daneben Otto Siebert – ebenfalls wie immer.«

Schnur gab Kullmann die genaue Ortsangabe durch, der am anderen Ende der Handyleitung ausharrte.

»Haben die beiden Sichtkontakt?«

Steiner schaute sich um und meinte: »Die Bäume bestehen nur noch aus nackten Ästen. Unter den Bedingungen können sie einander sehen.«

»Das bestätigt, was Kullmann gesagt hat: Otto Siebert konzentriert seine Tat auf diese Jagd.«

Steiner zog sein Handy aus der Tasche und wählte die Nummer von Monsieur Villeroy.

»Abgeschaltet!«

»Dann müssen wir uns beeilen«, beschloss Schnur.

»Du schaffst den Weg nicht«, entschied Steiner. »So wie du aussiehst, brauchst du jetzt schon ein Sauerstoffzelt.«

»Gibt es kein Auto in der Nähe?«

Steiner überlegte, bis ihm einfiel, mit welchem Wagen er die Jagdgäste an die umliegenden Kanzeln befördert hatte.

»Doch! Ich habe von jedem Auto den Ersatzschlüssel für Notfälle.«

Steiner gab Peter Magath seine Karte, auf der die Strecke für die Treiberwehr markiert war, damit er die Gruppe anführen sollte.

»Alles klar, Chef«, bestätigte Peter Magath, der zum ersten Mal, seit Steiner ihn kannte, anstelle seines Blaumanns einen grünen Overall trug, der an seinem Bauch spannte.

Sie steuerten einen arg verbeulten, ungemütlich aussehenden Suzuki an.

Zu dritt quetschten sie sich in das kleine Auto. Die Fahrt wurde ziemlich schmerzhaft, denn jedes Schlagloch traf Steiner mit einer Präzision, als hätte er zuvor geübt.

Sie erreichten einen Platz, wo sie freie Sicht auf einen einfachen Leitersitz hatten; der Blick auf den Jäger war ungehindert.

»Gute Voraussetzungen, das Opfer zu treffen«, murmelte Schnur und sprach einige Worte in das Mobiltelefon. Laut erklärte er: »Kullmann hat es geschafft. Das Sondereinsatzkommando ist hier. Sie sind unsichtbar in der Nähe von Otto Sieberts Kanzel. Wir müssen nur zusehen, dass wir Monsieur Villeroy unbeschadet und unauffällig von seinem Hochsitz herunter bekommen.«

Plötzlich erwachte Steiners alter Kampfgeist aus den Zeiten, als er selbst einmal Leiter des Sondereinsatzkommandos war: »Wir müssen strategisch vorgehen. Und ich habe auch schon eine Idee. Es ist die einzige Möglichkeit, ihn dort wegzulotsen, ohne Verdacht aufkommen zu lassen.«

»Sag schon! Die Zeit drängt.«

»Jemand muss als unbedarfter Spaziergänger an der Kanzel vorbeigehen, sich eine fingierte Verletzung zuziehen und stöhnend am Boden liegen bleiben. Wenn Monsieur Villeroy sein Herz am rechten Fleck hat – und das sagt man ihm nach – wird er helfen wollen.«

»Das mache ich«, meldete sich Esther sofort zu Wort.

»Kommt nicht in Frage. Zu gefährlich«, kam es von Schnur.

»Nein, das ist es nicht«, widersprach Steiner. »Sie wird von dieser Seite kommen und genau hier umfallen. Otto Siebert kann sie nicht sehen.«

»Wie erklärt sie ihre Jagduniform?«

»Sie gehört zu den Treibern und hat den Anschluss an die Truppe verloren.«

Steiner zeigte auf seiner topografischen Karte, dass es durchaus möglich war, lange vor der Treiberwehr an diesen Punkt zu gelangen. Die Abkürzung bot sich geradezu an.

Schnur sprach ins Handy, Kullmann hatte alles mitgehört und verständigte das Sondereinsatzkommando.

Esther Weis marschierte los.

Ihr Herz schlug heftig, denn von diesem Auftritt hing es ab, ob Monsieur Villeroy mit dem Leben davonkam oder nicht. Sie gelangte in Sichtweite, erkannte, dass er sie sah. Das war der richtige Augenblick. Sie knickte mit dem Fußgelenk um, schrie auf vor Schmerz, ließ sich fallen, rutschte gegen ihren Willen eine Böschung hinunter und landete unsanft in einem Loch aus nassem Laub, Baumwurzeln und dürren Hecken.

»Mon Dieu, mon Dieu!«, rief Monsieur Villeroy, erhob sich hastig von seinem Platz, trat auf den oberen Rand der Leiter und stieg flink die Holzstufen hinab. Im gleichen Augenblick knallte ein Schuss. Das Holz der Sprosse, die er gerade mit beiden Händen umfasst hielt, zersplitterte. Der Mann verlor das Gleichgewicht und stürzte rücklings auf den durchnässten Boden.

Sofort waren Schnur und Steiner zur Stelle und halfen Monsieur Villeroy aus dem Morast. Außer einem durchnässten Rücken hatte er den Anschlag gut überstanden.

Mühsam kletterte Esther wieder aus dem Graben. Der Anblick des wohlbehaltenen Monsieur Villeroy ließ sie ihren Ärger über den tiefen Sturz schnell vergessen.

Durch das Handy erfuhr Schnur von Kullmann, dass das Sondereinsatzkommando Otto Siebert gestellt hatte.

Kapitel 46

Die Stimmung auf der Kriminalpolizeiinspektion war geladen. Nun hatten sie einen Täter geschnappt, mit dem niemand gerechnet hatte und der kein Wort sprach. Der Blutsauger vom Limberg war weiterhin auf freiem Fuß, seine potenziellen Opfer Harald Steiner und Rolf West immer noch in Gefahr.

Mit grimmiger Miene verließ Schnur das Verhörzimmer, in dem Otto Siebert saß.

»Was ist los?«, fragte Esther auf dem Flur.

»Er will mit dir sprechen.«

Verdutzt schaute Esther ihren Chef an.

»Ich bitte dich, hineinzugehen und zum Schein auf sein Spiel einzugehen. Nur auf diese Weise werden wir etwas über ihn erfahren. Sein Anwalt war bei ihm und hat ihn beraten – zu gut beraten. Aber wenn er eine Frau sieht, vergisst er hoffentlich alle guten Vorsätze.«

Sie nickte, fühlte sich aber nicht wohl bei dem Gedanken.

Sie betrat den kahlen Raum. Sogar in dem unpersönlichen Ambiente hatte die strahlende Wirkung dieses Mannes nichts eingebüßt. Er sah so gut aus, dass Esther ihn lieber nicht anschaute. Seine Gesichtsfarbe wirkte trotz grauer Umgebung frisch gebräunt, vermittelte das Gefühl von Urlaub, Freiheit, Lust und Laune. Seine blauen Augen blitzten vor Schalk. Seine Haare lagen zurückgekämmt am Kopf, betonten seine markanten Gesichtszüge. Die grüne Jägertracht setzte allen charmanten Attributen die Krone auf.

»Ich habe mir unser Wiedersehen schöner vorgestellt«.

»Das haben Sie sich selbst zu verdanken«, gab Esther schroff zurück. Erst als es raus war, merkte sie, dass es nichts einbrachte, ihm mit Aggression zu begegnen. Also änderte sie ihren Kurs: »Wie es aussieht, müssen Sie aus dem nächsten Gefängnis Ihren Palast der Lüste machen.«

Otto Siebert lachte, fuhr sich in eitler Geste mit der Hand durchs Haar und erklärte: »Der Ort spielt keine Rolle. Wo Sie sind, eröffnet sich mir eine Welt voller Rosen.«

»Genug Smalltalk.« Esther bemühte sich um Freundlichkeit. »Warum haben Sie versucht, auf Monsieur Villeroy zu schießen?«

»Ich habe nicht versucht, auf ihn zu schießen. Dieser Schuss löste sich versehentlich.«

Das war natürlich die Taktik, die Otto Siebert aus den Mühlen des Gesetzes herauskatapultieren konnte. Niemand war in der Lage, das Gegenteil zu beweisen.

»Sie sind doch ein geübter Jäger«, flötete Esther. »Wie kann Ihnen so ein Irrtum unterlaufen?«

»Das frage ich mich auch schon die ganze Zeit. Ich vernahm einen Schrei, der sich danach anhörte, als sei ein Mensch in Not. Dann sah ich, wie Monsieur Villeroy auf diesen Schrei reagierte, indem er seine Kanzel verließ. Ich drehte mich wohl zu hastig um, denn meine Repetierbüchse war bereits entsichert für den Fall, dass mir ein Stück Wild davor laufen sollte.«

Diese Interpretation war perfekt durchdacht. Esther ahnte, dass sie auf diese Weise nichts erreichte.

»In Ihrer Darstellung kommen zu viele Zufälle vor«, versuchte sie es weiter. »Ihr Nachbar besitzt zufällig ein Stück Wald, das viel wert ist. Sie sind zufällig pleite. Monsieur Villeroy sitzt zufällig genau dort, wo ihre Büchse versehentlich hin trifft. Wenn er bei einem Jagdunfall umkommt, erben Sie zufällig dessen wertvollen Wald und ihr Konto ist saniert.«

»Wer sagt, dass mein Konto sanierungsbedürftig ist?«

»Ihre Bank!«

Damit gelang es ihr, Otto Siebert aus der Reserve zu locken.

»Wer gibt Ihnen das Recht, meine Konten zu prüfen?«

»Die Tatsache, dass Ihr Sohn im Verdacht steht, der Blutsauger vom Limberg zu sein.«

»Moritz Siebert ist ein Schwächling. Er kann keinen starken Mann wie Bernd Schumacher köpfen.«

»Ich sehe, dass Sie zwar gut darin sind, Söhne zu zeugen, aber weniger gut darin, ihre eigenen Söhne richtig zu kennen«, konterte Esther. »Beide wurden zu Verbrechern. Das spricht auch nicht gerade für Sie.«

»Bernd Schumacher ist nicht mein Sohn.«

»Doch, das ist er. Seine Mutter hieß früher Doris Schumacher, heute ist sie die Frau von Rolf West.«

Otto Siebert verstummte.

»Geld ist ein starkes Motiv. Und noch stärker, wenn derjenige mal viel Geld besessen hat und Luxus gewöhnt ist. Ihr Haus ist beliehen worden, es steht kurz vor einer Zwangsversteigerung. Diesem sozialen Abstieg sehen Sie bestimmt nicht gelassen entgegen. Oder doch?«

»Sie dummes Flittchen«, zischte er plötzlich zwischen den Zähnen hervor. »Wenn Ihr hartnäckiger Chef nicht gewesen wäre, hätten Sie sich längst von mir flachlegen lassen. Aber hier die Neunmalkluge markieren. Ich sage ab sofort nichts mehr. Sie können Ihrem Chef mit Ihrem frigiden Gehabe imponieren. Nicht mir.«

Als Esther vor die Tür trat, standen ihr die Schweißperlen auf der Stirn.

»Der kostet mich ganz schön Nerven«, gestand sie. »Aber ein Geständnis bringt er nicht.«

Jürgen Schnur veranlasste eine spontane Besprechung in seinem Büro. Seine Mitarbeiter beeilten sich, schnell einen der wenigen Stühle zu ergattern.

»Wie wir sehen, sehen wir nichts«, begann Schnur, womit er seine Verzweiflung in Worte packte. »Jetzt haben wir einen Täter auf frischer Tat ertappt, und der Aal windet sich heraus. Hat jemand Vorschläge, wie es weitergehen soll?«

Erik Tenes, der größte unter den Mitarbeitern und der Einzige, der keinen Stuhl bekommen hatte, stand wie eine Säule in der Ecke und berichtete: »Ich habe heute morgen mit Anne Richter gesprochen. Nach ihren Angaben hat sie Moritz Siebert kennengelernt, als sie sich bei Nacht verirrt hatte und auf Otto Sieberts Anwesen gelandet war. Deshalb besteht an der Identität kein Zweifel. Moritz Siebert nennt sich Abaddon.«

»Abaddon, der Geisterfürst oder auch Engel des Abgrunds bedeutet nichts anderes als Satan«, erklärte Schnur.

»Womit wir wieder bei den Satanisten angelangt sind«, bemerkte Esther dazu.

»Dazu hat er sich nach Anne Richters Angaben nicht bekannt«, berichtete Erik weiter. »Seinen Widerstand gegen die Gesellschaft begründet er mit dem Vorwurf gegen seinen Vater, der ihn verraten habe. Das war der Grund, warum Anne Richter seine gefährlichen Fantasien falsch eingeschätzt hat. Sie fühlte sich mit ihm seelenverwandt, weil sie glaubte, ihr Vater habe an ihr den gleichen Verrat begangen.«

»Hat Moritz Siebert erklärt, was er damit meinte, sein Vater habe ihn verraten?«

»Nein.«

Kullmann räusperte sich und meinte: »Das bringt mich auf den Gedanken, dass Otto Siebert womöglich selbst hinter der Entführung seines Sohnes steckte.«

Alle Polizeibeamten hielten den Atem an.

Esther erstarrte. Was hatte diese neue Enthüllung für Steiner zu bedeuten? Wie sah sein missglückter Einsatz für die Befreiung von Moritz Siebert unter dem Gesichtspunkt aus, dass Otto Siebert höchstpersönlich der Auftraggeber der Entführung war?

»Ist Otto Siebert der dritte Mann?«

Alle schnappten hörbar nach Luft.

»Hat Harald Steiner also doch eine zweifelhafte Rolle bei der Befreiungsaktion gespielt?«

Esther stöhnte. Alle Augen waren auf sie gerichtet.

Kullmann war es wieder einmal, der die Situation entschärfte, indem er antwortete: »Der Einsatz wurde bis ins Detail nachgestellt. Es gibt nichts, was Harald Steiner sich hatte zuschulden kommen lassen.«

Sie atmete auf.

»Sollte Otto Siebert tatsächlich der Drahtzieher gewesen sein, war er nicht persönlich vor Ort, weshalb weder Harald Steiner noch sonst jemand von seiner Beteiligung wissen konnte«, fügte Kullmann an.

Langsam bekam alles eine neue Bedeutung.

»Dann bekommen wir ihn nur über seinen Sohn.« Schnur roch Lunte. »Denn so wie die Dinge stehen, hat Moritz Siebert das Bedürfnis, seinen Vater an den Pranger zustellen.«

»Aber warum versucht Moritz Siebert Harald Steiner und Rolf West zu töten?«

»Das können wir nur erfahren, indem wir ihn selbst fragen«, antwortete Esther.

Schnurs Telefon läutete. Es wurde ein kurzes Gespräch. Als er auflegte, erklärte er: »Die Kollegen der Bereitschaftspolizei haben einen Bunker auf dem Gelände von Otto Sieberts Anwesen entdeckt, von dem ein Schacht in die Tiefe führt. Sie warten jetzt auf unser Team der Spurensicherung, weil dort eine Menge herumliegt, was einer gründlichen Untersuchung bedarf.«

Sofort waren alle Kollegen auf den Beinen.

Ein Blick aus dem Fenster verriet ihnen, dass es langsam dunkel wurde.

»Niemand macht Alleingänge«, rief Schnur so laut, dass es keiner überhören konnte. »Moritz Siebert ist hochgradig gefährlich.«

Kapitel 47

Angestrahlt von Halogenlampen vor der Kulisse der Dunkelheit wirkte Otto Sieberts Anwesen wie ein Geisterschloss. Die Größe des Gebäudes machte den Anblick noch imposanter. Die Fenster mit Rundbogen wirkten wie schwarze, klaffende Löcher. Das dunkle Portal wie ein Höllenschlund.

»Hier ist der Bunker«, rief einer der Beamten von der linken Seite.

Schnur hielt seine Taschenlampe auf den bewaldeten Erdhügel. Er erkannte, dass die grüne, moosbedeckte Felswand ein Eingang war. Sie war zu einem schmalen Spalt geöffnet.

Esther kletterte eilig hindurch. Schnur folgte ihr. Schon beim ersten Blick spürte er eine große Enttäuschung.

»Das ist eine Wasserpumpe«, rief er den Kollegen zu, die draußen standen. »Ich sehe hier nur Pumpen und alles, was dazu gehört, das Haus mit Wasser zu versorgen.«

Der Beamte der Bereitschaftspolizei rief ihm zu: »Mehr wissen wir auch noch nicht. Wir hatten Anweisung, auf Sie zu warten.«

Jürgen Schnur schaute in die angegebene Richtung und sah gerade, wie Esthers Kopf im Erdreich verschwand.

»Esther, was soll das?«

»Ich habe hier etwas entdeckt«, hörte er ihre Stimme, die klang als käme sie aus einem großen Hohlraum.

Besorgt kletterte Schnur hinterher. Er sah einen langen Schlauch, der in die Tiefe führte.

»Das ist ein Schacht«, brummte er. »Esther, komm wieder raus.«

Ungeachtet seiner Worte kletterte die sie über die eisernen Sprossen bis nach unten. Dort stellte sie fest: »Hier geht es weiter. Da ist ein unterirdischer Gang.«

»Das ist zu gefährlich«, rief Schnur. »Komm sofort hoch!«

Esther richtete ihre Taschenlampe in den Tunnel hinein. Doch weiter kam sie nicht mehr, da sah Schnur nur noch, wie zwei schwarze Arme die Frau schnappten und in die Dunkelheit hineinzogen. Was zurückblieb, war die Taschenlampe, die ihren Strahl auf die unterste Sprosse richtete.

Er rief immer wieder ihren Namen, aber umsonst.

Ihm war klar: Abaddon hatte sie in seiner Gewalt.

Kapitel 48

»Das ist das Schlimmste, was uns passieren konnte«, schimpfte Schnur. »Wir müssen hinterher. Der Mann ist wahnsinnig, er wird Esther nicht verschonen.«

Vor dem Bunker hatten sich Jürgen Schnurs Kollegen versammelt und schauten ihren Vorgesetzten an. Niemand wusste Rat. Zum Glück war Kullmann dabei, der ohne Zögern sein Handy bediente und zum zweiten Mal für diesen Tag den Leiter des Sondereinsatzkommandos anrief.

Schnell traf die vollzählige Mannschaft ein.

Der Leiter ordnete an, von der Seite des Limbergs in den Tunnel zu steigen in der Hoffnung, von dort auf den diesseitigen Gang der Hessmühle zu treffen. Die Hälfte der Männer zog los. Die andere Hälfte stieg hinter den Wasserpumpen in die Tiefe hinab.

Schnur folgte ihnen.

Sein Unbehagen wuchs mit jeder Leitersprosse, die er hinunter stieg. Unten angekommen lag der Gang zu seinen Füßen, in dem Esther verschwunden war. Er war so niedrig, dass er gebückt hineinklettern musste. Das Einzige, was er erkennen konnte, war, was sich direkt vor dem Schein seiner Taschenlampe befand: feuchte, schwarze Wände, aufgescheuchte Ratten und ein dünnes Wasserrinnsal. Der Gang führte stetig in die Tiefe, immer weiter weg von der herrlich köstlichen, lebenserhaltenden Luft, die sich oberhalb des Tunnels sammelte.

Plötzlich stieß er mit seinem Vordermann zusammen.

Der gab mit seinen Händen ein Zeichen abzuwarten.

Schnur fröstelte. Gegen jede Vernunft suchte er ständig die Wände nach etwas ab, das wie ein Luftschacht aussah. Aber alles war und blieb undurchdringlich schwarz. Hoffentlich würde dieser Spuk schnell vorbei sein und Esther in Sicherheit.

Undefinierbare Laute ertönten.

Schnurs Nackenhaare stellten sich vor Beklemmung. Er konnte nichts erkennen, nur das gespenstische Rascheln vernehmen, das zu seinem Grauen immer näher kam.

Es waren die Kollegen des Sondereinsatzkommandos, wie Schnur zu seiner Erleichterung schnell feststellte.

»Von der Seite des Limbergs gibt es keine Verbindung«, erklärte einer leise. »Wir suchen jetzt die Hessmühle nach weiteren Eingängen ab. Aber die Hoffnung ist gering, ausgerechnet bei Nacht eine Höhle zu finden.«

»Haben Sie genug Leute?«, fragte Schnur.

»Ja. Der ganze Wald ist voller Beamter.«

Diese Antwort beruhigte Schnur.

Sie drangen weiter ins Erdreich vor. Die Spannung wuchs. Ständig glaubte Schnur, ein verräterisches Geräusch zu hören, bis er erkannte, dass es seine eigenen Bewegungen auf dem nassen Boden waren.

Der Gang wurde breiter.

Jürgen Schnur bekam ein Zeichen, seine Taschenlampe auszuschalten. Das fehlte noch. Jetzt war es so stockfinster, dass die Beengtheit in seiner Brust seinen Atem blockierte.

Er hörte etwas.

Der Mann neben ihm drückte ihn auf den Boden. Zu Schnurs Pech landete er mit dem Hosenboden in dem kleinen Rinnsal. Die Nässe rüttelte ihn sofort wach und ließ sein Herz noch schneller schlagen.

Sie sahen ein Licht.

Schnur erkannte, dass der schwache Schein ein anderer Ausgang war, der nach draußen führte. Sehnsüchtig ließ er seinen Blick an diesem Durchlass haften, womit es ihm gelang, seine Panik zu bekämpfen.

Ein Schatten huschte an der Öffnung vorbei. Dann wieder einer. Das waren seine Männer. Sie näherten sich von der anderen Seite.

Stille herrschte.

Das Warten wurde unerträglich. Kein Geräusch, das den Standort von Moritz Siebert und Esther Weis verraten hätte. Warum blieb die Polizeibeamtin so still?

Tropfen fielen herab, landeten mit einem »Plopp« in den Pfützen. Mäuse brachten sich mit zischenden Lauten schnell in Sicherheit. Die Dunkelheit war elektrisiert vor Anspannung und Erwartung. Eisige Schauer fuhren durch Schnurs Körper.

Es kam wie aus dem Nichts.

Licht wurde eingeschaltet – ein Strahler, direkt auf Moritz Siebert gerichtet. Aber, was sie auch sahen, war Esther Weis. Sie war mit Händen und Füßen an einen Pfeiler gefesselt. Damit nahm sie die Pose einer Kreuzigung ein. Das Bild war grotesk.

Die Sondereinsatzbeamten konnten nicht eingreifen. Gitterstäbe trennten sie. Sie waren so dicht, dass sie einen Schuss gefährlich machten. Die Kugel könnte an den Eisenrohren querschlagen und Esther treffen.

»Der Tod schenkt ihr Freiheit, denn er zerreißt alle haltenden Fesseln«, schrie der Mann, der sich Abaddon nannte.

Jürgen Schnur erinnerte sich an den Wortlaut, den Steiner ihm nach seinem verhängnisvollen Telefonat mit Abaddon wiedergegeben hatte. Also musste er zusehen, dass er den richtigen Tonfall traf, um den Wahnsinnigen zum Zuhören zu bewegen.

»Was wollt Ihr?« Seine Stimme klang so brüchig, dass er sich fragte, ob Moritz Siebert sie verstand.

»Das Leben ist es, was ich will, das Leben, das im Blut dieser menschlichen Hülle enthalten ist. Das Blut wird durch die Dunkelheit in Leben verwandelt.«

»Lasst die Frau frei! Sie ist Eurer nicht würdig«, rief Schnur.

»Freilassen? In der Stunde der Wahrheit? Wie lange habe ich auf diesen Moment gewartet? Jetzt ist er gekommen. Ich werde aller Welt vorführen, wer Abaddon wirklich ist. Ich bin ein toter Fürst. Ich lechzte nach lebendigem Blut auf meinen toten Lippen. Ich sauge das Leben aus dieser jungen Hülle, damit ich selbst wieder auferstehe.«

»Ich möchte mit Euch reden«, krächzte Schnur weiter. »Ihr erreicht nichts, wenn Ihr Menschen tötet. Sprecht mit mir. Vielleicht kann ich Euch helfen.«

Moritz Siebert lachte so eiskalt, dass die Temperaturen in der Höhle weiter sanken.

»Ich helfe mir selbst: Ich werde an ihr ein Exempel statuieren. Mein Traum wird wahr, der Traum, mitten in das pulsierende Leben zu greifen, spüren, wie es pumpt und sprudelt.«

Er begann, Esther von dem Pfeiler loszubinden. Ihr Versuch, sich zu wehren, scheiterte an einem einzigen Griff, den er ansetzte. Er drückte auf ihre Halsschlagader, wodurch sie in Sekundenschnelle ohnmächtig wurde.

»Sie ist nicht unwürdig; sie ist eine Kämpferin – genau das, was ich brauche. Ich werde sie öffnen und ihr Herz in den Händen halten, solange es noch schlägt. Sobald ich es herausreiße, das Blut über meinen Körper sprudeln lasse, erlebe ich meinen vollkommenen Zenit der Ekstase.«

»Der labert dieselbe verrückte Scheiße wie sein alter Herr«, murrte Schnur leise vor sich hin. Er fröstelte, durfte jetzt nicht versagen, nicht aufgeben. Der Wahnsinn war bei diesem Mann so weit fortgeschritten, dass mit normalen Vorschlägen nichts zu erreichen war. Also versuchte er es mit einer anderen Taktik: »Es ist das Blut, das ein sorgender Vater an sie weitergab, das Ihr unrechtmäßig an Euch nehmen wollt.«

Sekundenlang geschah nichts.

Doch dann kam eine Reaktion.

»Diese menschliche Hülle wird heute die Katharsis, die Reinigung von der Menschlichkeit, durch mich erfahren. Ihr Sterben wird ein Requiem an das Leben und an den Tod. Abaddon wird ihr Schöpfer sein.«

Moritz ging auf dem kleinen Flecken hinter den schützenden Gitterstäben hin und her. Dieses Thema hatte ihn nervös gemacht.

»Es ist nur das Blut, das ich will. Das ist der Träger jeden Mysteriums, jedes Archetypus. Ich werde ihr und mein Schöpfer sein.«

»Euer Schöpfer ist hier bei uns. Es ist sein Blut, das Euer Vater Euch gegeben hat.«

»Ich stamme nicht von ihm ab. Ich bin Abaddon!«

Schnur änderte seinen Kurs: »Ihr seid gebunden an das, was Ihr Realität nennt. Aber ist das auch die Realität Eures Vaters? Sagt ihm, wer Ihr seid!«

»Warum sollte Abaddon sich herablassen und mit einem Lügner sprechen?«

»Findet heraus, ob er lügt. Er ist hier und will sich Euch stellen.«

»Hier!« Urplötzlich klang Abaddon nicht mehr gebieterisch.

»Draußen, in der dunklen Nacht.« Hoffentlich bemerkte Moritz Siebert die Notlüge nicht.

»Was hat er getan? Mich wieder verraten?«

»Warum sollte er Euch verraten?«

»Weil er nichts anderes tut. Er war es, der mir damals meine Kindheit nahm. Er brachte mich in die Hölle, wo das Blut floss. Er zeigte mir damit den einzig richtigen Weg.«

»Er wollte, dass Ihr befreit werdet«, wagte Schnur zu widersprechen.

»Ich hasse der Menschen Rede, die nur Lug und Trug ist.« Wie ein Tiger im Käfig sprang er gegen die Gitterstäbe. Sein weißes Gesicht wirkte verzerrt vor Hass. Seine schwarzen Haare standen zerzaust vom Kopf ab.

»Er ließ meine Welt in Flammen und Rauch aufgehen. Aber meine Aura hat er nicht zerstört, sie hat sich gefestigt. Ich habe die niedere Kreatur, die mein Vater für würdig hielt, leer getrunken.«

Schnur schüttelte sich vor Entsetzen.

»Nur die verdarben, deren Blut wertlos war. Die dumme Frau und der Komplize, dessen Lebenssaft Bernd Schumacher sinnlos verspritzte. Aber Abaddons Aura ist undurchdringlich. Jetzt wird er für Gerechtigkeit sorgen und die töten und ihres Blutes berauben, die es verdient haben.«

Plötzlich hielt er die Blaser 93 in der Hand, die an dem aufblitzenden Silberbeschlag sogar in der Dunkelheit zu erkennen war.

Alle Gewehre des Einsatzkommandos wurden gleichzeitig entsichert.

»Diese Waffe ist der Schlüssel zu dem Inferno, das als Abaddons Werk in die Geschichte eingehen wird. Dieses heilige Werkzeug hat der Unwürdige an sich genommen – aber Abaddon konnte sie wieder ihrer Bestimmung zuführen.«

Zur Unterstreichung seiner Worte feuerte er einen Schuss ab. Die Kugel prallte in die Decke. Dreck rieselte herunter.

Die bewaffneten Beamten konnten nicht auf Moritz Siebert schießen. Das Gitter machte sie hilflos und doch bewegten sie sich nicht von der Stelle.

»Aber Markus Darren war nicht am Angriff auf Euch beteiligt.« Hoffentlich würde der Wahnsinnige seine Unsicherheit nicht bemerken.

»Diese niedere Kreatur war dafür da, ein gutes Werk zu tun.« Der Tonfall wurde spöttisch. »Er hat Abaddon nicht nur seinen Lebenssaft gegeben, sondern auch den Verrat begangen, den nur Unwürdige begehen.«

»Der dritte Mann«, erkannte Schnur. Schweiß lief ihm über die Stirn.

»Auch er wird die Katharsis, die Reinigung von der Menschlichkeit, durch mich erfahren.«

Schnur befürchtete, er würde sich vollends in seinen Satansfantasien verlieren. Das durfte nicht passieren, also ließ er ihn nicht weiter aus der Realität abdriften, indem er ihn unterbrach: »Abaddon ist mächtig. Aber Du bist es nicht. Sonst hättest Du den dritten Mann schon lange erwischt.«

»Ich bin Abaddon!«

»Dann ist Abaddons Gegner schlauer als Du!«

»Eine unappetitliche menschliche Hülle, immer voller Bier und Rauch, soll schlauer sein als der Geisterfürst, das Symbol für Angst und Schrecken, der finstere Schatten, der immer drohend über Euch steht? Er ist so wertlos, dass selbst sein Blut gewaschen werden muss, damit es eine Bedeutung bekommt.«

Schnur ahnte, wen er meinte.

»Bald wird er Abaddon zum Opfer fallen. Beim nächsten Mal wird ihm niemand mehr zu Hilfe eilen. Sein vermeintlicher Retter ist schon geschwächt. Auch er wird versagen.«

Nun wusste Schnur Bescheid. Moritz Siebert sprach von Rolf West. Eine Erkenntnis, die ihn schockierte.

Aber damit war Esther noch nicht befreit.

Seine Taktik hatte bis jetzt funktioniert. Aber wie sollte er weitermachen, um an sie heranzukommen?

Hinter den Gitterstäben bewegte sich etwas.

Es war so schwach zu erkennen, dass Schnur seinen Augen nicht traute.

Da sah er es wieder.

Ein Beamter hatte einen Zugang zu Moritz Sieberts Reich gefunden. Er hielt sich hinter ihm auf, um den richtigen Moment abzupassen.

Gleichzeitig hatte Schnur einen Einfall. Er fragte: »Warum hat Eure Mutter Euch in Eurer schwersten Not verlassen?«

»Erwähne niemals meine Mutter, Unwürdiger!«, kreischte Moritz Siebert plötzlich wie von Sinnen. »Meine Mutter war ein Juwel, ein Engel mit einem Herzen aus Gold. Mein Vater war der Spiegel, der ihre Seele zu einer Wüste werden ließ.«

»War Abaddon nicht mächtig genug, sie in seine schützende Aura aufzunehmen?« Schnur wollte provozieren.

Plötzlich brach der Mann in sich zusammen und ließ sich auf den Boden sinken.

Schnurs Plan ging auf. Moritz Siebert saß schutzlos und verwundbar auf dem Boden.

Esther richtete ihren Kopf auf, das Einzige, was sie bewegen konnte. Aber er nahm es nicht mehr zur Kenntnis.

Das war der richtige Augenblick für die Beamten des Sondereinsatzkommandos, ihn zu fassen.

Ohne Gegenwehr ließ Moritz Siebert sich die Handschellen anlegen und durch einen hinteren Ausgang abführen, den Schnur von seinem Standpunkt aus nicht einsehen konnte. Einige maskierte Polizisten befreiten Esther von den Fesseln und verschwanden mit ihr auf einer Trage ebenfalls in der Dunkelheit. Ein weiterer Vermummter nahm die Schusswaffe an sich. Es war die Repetierbüchse Blaser 93, die lang gesuchte Waffe von Eduard Zimmer.

Draußen fanden sie sich auf einer Pferdekoppel wieder. Die großen Tiere standen dicht gedrängt in einer entfernten Ecke der großen Weide und behielten das Treiben wachsam im Auge.

Wortlos standen die Beamten da.

Regen setzte ein.

Der Wirt der *Hessmühle* eilte herbei. Unter seinem geschäftsmäßigen Arbeitskittel trug er einen Morgenmantel. Seine Haare standen zerzaust vom Kopf ab. Er bot den Polizeibeamten an, in sein Lokal einzukehren. Gerne nahmen sie sein Angebot an.

Im Kachelofen brannte Feuer, was die Polizisten dazu veranlasste, sämtliche Stühle um den wärmenden Kamin zu stellen. Trotz der nächtlichen Stunde gelang es dem Wirt, alle Wünsche der Polizisten zu erfüllen, die von Bier, Weinbrand über Kaffee und Baileys bis hin zum Chardonnay reichten.

»Jürgen Schnur«, rief der Leiter des Sondereinsatzkommandos laut über die Köpfe seiner Beamten. »Wir brauchen noch einen Polizeipsychologen. Sie wären der geeignete Mann.«

Schnur wehrte lachend ab. »Man muss selbst nur ein bisschen wahnsinnig sein, dann klappt die Verständigung. Wenn es das ist, was Sie wollen, komme ich sofort!«

Zustimmendes Gemurmel und Zuprosten von allen Seiten lautete die Antwort darauf.

Kapitel 49

Harald Steiner traute seinen Augen nicht, als er sah, wie Helmut Brack zielstrebig den *Donze* ansteuerte. Was hatte das zu bedeuten? Stand dieser Mann nicht unter Verdacht?

Kurz entschlossen folgte er ihm.

Die Kneipe war an diesem Abend weniger besucht als sonst. Rolf West saß nicht wie immer an der Theke. Sein Platz war leer. Helmut Brack wollte sich gerade neben Peter Magath niederlassen, als der Mann, der seinen grünen Overall gegen seinen Blaumann eingetauscht hatte, aufstand und brummte: »Mit dir bleibe ich nicht zusammen an einem Tisch.«

Siegmund Gerstner folgte ihm. Arthur Winter wollte sitzen bleiben, aber Peter Magath zog ihn hoch mit den Worten: »Hast du vergessen, was für eine Kameradensau das ist? Der wollte Subito-Rolf an den Kragen.«

Damit gelang es ihm, Arthur Winter auf die Beine zu bringen.

Helmut Brack zuckte mit den Schultern, ließ sich auf der Eckbank nieder und schaute seinen Trinkfreunden nach, wie sie einen anderen Tisch ansteuerten.

Steiner stand immer noch in der Tür und beobachtete das interessante Schauspiel. Die Trinkbrüder waren zerstritten, eine Situation, die ihm zum Vorteil gereichen konnte. Er ging auf Helmut Brack zu, ließ sich an seinem Tisch nieder.

»Was willst du hier?«, kam es schroff zur Begrüßung.

»Smalltalk«, beteuerte Steiner.

»Ich habe gehört, deine Treibjagd war ein Riesenerfolg.«

Steiner nickte nur.

»Beim Verblasen des Wildes soll angeblich eine große Strecke gelegt worden sein.«

Steiner trank sein Bier und zählte zufrieden auf: »Zwölf Rehe, fünf Keiler und zwei Füchse. Das kann sich sehen lassen.«

Helmut Brack nickte andächtig. »Du hast auf der Treibjagd ganz nebenbei Gutes vollbracht: zwei Menschen das Leben gerettet, darunter sogar deinem Chef. Damit hast du dir deine Stelle gesichert.«

»Im Gegensatz zu dir …«

Helmut Brack fixierte Steiner böse.

»Wo ist Rolf West? Der *Donze* ohne sein Maskottchen kommt mir befremdlich vor«, merkte Steiner an, in der Hoffnung, darauf eine Antwort zu bekommen. Jürgen Schnur hatte sich zu diesem Thema verschlossen wie eine Auster.

»Falls du glaubst, der sitzt, muss ich dich enttäuschen. Er ist heute aus der Untersuchungshaft entlassen worden und befindet sich auf dem Heimweg«, konterte Helmut Brack selbstgefällig.

»Wie geht das? Er hat sich doch als Mittäter an der Entführung von Moritz Siebert schuldig gemacht.« Steiner war stutzig.

»Ihm konnte kein Tatbeitrag nachgewiesen werden. Er ist wieder frei und auf dem Weg hierher.«

Steiner ärgerte sich, weil er über die Details dieses Verfahrens nicht informiert war.

»Das Glück ist mit den Doofen«, schimpfte er laut.

»Stimmt! Subito-Rolf ist zwar mein Freund, aber nicht der Hellste.«

»Du hast eine komische Art, deine Freundschaft zu zeigen.«

»Was soll das heißen?«, murrte Helmut Brack.

»Deine Trinkgesellen geben dir die Schuld an den Überfällen auf Subito-Rolf.«

»Die sind ewig besoffen. Die kapieren nicht, was los ist.«

»Jetzt siehst du, wie das ist, wenn man voreiligen Beschuldigungen zum Opfer fällt.«

»Deshalb bist du hier? Um mir deine Loyalität zu demonstrieren?«

»Nein«, entgegnete Steiner. »Die Polizei hat dich gesucht. Mit deiner Flucht hast du dich verdächtig gemacht. Wo warst du?«

»Falls du es vergessen hast: Du bist kein Bulle mehr. Also spiel dich nicht wie einer auf!«

»Wo warst du?«, wiederholte Steiner stur seine Frage.

»Ich habe ein paar Tage Urlaub gemacht, was dich nichts angeht.«

»Dein plötzliches Verschwinden hat mehr zutage gefördert, als gut für dich ist. Du hast dich nicht nur mit dem Aufstellen von Fallen strafbar gemacht, sondern steckst auch hinter der Jagdgegnerinitiative gegen mich. Hast du geglaubt, die Polizei käme nicht dahinter?«

»Hältst dich wohl für verdammt schlau, was?«

»Die überfahrenen Tiere hast du vor den Eingang von Hoflimberg gelegt«, sprach Steiner stoisch weiter. »Wo hattest du die Kadaver her? Hast du sie selbst überfahren?«

»Das warst du?« Mit dieser Frage stand plötzlich Arthur Winter am Tisch. Sein Kopf wackelte noch mehr als sonst, seine trüben Augen waren weit aufgerissen, sein gelbes Gesicht verriet Ekel und Entsetzen. »Uns willst du dazu anstiften, etwas gegen die Jäger zu unternehmen, weil sie Tiere sinnlos töten. Aber selbst begehst du die grausamsten Tierquälereien.«

»Halt die Klappe, Wintergoldhähnchen, und setz dich, sonst fällt dir der Kopf ab!«, befahl Helmut Brack in einem Tonfall, der nicht die geringste Verunsicherung durchklingen ließ.

»Du hast uns immer weisgemacht, der Förster sei an allem Schuld«, plärrte der dürre, zitternde Mann weiter. »Dich sollte man in den Lumpenbach werfen und ertränken.«

»Das kannst du den armen Fischen nicht antun«, grummelte Siegmund Gerstner.

»Warum hast du das gemacht?«, wollte Arthur Winter wissen. Doch Peter Magath zog ihn am Jackenärmel von dem Tisch weg.

»Ich kam dahinter, dass Helmut Brack es mit seinen Dienstpflichten nicht so genau nahm«, antwortete Steiner an dessen Stelle. »Also wollte er mich in Misskredit bringen, damit ich keine Gelegenheit bekomme, eine Dienstaufsichtsbeschwerde gegen ihn einzureichen.«

Lautes Gemurmel ertönte, womit die Trinkbrüder verhindern wollten, dass Steiner Einzelheiten aufzählte. Sie alle hatten von der Arbeitsmoral des Dorfpolizisten profitiert. Aber niemand wollte sich diesen Schuh anziehen.

Steiner lachte, weil ihm seine Überlegenheit gut gefiel. »Ihr müsstet eurem Freund dankbar sein. Er hat viel für euch getan, hat sogar seine Karriere für euch ruiniert – und ihr lasst ihn jetzt allein am Tisch sitzen und Bier trinken.«

Wieder Gemurmel. Sie wussten nicht, wie sie diesen Schachzug verstehen sollten.

Steiner richtete seine Aufmerksamkeit auf Helmut Brack. Makellos war seine Erscheinung. Sein Anzug saß perfekt, seine grauen Haare waren kurz geschnitten – schon fast militärisch – was ihn um zehn Jahr jünger wirken ließ. Sein Blick war stechend und wachsam.

»Geht der angesägte Hochsitz auch auf dein Konto?«

»Nein! Damit habe ich nichts zu tun.«

Er trank sein Bier aus und ließ einige Zeit verstreichen, bis er endlich die Frage loswurde, die ihn in das schummrige Ambiente getrieben hatte:

»Wie kommt es, dass du hier in der Kneipe sitzt, nach allem, was du dir geleistet hast?«

»Ich bin für unbestimmte Zeit beurlaubt«, antwortete Helmut Brack. »Wenn ich ehrlich sein soll, kann ich auf die stumpfsinnige Arbeit auf dem Polizeiposten gut verzichten. Meine Ersparnisse reichen mir aus.«

»Angeblich leben wir hier in einem Rechtsstaat«, blaffte Steiner frustriert. »Das ist ein komisches Recht, wenn gleich zwei Verbrecher in einem Dorf frei herumlaufen dürfen.«

»Du hättest mich lieber lebenslänglich hinter Gitter gesehen, nachdem dein Hund sich in meiner Falle verletzt hat«, grinste Helmut Brack böse. »Aber den Gefallen werde ich dir nicht tun. Wenn es um Tiere geht, handelt es sich rechtlich gesehen nur um Sachbeschädigung. Mit der Strafe kann ich gut leben.«

Kapitel 50

Wieder saß Schnur Otto Siebert gegenüber.

»Jetzt haben wir Sie.«

»Was macht Sie so sicher?«

»Ihr Sohn hat uns Ihre Rolle bei der Entführung verraten. Sie sind festgenommen. Mein Kollege wird Ihnen Ihre Rechte erklären, dann unterhalten wir uns weiter.«

»Sie glauben doch nicht, dass ein Richter einem Menschen glaubt, der seit fünfzehn Jahren psychisch krank ist und als Blutsauger vom Limberg berühmt wurde?«

»Sie wussten von Anfang an, wer hinter diesen Taten auf dem Limberg steckt?«

»Nein!« Otto Sieberts Grinsen nahm dämonische Züge an. »Aber jetzt, nachdem Sie meinen Sohn als Blutsauger enttarnt haben, wundert mich nichts.«

»Wie soll ich das verstehen?«

»Moritz leidet seit seiner Geburt an Porphyrie«, antwortete Otto Siebert. »Darunter versteht man …«

»Ich weiß, was Porphyrie ist«, unterbrach Schnur.

»Die Ursache bei Moritz ist erblich bedingt«, setzte Otto Siebert seinen Vortrag fort. »Seine Mutter Magdalena litt an derselben Krankheit. Das hatte ich leider zu spät bemerkt. Aber Magdalena war die schönste Frau, die ich in meinem Leben je gesehen habe. Ihre Haut durchscheinend weiß, ihre Haare schwarz wie Ebenholz, ihre Figur von weiblicher Eleganz, ihre Gesichtszüge zart und fein, ihre dunklen Augen hypnotisierend. Sie hat mich mit dieser Schönheit geblendet, weshalb ich bereit war, ihre unangenehme Seite zu übersehen. Doch diese Menschen leiden an erhöhter Empfindlichkeit gegen Sonnenlicht, weshalb meine Frau immer nur nachts im Wald unterwegs war. Das machte sie einsam.« Otto Siebert seufzte. »Moritz wurde genauso – ein Mensch, der nicht fähig war, im Tageslicht unter Menschen zu leben.«

»Und warum quartieren Sie Ihren Sohn in einem Zimmer voller Fenster ein, wo das Licht von allen Seiten hereinströmt?« Diese Frage musste Schnur stellen, auch wenn sie unerheblich für die Ermittlungen war.

»Wollen Sie eine so traurige Wahrheit über Ihr Kind wahrhaben?«, stellte Otto Siebert eine Gegenfrage.

»Wie behandelt man diese Krankheit?«

»Moritz und seine Mutter mussten den fehlenden Blutfarbstoff mit Hämatin-Präparaten ersetzen – das sind Medikamente, mehr nicht. Aber wie die Dinge stehen, hat sich Moritz eingebildet, ein Vampir zu sein und Blut trinken zu müssen. Er war schon immer verrückt.«

»Deshalb ließen sie ihn entführen?«

»Beweisen Sie das erst einmal!«

»Wir werden Rolf West dazu befragen. Inzwischen wissen wir nämlich, dass er der dritte Mann ist.«

»Der alte Trunkenbold?«

Jürgen Schnur schaute Otto Siebert lange in die Augen, bis er zu der Überzeugung kam, dass er wirklich nicht wusste, welche Rolle Rolf West in dieser Entführungstragödie gespielt hatte.

Nach dem Verhör wusste Schnur noch weniger als vorher.

Er kehrte zurück in sein Büro, wo die Kollegen auf ihn warteten. »Während der Sohn redet wie ein Wasserfall, sagt sein Vater kein Wort. Wir werden Otto Siebert nicht festhalten können.«

»Was hat Moritz Siebert erzählt?« Diese Frage tauchte von mehreren Kollegen gleichzeitig auf. Die schillernde Gestalt dieses Mannes hatte Aufsehen erregt – nicht nur bei den Bediensteten in der Psychiatrie, sondern auch bei den Polizeibeamten.

Schnurs letzte Begegnung mit ihm brachte ihm ein weiteres fehlendes Teilchen der Beweiskette ein, was von unschätzbarem Wert war. Denn wie die Dinge nun lagen, konnten sie Otto Siebert nur über seinen Sohn festnageln.

Jürgen Schnur hatte Moritz Siebert mit der Waffe von Eduard Zimmer konfrontiert, die er im Besitz von Otto Siebert vermutet hatte. Allein die Erwähnung der Blaser R 93 hatte Moritz Siebert dazu veranlasst, Schnur bereitwillig die dazugehörige Geschichte zu erzählen.

»Der mysteriöse Einbruch bei Otto Siebert ist endlich aufgeklärt«, begann Schnur zu berichten. »Der Einbrecher war tatsächlich Bernd Schumacher, der eigene Sohn. Moritz rief die Polizei an, weil er der Bestohlene war. Otto Siebert kam erst später dazu, ohne zu ahnen, dass sich die Waffe jemals in seinem Besitz befand. Er erkannte sofort, in welche kompromittierende Lage das gestohlene Stück ihn gebracht hätte und zog daraufhin die Anzeige zurück. Moritz Siebert hatte die anschließende Konfrontation zwischen Bernd Schumacher und seinem Vater beobachtet. Nach Moritz' Aussage war die Begegnung der beiden Männer, die seine Entführung ausgeführt hatten, der Auslöser für seinen Rachefeldzug. Für Moritz war das der Augenblick, der seine Todesenergie freilegte, den unbändigen Hass auf die Niederträchtigen, die Schuld an seinem Schicksal hatten, in Taten zu verwandeln.«

Für diese Worte erntete Schnur nur entsetzte Blicke. Schnell fügte er an: »Ich habe nur Moritz Siebert zitiert.«

»Moritz Sieberts Beobachtung war ein Wiedersehen des Entführten mit seinen beiden Entführern«, resümierte Erik. »Das löst schon bei einem normalen Menschen seelische Erschütterung aus.«

»Genau das«, bestätigte Schnur. »Vermutlich hat das Auftauchen Bernd Schumachers vor seinem geschützten Wohnbereich Moritz Sieberts altes Trauma neu aufleben lassen.«

»Dann ist sein Verhalten schon fast verständlich«, erkannte Erik, womit es ihm gegen seinen Willen gelang, die angespannte Stimmung aufzuheitern.

»Während der behandelnde Psychiater Moritz Sieberts Ausbruch an Mitteilungsbedürfnis als eine neue Psychose herunterspielt, bin ich mir sicher, diese Informationen in die Beweisliste gegen Otto Siebert aufnehmen zu können«, sprach Schnur weiter.

»Meine Güte«, seufzte Anke und schaute auf Esther: »Und du warst tatsächlich in der Gewalt dieses Irren?«

Die Angesprochene schüttelte sich bei der Erinnerung daran. Sagen wollte sie dazu lieber nichts.

»Moritz Siebert ist ein Erfolg, den wir verzeichnen können. Mit Otto Siebert sieht das anders aus«, erkannte Schnur frustriert.

»Wir sind immer noch dabei, Beweise zu suchen«, sprach Theo Barthels zuversichtlich. »Die Krypta – oder wie sollte ich diese unterirdische Kammer nennen – hat sich als reinste Goldgrube an Spuren erwiesen. In allen Ecken waren Blutkonserven versteckt. Die Untersuchungen ergaben, dass viele davon das Blut unserer Opfer enthalten. Es sind auch Konserven dabei, die aus Krankenhäusern gestohlen wurden, was die Aufkleber beweisen.«

Schnur wollte etwas einwenden, doch Theo Barthels fügte hastig an: »Weiterhin haben wir Reste von Isopropylalkohol gefunden. Das ist der

Beweis dafür, dass Moritz Siebert den Brandanschlag auf die alte Scheune verübt hat.«

»Du leistet wirklich gute Arbeit«, lobte Schnur. »Aber das beweist nur die Täterschaft von Moritz Siebert. Otto Siebert müssen wir das Handwerk legen.«

»Wir sind noch lange nicht fertig mit unseren Untersuchungen. Wir haben außerdem festgestellt, dass Moritz Siebert verantwortlich für den abgesägten Hochsitz ist«, reagierte Theo Barthels gereizt. »Mein Labor hat die Werkzeugspuren an den Pfosten mit dem Werkzeug verglichen, das wir in den Katakomben gefunden haben. Es ist hundertprozentig identisch.«

»Und die Blaser 93?«, fragte Schnur. »Daran muss es Spuren geben, die belegen, wo die Waffe in den letzten fünfzehn Jahren lagerte – irgendwelche Rückstände, die eindeutig nur in Otto Sieberts Umfeld zu finden sind. Dann haben wir ihn.«

Jürgen Schnur spürte selbst, dass der Wunsch Vater des Gedankens war.

Theo Barthels schüttelte bedauernd den Kopf.

Wie so oft in letzter Zeit rieb sich Schnur über sein rasiertes Kinn. Bedrückende Stille machte sich breit, die Schnur unterbrach: »Moritz Siebert kommt in die forensische Psychiatrie nach Merzig. Dort werden alle Kapazitäten damit beauftragt, ihn zu behandeln. Sobald er verhandlungsfähig ist, wird er eine Aussage gegen seinen Vater machen. Leider müssen wir solange warten.«

Eine geraume Zeit verstrich, in der niemand wagte, etwas zu sagen. Alle warteten auf Schnurs Zeichen.

»Wir schließen den Fall so gut es geht ab. Wenn ich mich richtig erinnere, habe ich Anke den Auftrag gegeben, in Otto Sieberts Vergangenheit zu recherchieren. Ich hoffe, das wurde gemacht.«

»Natürlich«, kam es von Anke. »Ich habe herausgefunden, dass Otto Siebert seinen Reichtum seiner Frau Magdalena verdankte. Sie kam aus einer wohlhabenden ungarischen Familie, die im Zweiten Weltkrieg ihr ganzes Vermögen nach Deutschland schaffen und hier sichern konnte.«

»Lass mich raten: Sie kam von Transsilvanien aus Bram Stokers Schloss«, warf Erik ein.

Alle lachten.

»Leider nicht so offensichtlich. Dafür ist Otto Sieberts Lebenslauf mit Pannen gespickt: Die Entführung seines Sohnes kam ihm vermutlich in den Sinn, weil er auf das Geld seiner Frau angewiesen war. Bei einer

Scheidung wäre er aufgrund eines Ehevertrags leer ausgegangen. Aber im Fall der Entführung war seine Frau bereit, das Lösegeld zu zahlen. Die Summe betrug neun Millionen Deutsche Mark.«

Alle murmelten vor Erstaunen.

»Trotz seiner Vorsicht, nicht die Polizei einzuschalten, kamen die Kollegen doch dahinter«, sprach Anke weiter.

»Und wie kam die Polizei dahinter?«

»Es ging ein anonymer Anruf ein.«

»Anonym?« stutzte Schnur und richtete seine nächste Frage an Esther: »Kann Rolf West der Anrufer gewesen sein?«

»Nach seinen Angaben nicht«, antwortete sie. »Nach langem Zögern gab Rolf West zu, seinem Stiefsohn geholfen zu haben, weil er ihm so viel Geld versprach, dass Rolf West in eine vernünftige Gegend hätte umziehen können. Dafür musste er Bernd Schumacher nur Bescheid sagen, wann der Unterricht von Moritz Sieberts Klasse unverhofft früher zu Ende war. So konnte Bernd Schumacher den Jungen unbemerkt abholen.«

»Woher wusste Rolf West, wann Schulschluss war?«

»Seine Frau hatte damals dort als Lehrerin gearbeitet.«

»Und weiter?«, drängte Schnur. »Wir brauchen etwas, was Otto Siebert betrifft.«

»Rolf West wusste nicht, dass der eigene Vater des Jungen hinter der Entführung steckte. Er wusste noch nicht einmal das ganze Ausmaß des Verbrechens. Das hatte ihm sein Stiefsohn nicht verraten, weil der ahnte, dass Rolf West unter der Bedingung nicht mitmachen würde.«

»Und er hatte keine Ahnung, wofür seine Informationen verwendet werden sollten?«

Esther zuckte mit den Schultern.

»Der Trunkenbold will uns für dumm verkaufen«, murrte Schnur und forderte Anke auf, ihren Bericht über Otto Siebert fortzusetzen.

»Kurz nach der Entführung erhängte sich Magdalena Siebert, was Otto Siebert ein beträchtliches Erbe einbrachte. Für ihn ein echter Glücksfall.«

»Wo ist das Geld heute?«

»Bei dem Lebenswandel?«, warf Anke Deister ein. »Für Otto Siebert war ein Wunder nötig, dass er nicht pleite ging. Und das Wunder wäre der unterirdische Gang auf dem Limberg gewesen.«

»Der Denkmalschutz ist jetzt auf dem Limberg aktiv geworden. Sie haben tatsächlich Schätze in dem Stollen gefunden. Sie stammen aus mehreren

Epochen, genauso wie die Legende es besagt. Leider ist der unterirdische Gang zum größten Teil verschüttet. Nur ein Bruchteil der Kriegsbeute kann geborgen werden, der Rest bleibt unter den Erdmassen begraben«, berichtete Erik.

»Das heißt, dass keine Verbindung zu dem Gang führt, der unter Otto Sieberts Anwesen liegt?«, schlussfolgerte Schnur.

»Nein! Überleg doch mal«, forderte Esther auf. »Hätte Otto Siebert es dann noch nötig gehabt, das Risiko einzugehen und auf einen Mann der Öffentlichkeit zu schießen?«

»Stimmt! Die Frage war blöd«, erkannte Schnur.

»Die Kunstgegenstände werden für staatliche Museen restauriert«, berichtete Erik. »Wallerfangen wird in die Geschichte eingehen.«

»Schon wieder?« Schnur lachte. »Für ein kleines Dorf hat Wallerfangen eine beachtliche Geschichte.«

»Otto Sieberts Plan, Monsieur Villeroy bei einem Jagdunfall sterben zu lassen, den Limberg zu erben und mit den Schätzen neuen Reichtum anzuhäufen, war genial, weil niemand hinter das Motiv gekommen wäre.« Damit unterbrach Anke Jürgen Schnurs Enthusiasmus.

»Mit dem Reichtum hätte er ausgesorgt«, stellte Erik fest. »Zum Glück ist ihm das nicht gelungen.«

Plötzlich wurde die Tür aufgerissen und Kriminalrat Forseti trat ein.

Schnur stöhnte innerlich, weil er jetzt keine Zurechtweisung gebrauchen konnte.

Es kam anders.

»Sie haben in diesem Bunker gute Arbeit geleistet«, lobte Forseti. »Der Leiter des Sondereinsatzkommandos hat mir einen genauen Bericht erstattet – was Sie vergessen haben.«

Dieser Seitenhieb musste natürlich kommen, erkannte Schnur, der sich ertappt fühlte.

»Nach seiner Schilderung haben Sie es geschafft, eine menschliche Zeitbombe mit Worten zu entschärfen. Das verdient Lob von höchster Stelle. Ich habe Ihre Leistung dem Innenministerium gemeldet.«

Schnur wusste nicht, was er sagen sollte. Aus Forsetis Mund konnte das alles bedeuten. Vorsichtshalber schwieg er.

»Aber wie die Dinge stehen, müssen wir Otto Siebert gehen lassen«, sprach Forseti weiter. »Sie haben nichts, was seine Mittäterschaft an der

Entführung, nichts, was seine Täterschaft im Fall Villeroy und nichts, was seine Mitwisserschaft an den Verbrechen seines Sohnes beweist.«

»Er hat von den bestialischen Morden seines Sohnes profitiert, weshalb er ihn nicht aufgehalten hat«, platzte Esther wütend heraus. »Das ist eine Tatsache.«

»Wie kann er davon profitieren?«

»Alle Aufmerksamkeit galt nur den blutrünstigen Morden und der Frage, wer als nächster drankommt. Niemand hat auf die Treibjagd geachtet. Sogar wir haben unsere Ermittlungen nur auf den Blutsauger vom Limberg konzentriert, weshalb Otto Siebert sein Verbrechen in Seelenruhe planen und um ein Haar hätte ausführen können – wäre Kullmann nicht gewesen.«

»Das sind Vermutungen. Wie wollen Sie beweisen, dass Otto wusste, wer hinter dem Blutsauger steckte, wenn er es Ihnen nicht freiwillig sagt?«

»Er weiß von der Krankheit Porphyrie, deren Symptome Moritz Siebert zum Blutsauger gemacht haben.«

»Ihre Argumente in Ehren – aber sie nützen nichts ohne den entsprechenden Beweis. Otto Siebert kennt seine Rechte und nimmt sie wahr. Wir sind gegen ihn machtlos.«

Damit war der Fall für Forseti abgeschlossen.

Er verließ das Büro.

Alle waren fassungslos.

»War unsere Arbeit umsonst?«

»Nein«, wehrte Schnur ab. »Mein Lob ist euch gewiss. Ihr alle habt erstklassige Arbeit geleistet. Ein komplizierter Fall ist durch meine guten Mitarbeiterinnen und Mitarbeiter mit sorgfältiger Polizeiarbeit gelöst worden. Was danach kommt, entscheidet die Rechtsprechung – nicht wir.«

Seine Miene verriet, dass ihm der Abschluss des ersten Falles, den er als Hauptkommissar aufklären musste, nicht behagte.

»Du hast dir ebenfalls Lob verdient. Als Hauptkommissar hast du dich prima geschlagen. Warum bist du so streng mit dir?«, fragte Kullmann. »Forsetis Versprechen, deine Leistung dem Innenministerium zu melden, ist ein Friedensangebot.«

Jürgen Schnur überlegte eine Weile, bis er entgegnete: »Oder ein Judaskuss!«

Epilog

Die Temperaturen waren gesunken, erste Schneeflocken gefallen. Zum Glück fuhr Esther ein Auto mit Vierradantrieb, denn nur so gelang es ihr, den steilen Waldweg zum Hoflimberg pannenfrei zu überstehen.

Als sie langsam in den Hof rollte, sah sie, dass Harald Steiner nicht allein war.

Ihr Herz fühlte sich, als hätte Moritz Siebert es tatsächlich herausgerissen. Doch im nächsten Augenblick erkannte sie Anne Richter. Die beiden standen im Hof und unterhielten sich.

Anne Richter sah immer noch ramponiert aus. Ihre Haare klebten stumpf und farblos am Kopf. Die Wunden, die ihre abgerissenen Piercings hinterlassen hatten, bildeten blaue Blutergüsse, ihre Augen waren gerötet, ihre Unterlippe angeschwollen. Ihre Kleidung hatte sich verändert. Sie trug nicht mehr den langen, schwarzen Mantel, in dem sie wie ein Zombie aussah, sondern eine gefütterte Steppjacke, keine schwarze Hose mit silbernen Abzeichen, sondern eine einfache verwaschene Jeans, die ihre schlanke Figur betonte.

Esther fühlte sich plötzlich unsicher. Was tat sie hier? Vermutlich war hier kein Platz mehr für sie. Sie überlegte kurz, ob sie besser wenden und einfach wieder fahren sollte.

Aber etwas in ihr ließ sie nicht einfach davonlaufen – wie sie es in ihrem Leben schon so oft getan hatte. Es riet ihr, das zu tun, weshalb sie gekommen war.

Sie stieg aus, öffnete die Tür zum Fond des Wagens und zog ein Bündel heraus, das sie mit beiden Händen fest umklammerte.

So trat sie auf Steiner zu.

Erst als sie direkt vor ihm stand, erkannte er, was sie in ihren Händen hielt.

Es war ein kleines braun-weißes Fellknäuel, das sich zappelnd bewegte und versuchte, sich aus den starken Händen zu befreien: ein Münsterländer, nur wenige Wochen alt.

Steiners Augen bekamen ein Leuchten.

Anne Richter stellte sich neben ihn und schaute sich das Hündchen an.

»Darf ich mal?«, fragte sie. In ihrer Stimme schwang große Begeisterung mit.

Esther übergab ihr den Welpen, der immer noch unermüdlich zappelte.

Sie schaute Steiner lange in die Augen, bis sie endlich ein paar Worte hervorbrachte: »Was ist ein Jäger ohne Jagdhund? Ich dachte an eine zweite Chance mit einem kleinen Moritz und deiner kleinen Familie.«

Wie erstarrt stand Steiner da. Sein Blick wechselte zwischen den beiden Frauen, bis er endlich überwältigt von Gefühlen beide gleichzeitig in seine Arme nahm.

In ihrer Mitte zappelte der kleine Moritz.

— ENDE —

Elke Schwab
Kullmanns letzter Fall
Ein Saarlandkrimi

355 Seiten
ISBN 978-3-936950-71-7
11,90 €

Der unaufgeklärte Fenstersturz Luise Spenglers sollte eigentlich Kullmanns letzter Fall vor dem Ruhestand sein. Doch ein Polizistenmörder macht seiner Regie einen Strich durch die Rechnung. Der Polizist Nimmsgern wird am Schwarzenberg erschossen. Darauf ein weiterer Kollege. Auf der Dienststelle geht die Angst um. Die schlechte Stimmung belastet die Arbeit. Kullmann scheint die Fäden der Ermittlung aus den Händen zu verlieren. Sogar seine engste Mitarbeiterin, die Pferdeliebhaberin Anke Deister verliert das Vertrauen. Erkennt er die Gefahr noch rechtzeitig, in der seine Mitarbeiter und er schweben?

Wegen der authentisch geschilderten Tatorte fühlt der Leser sich direkt heimisch, ohne durch aufdringliches Lokalkolorit genervt zu werden. Und nicht-saarländische Krimi-Fans dürfen sich über die sorgfältigen Charakterstudien und die gründlich ausgeleuchtete Motivation freuen. Elke Schwab ist auf dem besten Weg, ihren Ruf als saarländische Jacqueline Berndorff zu festigen.
Saarbrücker Zeitung

Weitere Krimis im Conte-Verlag

Weitere Krimis im Conte-Verlag

Lisa Huth, Karin Mayer (Hrsg.) ***Mord vor Ort***

Das Krimibuch zum Treffpunkt Ü-Wagen

230 Seiten, ISBN 978-3-941657-02-1, 12,90 €

Stefan Hüfner ***Der Tote von Dresden***

184 Seiten, ISBN 978-3-936950-13-7, 9,90 €

Kerstin Rech ***Schenselo***

188 Seiten, ISBN 978-3-936950-60-1, 9,90 €

Kerstin Rech ***Hotel Excelsior***

232 Seiten, ISBN 978-3-936950-77-9, 11,90 €

Jean Amila ***Mond über Omaha***

Reihe Amila 1

214 Seiten, ISBN 978-3-936950-33-5, 10,00 €

Jean Amila ***Mitleid mit den Ratten***

Reihe Amila 2

212 Seiten, ISBN 978-3-936950-43-4, 10,00 €

Jean Amila ***Bis nichts mehr geht***

Reihe Amila 3

210 Seiten, ISBN 978-3-936950-53-3, 10,00 €

Jean Amila ***Motus!***

Reihe Amila 4

180 Seiten, ISBN 978-3-936950-79-3, 10,00 €